कारे जहाँ दराज़ है

संस्मरणात्मक एवं आत्मकथात्मक उपन्यास

1

क़ुर्रतुलऐन हैदर की अन्य कृतियाँ

शीशे के घर (प्रथम कहानी संग्रह)

सितारों से आगे (कहानी संग्रह)

यह दाग़ दाग़ उजाला (कहानी संग्रह)

पतझड़ की आवाज़ (कहानी संग्रह)

रोशनी की रफ़्तार (कहानी संग्रह)

स्ट्रीट सिंगर्स ऑफ़ लखनऊ एण्ड अदर स्टोरीज़

मेरे भी सनमखाने (प्रथम उपन्यास)

हाउसिंग सोसाइटी (उपन्यास)

आग का दरिया (उपन्यास)

सफ़ीन–ए–ग़मे दिल (उपन्यास)

आख़िरे शब के हमसफ़र (उपन्यास)

गर्दिशे–रंगे–चमन (उपन्यास)

चाँदनी बेग़म (उपन्यास)

चार नावेलेट (जीवनी–उपन्यास)

सीता हरन (जीवनी–उपन्यास)

दिलरुबा (जीवनी–उपन्यास)

चाय के बाग़ (जीवनी–उपन्यास)

अगले जनम मोहे बिटिया न कीजो (जीवनी–उपन्यास)

क्लासिकल गायक बड़े गुलाम अली ख़ाँ की जीवनी (सह लिखित)

छुटे असीर तो बदला ज़माना था (रिपोर्ताज़)

कोह–ए–दमावंद (रिपोर्ताज़)

गुलगश्ते जहाँ (रिपोर्ताज़)

ख़िज़्र सोचता है (रिपोर्ताज़)

सितम्बर का चाँद (रिपोर्ताज़)

दकन सा नहीं ठार संसार में (रिपोर्ताज़)

क़ैदख़ाने में तलातुम है कि हिन्द आती है (रिपोर्ताज़)

जहान–ए–दीगर (रिपोर्ताज़)

पिक्चर गैलरी (चरित्र विवरण)

कारे जहाँ दराज़ है

संस्मरणात्मक एवं आत्मकथात्मक उपन्यास

क़ुर्रतुलऐन हैदर

अनुवाद

इरफ़ान अहमद

वाणी प्रकाशन

वाणी प्रकाशन

4695, 21-ए, दरियागंज, नयी दिल्ली 110 002

फ़ोन : +91 11 23273167 फ़ैक्स : +91 11 23275710

शाखाएँ

अशोक राजपथ, पटना 800 004, बिहार

कॉफ़ी हाउस कैम्पस, महात्मा गांधी मार्ग, इलाहाबाद 211 001, उत्तर प्रदेश

महात्मा गांधी अन्तरराष्ट्रीय हिन्दी विश्वविद्यालय, वर्धा 442 001, महाराष्ट्र

सुल्तानिया रोड, मोतिया पार्क, भोपाल 462 001, मध्य प्रदेश

www.vaniprakashan.com
marketing@vaniprakashan.in
sales@vaniprakashan.in

KAARE JAHAN DARAAZ HAI-1
by Qurratulain Hyder
Translated by Irfan Ahmad

ISBN : 978-93-89012-49-1
Fiction

प्रथम संस्करण 2020

सम्पूर्ण सेट मूल्य : ₹ 6000

यश प्रिंटोग्राफ़िक्स, नोएडा-201 301 (उ.प्र.) में मुद्रित

वाणी प्रकाशन का लोगो मक़बूल फ़िदा हुसेन की कूची से

बीते युग और आज की यह कहानी मैं अपने भाई सैयद मुस्तफ़ा हैदर की होनहार औलाद नूरुल एन, शहनाज़, नाहीद, जलाल हैदर (तीन बहनें और एक भाई जिन्होंने सी.एस.पी. प्रतियोगिताओं में सफल होकर नया रिकॉर्ड बनाया) और उनसे छोटे अदनान, मनसूर और सज्जाद हैदर के नाम समर्पित करती हूँ। इक्कीसवीं सदी ज़्यादा दूर नहीं। यह बच्चियाँ और बच्चे आज़ादी के बाद जन्म लेने वाली उस नस्ल में शामिल हैं, जो 'कारे जहाँ' (सांसारिक कार्य) सँभाल चुकी है या सँभालने वाली है। हम लोगों ने और हमसे पहले वालों ने दुनिया को अपने-अपने समय के विचार से और अपने-अपने दृष्टिकोण से देखा था। यह नये लोग इक्कीसवीं सदी में पहुँचकर, ऐतिहासिक प्रभावों को शायद हमसे बेहतर तौर पर समझ सकें।

क़ुर्रतुलऐन हैदर

ख़ुदावन्दे अकबर समीअम्बसीरा
ब क़ुदरत अला कुल्लिशैइन क़दीरा
दही मोमिनाँ रा इकराम वाफ़िर
ब जन्नत नईमंव्व मुल्कन कबीरा
ब मिस्ले कलामत कि गुफ़्तन तवानद
व लौ काना बाअज़न लिबाअज़न ज़हीरा
कसे रा कि नामश दही बर ज़मीनश
ब लुत्फे तहासब हिसाबंय्यसीरा
कमाले हुसैनी बसा जुर्म दारद
तुई अफ़्वकुन या लतीफ़न ख़बीरा

ख़ुदावन्द (तू) बड़ा है, देखता और सुनता है। हर चीज़ पर क़ादिर है। मोमिनों को बहुत इकराम (इज़्ज़त) बख़्शता है (उन्हें) नेअमतों वाली जन्नत और बड़ा मुल्क देता है। तेरे कलाम की तरह किसी का कलाम नहीं हो सकता, चाहे कोई एक दूसरे की मदद को ही क्यों न आ जाए। जब तू इस दुनिया में नामवरी बख़्शता है तो अपने करम से उसके हिसाब को आसान कर देता है। कमाल हुसैनी की ख़ताएँ बहुत ज़्यादा हैं (जिसे) तू ही मुआफ़ करने वाला है, ऐ पाक सबकी ख़बर रखने वाले।

अल्लाह के नेक बन्दों ने उसकी तारीफ़ और दुआओं, इबादतों और उसके बन्दों की ख़िदमत में ज़िन्दगियाँ गुज़ार दीं। न दुनिया बदली, न इसके झंझट कम हुए और फ़रिश्ते हैं कि लिखे चले जा रहे हैं। बस, पकड़वा देते हैं, पलट कर मिट्टी के बने इंसान से नहीं पूछते कि मियाँ तुम अशअरिया[1] थे या मोअतज़िला[2] या ला अदरी[3], जबरिया[4] हो या क़द्रिया[5], मोमिन[6] हो या मुशक्किक[7] क्योंकि कोई फ़र्क़ नहीं पड़ता और एक मूविंग फ़िंगर है, जो लिखकर आगे सरक जाती है। क़लम हाथ में दे दिया कागज़ नहीं।

1962 ई. की बरसात में, मोहल्ला सादात सै दरी नहटौर, ज़िला बिजनौर (उत्तर प्रदेश) के वीरान खण्डहर, पुश्तैनी मकान बारिश की झड़ी में धड़ाधड़ गिरते जा रहे थे, जब मेरे ज़हन में ऊपर लिखे ख़्यालात आए जिनका मलफ़ूज़ाते[8]-कमालिया में कहीं ज़िक्र न था।

ग़ैबी फ़रिश्ते ने आवाज़ दी, इन मकानों के वासी जो बड़े पारखी थे, सरहद पार आलीशान बस्तियाँ आबाद कर चुके, रंज न कर। फिर वाक़या नवीस[9] ने तीन सौ बरस पुराने क़िला महमूदपुर (ज़िला मुरादाबाद) को

1. धर्म में अबुलहसन अश्अरी के अनुयायी।, 2. मुसलमानों का एक समुदाय, जो क़ुरआन शरीफ़ को प्राणी मानता है और ऐसा मानता है कि अल्लाह का एक होना बुद्धि से ही मालूम हो सकता है इसलिए ईश्वर के संदेश बिना ही बुद्धिमान विद्वान एकेश्वर पर ईमान ला सकते हैं। ख़लीफ़ा मामून रशीद के काल में यह सरकारी धर्म बन गया था।, 3. धर्म का जिन्हें कुछ मालूम नहीं।, 4. जो यह माने कि मनुष्य मजबूर है, कुछ भी करने पर अर्थात पाप या पुण्य करने पर मनुष्य का अधिकार नहीं।, 5. जो यह माने कि मनुष्य कोई भी काम करने या न करने की स्वयं शक्ति रखता है।, 6. जिसका अल्लाह और उसके रसूल मोहम्मद मुस्तफ़ा (स०) पर ईमान और इस्लाम धर्म पर ईमान हो।, 7. जो धर्म के विषय में एक मत न हो बल्कि संदेह में पड़ा रहे।, 8. कमाल नामक बुज़ुर्ग की प्रवचनावली।, 9. वृत्तांत लिखने वाली अर्थात क़ुर्रतुलऐन हैदर।

धराशायी होते देखा। उसके बाद दो सौ बरस पुराने 'बड़े दरबार' नहटौर का दूसरा फाटक गिरा और झील के किनारे खड़ी बूढ़ी पिलखन बारिश और हवाओं के तूफ़ानों की भेंट चढ़ गई। मालूम हुआ कि यू.पी. और बिहार के ज़्यादातर पुराने फ़्यूडल क़स्बों का फ़िलहाल यही नक़्शा है।

आख़िरकार आवाज़ आई, उठ! नहटौर, लाँकड़ी, महमूदपुर, शाहजहानी लश्कर के इन तीन गुमनाम वीरान खेमों की दास्तान लिखा बुनकर! फ्यूडल समाज अपने लोगों को Delusions of Grandeur से ग्रस्त रखकर, अपनी प्राकृतिक उम्र को पहुँच कर किस तरह ख़त्म हुआ। आँख खोल! और इसी मोहल्ला सादात सै दरी में सदियों से दबे कुचले बुनकरों और कारीगरों के नए स्वाभिमान और ख़ुशहाली को ज़रा देख! कि यह नए परिवर्तन का सुंदर प्रतीक है।

मुग़न्नी कुजाई कि वक़्ते गुल... (गाने वाला कहाँ है कि फूलों की रूत...)

'यह परिवर्तन' मैंने बात काटी 'बहुत धीरे-धीरे होता है और अधूरे प्रतीक काफी नहीं। मुझे चीज़ों को जानने की हमेशा टोह रही। मीर साहिब, ख़ान साहिब और नवाब साहिब उच्च श्रेणी के क्यों थे, और अकारण चोट जुलाहा क्यों खाता था, वजह मालूम है। इसके अलावा सरदारी अब भी मौज़ूद है।'

लेकिन सत्य की दूसरी दिशाओं और गहराइयों की तलाश के लिए एक मशअल जला, तहखानों में उतर और समय की अंदरूनी तहें खोल, इस मुश्किल काम को करने का बीड़ा उठा। तो इन खण्डहरों के तहखानों में से प्रवचनावलियों, ऐतिहासिक वृत्तांत और वंशावलियों के ढेर बरामद हुए और हैरत हुई कि ऐतिहासिक समय से इबरानी अरबी परम्पराओं के उत्तराधिकारी नाम और घटनाओं को रिकॉर्ड करने के कितने शौक़ीन, माहिर और आदी थे।

740 ई. के कूफ़े[1] में हज़रत ज़ैद अलवर्द (Zaid the rose) को, जिनका चेहरा गुलाब की तरह ताज़ा था, शहीद करने से पहले ख़लीफ़ा[2]-ए-वक़्त ने उनसे कहा था— 'ज़ैद! तुम बहुत हसीन कहलाते हो, तुम्हारे लिए मौत भी हसीन और गुरलंग (फूलों जैसे रंग वाली) तलाश करूँगा।'

जनाब ज़ैद शहीद (रज़ी०) की औलाद और अधिक प्रासिक्यूशन से बचने के लिए जार्जिया तक तितर-बितर हुई, जो केवल एक और ऐतिहासिक संयोग था। सम्भव था कि कुछ बुज़ुर्ग एसटैबलिशमेंट में सम्मिलित हो जाते, तो 750 ई. के बाद उनको बनू अब्बास[3] के प्रासिक्यूशन से बचने के लिए उमवी पार्टी[4] के दूसरे लोगों के साथ स्पेन भागना पड़ता और आज हमलोग रोमन कैथोलिक स्पेनियर्ड होते। यह प्वाइंट ग़ौर करने लायक़ है।

और विद्रोही गुटों में जमे रहने का अंजाम भी ज़ाहिर है। 1216 ई. में इब्ने अस्फ़न्दयार ने तारीख़-ए-तिब्रिस्तान (अनुवाद : प्रोफेसर एडवर्ड जी. ब्राउन) में लिखा था कि खलीफा-अल-मुतवक्कल बिल्लाह अब्बासी (847-861 ई.) के अत्यंत अत्याचार से बचने के लिए, सैयद (अली के वंशज) वीरानों और खण्डहरों में सिर छुपाते फिरते थे। उस समय उन्होंने बहुत दूर अलबर्ज़ पर्वतमाला का रुख़ किया।

हज़रत उमर अशरफ़ पुत्र इमाम ज़ैनुलआबिदीन की औलाद ने केस्पियन सागर के तटीय क्षेत्रों तिब्रिस्तान व गीलान पर अपना शासन स्थापित कर लिया। इमाम ज़ैनुलआबिदीन के पुत्र ज़ैद शहीद की संतान के कई लोगों ने, जिनमें सैयद हुसैन अबू अब्दुल्लाह मुहद्दिस शामिल थे, तिरमिज़ को अपना वतन बनाया। अब इन बुज़ुर्ग की संतान में सैयद कमालुद्दीन पुत्र सैयद उसमान तिरमिज़ी ने अगर 1180 ई. में तुर्कमानिया से हिन्दुस्तान की ओर प्रस्थान न किया होता, तो आज हम लोग सोवियत रूस के कम्युनिस्ट नागरिक होते। यह प्वाइंट भी ध्यान देने योग्य है।

---

1. मुल्क शाम (सीरिया) का एक शहर।, 2. उस समय का बादशाह।, 3. मोहम्मद साहब (स०) के चाचा हज़रत अब्बास के वंशज जिनकी हुकूमतें रहीं थीं।, 4. उमैयद ख़लीफ़ा।

आज लगभग दस वर्ष होते हैं कि इस दास्तान के लिए काम शुरू किया। बूढ़े मामू मेजर सैयद आले हसनैन मरहूम (देहांतः1975 ई.), प्रोफ़ेसर सैयद तहव्वर अली नक़वी (अल्लन मामू), जो हसनैन मामू की तरह इस कहानी का एक पात्र हैं (देहांत : 1969 ई.), फूफी ज़ाद बहन और भाई बेगम फ़ातिमा अलताफ़ हुसैन व सैयद उसमान हैदर (एक और पात्र और सुनी हुई दास्तान सुनाने वाले), मखदूम ज़ादा सैयद मोहम्मद यासीन और उनके अतिरिक्त सैयद तनज़ीम हुसैन ज़ैदी ने कराची से पत्रों के द्वारा दोनों कुनबों और उनकी पुरानी रस्मों आदि के बारे में कुछ महत्वपूर्ण सूचनाएँ दीं।

शाही फ़रमान सैयद शमीम हुसैन ज़ैदी ने, नहटौर में प्रदान किये। नवाब ज़ादा सैयद हिदायत अली ख़ाँ और सैयद हुसैन मेहदी रिज़वी ने प्राचीन दस्तावेजें, महमूदपुर और मुरादाबाद से भेजीं। कुछ तस्वीरें ज़हरा हैदर (इलाहाबाद), सैयद इफ़्तिख़ार हैदर, सैयद अमीर हैदर (नहटौर), प्रोफ़ेसर सैयद मुख़्तार हुसैन नक़वी (अमरोहा), नूरुलएन हैदर, सैयद उस्मान हैदर, सैयद इम्तियाज़ हैदर और हुस्ना लुक़मान हैदर (कराची) ने उपलब्ध कराई।

इन सभी बुज़ुर्गों और सम्बन्धियों के बहुमूल्य सहयोग की आभारी हूँ। दास्तान के शेष ऐतिहासिक व सामाजिक विवरणों की जानकारी मेरी अपनी खोज और तहक़ीक़ का फल है।

प्रामाणिक, परन्तु अत्यधिक बैक ग्राउंड मैटेरियल को बेरहमी से एडिट करते हुए कुछ रोचक बातें सामने आईं, उदाहरणतः यह कि ई.ए. प्रिंसिप, जिनके बनाये हुए भूमि के क़ानून में मीर क़ायम अली ने 1857 ई. के बाद पंजाब में सुधार व संशोधन किया। आनरेबल ईस्ट इण्डिया कम्पनी की सिविल सर्विस के वे पहले पूर्वी भाषाओं और विद्या के विद्वान और विशेषज्ञ थे, जिनकी प्रसिद्ध इंग्लिश-संस्कृत वोकैबलरी हेली बरी कॉलेज के प्रकाशकों ने हर्टफ़र्ड में ग़दर से बहुत पहले प्रकाशित की थी।

कहीं-कहीं पर औलिया[1] के वृत्तांत व लोक कथाओं के प्रसंग एक दूसरे को चिन्हित करते मिले। पृथ्वी राज रासो के अनुसार 'बुख़ारी सैयद' भी युद्ध में सम्मिलित थे और मलिक इब्राहीम (कमालुद्दीन तिरमिज़ी के पुत्र) 'निशानची लश्कर शहाबुद्दीन ग़ौरी और उनके साथियों की शहादत का विवरण' विभिन्न प्रसंगों में मौजूद था।

जैसा कि मालूम है कि उसी ज़माने में यूरोप के संत, पादरी, देहात के किसान, शहरों के कारीगर और बेरोज़गार ग़रीब, बच्चे-बूढ़े, मनचले अमीरज़ादे सब अपने-अपने बादशाहों की सेनाओं में भर्ती होकर सलेबी[2] झण्डे और घोड़े उड़ाते मुल्क शाम (सीरिया) की धरती पर पहुँच रहे थे और वहाँ शहीद होकर आसमानी बादशाहत प्राप्त करने में व्यस्त थे। एज आफ फ़ेथ (Age of faith) की इन लड़ाइयों में काम आने वाले सेन्ट, नाइट (Knight), ग़ाज़ी, बादशाह और राजा मध्य युग के पश्चिम व पूर्व के लिए युद्धों के विवरण पत्र, बेलेड और श्रृंखलाबद्ध कहानियों का एक रोमांचित भण्डार उपलब्ध करा गये।

वर्तमान दास्तान, पश्चिमी एशिया से हिन्दुस्तान पहुँचकर, इसी वीरता के युग में शुरू होती है लेकिन सामाजिक दृष्टि से यह युग इसलिए भी अधिक महत्वपूर्ण है कि उसी समय हमारी मिली-जुली संस्कृति, भाषा और साहित्य की जड़ें जमना प्रारम्भ हुईं।

एज ऑफ फ़ेथ की सामाजिक परम्परा और रोमांस में एक नर्तकी चित्रलेखा मिली, जिस पर शहाबुद्दीन ग़ौरी के भाई साहब आशिक़ हो गए थे। और पृथ्वीराज की लड़की सुश्री 'अनिका देवी' से मुलाक़ात हुई, जो अपनी दासियों के साथ 'तालाब एकानेर' पर स्नान के लिए आई। विदेश से नये-नये आए वली उपदेशक मीर कमालुद्दीन तिरमिज़ी को देखा। उनकी शिक्षाओं से प्रभावित होकर 'मन ही मन इस्लाम स्वीकार' किया और उस पवित्र स्त्री का मज़ार ख़्वाजा बख़्तियार काकी (क़ुतब साहब) की ख़ानक़ाह से लगा हुआ 'लाट' के नज़दीक प्रकाशमान और विदित है।

---

1. अल्लह वाले लोग।, 2. क्रास बने हुए अर्थात ईसाई।

जानना चाहिए कि उत्तरी भारत पर तूरानी सैनिक अधिकार के प्रथम चरण में तुर्किस्तान व ईरान के बुज़ुर्ग और मिलिट्री एडवंचरर्स झुण्ड के झुण्ड यहाँ पहुँच रहे थे और इस देश की फ़्यूडल राजपूत सोसाइटी उलट-पलट हो रही थी। इन असुरक्षित और कंपायमान दिनों में मुसलमान और हिन्दू जनता के लिए, इन दरवेशों और तुर्क और राजपूत फ़ौजी सरदारों का कल्चर हीरो और फोक हीरो बनना अति आवश्यक था। इस Traumatic युग की याद देर तक रह जाने वाली है।

मालूम होना चाहिए कि उत्तर प्रदेश के बहुत से बूढ़े हिन्दू, अपने पड़ोसी मुसलमानों को आदत के तौर पर आज तक 'तुर्क' कहते हैं। और सालार मसूद ग़ाज़ी, अमीर हमज़ा (रह०)[1] आदि के अक्ल को हैरान कर देने वाले कारनामे मुसलमान किसान चौपालों और क़स्बों की बैठकों में आज भी श्रद्धा और तन्मयता से सुनते हैं।

उर्दू को आजकल Grass Roots से रिक्त केवल शहरों की भाषा कहा जा रहा है, और यू.पी. और बिहार के उन सैकड़ों अर्धग्रामीण क़स्बों को बिल्कुल नज़रअंदाज़ कर दिया गया है, जो विद्या और साहित्य के केंद्र रह चुके हैं। और जहाँ की जनता भी यही भाषा बोलती है। उससे ज़्यादा यह कि ज़िला बिजनौर, उत्तर प्रदेश का वह अकेला ज़िला है, जहाँ के नब्बे प्रतिशत जनमानस वह उर्दू बोलते आए हैं, जिसे केवल 'खड़ी बोली' नहीं कहा जा सकता। ज़िला मुरादाबाद की बोली कानों में रस घोलती है कि वहाँ की जनता बहुत ही पल्लवित चटख़ारेदार उर्दू बोलती हैं।

अवध और पूरब यानी भाषाओं के इलाक़ों के विपरीत पश्चिमी यू.पी. के क़स्बों में बहुत हद तक वह प्राचीन उर्दू बोली जाती है, जो इस नई उर्दू से भिन्न है, जो शहरों में उन्नीसवीं सदी में बोली जानी प्रारम्भ हुई।

एन्थ्रोपोलोजी की भाषा में जिसे 'कल्चरल पर्सनालिटी' कहा जाता है, भाषा और उसे बोलने का तरीक़ा उसका महत्वपूर्ण भाग है। उत्तर पश्चिमी दोआबे के लोगों की इस कल्चरल पर्सनालिटी की एक हल्की

---

1. रहमतुल्लाह अलैह (उन पर अल्लाह की रहमत हो)।

सी झलक शायद आपको एक क़स्बे नहटौर की कहानी में नज़र आ सके, हालाँकि यह कहानी केवल प्राचीन इतिहास और क़स्बा नहटौर पर आधारित नहीं, 740 ई. के दमिश्क[1] से प्रारम्भ होकर देस देस होती हुई 1976 ई. तक पहुँचती है।

अप्रसिद्ध यलदरम[2] की ज़िंदगी इस दास्तान का एक महत्वपूर्ण हिस्सा है, उन्होंने नाम, प्रसिद्धि, पुरस्कार और प्रशंसा से बेपरवाह एक ख़ामोश व संतुष्ट लेकिन बेहद रंगारंग ज़िंदगी गुज़ारी। वे एक ऐसे साहित्यिक अग्रगामी और रचनात्मक साहित्यकार थे, जिनको हमारे अधिकतर बड़े आलोचक और साहित्यिक इतिहासकार व साहित्यकार केवल 'तुर्की कहानियों के अनुवादक' कहकर, सरसरी तौर पर बात टाल देते हैं। सच तो यह है कि उर्दू आलोचना व इतिहास लेखन ने मुझे हमेशा आश्चर्यचकित किया। इसके अलावा ख़ुद अलीगढ़ मुस्लिम यूनिवर्सिटी की ओर से इस विश्वविद्यालय के जो भारी भरकम इतिहास अंग्रेज़ी में लिखवाए जा रहे हैं, उनमें यलदरम का ज़िक्र भूले से भी नहीं मिलता। इस दुनिया का दस्तूर ही कुछ ऐसा है।

इस घटनाओं पर आधारित उपन्यास के विभिन्न स्रोतों में स्वर्गीय माताजी का लिखित काग़ज़ों का वह भंडार भी सम्मिलित है, जिसमें से अल्लामा इक़बाल, मौलाना मोहम्मद अली, नवाब नसीर हुसैन ख़याल, शैख़ अब्दुल क़ादिर, मुंशी नारायण निगम, डॉक्टर मुख़्तार अहमद अंसारी और जाने किन किन मशहूर लोगों के पत्र शामिल थे, जो 1947 ई. की तबाही में बर्बाद हो गये। जो शेष रहे गये, उनमें से कई इस दास्तान में शामिल हैं।

बहुत से अध्याय नज़्र सज्जाद हैदर के 'रोजनामचे' और 'अय्यामे गुज़िश्ता' जो तहज़ीबे निसवाँ लाहौर में 1942 ई. से 1947 ई. तक और 'इस्मत' कराची में 1950 ई. से 1965 ई. तक, समय-समय पर प्रकाशित होते रहे और यलदरम नम्बर पत्रिका 'पगडंडी' (जो मुबारज़ुद्दीन मरहूम ने क्रमबद्ध की) से लिये गए हैं।

---

1. सीरिया की राजधानी।, 2. सज्जाद हैदर यलदरम का जीवन। यह लेखिका के पिता थे।

डॉक्टर आबिद रज़ा बेदार, निदेशक खुदा बख़्श ओरिएंटल लायब्रेरी पटना ने शमसुल उलमा मौलवी सैयद मुमताज़ अली मरहूम को एक लेख (जून 1912 ई. के तहज़ीबे निसवाँ में प्रकाशित) और जनाब अकबर अली ख़ाँ अर्शीज़ादा एडिशनल डायरेक्टर रज़ा लायब्रेरी रामपुर, डॉक्टर गोपी चन्द नारंग, डॉक्टर शमीम हनफ़ी और क़मर रईस साहब ने यलदरम के कुछ नायाब लेखों की प्रतियाँ उपलब्ध कराईं।

तारीख़े 'सरकशी-ए-ज़िला बिजनौर', हिन्दुस्तानी संस्करण जो शराफ़त हुसैन मिर्ज़ा ने क्रमबद्ध की है और जो जनाब अर्शीज़ादा ने प्रेषित की है, उसमें सैयद अहमद ख़ाँ का मीरबंदे अली तिरमिज़ी के नाम ख़त मिला जो इस किताब के पाकिस्तानी संस्करण में मौजूद नहीं और न मकातीब-ए-सर सैयद में शामिल है, और जो सम्भवतः सर सैयद का प्राचीनतम (5 मार्च 1858 ई.) प्रकाशित पत्र है। सर सैयद अहमद के दूसरे पत्र जो मीर बन्दे अली के नाम थे बहुत दिन हुए नष्ट हो चुके।

'आजकल' मासिक दिल्ली में 'कारे जहाँ दराज़ है' के कुछ प्रारम्भिक अध्याय प्रकाशित होने के बाद इस पत्रिका के एक पाठक जनाब उबैदुर्रहमान हामिद साहब ने स्वयं ही स्वर्गीय सैयद जलालुद्दीन से सम्बंधित कुछ घटनाएं मुझे टोंक से लिखकर भेजीं। डॉक्टर मोईनुर्रहमान ने अपनी पुरस्कृत नवीन रचना 'मुतालिआ-ए-यलदरम' लाहौर से भेजी।

सरदार ख़ुशवन्त सिंह 'सम्पादक इलस्ट्रेटेड वीकली ऑफ़ इण्डिया' ने (सीताराम की क्रमबद्ध की हुई) रिकॉर्ड्स ऑफ ख़ालसा दरबार की टोह दी। भाई अमीर हैदर और डॉक्टर ज़ोय अंसारी ने कुछ पुराने लेख पढ़े। जनाब जगन्नाथ आज़ाद ने 'ज़िक्रे-इक़बाल' का एक पैराग्राफ़ उपलब्ध कराया। मैं उन सभी मेहरबानों की बहुत आभारी हूँ।

स्वर्गीय चाचा मुश्ताक़ अहमद ज़ाहिदी की पोती और हिन्दुस्तान की एकाकी चित्रकार अमीना अक्स (पुत्री जनाब नूरुद्दीन अहमद देहलवी मरहूम) ने जो स्वयं इस दास्तान में शामिल हैं गर्दपोश (पुस्तक का कवर)

का Assemblage न्यूयार्क से तैयार करके भेजा, जहाँ वे पिछले दिनों अपने बनाए हुए चित्रों की प्रदर्शनी के सिलसिले में गई हुई थीं।

स्लेड स्कूल आफ आर्ट लंदन से प्रशिक्षित और सात भाषाएं जानने वाली अमीना बेगम ने मिर्ज़ा ग़ालिब के अतिरिक्त रूस के एलेसियन और अख़मतोवा के शे'र भी चित्रित किये हैं और उनके चित्रों की प्रदर्शनियाँ मास्को, न्यूयार्क, लंदन, पेरिस, क्राइस्टचर्च (न्यूज़ीलैंड), बैंकाक और नई दिल्ली में आयोजित हो चुकी हैं। कुछ वर्ष पूर्व न्यूयार्क में उनकी 'राग माला सीरीज़' और 'शीराज़ साइकिल' की ख़ासतौर पर बहुत धूम मची और ऐसा होना चाहिए था। बचपन में हम लोगों ने भी यही तय किया था।

पश्चिम में किसी साहित्यकार या कवि का नाम लीजिए। हरबर्ट रीड, वर्जीनिया वुल्फ, शेन ओकेसी, विलियम प्लोमर, स्रावज़बर्ट सेटवेल, एलिज़ाबेथ बूदन, स्पेंडर, एशरवुड, सार्त्र, सिमोन द बोउवा, (जोज़ेफ़ होन हेस्कथ पीयरसन, हरबर्ट गोरमैन आदि प्रोफ़ेशनल जीवनी लेखकों को अनदेखा करते हुए) और उनके लिखे हुए जीवनी लिखने सम्बन्धी साहित्य का ढेर आपको मिल जायेगा।

इस तरह की दर्जनों नवीनतम पुस्तकें हर महीने इंग्लैंड और अमेरिका में छप रही हैं। संयुक्त उपन्यास, राइटर्स नोटबुक और फ़ैमिली सागा इनके अतिरिक्त। हमारे यहाँ साहित्य की इन विधाओं पर बहुत कम ध्यान दिया गया है। विशेषकर फ़ैमिली सागा आजकल इंग्लैंड में बेहद लोकप्रिय है; क्योंकि वहाँ 'फैमिली' ख़त्म हो चुकी है।

हानसूयान, क्रांति से पहले के अपने चीनी संयुक्त परिवार का नक़्शा खींच चुकीं। अमेरिका में अश्कानाज़ी यहूदी परिवारों के क़िस्सों का ज़ोर है। अश्कानाज़ी यहूदी और एंग्लो-सेक्सन ईसाई दोनों समानांतर समाज अपनी-अपनी खोज में व्यस्त हैं। पुनः प्राप्ति का यह प्रयास जब समाज में उथल-पुथल हो, ज़्यादा मेहनत से किया जाता है।

निजी रूप से मेरा अधिकतर साहित्य प्रोस्तीन LE CHERHE DU TEMPS PERDU गुमशुदा ज़मानों की खोज पर आधारित है।

जैसे-जैसे यह कहानी आगे बढ़ती गई इसने मेरे लिए एक साहित्यिक एडवेंचर का रूप धारण कर लिया। बहुत दिन हुए जब राल्फ़ रसेल ने मुझसे कहा था कि मुझे एक 'लाइफ़ एण्ड टाइम्स' क़िस्म की चीज़ लिखना चाहिए। उस वक़्त इस किताब की कोई कल्पना मैंने नहीं की थी, लेकिन जब लिखने बैठिये तो तकनीक और साहित्य की विधा स्वयं ही बन जाती है और वास्तविकता कहानी से बहुत अनोखी है। अतः एक 'जीवनियों पर आधारित उपन्यास!'

पाठकों की दिलचस्पी के लिए प्रथम पुस्तक में अपने माता-पिता के और द्वितीय पुस्तक में अपने मित्रों में से अधिकतर साहित्यिक व्यक्तियों की ही चर्चा की है।

पहली पुस्तक 1947 ई. पर समाप्त होती है और दूसरी पुस्तक (चित्रों सहित) 1948 ई. से 1961 ई. और 76 ई. तक की कहानी है। अब अध्यायों की सूची देखिए और फुट नोट्स की अनदेखी न कीजिए। धन्यवाद!

ड्रैगोमेन सज्जाद हैदर के ज़माने के विस्तृत अध्ययन से दिलचस्पी हो तो देखिये ब्रितानवी मिलिट्री अताशियों और ड्रैगोमेन के बड़े अध्याय से पत्र, पब्लिक रिकाइर्स आफ़िस, लंदन। इसके अतिरिक्त -

The Last of the dragomans by Sir Andrew Ryan (London - 1951)

Dragomania - The Dragomans of the British Embassy in Turkey by Allan Cunningham (London - 1961)

Ref. The Young Turks - 1908-14 by Dr. Feroz Ahmed, Clarendon Press, Oxford, 1969.

—क़ुर्रतुलऐन हैदर

अनुवादक की ओर से

'कारे जहाँ दराज़' है का अनुवाद करते समय इस बात का विशेष रूप से ख़याल रखा गया है कि मूल कृति की आत्मा बनी रहे और पाठक को कठिनता का अहसास न हो। चूँकि इस कृति में फ़ारसी व अरबी शब्दों की भरमार है इसलिए यह प्रयत्न किया गया है कि मूल भावना को आहत किये बिना यथा सम्भव उसका सरलीकरण कर दिया जाए।

'कारे जहाँ दराज़ है' मूलतः तीन भागों में है परन्तु इसका अनुवाद करके पाठकों की सहूलियत को ध्यान में रखते हुए चार भागों में कर दिया गया है। कुर्रातुल ऐन हैदर जी 'कारे जहाँ दराज़ है' को अभी और विस्तार देना चाहती थीं, सम्भवतः उन्होंने कुछ कार्य किया भी था परन्तु वह उपलब्ध नहीं है।

'कारे जहाँ दराज़' है का अनुवाद करते समय इस बात का शिद्दत से अहसास हुआ कि लेखिका की भाषा पर पूरी गिरफ़्त थी, उन्होंने शब्दों का प्रयोग बड़ी सुन्दरता व महारत से किया है।

चूँकि हिन्दी उर्दू दोनों सगी बहनों की तरह हैं, इनमें मुहावरों, लोकोक्तियों आदि में बड़ी हद तक समानता है, इसके अतिरिक्त सांस्कृतिक रूप से भी दोनों भाषाएँ कुछ अधिक भिन्न नहीं है इसलिए अनुवाद करते समय एक सरलता व रोचकता का अनुभव हुआ। मुझे विश्वास है कि इस पुस्तक को पढ़ कर पाठक भी ऐसा ही महसूस करेंगे।

—इरफ़ान अहमद

अनुक्रम

अध्याय एक

अध्याय दो

अध्याय तीन

अध्याय चार

कारे जहाँ दराज़ है

1
अध्याय

फ़रात व जेहूँ

मैं दश्ते-लूत[1] के किनारे खड़ा हूँ, किस तरफ़ जाऊँ? मौत कहीं भी किसी रास्ते से आ सकती है। चमकीली कटार का वार, ज़हर का चमचमाता प्याला, जेल के दरवाज़े पर जल्लाद की खटखट...।

मुमकिन है ज़िन्दा भी रह जाएं फ़रात[2] से जेहूँ[3] तक का रास्ता कुछ कम कठिन था? लेकिन अल्लाह की दुनिया बहुत बड़ी है। अगर मा सैयद नबूद मारा दर जहाँ जाय तंग न बूदे (अगर हम सैयद न होते तो हमारे लिए यह दुनिया तंग जगह न होती)। पूर्वज ने बादशाह[4] से बग़ावत की थी, मारे गये, लाश कब्र से निकाली गई, उसे सूली पर लटकाया गया। फिर जलाकर उसकी राख फरात में बहा दी गई। अल्लाहो-अकबर[5] औलाद वतन से बे वतन हुई। हमारे सत्रह साल के भाई यहया ने ख़ुरासान पहुँच कर फिर कुछ हंगामा बरपा किया था। वह भी मारे गए।

अबू मोहम्मद क़सिम कहाँ हैं? अबू मोहम्मद इस्माईल? 'बड़ी अजीब मुसीबत में!'

अबुल इस्हाक़ इब्राहीम?

बड़ी अजीब मुसीबत में!

आरमीनिया और गिरजिस्तान, हब्शा और बलख़, ग़ज़नी और लाहौर-बड़ी अजीब मुसीबत में!

आज़रबाईजान, दाग़िस्तान, कोहे-क़फ़क़ाज़[6] यहूदी और नस्तूरी, ख़ौफ़नाक रूसी और चरकसी और तातारी, माज़ंदरान के घने जंगल इन मज़बूत और लम्बे चौड़े शरीर रखने वाली क़ौमों के आवास हैं, जिनसे ईरान का योद्धा रुस्तम निपटने जाया करता था।

---

1. एक विस्तृत मरुस्थल जो किरमान, सीस्तान, बलूचिस्तान में फैला हुआ है, संसार का सबसे सूखा और गर्म क्षेत्र है।, 2. इराक़ की एक मशहूर नदी।, 3. एक नदी का नाम।, 4. ज़ैद, पुत्र इमाम ज़ैनुल आबिदीन 744 ई. में शहीद किये गये। हुसैन ज़ुलदमअ और ईसा मोतमुल अश्बाल की संतान फ़ारस और मावराउन्नहर में जा बसी। उमर अशरफ़ की औलाद तिब्रिस्तान और गीलान में बसी।, 5. अल्लाह बड़ा है।, 6. क़फ़क़ज़ पर्वत जो पश्चिम एशिया में काला सागर और कैस्पियन सागर के मध्य में कासकासस क्षेत्र में है।

अल्लाह की दुनिया बड़ी विचित्र है, कौन-कौन किधर निकल गया। कैसी-कैसी अजनबी क़ौमों के बीच जा बसे, आगे क्या होगा? डर लगता है—तूरान की जीत को बहुत समय हुआ बुख़ारा, समरकंद और तिरमिज़ में अरबों की नई बस्तियाँ आबाद (स्थापित) हैं। दमिश्क़ और बग़दाद से बहुत दूर मावराउन्नहर में शायद अमन नसीब हो। —एक समय था कि हम हसन व हुसैन के वंशज मदीना में ख़ामोशी से रहते थे। मगर ख़ुदा की क़सम मनसूर के जासूसों ने हमारी ज़िंदगियाँ दूभर कर दीं।

कहा जाता है कि ईरान वाले अपनी शहज़ादी शहरबानो की वजह से हमसे मोहब्बत करते हैं। मेरा अपना ख़्याल यह है कि सियासी मुआमले ज़्यादा जटिल और नाज़ुक हैं। मेरी समझ में बहरहाल कभी न आए।

बलख़ की अग्निशालाएँ ठंडी हो चुकी हैं। अमीर-ए-सामान ने कलमा पढ़ लिया, वेलम का करीम बिन शहरयार मुसलमान हो चुका मगर सासानियत है कि बढ़ती जा रही है। बड़े पदाधिकारियों ने बादशाहत के तौर तरीक़े अपना लिए। सामान के लड़कों को हुकूमतें बख़्शी गईं। नूह समरक़न्द, अहमद फ़रग़ना, इल्यास हिरात, सबने अपनी वंशावली बहराम चौबी से जोड़ ली। सारे शासक खुद को ख़ुसरो[1] और दारा[2] कहलवा कर ख़ुश हो रहे हैं। बुख़ारा और समरक़न्द घूम कर आओ तो पता चलता है कि दुनिया कैसी बदली है। सामानी दरबार में रूदकी[3] क़सीदे[4] पढ़ता है।

शाह माह अस्त व बुख़ारा आसमाँ
शाह सरो[5] अस्त व बुख़ारा बूस्ताँ

(बादशाह चाँद है व बुख़ारा आसमान है, बादशाह सरो है व बुख़ारा बाग़ है)

हाय! अबू ज़र ग़फ़्फ़ारी।

देशों को जीतने, बादशाहत करने के मामले बड़े डरावने हैं। देखो तिब्रिस्तान वालों का क्या हश्र हुआ। हमारे रिश्तेदार थे। खुद को ईश्वर

---

1. प्राचीनकाल में ईरान का एक बादशाह।, 2. प्राचीनकाल में ईरान का एक बादशाह।, 3. ईरान का एक कवि।, 4. एक काव्य विद्या जिसमें किसी की प्रशंसा की जाती है।, 5. शंकु आकार एक लम्बा सीधा वृक्ष।

की ओर बुलानेवाला कहलवाया, शानदार मदरसे क़ायम किए, शासक हुए, अपना सिक्का चलाया, बड़े दबदबे से सौ साल तक हुकूमत की। आख़िरकार वही तलवार की चोट। ख़ुरासान के सफ़ारियों और बुख़ारा के सामानियों ने उनकी कहानी ख़त्म की।

...याकूब सफ़ारी बड़ा नेता बनके उभरा था। लुहार हूँ, जौ की रोटी खाता हूँ, मुझे ख़लीफ़ा बग़दाद की परवाह नहीं बग़ैरा-वग़ैरा। ख़ुद अमीर बन बैठा।

ख़ेवा और ख़्वारज़म और काश्ग़र के ख़ाक़ान मुसलमान हो चुके हैं। सामानी भी गए, काश्ग़र के एक ख़ान ने बुख़ारा जीत लिया।

सामान के वंशजों की बरबादी में, उनके तुर्क ग़ुलामों का बड़ा हाथ है। उनके यहाँ एक तुर्क ग़ुलाम था - अलपत्गीन नामी।

यह तुर्क इतराने वाला। कल एक शा'इर मुझसे कह रहा था। हम लोग बलख़ से पचास मील दूर जेहूँ के किनारे तिरमिज़ में रहते हैं। सिकंदर के ज़माने का शहर है। अग्निशालाएँ सूनी पड़ी हैं। अग्निशाला का पेशवा अब मधुशाला चलाता है। जहाँ फ़ारसी के नए शा'इर रोज़ शाम को जमा होकर अरबों और मुल्लाओं को बुरा भला कहते हैं।

सरकारी और बुद्धिजीवियों की भाषा अरबी है, स्कूलों में अरबी पढ़ाई जा रही है। अलबैरूनी और बू अली सीना, इब्ने मूसा और इब्ने फ़ाराबी के ज़मानों को अभी ज़्यादा समय नहीं हुआ लेकिन नई ईरानी क़ौमपरस्ती की वजह से फ़ारसी का ज़ोर बढ़ता जा रहा है। अबुल क़ासिम फिरदौसी ने हम अरबों की कम तहक़ीर[1] की है। जाने क्या होने वाला है, समझ में नहीं आता।

यह नई इस्लामी बिरादरी है। फ़रग़ना और ज़रफ़िशाँ की वादियों में तुर्क आबाद हैं, तुर्की बोलते हैं। ताजिक पुराने मग़दियों और बाख़तरियों के वंशज हैं। सामान के वंशजों ने मध्य एशिया को सांस्कृतिक रूप से ईरान के नज़दीक कर दिया, इस इलाक़े में ताजिक फ़ारसी फैली। हम भी अरबी

1. अपमान।

बोलना भूल गए। अबा[1] पहनना छोड़ दिया, तुर्की और ताजिक फ़ारसी बोलते हैं। सुर्ख़ चोग़े और धारीदार लिबास पहनते हैं। बहुत ठंडा मुल्क है। पूरे-पूरे ऊपर तक के चमड़े के जूते, समूरी टोपियाँ और समूरी क़बाएँ पहनते हैं। टोपी या अमामे पर यह एक हरे रंग का रुमाल ज़रूर बाँध लेते हैं क्योंकि रसूल (स०) के वंशजों का निशान है।

यहाँ घोड़ों की बहुतायत है। मैंने एक बार सोचा था कि घोड़ों का व्यापार शुरू करूँ। कुछ बुज़ुर्गों ने बलख़ और ख़्वारज़्म के मदरसों में पढ़ा पढ़ाया था, मेरा दिल तिजारत में नहीं लगता। इराक से यहाँ बहुत से सूफी आ गए हैं। ख़ानक़ाहें और तकिये आबाद हो रहे हैं। हम सादात[2] ने तिरमिज़ पर हुक्मरानी भी की, मगर साफ़ बात यह है कि हुकूमत हमारे बस का रोग नहीं।

सलजोक़ियों, ताजिकों, ख्वारज़मियो, ग़ज़नवियों और ग़ौरियों में मुसलसल लड़ाइयाँ हो रही हैं। शहर तबाह होते हैं, फिर आबाद कर लिये जाते हैं।

काफिरों ने इस्लामोदय से पहले यहाँ बुत ख़ाने बना लिये थे। बाख़्तरी यूनानियों ने एक आदमी का बुत तराश कर उसकी पूजा शुरू की, नाम उस आदमी का बुद्ध था। प्राचीन भारत का एक ज्ञानी था। बड़े हसीन बुत थे, जो अलहम्दोलिल्लाह अब तिरमिज़ की रेत पर बिखरे पड़े हैं। बुत नई फ़ारसी शा'इरी की एक तलमीह[3] में बदल कर ख़ुद सहरा-ए-तुर्किस्तान[4] की ख़ाक में मिल गया।

...हमारे तिरमिज़ में इस वक़्त एक से एक आलीशान इमारतें मौजूद हैं। मदरसे ख़ानक़ाहें, अस्पताल, मस्जिदें कारवाँ सरायें, मकानों पर अंगूर की बेलें फैली हैं। बाज़ारों में नहरें बहती हैं, बाग़ों में अनार और सर्व के दरख़्त लगे हैं। जेहूँ नदी की साहिली रेत में तरबूज़ के खेत हैं। शहर से बाहर कपास लहलहा रही है।

---

1. अरब में पहनी जाने वाली एक पोशाक।, 2. सैयद का बहुवचन, हजरत अली के वंशज।, 3. कविता में किसी घटना की ओर संकेत करना।, 4. तुर्किस्तान का जंगल।

तिरमिज़ बुद्धिजीवियों का शहर कहलाता है कि यहाँ ज्ञानी और सूफ़ी बहुत पाए जाते हैं। अभी-अभी जंग का नक़्क़ारा बजेगा या ग़ज़नवी या सलजोकी छापा मारेंगे और पल की पल में सब ग़ारत हो जाएगा। हमारे बुज़ुर्गों ने क्या दहशतनाक ज़माने देखे।

सामानियों का जो तुर्क ग़ुलाम अल्पतगीन था, आज कल दस्तूर यह है कि इन बाँके तुर्कों को फ़ौज में भर्ती किया जाता है। फिर यह बाँके, सूबों के शासकों, दौलतमंदों के दरबान और क़रीबी बन जाते हैं। उसके बाद बग़दाद के ख़लीफ़ा। बग़दाद का जो हाल है, सो है। फिर आश्चर्य क्या है कि अलपतगीन, जो ख़ुरासान का सेनापति बनाया गया था, एक शाही ख़ानदान का संस्थापक और अपने मालिकों का हाकिम बन गया। वालिद बुज़ुर्गवार बताते हैं - इनके बचपन की बात है, जब अलपतगीन के नामवर ग़ुलाम उत्तराधिकारी और दामाद अमीर नासिरुद्दीन सुबक्तगीन ने यहाँ तिरमिज़ में इंतिक़ाल किया।

जेहूँ-सर्दियों में जम जाता है। दरिया के दक्षिणी किनारे के सामने क़हिस्तान के बर्फ़पोश सिलसिले हैं। सदियों के मौसम में ऊपर ख़्वारज़्म से यहाँ तक कश्तियों का आवागमन बन्द हो जाता है। मौसम-ए-बहार में इन कश्तियों पर अक्सर दश्त-ए-क़िपचाक़[1] के ग़ुलाम लाए जाते हैं। क़हिस्तान, उजड़ और अक्खड़ अफ़ग़ानों का इलाक़ा है। अमीर नासिरुद्दीन सुबक्तगीन के हैरतअंगेज़ बेटे महमूद ने इनको ठीक किया था। यमीनुद्दौला की क्या अजीबोग़रीब शख़्सियत थी, उसने एलकख़ानियों और सामानियों के चराग़ गुल किये। ग़ौर को जीता, आल-ए-बूया से इस्फ़हान छीना। उसके दरबार की बुद्धिजीवियों की संगोष्ठियाँ और उसकी दान और ख़र्च करने की प्रकृति के क़िस्से अलिफ लैला की दास्तान की तरह हैं। उसके मरने के बाद कुछ न रहा। फ़रख़ी[2] नौहा कुनाँ हैं - 'ख़ेज़ शाहा कि जहाँ पुर शग़बो शोर शुदा अस्त' (ऐ बादशाह उठ! कि दुनिया में बहुत हंगामा बरपा है) मगर अब वह कहाँ जागता है, सदा रहे नाम अल्लाह का।

---

1. यूरेशियन क्षेत्र की एक घुमक्कड़ प्रजाति का जंगल।, 2. एक कवि का नाम (जो दुःख भरी कविता कहता है)।

...इतिहास किस तरह अपने आप को हू बहू दोहराता है। ग़ज़नी का एक तुर्क ग़ुलाम अनुश्तगीन, सुलतान मलिक शाह सलक़ी को शराब पिलाने वाला था, उसे ख़्वारज़्म का हाकिम मुक़र्रर किया गया। इसके लड़के ने आज़ादी का एलान कर दिया। पोते अलाउद्दीन ख्वारज़्म शाह ने समरक़न्द और बुख़ारा जीत लिये, लेकिन जो हश्र सामानियों का उनके ग़ुलामों ने किया था, वह सलजोक़ियों का हो रहा है। वर्ना तुग़रल बेग, चक़र बेग, और सुलतान संजर का रौब और दबदबा, शौकत और ताक़त, जाहो-जलाल किसको याद नहीं।

ग़ज़नवी फ़ौजों को करारी हार देकर, ख़ुरासान उन्होंने कैसी आसानी से जीत लिया। जिस रोज़ तुग़रलबेग का अभिभाषण नीशापुर की जामा मस्ज़िद में पढ़ा गया है, मेरे एक दादा वहाँ मौजूद थे। मदरसे में पढ़ाया करते थे। उन्होंने वालिद बुज़ुर्गवार को सलजोक़ियों की शानो-शौकत के क़िस्से सुनाए थे।

सलाजक़ा को उनके अताबेगों ने बेदख़ल करना शुरू कर दिया। अताबेग वास्तव में दश्त-ए-क़िपचाक़ से लाए हुए ग़ुलाम (दास) और दक्षिण रूस की वादी-ए-अनल (वॉलगा की घाटी) के बुद्धिमान और ख़ूबसूरत निवासी हैं। सैनिक शक्ति उनके हाथ में है। आज़रबाईजान, फ़ारस, आर्मीनिया शाम, मूसल, दमिश्क़, ग़रज़ यह कि सारे सलजोक़ी राज्य पर इनका आधिपत्य है। इस समय सुलतान संजर केवल ख़ुरासान का शासक रह गया है। लेकिन दरबारी कवि इसकी भी तारीफ़ के दरिया बहाने में व्यस्त हैं।

एक समय था कि बलख़, जर्जान, ख़्वारज़्म और तिब्रिस्तान पर क़ब्ज़ा करने के बाद, तुग़रलबेग ने आल-ए-अब्बास के बग़दाद में 'सुलतान' की हैसियत से प्रवेश किया था।

क़हिस्तान में फ़ीरोज़ कोह के ग़ौरियों ने ग़ज़नी वालों का ज़ोर तोड़ा। लाहौर तक पहुँचकर ग़ज़नवी के राज्य पर क़ब्ज़ा कर लिया। ग़ज़नी के दरबार में हमारे कुछ भाई हाथों हाथ लिये गए थे क्योंकि ख़ाक़ान, ख़वानीन,

मलूक और सलातीन के उस ज़माने में सैयदों और फ़क़ीरों का बहुत आदर-सत्कार किया जाता है। बादशाह रसूल (स०)[1] के वंशजों का सम्मान करके पुण्य कमाना चाहता है।

ग़ज़नवी और ग़ौरी सेनाओं के लगातार आवागमन से, हिन्दुस्तान का रास्ता काफ़ी आसान हो गया है। अब तक यही धुन है कि बीवी बच्चों को साथ लेकर सफ़र पर निकलूँ और काफ़िरों को सही धर्म अपनाने का उपदेश दूँ। ईश्वर इस फ़क़ीर के इरादे को शक्ति और सफलता प्रदान करे, आमीन!

1. 'सल्ललाहो अलैहे वसल्लम' को संक्षिप्त करने में प्रयुक्त अक्षर। जिसका अर्थ है उन (हज़रत मोहम्मद) पर अल्लाह का दुरूद, रहमत और सलाम हो।

जेहूँ से जमना

सिलसिला-ए-नसब पिदरी सैयद आली ख़ानदान सैयद कमालुद्दीन तिरमिज़ी कि दर कैथल मुत्तसिल थानेसर अज़ विलायत आमदा सकूनत करदह अन्द बिन सैयद उसमान तिरमिज़ी बिन सैयद अबू बक्र बिन सैयद अब्दुल्लाह बिन सैयद ताहिर बिन अबू ताहिर बिन सैयद अब्दुल्लाह बिन सैयद अली ज़ैद बिन सैयद हुसैन बिन अबू अब्दुल्लाह बिन सैयद अहमद मोहद्दिस बिन सैयद उमर बिन सैयद हुसैन ज़ुलदमअ बिन ज़ैद शहीद बिन ज़ैनुल आबिदीन अलैहिस्सलाम।

फ़ारसी से अनुवाद :- पैतृक वंशावली इस तरह है कि सैयद उच्च कुलीन सैयद कमालुद्दीन तिरमिज़ी विलायत (विदेश) से आकर कैथल में बस गये, जो थानेसर के करीब में है। उनके पिता सैयद उसमान तिरमिज़ी पुत्र सैयद अबूबक्र पुत्र सैयद अब्दुल्लाह पुत्र सैयद ताहिर पुत्र अबू ताहिर पुत्र सैयद अब्दुल्लाह पुत्र सैयद अली ज़ैद पुत्र सैयद हुसैन पुत्र अबू अब्दुल्लाह पुत्र सैयद अहमद मोहद्दिस पुत्र सैयद उमर पुत्र सैयद हुसैन ज़ुलदमअ पुत्र ज़ैद शहीद पुत्र ज़ैनुल आबिदीन अलैहिस्सलाम।[1]

सैयद कमालुद्दीन तिरमिज़ी उन आरम्भिक सूफ़ियों में से थे, जो बारहवीं शताब्दी में हिन्दुस्तान आए।

क़राख़्ताई से रेशम और सूत के कुछ व्यापारी बलख़ और हिरात जाते थे : उनका साथ हो गया। एक खच्चर पर ख़ेमा लादा, एक पानी का मश्कीज़ा, किताबों का बस्ता, जायनमाज़, तस्बीह और तलवार। जेहूँ पार करके बलख़ पहुँचे।

1. पुस्तिका तज़करतुस्सादात जो शैख़ अहमद पुत्र महमूद मोहम्मदी अकबराबादी ने लिखी। इस किताब की बाहरी वंशावलियों के स्रोत, सैयद अहमद अर्दबेली, शैख़ शरीफ़ुद्दीन पुत्र अब्दुल्लाह निक़ाब, अली पुत्र ज़ैद हिराती, मुल्ला हुसैन वाइज़ काशफ़ी आदि हैं। हिन्दुस्तानी वंशावलियों के स्रोत सैयद अली हमदानी मख़्दूम अशरफ़जहाँगीर, सैयद लाल मोहम्मद क़ुतबी आदि। यह किताब अबुल मुज़फ़्फ़र सुलतान मोहम्मद मोअज़्ज़म शाहे-आलम अव्वल, उपाधि बहादुर शाह प्रथम (1707–1712 ई.) के काल में लिखी गई।

ख़ुरासान पूर्वी सूबा है। सूरज यहाँ सबसे पहले निकलता है। बहुत विस्तृत सूखा चटियल मैदान, सुर्ख़ ज़मीन, सुर्ख़ मिट्टी और सुर्ख़ चट्टानें।

ऐसी जलरहित और बंजर धरती ने कैसे-कैसे साहित्यकार, विद्वान, सेनापति और राजनीतिज्ञ उत्पन्न किये, ताज्जुब होता है। जब सूरज निकलता तो धूप विशालता के कारण क्षितिज से क्षितिज तक फैलती ही चली जाती है। ख़ुरासान सूर्योदय की सरज़मीन है।

इस लेखिका ने अक्तूबर 1970 ई. में ईरान के सम्राट मोहम्मद रज़ा शाह पहलवी और सम्राज्ञी फ़रह पहलवी के साथ हेलीकाप्टर और हवाई जहाज़ से ख़ुरासान का दौरा किया। इस क्षेत्र के सपाट मैदानों और टीलों से आज भी इसी तरह कारवाँ गुज़रते हैं।

अत्याधुनिक सुविधाओं वाले शहर आबाद हो चुके हैं, मगर मशहद, तूस और नीशापुर की मस्जिदों और मदरसों के अबा पहने हुए विद्वानों और हरे-हरे रंग के अमामे धारण किये हुए तस्बीह फेरते बूढ़े, जवान और चादरें ओढ़े ख़ानमें याद दिलाती हैं कि बारहवीं और बीसवीं शताब्दी के बीच विराम केवल एक पल और एक आन का है। पहाड़ी रास्ते, नदियाँ और सर्व के झुण्ड और खेत इस असीम फैलाव और सन्नाटे में अमर प्रतीत होते हैं। वह जो इस दर्रे में से खच्चरों की क़तार गुज़र रही है, पगड़ियों और शलवारों वाले मुसाफ़िर इन पर सवार हैं, कहाँ से आते हैं और किस तरफ़ इनका रुख है? कौन हैं और कहाँ से अपने सफर पर निकले थे?

बलख़ से ग़ज़नी पहुँचे, जिसे अलाउद्दीन जहाँ सोज़ जलाकर ख़ाक कर चुका था। अफ़गानिस्तान से निकले दरियाए अटक, पंजाब, लाहौर।

शहर कुछ अलग सा लगा, अचानक कुछ क़ब्रें और एक मस्जिद नज़र आई, जान में जान आई। अपने एक पुश्तैनी भाई अहमद तोख़्ता तिरमिज़ी से अफ़सोस कि मुलाक़ात न हो सकी! पंजाब से चले, ढेली के नज़दीक पहुँचे, रास्ते में कई क़ाफ़िले छोड़े, नए मुसाफ़िरों का साथ मिला। कभी बिल्कुल अकेले भाग्य के भरोसे, कभी ऊँट या ख़च्चर पर। दिरहम की थैली ख़त्म

होने के क़रीब थी। निश्चय किया कि अब जो बस्ती दिखाई पड़े, अल्लाह का नाम लेकर वहाँ ठहर जाना चाहिए।

एक जगह हरी भरी दिखाई दी जहाँ मवेशी बहुत चर रहे थे, तालाब था, हिन्दुओं के मंदिर। पता लगा कि इस क़स्बे का नाम कैथल है। हरियाणा इलाक़ा, नदी के किनारे हिन्दुस्तानियों की एक प्रसिद्ध ज़ियारत गाह और मंदिर हैं। नज़दीक ही एक स्थान थानेसर है। कैथल का ख़ास मैदान कुरुक्षेत्र कहलाता है। यहाँ प्राचीनकाल में एक भयंकर युद्ध हुआ था।

स्थानीय भाषा से अनभिज्ञ, रास्ते में कुछ शब्द पंजाबी के सीख लिये थे, इनसे काम चलाया। तुर्क यहाँ हद से ज़्यादा बदनाम हैं। 'तुर्क' शब्द से लोग सहम जाते हैं, बार-बार हमले करके इन क़ौमों में भय का वातावरण बना रखा है।

जेहूँ से जमना तक का रास्ता कुछ कम ख़तरनाक था।

बहरहाल सेलागढ़ तालाब एकानेर के किनारे झोपड़ी डालकर टूटी फूटी हरियाणवी भाषा में धर्मप्रचार शुरू कर दिया।

मुझे है हुक्मे अज़ाँ (मुझे नमाज़ की तरफ़ बुलाने का आदेश है)

सैयद कमालुद्दीन तिरमिज़ी ने कुछ वर्ष कैथल में रहने के बाद पिताश्री से मिलने के लिए दोबारा तुर्किस्तान जाने का इरादा किया। जैसे लम्बी छुट्टी पर वतन जाते हैं।

रास्ते में राजनैतिक उथल-पुथल मची थी। उस तरफ़ ईरान में इस्माईलयों ने ऑफ़त जोत रखी थी क्योंकि वह भी एक और इमाम के पुत्र इस्माईल की इमामत का निमंत्रण दे रहे थे।

1192 ई. में सैयद कमालुद्दीन तिरमिज़ी ने बीवी बच्चों और साथियों के साथ दोबारा हिन्दुस्तान आने का इरादा किया। रास्ते में क्या देखते हैं कि एक बड़ी सेना ख़ैबर के दर्रे की तरफ़ जा रही है, वह सुलतान शहाबुद्दीन, अलाउद्दीन जहाँसोज़ के भतीजे का लश्कर था।

सुलतान ने अपने क़रीबी लोगों और सेनापति के साथ आकर आप (सैयद कमालुद्दीन तिरमिज़ी) से मुलाक़ात की और बोला कि बेसरोसामानी में धर्मोपदेश देने हिन्दुस्तान जाना तकलीफ़ से ख़ाली नहीं। उन्होंने कहा कि फ़कीर को ईश्वर का समर्थन ही काफ़ी है। उसके बाद अपने बहादुर बेटे सैयद इब्राहीम को सुलतान की फ़ौज के साथ कर दिया।

सुलतान ने निशान-ए-इस्लाम 'मलिक' के ख़िताब के साथ अता किया और सरहिन्द पहुँचकर हाँसी के क़िले की तरफ़ ध्यान दिया, विजय प्राप्त की। सैयद इब्राहीम साथियों समेत शहीद हुए। इनका मज़ार (कब्र) क़िले के अंदर मौजूद है जो ख़ानक़ाह-ए-निशानची कहलाती है।

दिल्ली की जीत के बाद सुलतान शहाबुद्दीन ग़ौरी के बुलाने पर सैयद कमालुद्दीन दिल्ली आए, उसके बाद क़स्बा कैथल आकर दोबारा रहने लगे। आप (सैयद कमालुद्दीन) के उपदेशों से एक हज़ार लोगों ने इस्लाम धर्म अपनाया। स्वयं एक युद्ध में सम्मिलित होकर शहीद हुए इनके भतीजे ख़्वाजा सब्ज़ ख़त भी तिरमिज़ से कैथल आये। क़स्बा सूफ़ियों का गढ़ बन गया, अलाउद्दीन ख़िल्जी के अध्याय में इतिहासकार 'फ़रिश्ता' कैथल के सैयदों का ज़िक्र करता है।

सैयद कमालुद्दीन के कुछ बेटों के नाम यह हैं -

(1) हिसामुद्दीन, औलाद इनकी कैथल, फ़ैज़ाबाद और अहमदाबाद (गुजरात) में हैं।

(2) मलिक सैयद इब्राहीम, हाँसी की जंग में पृथ्वीराज चौहान की फ़ौज से लड़ते हुए क़त्ल हुए और शहीद मर्द कहलाए। ज़िक्र उनका ऊपर आ चुका है (यह जो हिन्दुस्तान के चप्पे-चप्पे पर गुमनाम शहीद मर्दों की क़ब्रें हैं, जिन पर अँधेरी रातों में इनसे श्रद्धा रखने वाले आकर चराग़ जलाते हैं, यह वही परदेसी सिपाही हैं, जो अनगिनत युद्धों में शहीद हुए)

(3) नसीरुद्दीन, प्रवचन देने के लिए बंगाल का सफर किया और औलाद सिल्हट और पूर्णियां में मौजूद हैं। बंगाल के नवाब मीर क़ासिम, मीर नसीरुद्दीन पुत्र सैयद कमालुद्दीन तिरमिज़ी की बेटी की नस्ल से थे।

(4) अलीमुद्दीन अव्वल, 1194 ई. में शहाबुद्दीन गौरी ने क़न्नौज जीता, अलीमुद्दीन और दूसरे सूफ़ी वहाँ जा पहुँचे। सुलतानों की पालिसी शुरू से यह रही कि क़ब्ज़ा किये हुए इलाक़ों में सैयदों और तुर्कों को आबाद करते थे। सैयदों को आमतौर पर क़ाज़ी (न्यायाधीश) बनाया जाता था।

तिरमिज़ी और बुख़ारी तरह-तरह के सैयदों के गिरोह के गिरोह अब हिन्दुस्तान आने शुरू हुए, दूर-दूर के गाँवों और क़स्बों में आबाद होने लगे। हर तरफ़ सूफ़ियों और फ़क़ीरों की रेल पेल थी। 'बादशाह ने मीर अलीमुद्दीन प्रथम को उच्च पद पर आसीन किया।' मशहूर सूफ़ी सैयद शहाबुद्दीन क़न्नौजी मीर अलीमुद्दीन की औलाद में से थे, इनके उत्तराधिकारी अधिकतर ज़िला बाराबंकी (अवध) में जाकर बसे।

शम्सुद्दीन अल्तमश को बदायूँ का गवर्नर बनाकर शहाबुद्दीन ग़ौरी वापस गया। रास्ते में क़रामतियों के हाथों मारा गया। ग़ुलाम वंश और ख़िलजियों के काल में और भी ज़्यादा विद्वान और बुज़ुर्ग मध्य एशिया और ईरान से हिन्दुस्तान पहुँचे। 1399 ई. में ख़्वाजा जहान ने जौनपुर की सल्तनत की नींव रखी, कड़ा (इलाहाबाद) और क़न्नौज इस नई सल्तनत के सूबे थे। सैयद अलीमुद्दीन की पाँचवीं पीढ़ी में सैयदुल आरिफ़ीन, अलीमुद्दीन सानी 'सरकार जौनपुर में औहदा पंज हज़ारी पर फ़ाइज़ हुए'।

'सैयद जलालुद्दीन बुखारी (रह०) अछ आ चुके थे, तुग़लक़ वंश के बादशाह इनके मुरीद थे। यह उनके पोते मख़दूम जहानियान (रह.०) जहांगश्त का दौर था। सैयद अलीमुद्दीन उनके ख़लीफ़ा (उत्तराधिकारी) बनाये गये।

'हज़रत सैयद अलीमुद्दीन अज़ बुज़ुर्गाने रोज़गार दर लिबासे ग़िना कस्बे सुलूक अहले तसव्वुफ़ रा बरपामीदाश्त अकमल मुरीद मख़दूम जहाँनियान (रह०) बूद हज़रत शैख़ अली जमशेद राजगीरी (रह०) तरीक़ा म्वाखाँ व

मसाहिबत व महरमियत दाश्त चुनाँचे बराए इज़हारे इस्लाम ब बलानूँ (ज़िला बाराबंकी) आमद मख़दूम अख़ी जमशेद अज़ इत्तिहाद पाक निहाद। ब बलानूँ आमदा दब म्वाफ़क़त सैयद बिनाए क़िला अंदाख़त' (बहरे ज़ख़्ख़ार)

अनुवाद : हज़रत सैयद अलीमुद्दीन अपने ज़माने के बुज़ुर्गों में से थे, और निर्लोभ और दरवेशी के वेश में सूफ़ियों के समुदाय के सुलूक और तरीक़े को हासिल करने के लिए इस हालत में रहा करते थे। जनाब मख़्दूम जहानियान जहाँगश्त के अनन्य भक्तों में से थे। हज़रत अख़ी शैख़ जमशेद राजगीरी उनके साथ मोहब्बत, मैत्री और हमराज़ होने का सम्बन्ध रखते थे। इस तरह उन्होंने इस्लाम के प्रचार के लिए बलानूँ ज़िला बाराबंकी की यात्रा करके, जनाब मख़्दूम अख़ी जमशेद के साथ पवित्र और मैत्रीपूर्ण सम्बन्ध स्थापित किये। और बलानूँ आकर जनाब सैयद अलीमुद्दीन के साथ क़िले की नींव रखी। (बहरे-ए-ज़ख़्ख़ार से ग्रहीत)

दिल्ली के तख़्त पर से तुग़लक और ख़िलजी उतरे और लोधी आए जो अफ़ग़ान थे। उन्होंने अफ़ग़ानों को सल्तनत की विभिन्न सीमावर्ती छावनियों में आबाद किया। पंद्रहवीं शताब्दी में सिकंदर लोधी का काल विद्याओं के पुनर्जागरण का दौर था। सैयद अलीमुद्दीन सानी के पड़पोते सैयद सदरुद्दीन महान विद्वान थे। सुलतान सिकंदर के दरबार में शाही तख़्त के दाहिनी तरफ़ स्थान पाते थे। 'फ़रिश्ता' ने उनका ज़िक्र किया है। उनकी औलाद में सैयद अब्दुल ग़नी, अकबर महान के उच्च श्रेणी के न्यायाधीश थे और उनके आगमन पर नौबत बजाई जाती थी। यानी साहिबे नौबत थे।

औलाद कस्बा पिहानी जि. हरदोई अवध में आबाद है। तलत मुस्लिम ज़ैदी जो अमेरिका में रहती हैं, सैयद अब्दुल ग़नी की नस्ल से हैं।

सैयद जलालुद्दीन ग़ाज़ी, सैयद कमालुद्दीन तिरमिज़ी के बेटे इस वृत्तांत लिखने वाली के पूर्वज हैं।

सैयद जलालुद्दीन ग़ाज़ी उस इलाके में जाकर बसे जो बाद में रुहेलखण्ड कहलाया। सैयद जलालुद्दीन के उत्तराधिकारियों में सैयद अशरफ़

गंज बख़्श, सैयद अहमद, सैयद मोहम्मद, सैयद महमूद और सैयद हसन अस्करी का काल पंद्रहवीं शताब्दी का है। सैयद हसन अस्करी के साहिबज़ादे (बेटे) सैयद ज़ियाउद्दीन सरकार सम्भल में चार हज़ारी थे, ठाठ करते होंगे। यह कटिहर राजपूतों को क़ाबू में रखने के लिए क़स्बा नहटौर ज़िला बिजनौर में तैनात थे। सैयद ज़ियाउद्दीन तिरमिज़ी को एक बग़ावत कुचलने के लिए लश्कर के साथ पूर्व की ओर भेजा गया। युद्ध में काम आए और जिया शहीद कहलाए।

सैयद जिया शहीद का मज़ार झोसी में एक सुन्दर टीले पर है। झोसी इलाहाबाद से कुछ मील की दूरी पर एक सुंदर सा गाँव है। कबीर दास के गुरु शैख़ तक़ी यहाँ के रहने वाले थे। झोसी की दरगाह में कई गुमनाम मज़ार (क़ब्रें) हैं। उर्स होता है लेकिन गाँव वालों और मुजाविरों को किसी बुज़ुर्ग का नाम ठीक से मालूम नहीं।

मख़्दूम जहानियान जहाँगश्त के पूर्वज की ही संतान शाह शाबान (रह०) का मज़ार भी सम्भवतः यहीं है। एक टीले पर पुराना खण्डहर और क़ब्रें निश्चित रूप से मुग़लकाल से पहले की हैं। दरगाह के नीचे जमना बहती है, नदी के किनारे पर बरगद की तरह का पेड़ बड़ा भारी भरकम और अजीब तरह का मौजूद है, जिसकी डरावनी जड़ें किनारे से लेकर टीले की दरगाह तक फैली हुई हैं। गाँव वालों का कहना है कि मख़दूम जहाँनियान इसका पौधा अपने साथ भक्कर (सिंध) से लाए थे। बड़ा अनोखा दरख़्त है। नेशनल ज्योग्राफ़िक मैगज़ीन वाला देख सके तो वाह-वाह करे।

जिया शहीद के देहांत की सूचना जब 'सम्भल' पहुँची, उनके बेटे मीर हसन ने नौकरी से त्यागपत्र दे दिया। उस समय उनके लश्कर में एक वफ़ादार तीरगर ऐसा था, जो उनका साथ छोड़ने पर बिल्कुल तैयार नहीं हुआ। अतः पूर्व मनसबदार और ग़रीब तीरगर दोनों सम्भल से निकले और दरवेशों की तरह पैदल ही नहटौर वापस गए।

नहटौर में उस समय राजपूत, कायस्थ और बनिये आबाद थे। सरकार की ओर से पठान सैनिक क़स्बे की सुरक्षा के लिए तैनात थे। क़ाज़ी अमरोहा से भेजे जाते थे (इससे पता लगता है कि ज़िलों का प्रबंध कितना बाक़ायदा था)।

उस समय क़ाज़ी चमन नहटौर में तैनात थे। सैयद हसन तिरमिज़ी की पहली शादी क़ाज़ी चमन की बेटी मेहरुन्निसा से हुई थी। ...इनके लड़के आरिफ़ निःसंतान रहे। दूसरी शादी सईदुन्निसा बेगम पुत्री सैयद अहसन कैथली से हुई थी। इनकी हज़ारों हज़ार औलाद सादात-ए-नहटौर (नहटौर के सैयद) कहलाई।

वफ़ादार तीरगर ने भी शादी कर ली, इसकी औलाद ने मोहल्ला 'तीरगराँ' बसाया, जो आज तक आबाद है।

अधिकतर सादात-ए-नहटौर देश विभाजन के बाद पाकिस्तान पलायन कर गए।

फ़रात से जेहूँ, जेहूँ से जमना और गंगा और गोमती और गांगन तक के रास्ते कुछ कम उलझे हुए, खतरनाक और हैरतनाक थे।

शकुन्तला का देस

कुमाऊँ और गढ़वाल के आँचल में जहाँ शिकारगाहें थीं, वहाँ नेशनल पार्क बन गए। हरे-भरे मैदानों में ट्रैक्टर चल रहे हैं। डाक बंगलों में नामी शिकारियों, पुराने भूतों, जिम कार्बेट, जफ़र उमर और सुलताना डाकू की बाज़गश्त (गूँज) डूबती जाती है। बिजनौर के ढाक के जंगलों में छुपे पीर ज़ैनुल आबिदीन सैयद बूढ़ा और धरमगढ़ी के क़िले खण्डहर हो गए। क़ायम चाँदपुरी के वतन का एक ऐतिहासिक क़स्बा बाश्टा मुग़लकाल के नामी सूफ़ियों और विद्वानों के मज़ारों से भरा हुआ है।

डिप्टी नज़ीर अहमद बिजनौर से जाकर देहलवी कहलाए। यलदरम, डॉ. अब्दुर्रहमान, शम्सुल उलमा ताजवर नजीबाबादी और हाफ़िज़ मोहम्मद इब्राहीम इस ज़िले के निवासी थे और 'मदीना' अख़बार यहाँ से निकला करता था।

तज़किरों (वृत्तांतों) में ऐसे इलाकों को मर्दुमख़ेज़ (वीर मनुष्यों का क्षेत्र) कहा जाता है।[1] ...हिन्दुस्तान जन्नत निशाँ[2] में ऐतिहासिक घटनाओं की इतनी बहुतायत है, कितनी अनगिनत कहानियाँ इस गुमनाम और महत्त्वहीन ज़िले के क़स्बों और गली कूचों में छिपी हुई हैं। अगर मन की आँखों से देखा जाए तो हर घटना हैरतनाक, अचम्भे में डाल देने वाली, और असावधानों के लिए चेतावनी है।

बूढ़े विक्टोरियन अंग्रेज़ों ने मुग़ल इतिहासकारों की जगह संभाली, एक-एक गाँव और शहर का इतिहास क्रमबद्ध किया, लोक कथाओं और प्रामाणिक दस्तावेज़ों (पाण्डुलिपियों) का अध्ययन किया। फ़ारसी किताबों का अनुवाद किया। नई किताबें लिखीं जिनमें से अधिकतर अब राष्ट्रीय पुस्तकालयों के गोदामों में दीमक का इंतजार कर रही हैं।

---

1. आज के दौर में कौसर चाँदपुरी और डॉक्टर ज्ञानचन्द जैन ने साहित्य में नाम पैदा किया।, 2. स्वर्ग जैसा।

जानना चाहिए कि बिजनौर क्षेत्र प्राचीन श्रुतियों के अनुसार राजा 'बेन' ने आबाद किया, जो एक चक्रवर्ती राजा था। इससे सम्बंधित गढ़ियों की टीकरियाँ बिजनौर, मुरादाबाद, बदायूँ, चम्पारण और शाहाबाद में पाई गई हैं। यह राजा सम्भवतः राजा रामचंद्र अयोध्यापति का समकालीन और आदिवासी जाति का था। अतः आर्यों के आधिपत्य के पश्चात ब्राह्मणों ने इसके विरोध में काफ़ी कुछ लिखा। विष्णु पुराण में आया है कि वह ब्राह्मणों का शत्रु था अतः ऋषियों ने उसका वध कर दिया।

यह बात अचम्भे की और बड़ी ख़ौफ़नाक है कि प्राचीन युग के इन आदिवासियों की संतान आज तक 'तुच्छ जातियों' में गिनी जाती हैं और उत्तर प्रदेश के पश्चिमी जनपदों में अहीर, बाँसफोड़ और वनक्षेत्र के आदिवासी बेनबंसी कहलाते हैं।

बिजनौर के पश्चिम में गंगा बहती है, उत्तर में चण्डी की पहाड़ी है। इस हरे-भरे क्षेत्र में झीलों और नदियों की बहुतायत है। उत्तर की पहाड़ियों में से कई नदियाँ निकलती हैं, जिनमें से एक का नाम गाँगन और एक का मालन है।

जो महाभारत का प्राचीनतम और मूल नाम है, इसमें लिखा है कि ऋषि विश्वामित्र व कण्व ऋषि (जिन्होंने शकुंतला को पाला था) के आश्रम तराई में थे। इसी मालन के किनारे जहाँ आज क़स्बा मंडावर है, कनवा ऋषि का आश्रम था।

महाभारत में लिखा है कि महापराक्रमी राजा दुष्यंत एक दिन शिकार खेलने वन में गया। पशु पक्षी गुंजार रहे थे, सरोवरों में कमल खिले थे और ऋषियों की कुटियों पर वन लताएं। राजा पत्तों की शोभा देखता जाता था कि आगे जाकर एक आश्रम मालिनी नदी के किनारे जाकर दिखलाई पड़ा। चारों ओर घने वृक्ष, अग्नि कुण्ड में अग्नि जल रही थी, तोते-मैना, कबूतर, हरियल, कोकिला, चकोर कलोल कर रहे थे। डालियों से फूलों

की वर्षा होती थी, एक ऋषि अग्नि कुण्ड में आहुति दे रहे थे। और आगे एक आश्रम रमणीक देखा, कश के आसन बिछे, एक परम सुंदरी कन्या तपस्वी रूप धारे।

निर्धनता की मारी, रंग और सुगंध रहित मंडावर कभी उस परम सुंदरी शकुंतला की जन्म भूमि थी। कुषाण युग में मण्डावर नारंगी वस्त्र धारे राय भिक्षुओं के 'ओम मुनि पदमे हों' से गूंजा - मयूर भेज में स्तूपों का निर्माण हुआ। मयूर भेज आज तहसील नजीबाबाद का एक मामूली क़स्बा है।

युग बदलने के साथ-साथ शताब्दियों के बाद दिल्ली के अग्रवालों से, जो इस इलाके के हाकिम थे, सुलतान कुतबुद्दीन ऐबक ने मंडावर तलवार के ज़ोर पर हासिल किया और एक आलीशान मस्जिद का निर्माण कराया। बिजनौर को सूबा बदायूँ में सम्मिलित किया गया।

तूरानी नियम के अनुसार ऐबक ने अपने एक दास शम्सुद्दीन को, जो उसका दामाद भी था, बदायूँ का हाकिम बनाया। यह तुर्क शासक दिन-रात देखते थे कि इनका हश्र इनके भाई-बन्दों का, तूरान और ईरान में इनके दासों और अताबेगों के हाथों क्या हो रहा है मगर इनकी समझ में बिल्कुल न आता था।

मुसलमानों के शुभागमन के समय अधिकतर कटिहर राजपूत बिजनौर में आबाद थे। इस कारण यह क्षेत्र कटिहर कहलाया। इनके अतिरिक्त ब्राह्मण, बनिये और बेनबंसी यहाँ बसते थे। कटिहर को दिल्ली और बदायूँ के सूबों में बाँट दिया गया। राजपूत सरदार दिल्ली की सरकार से हमेशा बाग़ी रहे।

1308 ई. में मंगोल लश्कर के सेनापति अली बेग गोरगाँ ने बिजनौर पर धावा किया। अमरोहा के नज़दीक मलिक काफ़ूर ख्वाजासरा युद्ध को तैयार हुए, तातारियों की पराजय हुई, लेकिन 1398 ई. में अमीर तैमूर दिल्ली पर क़ब्ज़ा करके बिजनौर की ओर बढ़े। गंगा के तट पर दिल्ली की सेना की कश्तियाँ दिखाई दीं। मंगोल ने सब को मौत के घाट उतारा।

आदरणीय दर्शकों! ये तातारी मास्को पर शबख़ून (छापा) मारने के इरादे से निकले थे, रास्ते में अमीर तैमूर ने सोचा, अब रूस कौन जाता फिरे बिजनौर आ पहुँचे, अजीब लोग थे।

चण्डी के जंगलों पर हमला करके मुग़लों ने मलिक शैख़ा और दूसरे स्थानीय सरदारों को तलवारों के घाट उतारा। हरिद्वार तक, जो हिन्दुओं की मशहूर ज़ियारतगाह (दर्शनीय स्थल) है, ख़ून के दरिया बह गए। अंततः जंगलों के इस बेफ़ायदा युद्ध से उकताकर अमीर तैमूर साहिब-ए-क़िरान[1] वापस चला गया। हमें उसके इस निश्चय पर आपत्ति नहीं।

ग़रज़ कि दिल्ली के सुलतानों की राजनीति और युद्ध बहुत ज़्यादा उलझन भरे थे। यह क्षेत्र, विशेष रूप से सम्भल यदा कदा युद्ध भूमि बनता रहा। कटिहर सरदार राय हर सिंह लोधियों के ख़िलाफ़ स्थायी रूप से विद्रोह करता था। कटिहर क्षेत्र, रामगंगा के उस पार स्थित था। बिजनौर केंद्रीय सरकार दिल्ली से सम्बंधित रहा, प्रधान स्थान इस सूबे का सम्भल था। सुलतान हुसैन शर्क़ी जौनपुर के शासक ने मुबारक ख़ाँ हाकिम सम्भल को पराजित कर सूबा अपनी सल्तनत में शामिल कर लिया। शाह हुसैन की दुःखद तबाही और बर्बादी के बाद सम्भल एक बार फिर दिल्ली से सम्बंधित हो गया।

1493 ई. की घटना है कि कटिहर राजपूतों के विद्रोह को कुचलने के सिलसिले में सिकंदर लोधी स्वयं सम्भल आया और चार वर्ष यहाँ ठहर कर विद्वानों की गोष्ठियों, चौगान और सैर व शिकार से दिल बहलाता रहा।

सल्तनत रूपी पुष्प वाटिका में प्रतिकूल हवा चली, बाबर बादशाह तख़्त पर बैठा, जो तैमूर का वंशज था। यह नए मुग़ल फ़रग़ना और जेहूँ की ताज़ा हवाएं साथ लाए। उन्हें देखकर बलख़ व बुख़ारा, तिरमिज व बदख़शाँ, ज़रफ़िशाँ व सैहूँ व मोलियाँ नदी की याद ताज़ा हुई। ऊँचे चर्मी जूते पहने,

1. शुभ संयोग वाला राजा अर्थात जिसकी कुण्डली ब्रहस्पति और शनि के संयोग में हो।

आड़ी कुलाह (टोपी), इरादे की मज़बूत, पढ़ी-लिखी बाँकी क़ौम थी। लोधियों ने जगह-जगह अफ़ग़ान छावनियाँ स्थापित की थीं।

अफ़ग़ान गुस्से में भरे शेरों की तरह थे। नसीरुद्दीन हुमायूँ बादशाह उनका ज़ोर कम न कर सका। 1539 ई. में हैबत ख़ाँ नियाज़ी और दूसरे अफ़ग़ानों ने मुग़ल सेनाओं को दोआबे से निकालकर शेर ख़ाँ सूरी पठान के साथ संधि कर ली।

कटिहर राजपूत और अफ़गान, दोनों एक से एक लड़ाके, एक दूसरे से और केंद्रीय सरकार के हाकिमों से झड़पें होतीं, बाद में तराई के जंगलों में जा छिपते। जब शेरशाह बादशाह हुआ, उसके हुक्म से बहुत से जंगल काट डाले गए। इस बुद्धिमान और होशियार हुक्मराँ ने सूबे का प्रबंधन किया, इस्लाम ख़ाँ सूरी के बाद फिर बेचैनी उत्पन्न हुई।

हुमायूँ वापस आया, चग़ताई संतान का सितारा बुलंद हुआ, हुमायूँ ने बिजनौर मिर्ज़ा अस्करी और बाद में ख़ाने ख़ानाँ बैरम ख़ाँ को दे दिया।

उलुग़ मिर्ज़ा ने हुमायूँ से बग़ावत की थी (उलुग़ तुर्की भाषा में बड़े को कहते हैं।) दिल के बड़े अकबर बादशाह ने उलुग़ मिर्ज़ा के दोनों बेटों सिकंदर व महमूद को बिजनौर में जागीरें प्रदान करीं। जिस समय अकबर पंजाब में अपने भाई मिर्ज़ा हकीम से जंग में व्यस्त था, महमूद सुलतान के लड़कों इब्राहीम हुसैन व मोहम्मद हुसैन ने बिजनौर में विद्रोह का बिगुल बजा दिया। मुग़ल सूबेदार हुसैन ख़ाँ टिकरिया ने दोनों की अच्छी ख़बर ली, दोनों ओर से तलवारें चलीं, बाग़ी सूबा पंजाब की ओर फ़रार हुए।

ख़बर पड़ी कि जौनपुर के अरब बहादुर ने बिजनौर पर धावा बोल दिया, संभल के हाकिम ऐनुलमुल्क ने सेना भेजकर आक्रमणकारी का मुक़ाबला किया। अरब बहादुर कुमायूँ की पहाड़ियों में छिप गया। उसके बाद क़स्बा नहटौर के पड़ोस में शेरशाह सूरी के बसाए हुए, क़स्बा शेरकोट के नज़दीक मार दिया गया।

सार यह कि यह शताब्दियाँ तातारियों के युद्धों, अफ़ग़ानों और चुग़ताइयों के बलवों, हंगामों से भरी पड़ी हैं। सैयद हसन तिरमिज़ी की औलाद, क़स्बा नहटौर में आबाद उस युग के ज्वार भाटों को देखती रही। सैयद हसन पंद्रहवीं शताब्दी में संभल के मनसब सैहज़ारी को छोड़कर गाँगन के किनारे एकांतवास में इबादत करने लगे थे।

उनकी संतान खेत किसानी और अध्यापन कार्य में लग गई। कच्चे-पक्के मकान बनाए, मोहल्ले, मस्जिदें और मदरसे आबाद हुए। सगे सम्बंधी सारे दोआबे में और एक ही पूर्वज की नस्लें बिहार और बंगाल तक फैलीं। सभी कुटुम्बी ताजिक, फ़ारसी और तुर्की बोलना भूले। अब ब्रज, पंजाबी, जाटव, अवधी, पूरबी और जाने क्या अल्लम ग़ल्लम तुर्की, फ़ारसी, अरबी के साथ मिला जुलाकर बोलते हैं। भाषा क्या है चूँ-चूँ का मुरब्बा कहिए।

समूरी टोपियाँ, ऊनी फ़रग़ल और क़बाएं बुग़्चों में रखे-रखे कीड़ों की भेंट चढ़ गईं। जो रिश्तेदार मालदार हैं, वह रईसाना वस्त्र पहनते हैं। ग़रीब, निर्धन, मोटा-झोटा गाढ़ा खद्दर पहनकर अल्लाह का शुक्रिया अदा करते हैं। बहरहाल, ख़ानदान एक सुरक्षित क़िले की तरह है, सब एक-दूसरे का ख़याल रखते हैं। रात को भूखा कोई नहीं सोता।

बीबियाँ जो तुर्कमेनिस्तान में शहसवारी करती थीं, अब इस क़िले में सीमित हुई हैं क्योंकि अपरिचित देश में खतरा ही खतरा था। कुलाह (एक तरह की विशेष टोपी, जो उच्च श्रेणी के लोग पहनते हैं) छोड़ दी, मलमल के दुपट्टे ओढ़े, हिन्दू सुनारों से हिन्दुस्तानी गहने गढ़वा, अपने आज़रबाईजानी कान के गहने इन कुशल कारीगरों से नक़ल करवाए, जो अब 'झुमके' कहलाते हैं।

मर्द जो तलवार के धनी हैं, राजपूती ढंग की पगड़ी बाँधते हैं। पढ़े-लिखे लोग सिर पर अमामे सुशोभित क़रते हैं और शमला (तुर्रा) इसका ज्ञान के अनुरूप रखा जाता है (अर्थात् जितना ज्ञान हो अमामे का तुर्रा उतना ही ऊँचा) चौदहवीं शताब्दी ई. में तातार के अमीरों, काश्ग़र के ख़ानों और मंगोल सैनिकों की देखा-देखी दिल्ली राजधानी और उसके आस-पास के

कुलीन वर्ग के लोग चीनी ढंग की चोटियाँ गूँथने लगे थे। अब मुग़ल काल में तुर्किस्तान, रोम और ईरान के नए-नए रिवाज़ आम जनता और सम्भ्रांत वर्ग में लोकप्रिय हैं।

अलाउद्दीन ख़िल्जी के काल से ही शादी ब्याह की रस्मों में, हिंदुओं के तौर तरीक़ों की नक़ल की जा रही है। मौलवियों ने बहुत मना किया कि बिदअत (धर्म में अपनी ओर से कोई मान्यता चला देना) है। मगर औरतें मानती नहीं। टोने-टोटके, शुभ व अशुभ, शगुन शब, बरात का हलवा, फ़ातिहा, आतिशबाज़ी सुलतान फिरोज़शाह के दौर से प्रचलित हुई। ज्योतिषी, घड़ियाल, रम्माल, नज़्र व नियाज़ (भेंट और मिन्नत मानना आदि) चराग़ी, कहने का मतलब है कि शहर तिरमिज़ का कोई बाक़ी बचा रिश्तेदार अगर नहटौर में आ निकले तो बालों पर हाथ फेरकर कहे बाबा! नियाज़ शैख़ सद्दू कीस्त (शैख़ सद्दू की नियाज़ें क्या है?)

नय-नया मुसलमान बना राजपूत ख़ानदानी भाट शादियों पर वंश वृक्ष की व्याख्या करता है। 'अकबर' के काल में सूबों और जनपदों का प्रबंधन नए सिरे से किया गया, बिजनौर पंद्रह परगनों में विभाजित हुआ। तिरमिज़ से सम्बंधित सैय्यदों को जागीर दी गई। हिंदू ज़मींदार चौधरी कहलाए।

जलालुद्दीन मोहम्मद अकबर का दौर ख़ुशहाली और समृद्धि से भरा पड़ा था। शकर और गेहूँ की पैदावार तिगुनी हुई, कारीगरों, सिनअतकारों (उद्योगपतियों) का कारोबार बढ़ा, नहटौर स्वावलम्बी क़स्बा था। राजधानी से दूरी के कारण क़स्बे राजनैतिक उथल-पुथल से अपेक्षाकृत सुरक्षित थे। इस तरह दोआबा, बिहार, बंगाल, पंजाब, सिंध, दकन (दक्षिण) गुजरात आदि के कस्बे अपने मदरसों और खानक़ाहों के लिए प्रसिद्ध हुए, मर्दुमख़ेज़ क़स्बे कहलाए।

नहटौर वाले अपने क़स्बे को छोटा देहली कहते थे। 'आईने अकबरी' में अल्लामा अबुलफ़ज़ल फ़रमाते हैं कि इलाक़े के जागीदार युद्ध के समय

मुग़ल फ़ौज के सेनापति को छः सौ अस्सी शहसवार (घुड़सवार) और पाँच हज़ार चार सौ पैदल उपलब्ध कराते हैं, जज़ाकल्लाह (अल्लाह इसका अच्छा बदला दें)।

सादात-ए-तिरमिज़ी 'दानिशमंदान-ए-नहटौर'[1] कहलाते थे, सैयद हसन तिरमिज़ी के पूर्वजों में सैयद अशरफ़ 'गंजबख़्श' के उपनाम से प्रसिद्ध थे। इनके सुपुत्र सैयद अली 'घोड़ाबख़्श' कारण यह कि यात्रा पर जा रहे थे, रास्ते में गुदड़ी पहने मुसाफ़िर मिला, जो सर्दी में ठिठुर रहा था और पैदल जा रहा था, उसने पहनने को वस्त्र मांगे, इन्होंने वस्त्र दिया और ज़्यादा फ़रमाइश पर अशरफ़ियों का बटुआ हवाले किया, 'हथियार दिये' इस पर भी वह माँगता रहा, अंततः अपना समन्द-ए-शबरंग (काले रंग का घोड़ा) दे दिया और पैदल नहटौर वापस आए।

इनके अख़्लाफ़ (उत्तराधिकारी) सैयद मोहम्मद अली नक़ी अब्दुल मुत्तलिब, बहादुर अली, क़ादिर अली, नादिर अली, अनवर अली, मुनव्वर अली और हज़रत आख़ोंद इमाम बख़्श चढ़वाँ दाढ़ियों, पटकों घेरदार वस्त्रों और दूसरे सुंदर और शानदार वस्त्र धारण किये, इस तरह के एक मुखी किरदार हैं, जो मुग़ल चित्रों में बादशाह के सामने दोधारी तलवार लगाए दोज़ानू (घुटने मोड़े) बैठे नज़र आते हैं। सुब्हान अल्लाह! मुग़ल संस्कृति की हमागीरी (चहुँमुखी) का क्या आलम था कि ईरानी, तूरानी, उज़बेक, तुर्कमान, ख़्वारज़्मी, राजपूत, मराठे, सिख, अफ़ग़ान और उच्च सादात (उच्च सैयद) सब शक्ल और सूरत, सजधज, रूपरंग और वस्त्रों से पूर्णतः एक जैसे मालूम होते हैं।

अफ़सोस! कि नीति को यह 'बहार' का मौसम हरगिज़ न सुहाया और दुर्भाग्य और बर्बादी ने हिन्दुस्तानियों...

---

1. इम्पीरियल गज़ेटियर। सर सैयद ने अपनी किताब में लिखा : 'वज़्अदाराने बिजनौर (बिजनौर के सजीले, बाँके) शुरफ़ाए नगीना (नगीना शहर, ज़िला बिजनौर) के सज्जन, कुलीन, दानिशमन्दाने नहटौर (नहटौर के बुद्धिमान)।

वक़ाया आलमगीरी
(औरंगज़ेब के काल की घटनाएँ)

सज्जनो! तैमूर वंश का युग लगभग समाप्त होना चाहता है। आइए डंडा टिकाए झुकी कमर वाले एक आलमगीर शाही अमीर से मुलाक़ात करते चलें, फिर न मोहीउद्दीन औरंगज़ेब होंगे न इनकी सल्तनत के सदस्य, केवल कहानियाँ बाक़ी रह जाएंगी।

दिल्ली के बादशाह मूर्ख हरगिज़ न थे, सैयदों की कद्र करते थे मगर उनकी बस्तियाँ हमेशा राजधानी से सौ मील से अधिक दूरी पर आबाद करवाते थे। क्योंकि कहीं ऐसा न हो कि यह लोग, जो शताब्दियों से ख़ुद को सत्ता पर अधिकार का अधिकारी समझते आए हैं, अवसर पाते ही ताज और राजगद्दी पर क़ब्ज़ा कर लें। इसलिए दिल्ली के समीपवर्ती स्थानों पर सैयदों के क़स्बे बिल्कुल नहीं हैं। (जानसठ, ज़िला मुज़फ़्फ़रनगर, राजधानी के नज़दीक है, ज़रा रुकिये और देखिए कि दो भाई बहुत जल्द औरंगज़ेब की आँख बन्द होते ही क्या आफ़त जोतने वाले हैं)

दिल्ली के क़रीबी ज़िले विशेषतः सम्भल की सरकार के कई सैयदों ने हुकूमत में काफ़ी प्रभाव और सम्मान हासिल किया। अट्ठारहवीं शताब्दी तक नहटौर एक मिसाली स्वयांवलम्बी क़स्बा था। कुछ हज़ार आदमियों की साफ़-सुथरी आबादी के छोटे-छोटे मोहल्ले, मोहल्ला क़ाज़ियान में मीर हसन तिरमिज़ी के समकालीन क़ाज़ी चमन के वंशज रहते थे।[1]

मीर हसन तिरमिज़ी के मकान के सामने उनके वफ़ादार तीरगर की औलाद के घर थे। (मोहल्ला तीरगराँ के वासी अब आतिशबाज़ी का सामान बनाते हैं) आसपास मोहल्ला हकीमाँ, शैख़ाँ, ख्वाजगान, मियाँ साहिबान वग़ैरा आबाद थे। इ़नके बाद मोहल्ला कलालाँ, अनसारियाँ, माहीगीराँ (जो बस्ती

---

1. आज 1976 ई. में क़ाज़ी चमन की औलाद (वंशज) मीर हसन तिरमिज़ी के मकान के नज़दीक अपने पुश्तैनी घर में उसी तरह आबाद हैं।

के दूसरे तालाब के उस पार झोंपड़ों में रहते थे) हिन्दू आबादी अलग नहीं थी। मुसलमान मोहल्लों से लगा मोहल्ला भोजी खावाँ[1] सम्भवतः शाकाहारी जैनों की आबादी थी। फिर मोहल्ला कायस्थाँ, मोहल्ला बक़ालाँ, मोहल्ला चौधरियाँ। हर मुसलमान मोहल्ले की अपनी मस्जिद थी, हिन्दू मोहल्लों में महादेवजी और हनुमानजी के मंदिर थे। मुगलकाल के हिन्दू-मुस्लिम तालमेल का एक ज्योतिर्मय उदाहरण।[2]

दास प्रथा और हिन्दू कास्ट सिस्टम के प्रभाव से जुलाहों और कलालों को निम्न श्रेणी का समझा जाता था। कलालों का कहना था कि उनके पूर्वज 'मीर कलाल' अमीर तैमूर के लश्कर के साथ हिन्दुस्तान आए थे। अमीर तैमूर के लश्कर के बचे-खुचे लोग अर्थात मंगोल क़ौम के लोग भी बिजनौर ख़ासतौर से क़स्बा नहटौर में मौजूद थे। अनसारियान, शैख़ान व क़ुरैशी साहिबान, रूई धुनने वाले और क़साई अधिकतर अरब मूल के थे। उस समाज में शासक वर्ग का हर आदमी स्वयं को विलायती समझता था।

इसी तरह अंग्रेज़ी दौर में वे हिन्दुस्तानी, जिन्होंने हाकिमों का धर्म अपना लिया था, आमतौर से अपना रिश्ता इंग्लिस्तान से जोड़ते थे। हमारे समाज के अंसारी, क़ुरैशी, साहिबान वग़ैरा भी जैसे अपने समय के एंग्लो-इण्डियन थे। शुद्ध विलायती आबादी सैयदों, मुग़लों और अफ़ग़ानों पर आधारित[3] थी।

सत्रहवीं शताब्दी ईसवी के मध्य का क़िस्सा है कि मोहल्ला सादात की ख़ुश मंज़र (सुंदर) झील, जो जोढ़ी कहलाती है, उसके किनारे मीर हसन के पड़पोते सैयद मोहम्मद तक़ी का मकान था। उसके पीछे बाँस के घने झुरमुट,

---

1. ज़िला बिजनौर जैन मतावलम्बियों का बड़ा गढ़ है।, 2. यह बात भी महत्वपूर्ण है कि नहटौर में आजतक हिन्दू-मुस्लिम दंगा नहीं हुआ।, 3. नहटौर की यह सामाजिक व्यवस्था 1947 ई. तक स्थापित रही। आज 1976 ई. में भी सिवाय मोहल्ला सादात के, जिसके ज्यादातर निवासी पाकिस्तान पलायन कर चुके हैं। नहटौर के मुस्लिम मोहल्लों की आबादी लगभग इसी तरह मौजूद है।

जहाँ सैयद मोहम्मद तक़ी ने मुसाफ़िरों के लिए सराय बनवाई थी, सराय का सामने का भाग बाहरी राजमार्ग की ओर था, जो सीधा दिल्ली जाता था। झील भी सैयद मोहम्मद तक़ी की सम्पत्ति में शामिल थी। सैयद मोहम्मद तक़ी के बेटे का नाम सैयद अब्दुल मुत्तलिब था। सैयद अब्दुल मुत्तलिब के दो लड़के थे, सैयद बहादुर अली और सैयद सादुल्लाह।

सैयद सादुल्लाह एक बहुत बुद्धिमान और पराक्रमी नौजवान थे। दोनों लड़के मीर हसन तिरमिज़ी के स्थापित किये हुए मदरसे में पढ़ रहे थे, इन्हीं दिनों क़स्बे के कुछ ज़ोरावर कलालों ने सैयद मोहम्मद तक़ी की झील पर क़ब्ज़ा कर लिया और उसके किनारे ईंटों का भट्ठा क़ायम कर लिया।

'फ़ितना-ए-कलालाँ' (कलालों की चालबाज़ी) के कारण सैयद अब्दुल मुत्तलिब को बहुत परेशान होना पड़ा। सरकार सम्भल के क़ाज़ी की अदालत में मुक़दमा पेश किया। जब वहाँ मनपसंद निर्णय न हुआ तो छोटे बेटे सैयद सादुल्लाह को मुक़दमे के काग़ज़ात देकर राजधानी (दिल्ली) रवाना किया। कुछ वर्ष बाद मुक़दमे का फ़ैसला सैयद अब्दुलमुत्तलिब के हक़ में हुआ।

शाही फ़रमान

ज़िल्लिल्लाह (जिस पर अल्लाह का साया रहे)

फ़ारसी से अनुवाद : तालाब, ज़मीन व हवेली, जो जनाब सैयद मोहम्मद तक़ी मरहूम के उपयोग में थी, बड़े तालाब के नज़दीक स्थित है। इस तालाब में ईंटें पकाने वाले, ईटें पकाते हैं ओर थोड़े दिन के बाद यह बयान शुदा तालाब, जिसकी नाप एक बीघा थी, वह ईंट की पकी हुई राख से भरकर एक बहुत बड़ा ढेर बन गया। ...यह तालाब किसी की सम्पत्ति में नहीं था, अतः जो हज़रत बादशाह नवाब साहब ने बन्दों के सिर पर क़ुर्बान करते हुए, जनाब सैयद अब्दुल मुत्तलिब सैयदों के सैयद पुत्र सैयद मोहम्मद तक़ी, जिनका ज़िक्र ऊपर हुआ है, उनकी प्रार्थना के अनुसार हवेली निर्माण करने के लिए तय किया। और इस ढेर की नापतोल करके और इसे समतल करके वह इस ज़मीन पर हवेली अपने रहने के लिए बना लें और बरसों तक इसका उपयोग करके दुआएँ देते रहें।

मोहर भगवान जीत मानसिंह
9 मोहर्रम 1091 हिज्री को
शाही हुक्म से लिखा गया ताकि सबको मालूम हो

इसके बाद हमारी अचानक मुलाक़ात सैयद सादुल्लाह अमीर-ए-मालवा से होती है, जो बीवी और बेटे सहित माँडू में रहते हैं और मालवा और बुंदेलखण्ड की बग़ावतें कुचलने में व्यस्त हैं।

सैयद सादुल्लाह की बीवी का मालवा में देहांत हुआ। एक छोटा सा बेटा छोड़ा, जिसका नाम सैयद शरीफ़ अली था। कुछ समय बाद सैयद मौसूफ़ (सैयद सादुल्लाह) ने दूसरी शादी की, ग्वालियर में तैनात थे। उसी ज़माने में वहाँ एक बुज़ुर्ग सैयद इमाम अली शाह बाक़री बग़दाद से आए, उनकी बेटी सैयदा ज़ैहराबानो से औरंगज़ेब आलमगीर की आज्ञा से शादी की। जब

बेटा पैदा हुआ, उस ज़माने के नियमानुसार बादशाह को सूचना भेजी गई। बादशाह ने असदुल्लाह नाम रखने की राय दी। 'नामश असदुल्लाह बायद निहाद चरा कि पिदरश सादुल्लाह अस्त'[1] (इनका नाम असदुल्लाह रखना चाहिए क्योंकि इनके बाप का नाम सादुल्लाह है)

1681 ई. में जब शहँशाह औरंगज़ेब आलमगीर परिवार सहित, दरबार के अमीरों और फ़ौज के साथ दकन (दक्षिण) के युद्ध पर रवाना हुआ तो सैयद सादुल्लाह साथ थे। फ़ारसी से अनुवाद : सैयद सादुल्लाह मोहीउद्दीन औरंगज़ेब आलमगीर बादशाह ग़ाज़ी (अल्लाह उनकी क़ब्र को रौशन करे) की फ़ौज के साथ दकन गये और दकन के अधिकतर भाग को जीत लिया।

3 मार्च 1707 ई. की सुबह औरंगज़ेब ने अहमदनगर में इस नश्वर संसार से विदा ली। शहज़ादों में गृहयुद्ध छिड़ गया। सैयद सादुल्लाह ने शहज़ादा काम बख़्श के तहत काम किया था। औरंगज़ेब की मौत का सदमा कम जान लेवा था?

कामबख़्श की दर्दनाक मौत ने वफ़ादार नवाब को और भी दुःखी किया। सल्तनत में अत्यंत उथल-पुथल मच चुकी थी। सैयद सादुल्लाह दिल्ली वापस आए, कुछ समय पश्चात वतन की ओर चले गए।

सैयद सादुल्लाह बेशतर सामाने-रियासत फ़राहम आवुर्दा मिस्ल खरीदे जायदाद व तामीराते-पुख़्ता चाह ...मुमकिन बूद करदन्द बर कनारा तालाब के मिल्कियत शाँ बूद चाह व मस्जिद तामीर बर कना...।'

फ़ारसी से अनुवाद : सैयद सादुल्लाह ने रियासत के सारे साज़ो सामान इकट्ठा किये, जैसे जायदाद का ख़रीदना और पक्के कुओं का निर्माण, जो कुछ भी सम्भव था, उसे बनाया तालाब के किनारे कुआँ व मस्जिद हवेली से लगी हुई...।

1. तज़किरा सादात-ए-नहटौर लेखक सैयद आबिद हुसैन मरहूम।

औरंगज़ेब की मौत के बाद शहज़ादा मोअज़्ज़म बहादुर शाह प्रथम और शाहआलम प्रथम के अल्क़ाब (उपाधियों) के साथ 1707 ई. में राजसिंहासन पर बैठा। सैयद सादुल्लाह के बड़े बेटे मौलाना शरीफ़ अली, उसके काल में सूबेदार थे, बनारस और लखनऊ में तैनात रहे।

बहादुर शाह प्रथम का 1712 ई. में देहावसान हुआ। उसके बेटों में गृहयुद्ध छिड़ा, सब मारे गए, पोता फ़र्रुख़सियर औरंग गद्दी पर बैठा। दिल्ली में अब सादात-ए-बारहा (बारह इमामों को मानने वाले सैयदों) का प्रभाव अब नाम का ही था।

जनाब सैयद सादुल्लाह नहटौर के महल में रहकर, अल्लाह की याद में दिन गुज़ारते रहे। अक्सर अपने भाई सैयद बहादुर अली, भतीजों और दूसरे सम्बंधियों को दकन के युद्धों के क़िस्से सुनाया करते, जो हर रिटायर्ड फ़ौजी की आदत है। आलमगीर की बातें करते तो लम्बी दाढ़ी, आँसुओं से तर हो जाती। ठंडी सांस भर के कहते ...'ज़िंदा पीर जन्नती था, मर्द-ए-मोमिन था' (ईमान वाला पुरुष था)।

कभी कभार ख़ास दरबारों और महत्वपूर्ण समारोहों के अवसरों पर वस्त्र रखने के स्थान से अपना दरबारी लिबास और ख़िलअत (शाही सम्मान के वस्त्र) निकालकर पहनते, जड़ाऊ तलवार सजाकर दिल्ली हो आते, वहाँ अब आए दिन ख़ून ख़राबा हो रहा था, सैयद मौसूफ़ (सैयद सादुल्लाह) आलमगीर के ज़माने के बूढ़े साथियों से मिलकर वर्तमान हालात पर टिप्पणी करते, इन सबकी आँखों के सामने दौलत-ए-चग़ताइया[1] के ताने-बाने बिखर रहे थे, मगर ये बूढ़े शेर बेबस थे।

फ़र्रुख़सियर ने सैयद सादुल्लाह को पुरानी सेवाओं के बदले में और ज़मीनें दीं।

---

1. अर्थात मुग़लों के।

शाही फ़रमान

फ़ारसी से अनुवाद : परगना नहटौर सरकार सम्भल के पहले के और मौजूदा अफ़सरान यह जान लें कि राजधानी शाहजहानाबाद के सूबे से मिले हुए इलाकों को, जो सम्भल की सरकार से लगे हुए हैं, उन्हें सरकारी जागीर का इलाक़ा समझें और बाग़ीचे के क़ायम करने के लिए जो कि जनाब सैयद सादुल्लाह (जिनकी प्रतिष्ठा उच्च है) निवासी परगना नहटौर, जिसका ज़िक्र ऊपर किया गया है, सरकार की ओर से दिया गया।

सन 5 ई., जुलूसे वाला
मोहर : बैरम ख़ाँ
बैरम ख़ाँ, समर्पित दास
मोहम्मद फ़र्रुख़सियर बादशाह ग़ाज़ी

सैयद सादुल्लाह ने मुसाफ़िरों के आराम के लिए नहटौर में आम के बाग़ लगवाए, जो आज तक उनकी औलाद की सम्पत्ति है।

महज़र नामा सैयद सादुल्लाह

...आराज़ी दर सवाद क़स्बा परगना नहटौर बालाए गांगन सरे राह अज़ मुद्दती हारिज ...उफ़तादाबूद ...जिहत आराम ख़ल्कुल्लाह दर आँजा बाग़ीचा बर्पा साख़्ता ...कि मुसाफ़िराने-राह व फ़ुक़राए-बाबुल्लाह मेवा व साया आँ...

मोहर सैयद सादुल्लाह
मोहर कर्दा मोहम्मद फ़ाज़िल इब्ने क़ाज़ी
नूर मोहम्मद ख़ादिम शरअ-ए-मोहम्मद (स०)

महज़र नामा सैयद सादुल्लाह

फ़ारसी से अनुवाद : वह ज़मीन जो परगना नहटौर के क़स्बे से मिली हुई है, गाँगन नदी के ऊपर बिल्कुल रास्ते में होते हुए एक मुद्दत से लोगों के आने-जाने के रास्ते में रुकावट थी, वहाँ अल्लाह की मख़्लूक़ (अर्थात मनुष्य और सब) के आराम के लिए और आसानी के लिए बाग़ीचा क़ायम किया ताकि रास्ता चलते मुसाफ़िर और अल्लाह के दरवाज़े के फ़कीर, उससे फल हासिल करें और इसके साये में आराम करें।

मोहर : सैयद सादुल्लाह

मोहर्रिर : मोहम्मद फ़ाज़िल

पुत्र क़ाज़ी नूर मोहम्मद

सेवक : मोहम्मद (स.) के धर्म का

क़िस्मत नामा[1] : माननीय सैयद मीर सादुल्लाह की मोहर शुदा

फ़ारसी से अनुवाद : मीर सादुल्लाह पुत्र सैयद अब्दुल मुत्तलिब पुत्र सैय्यद मोहम्मद तक़ी, सैयद कुलीन श्रेष्ठ निवासी क़स्बा परगना नहटौर, सरकार सम्भल विश्वसनीय, ठीक और धार्मिक तरीक़े से इक़रार करता है, इस आधार पर... कि मेरे चार बेटे हैं, सैयद शरीफ़ अली बड़ा बेटा, एक बीवी से... उन्होंने अपने दरमियान बाँटकर अपना-अपना हिस्सा ले लिया। इस अस्थाई और मिट जाने वाले संसार, जिसका कोई विश्वास नहीं ...जीवन ...तमाम भाइयों, रिश्तेदारों और मुसलमानों के समूह के सामने, मैंने अपने हाथ से लिखकर यह विभाजन-पत्र दिया, ताकि मेरे बेटों के बीच कोई लड़ाई झगड़ा न हो।

इस आधार पर मैंने यह कुछ बातें विभाजन पत्र के तौर पर लिखकर दे दी हैं ताकि सबूत रहे, मास सफ़र (हिज्री) में लिखा ...मृत्यु औरंगज़ेब ...सैयद सादुल्लाह, सुलतान मोहम्मद फ़र्रुखसियर के जमाने में...।

---

1. बंटवारा पत्र।

देहान्त के समय क़िस्मत नामा नवाब सादुल्लाह ने मोहर लगाकर, क़ाज़ी इब्राहिम हुसैन मौलवी शरीफ़ अली को सुपुर्द कर दिया, इसके अनुसार मौलवी शरीफ़ अली को दो हिस्से और दूसरी बीवी सैयदा ज़हरा बानो बाक़री के लड़कों को एक-एक हिस्सा जायदाद का मृतक की सम्पत्ति में से मिला। नहटौर से एक मील के फ़ासले पर अपनी जागीर सिकंदरपुर में दफ्न किये गए, क़ब्र आज तक 'बड़े सैयद' का मज़ार कहलाती है।

मौलाना शरीफ़ अली सूबेदार इब्ने सैयद सादुल्लाह का देहान्त भी नहटौर में हुआ, क़ब्र सिकंदरपुर में मौजूद है। मौलाना के छोटे सौतेले भाई सैयद असदुल्लाह वग़ैरह भी दिल्ली की हुकूमत से सम्बंधित रहे, इनसे सम्बंधित सरकारी दस्तावेजें बेहद करमखुर्दा (दीमक की खाई हुई) हैं या रोशनाई बहुत मद्धम पड़ चुकी हैं, अतः उनके हालात अँधेरे में हैं। उदाहरणतः- सैयद असदुल्लाह व मसीहुलहसन व मोहम्मद बाक़र पिसरान सैयद सादुल्लाह बिन सैयद अब्दुल मुत्तलिब मुतवतन क़स्बा नहटौर बकार ...दारुल ख़िलाफ़ा शाहजहानाबाद ...मलकात व हवेलियात व बाग़ात वाक़या परगना नहटौर व सरायात...

मोहर ख़ादिमे-रसूलुस्सक़लैन
रबीउल अव्वल सन 1146 हिज्री मुक़द्दस
क़ाज़ी इब्राहिम हुसैन

फ़ारसी से अनुवाद : सैयद असदुल्लाह व मसीहुल हसन व मोहम्मद बाक़र पुत्रगण सैयद सादुल्लाह पुत्र सैयद अब्दुल मुत्तलिब निवासी क़स्बा नहटौर काम से ...राजधानी शाहजहाँबाद ...सम्पत्ति व हवेलियान व बाग़, जो परगना नहटौर में स्थित है और सरायें... रबी उल अव्वल 1146 पवित्र हिज्री सन

मोहर : ख़ादिमे-रसूल उस्सक़लैन क़ाज़ी इब्राहीम हुसैन

'...सैयद सईदुल्लाह बिन सैयद असदुल्लाह, साकिन क़स्बा नहटौर बकार ...मुज़ाफ़ मुस्तक़र अल ख़िलाफ़त अकबराबाद ...क़ितआ ज़मीन 1233 हिज्री पवित्र वग़ैरह-वग़ैरह

मोहर : ख़ादिमे शरअ-ए-जमील रसूलुल्लाह (स०) वग़ैरह-वग़ैरह
क़ाज़ी परगना नहटौर

फ़ारसी से अनुवाद : ...सैयद सईदुल्लाह पुत्र सैयद असदुल्लाह निवासी क़सबा नहटौर काम से ...अकबराबाद के आसपास ज़मीन का टुकड़ा 1233 हिज्री मोहर : सेवक रसूलुल्लाह (स०) के धर्म का, क़ाज़ी परगना नहटौर आदि।

अलक़िस्सा ...अज़ीज़ो! अब सुबह का समय, अल्लाह से दुआ माँगने का वक़्त है, दुनिया आनी जानी है। ये काग़ज़ात बस्ते में लपेट कर वापस ताक़ में रख दो। अब तुग़रा शाही (राजसी लेख व उपनामों) और मोहर क़ाज़ी ख़ादिमे शरअ-ए-जमील रसूलुस्सक़लैन की बजाए स्टाम्प पेपर का ज़माना आने को है, जो दूर कलकत्ते के छापाख़ानों में छपने शुरू हो गए हैं।

दीपक बुझाओ, वुजू करो, तालाब के किनारे बहुत ख़ूबसूरत मस्जिद में नमाज़ी जमा हो रहे हैं। दरबारे उज़्ज़ाम (बड़े दरबार) के फाटक से निकलकर मोहल्ला दरबार और हवेली के अंदर के बूढ़े, बच्चे, जवान ओस से भीगी घास पर चलते मस्जिद की तरफ़ आ रहे हैं। कुछ साल पहले, नवाब सैयद सादुल्लाह डंडा टेकते झुके-झुके से, सफ़ेद कपड़े पहने बगले जैसी सफ़ेद दाढ़ी, आहिस्ता-आहिस्ता चलते मस्जिद पहुँचते नमाज़ के बाद कमल के फूलों से भरी विशाल झील के किनारे खड़े होकर कभी-कभी दूसरे किनारे पर नज़र डालते, जहाँ कोहरे में लिपटे बाँस के झुरमुट के दूसरी तरफ़ बल खाता राजमार्ग दिल्ली जाता था। युगों पहले इस सड़क पर से घोड़ा दौड़ाते, धूल उड़ाते जोशीले नौजवान सैयद सादुल्लाह अपने पिता की जायदाद और इस झील का मुक़दमा लेकर शाहजहानाबाद गए थे।

सुनो! इस राजमार्ग पर फिर से ग़ुबार उठा रहा है, दूर से घोड़ों की टापों की आवाज़ आती है। गाँगन के उस पार सुर्ख़ लबादे और छज्जेदार टोपियाँ पहने फ़िरंगी सिपाही बिगुल बजा रहे हैं। यह फ़िरंगी का फ़ौजी बिगुल है या सूरे इस्राफ़ील।[1]

1. इस्राफ़ील नामक फ़रिश्ते का बिगुल। इस्लाम धर्म की मान्यतानुसार इस्राफ़ील नामक फरिश्ता सूर फूँकेगा (बिगुल बजाएगा), जिसकी तेज़ आवाज़ से सभी प्राणी मर जाएंगे।

अट्ठारहवीं सदी

क़यामत की घड़ी आ पहुँची, सूरज सवा नेज़े[1] पर आया चाहता है, अब कहीं शांति नहीं। फ़िरंगी सिपाही बन्दूक के तोड़े चढ़ाए चारों तरफ़ दनदना रहे हैं। बेगुनाह जनता पर हर तरह ऑफ़त है। इरादे के मज़बूत साहिब लोग, तेज़ हवा की तरह हिन्दुस्तान पर छा गए। हिन्दुस्तान के छोटे -मोटे राजा और नवाब मौज मस्ती में व्यस्त या एक दूसरे को तकलीफ़ पहुँचाने की कोशिशों में हैं।

स्वर्गवासी हाफ़िज़ साहब (हाफ़िज़ रहमत ख़ाँ) के दादा दाऊद ख़ाँ, जिनका इलाक़ा पहले बरेली में था, अफ़ग़ानों के पेशवा बने। बेटे अली मोहम्मद ख़ाँ ने सैयद भाइयों (उनकी याद की ख़ैर रहे।) और बारह इमामों को मानने वाले सैयदों को तहस-नहस कर, मुग़ल दरबार से नवाब की उपाधि प्राप्त की। उसके बाद हालात ने यूँ पलटा खाया कि नवाब को दो साल तक दिल्ली में क़ैद रहना पड़ा। आख़िरकार अहमदशाह अब्दाली के हमले का फ़ायदा उठाकर पाया-ए-तख़्त (राजधानी) से फ़रार हुए। बिजनौर पहुँचकर नहटौर के पड़ोस में धामपुर और शेरकोट पर हमला किया। ये क़स्बे अब तक नवाब मोहम्मद अली के पुराने दुश्मन, सफ़दर जंग नवाब वज़ीर अवध की सम्पत्ति थे।

रुहेलों को कुचलने के लिए सफ़दरजंग ने मराठों से साज़बाज़ की और पठानों को ख़िराज देने पर मजबूर किया। मुआहिदे के बाद नवाब नजीब ख़ाँ ने, जो नवाब अली मोहम्मद के जरनैल थे, मुग़ल दरबार से 1755 ई. में, बख़्शी सल्तनत अमीरुलउमरा नजीबुद्दौला का ख़िताब हासिल किया और नहटौर से कुछ फ़ासले पर नजीबाबाद बसाया...

1767 ई. में गंगा पार से सिख आ पहुँचे, नहटौर तक पहुँचकर लूटमार की। सात बरस पहले रुहेलखण्ड में भयानक अकाल पड़ा था, मराठा

1. यानी सूर्य की बहुत तेज़ गर्मी। (क़यामत के दिन सूरज सवा नेज़े पर, सिर के बहुत क़रीब आ जाएगा।)

गर्दी से डरी सहमी जनता, अब भूख से भी बिलख रही थी। 1771 ई. में नजीबुद्दौला के देहांत के बाद, मराठों ने नजीबाबाद पर हमला कर दिया, नवाब का मक़बरा गिराया। 1774 ई. में नवाब वारेन हेस्टिंग्स बहादुर की सेनाओं ने नवाब अवध की तरफ़ से रुहेलों पर हमला करके, हाफ़िज़ रहमत ख़ाँ को शहीद कर दिया। अफ़ग़ानों के दूसरे इलाक़ों समेत, बिजनौर अवध की सल्तनत में शामिल कर लिया गया।

1801 ई. में नवाब शुजाउद्दौला ने सारा रुहेलखण्ड उठाकर, कम्पनी बहादुर को बख़्श दिया। बिजनौर, मुरादाबाद, बरेली एक कमिश्नरी बनाए गए। 1803 ई. में बिजनौर फिर सूखे का शिकार हुआ, गेहूँ के लिए बलवे हुए, बेरोज़गारी आम हुई।

सरदार अमीर ख़ाँ, जो सम्भल के क़रीब पैदा हुए थे, होल्कर के जरनैल थे। 1805 ई. में उन्होंने अंग्रेज़ी इलाक़े पर हमला किया, मुरादाबाद में बड़ी शान से दाख़िल हुए और शेरकोट और धामपुर की ओर बढ़े। लेकिन इनका लश्कर बहुत जल्द बिखर गया। एंग्लो-इण्डियन कर्नल जेम्स स्किनर ने, जो सिकंदर साहिब कहलाता था, अमीर ख़ाँ का पीछा किया। फ़ौजी सरदारों की दुनिया अजीब थी, या तख़्त या तख़्ता। लेकिन आज हर जगह फ़िरंगी इन पर भारी पड़ रहा था। ये विजय श्रृंखलाएँ साहिबाने-आलीशान के इक़बाल का एक छोटा सा करिश्मा थीं। अल्लाह की मर्ज़ी यही है कि अबुन्नस्र मोईनुद्दीन मोहम्मद अकबर शाह द्वितीय बादशाह ग़ाज़ी, मुल्क फ़िरंगिस्तान (इंग्लैंड) के बादशाह जार्ज तृतीय के आज्ञाकारी हों।

फ़िरंगी अब वर्षों से रुहेलखण्ड में बिराज रहा है। हमारा तातारियों, मंगोलों, अफ़गानियों और तुर्कों से सामना हुआ, युद्ध व द्वंद्व रहा, मगर अपने सहधर्मी थे। राजपूतों से वास्ता है, जो अपने हमवतन भाई और पड़ोसी हैं। हिन्दू अमीर बड़े गर्व से अपने नामों के साथ शाहजहानी, आलमगीरी, मोहम्मदशाही लिखते थे, मगर यह गोरा समझ में न आया। क्या ख़बर कि इसके पास ऐसा कौन सा मंत्र है कि दुनिया में चारों तरफ़ इसका डंका बज

रहा है। सुनते हैं कि इस्लाम के ख़लीफ़ा रोम के बादशाह, इसकी शरारतों से परेशान हैं। क़ाचार के बादशाहों को इसने तंग कर रखा है, रूस का 'ज़ार' इसका नाम सुनकर थरथर काँपता है।

इसके साहिबे-कमाल (सर्वगुण सम्पन्न) होने में हमें उस वक़्त शक न रहा, जब उसने बिजनौर जैसे पुराने ढर्रे के शहर का नक़्शा बदल दिया। कोठियाँ, कम्पनी, बाग़, अस्पताल, बंगले। कहते हैं कि गोरा व्यापारी पहले-पहले बंगाल में उतरा और बंगाली स्टाइल के फूँस की छतों वाले घर अपने रहने के लिए बनवाए, जो 'बंगला' कहलाने लगे। अब बिजनौर सिविल लाइंस में कलेक्टर, जज, इंजीनियर, पादरी, सिविल सर्जन, कप्तान पुलिस सब अपने-अपने शानदार बंगलों में रहते हैं।

सैकड़ों भंगी और बेन बंसी क्रिस्टान (क्रिश्चियन) हो चुका। साहिबाने-आलीशान (अंग्रेज़ों) की हर अदा निराली है। छोटे-छोटे हथियार उदाहरणतः चाकू और एक तरह के चतुर्शूल के द्वारा लुक़मा उठाकर मुँह में रखते हैं। शराब के बेहद शौक़ीन, इसके अलावा एक झाड़ी जो असम और बँगाल की पहाड़ियों पर उगती है, उसकी पत्तियाँ उबाल कर पीते हैं, नाम उस पेय का चाय है, जो चीनी शब्द है। एक दिन कलेक्टर साहब ने हमें भी पेश की, हम उसे पीने में ज़रा हिचकिचाए क्योंकि इन मुशरिकीन-ए-नसारा (ईसाई मुश्रिकों)[1] के यहाँ सूअर का मांस पकता है। लेकिन उनके बैरे ने जो मुसलमान है, चुपके से हमारे कान में कहा कि प्यालियाँ पाक साफ़ हैं।

ग़रज़ कि दूध और शक्कर मिलाकर हमने चाय का घूँट भरा, स्वाद कड़वा लगा मगर मन मार के प्याली ख़त्म करनी पड़ी।

साहिबाने-आलीशान पहले लाल रंग के लबादे, जो 'कोट' कहलाते हैं, पहनते थे। तंग पायजामे, सफ़ेद झालर वाली आस्तीनें, साटन के चोग़े और सिर पर सफ़ेद बालों वाली टोपी, जिसे विग बोलते हैं। अब कोट और पतलून

1. जो अल्लाह के गुणों के साथ किसी और को भी शरीक करे।

पहनते हैं। बेरोज़गार मुसलमानों में से कई ने सिविल लाइन्स के दर्ज़ी, बैरे, बावर्ची, सेवकों का पेशा अपना लिया है।

साहब लोग पहले हिन्दुस्तानी वस्त्र भी पहनते थे, उर्दू, फ़ारसी अच्छी जानते हैं। हिन्दुस्तानी औरतों से शादियाँ कीं, अक्सर कोठियों में आज भी एक 'बीबीख़ाना' परिसर में होता है, लाहौला-वला-क़ुव्वत।

'मेमें' इनकी देखने लायक़ हैं, कोह-ए-क़ाफ़[1] की परियों जैसी। ग़रज़ यह कि अज़ीब अक़्ल को हैरान कर देने वाली क़ौम है।

हुसूले दीवानी[2] के बाद हालात बहुत बुरे हैं। कारीगर तबाह हो रहे हैं, रियासतों के ख़त्म होने के बाद बेकारी फैल गई है, सैनिक बनना मुस्लिम उच्च श्रेणी वर्ग का व्यवसाय था। अब अमीर फ़ाक़े कर रहे हैं, सिपाही कौन रखे।

दिल्ली वाले 'मिर्ज़ा सौदा'[3] क्या ठीक कह गए हैं कि इस दौर में अमीर, दौलतमंद, सिपाही नौकर रखते थे, सो आमद इनकी जागीर से बंद हो चुकी मुल्क को मुद्दतों से सरकशों (उत्पातियों) ने पसंद किया है, जो एक शख़्स बाईस सूबों का ख़ाविन्द (मालिक) था, उसके तसर्रुफ़ (उपयोग) में अब फ़ौजदारीए-कोल भी बाक़ी नहीं। अमीर जो दाना (बुद्धिमान) है, उन्हों (वह) ज़माने का हाल देखकर ख़ाना नशीं हुए। (घर में बैठ गए) सोज़नी (बूटा कारी की हुई गद्दियाँ) बिछी हैं, ख़ोजा (हीजड़ा) खड़ा रुमाल झले है, हुज़ूर (सामने) दो नदीम (दोस्त) अहले कमाल बैठे हैं, धरी है सामने एक पीकदान एक तम्बूल (पान)।

यह तो हवेली के अंदर का मंज़र (दृश्य) है। बाहर यह हाल कि सिपाही ता मुतसदी (सिपाही से मुंशी तक) सभी को बेकारी, सवाल दस्तख़ती फाड़कर पंसारी किसी को आँवला, किसी को कटोल बांध देता है। सलातीनों

---

1. पौराणिक कथाओं के अनुसार क़ाफ़ पर्वत, जहाँ सुन्दर परियाँ रहती हैं।, 2. ज़मीनें छिन जाने के बाद।, 3. उर्दू के एक कवि।

(बादशाहों) ने तौबा धाड़ मचा रखी है। जो शाम को बहर-ए-नमाज़ (नमाज़ के लिए) मस्जिद में जाइए तो वहाँ चराग़ नहीं, बजुज़ चराग़े-ग़ोल (सिवाय भूतों के चराग़ के)। उन मकानों में अलाग़ (गधे, ख़च्चर) रेंकते हैं, जहाँ बहार में हन्डोल सुना जाता था।

यह बाग़ खा गई, किसकी नज़र नहीं मालूम।

आगरा बाज़ार में 'नज़ीर'[1] देखते हैं कि दुकानदार क़ितार अंदर क़ितार (पंक्तिबद्ध) क़ैदियों की तरह बैठे हैं। छत्तीस पेशे वालों के कारोबार बन्द हैं, गिर्दोपेश क़ज़्ज़ाक़ (आसपास डाकू) लूट रहे हैं। घाट वार पार बन्द हैं। सहाफ़ (किताब का जिल्दसाज़) अपने हाल में ग़म की किताब है। मीनाकार (पच्चीकार) मरते हैं, मुसव्वर (चित्रकार) कबाब हो चुके, बाहमन (ब्राह्मण) मंदिरों के बीच सर पटकते हैं, इल्म वाले मदरसों के बीच आजिज़ (मजबूर), कहो यारो इस मकान में कैसी हवा चली।

---

1. एक शा'इर का नाम।

मीर ख़ानी गर्दी

नहटौर में मीर इमाम बख़्श पुत्र मीर मुनव्वर अली तिरमिज़ी एक कमज़ोर हाल जागीरदार, सैयदों की मान मर्यादा संभाले, क़स्बे के मशहूर मदरसे में, जो सैयद हसन तिरमिज़ी के ज़माने से क़ायम है, लड़के पढ़ाते हैं और कुछ टके कमाते हैं, आख़ोंद जी कहलाते हैं। इनसे बड़ी खुशहाली और सलामती है। नमाज़ रोज़े और धार्मिक तरीक़ों के हनफ़ी मतानुसार पाबंद। मौजूदा हालात में भी शुक्र और सब्र करके अल्लाह पर भरोसा करते हैं। शिकवा शिकायत और ना शुक्री का शब्द ज़बान पर नहीं लाते और किसी ने उनके चेहरे पर ना शुक्री और दरिद्रता और पैसे की कमी के भाव न देखे।[1]

अराजकता है कि बढ़ती जाती है। एक रोज़ ख़बर पड़ी कि अमीर ख़ाँ ने हमला कर दिया। 1805 ई. की बात है कि तबाही फैलाने वाला अमीर ख़ाँ अल्लाह के बन्दों को तबाह करने और ख़ूनख़राबा करने बड़े लश्कर के साथ... नहटौर पहुँचा। एक रात और दिन क़स्बे में ठहरा। यह घटना मोहम्मद ख़ानी[2] और मीर ख़ानी गर्दी कहलाई। क़स्बे के लोग ख़ून ख़राबे के डर से जगह-जगह बिखर गए। खेतों-खलिहानों और जंगलों में जा छुपे, बहुत सों ने पुराने खण्डहरों और मक़बरों में शरण ली।

जिस समय अमीर ख़ाँ के पठान सिपाही लूट मार मचाते मोहल्ला सादात की ओर बढ़ रहे थे, आख़ोन्द इमाम बख़्श ने अपनी बीवी सैयदा आमिना ख़ातून पुत्री सैयद मुसाहिब अली और तीनों बच्चों, बनी उन्निसा, अल्लाह बन्दी और अली बख़्श को साथ लिया और गिरते-पड़ते, छिपते-छिपाते मुबारिज़ुल्लाह ख़ाँ के मक़बरे में जाकर शरण ली।

रात हुई जंगल में सियार बोले, मक़बरे में बहुत से शरणार्थी कुनबे इकट्ठे थे। किसी भी पल अमीर ख़ाँ या उसके सिपाही आकर धावा बोल

1. फ़ारसी से अनुवाद।, 2. पठान सरदार मोहम्मद शाह ख़ाँ।

सकते थे। कुछ बीबियाँ ज़ेवर गहनों की पोटलियाँ बाँधकर साथ ले आई थीं। केवल एक मशअल जल रही थी, जिसकी रौशनी में अँधेरे गुम्बद के अंदर से चमगादड़ें निकल कर उड़ीं। दूर से बंदूक़ों की आवाज़ आई। बुज़ुर्गों को अब्दाली का ज़माना खूब याद था। सुना है अमीर ख़ाँ अंग्रेज़ से लड़ता है, अंग्रेज़ से सब लड़ रहे थे, इसका फ़ायदा किया था, सारे हिन्दुस्तानी एक दूसरे का ख़ून बहाने में व्यस्त थे, बीबी की झाड़ू फिरे इन कमबख़्तों पर।

उसी अर्धअंधकारमय मक़बरे में सैयदा आमिना ख़ातून के यहाँ एक लड़के का जन्म हुआ।

आख़ोंद इमाम बख़्श के इस लड़के का नाम बंदे अली रखा गया, प्राथमिक पाठशाला के बाद आख़ोंद जी ने लड़के को उच्च शिक्षा के लिए दिल्ली रवाना किया। कपड़ों की गठरी और फटी सुटी किताबें और कुछ शाही सिक्के जेब में रख मियाँ बंदे अली सलम्महू, बैलगाड़ी पर राजधानी के लिए रवाना हुए। दिल्ली पहुँचकर मदरसा फ़तेहपुरी में दाख़िल हुए। दूसरे ग़रीब विद्यार्थियों की तरह मस्जिद के एक हुजरे (कमरे) में रहकर दर्से-निज़ामिया[1] की शिक्षा ग्रहण करने में जुट गए।

1803 ई. में दिल्ली पर बाक़ायदा बर्तानिया का क़ब्ज़ा हो चुका था। अंधा, दुखियारा बादशाह लाल क़िले में पेंशन भोगी था। तीन वर्ष बाद उसके प्राण पखेरु उड़ गए, उसके बेटे अकबर शाह द्वितीय को लार्ड हेस्टिंग्स के हुक्म से वह सारे नियम और रस्में छोड़ देनी पड़ीं, जिनसे कम्पनी के मुक़ाबले में मुग़लों की श्रेष्ठता दिखाई देती हो।

मीर बन्दे अली कभी कभार जमना पर जाकर बादशाह को देख आते, जो बेचारा पाबन्दी से झरोखा दर्शन देता था। दिल्ली का वैभव थोड़ा सा शेष था, पारम्परिक शाहजहानाबाद में अभी जीवन था। एक फटेहाल क़स्बाती ज़मींदार के सीधे-सादे लड़के मीर बन्दे अली पाया-ए-तख़्त (राजधानी) की

1. इस्लामी शिक्षा ग्रहण करने का एक सिस्टम।

रंगीनियों और मौजमस्तियों से बिल्कुल अनभिज्ञ रहे। इसके अतिरिक्त मदरसे में पढ़ने वाले लड़के यह भी न जानते थे कि दिल्ली के बाहर क्या हो रहा है। फ़िरंगिस्तान (इंग्लैंड) और साहिबे-फ़िरंग (अंग्रेज़) केवल एक जादुई तमाशा था। यूरोप की विद्याएँ, कलाएँ और अन्वेषण, वैश्विक राजनीति, नये दर्शन और सिद्धांत, इन बेकार बातों से बिल्कुल बेख़बर, बेपरवाह और अनभिज्ञ, दिल्ली के उच्च वर्ग की संतान अपने पारम्परिक क्रियाकलापों में व्यस्त थी, मदरसों में मध्यकालीन विद्या पढ़ाई जा रही थी, हवेलियों में शेरो शायरी और मुर्ग़बाज़ी, बटेर बाज़ी, कबूतर बाज़ी इत्यादि होती थी।

मीर बंदे अली के सामने एक परेशानी खड़ी है, दिल्ली से वापस जाकर क्या करेंगे। वह ज़माना न रहा कि अपनी फ़ौज जमा करके ख़ुद भी इस गृह युद्ध में शामिल हो जाएँ। अपना इलाक़ा जो दूसरे ज़्यादा ताक़तवर सरदारों ने छीन लिया, तलवार के ज़ोर पर वापस ले लें, दूसरों का इलाक़ा छीनकर दुश्मन का ज़नबच्चा कोल्हू में पिलवाकर गढ़ी पर अपना झण्डा लहरा दें।

यह लार्ड 'लेक' का ज़माना है। बड़े-बड़े जुग़ादरी इसके आगे घुटने टेक चुके हैं। जसवंतराव होल्कर को इसके सामने झुकना पड़ा। होल्कर का सरदार अमीर ख़ाँ गवर्नर जनरल के अधीन हुआ। फ़िरंगी ने इसे रियासत टोंक का नवाब बना दिया, बर्तानिया का दोस्त बना। करीम ख़ाँ पंडारी को एक रियासत दी गई। एक के बाद एक पुराने दबंग सरदारों को फ़िरंगी बाज़ीगर, रियासतों की गद्दियों पर बिठाता जा रहा है।

हमारी न तो बड़ी रियासत थी, न हमने कहीं लूटमार की, जिसके बदले में हमें एक अदद तख़्तोताज छोटा-मोटा मिल जाता।

अब सवाल यह है कि नौजवान मीर बंदे अली और इनके छोटे भाई अहमद अली आज की दुनिया में करें क्या?

रबात-ए-कोहन और हवेली
(पुरानी सराय और हवेली)

'होने वाली चीज़ों को लिखकर क़लम सूख गया। अब या ख़ुशनसीबी है या बदनसीबी।'

मैं, कि मीर बंदे अली तिरमिज़ी इब्ने हज़रत आख़ोंद इमाम बख़्श तिरमिज़ी इन दिनों एक मामूली नौकर जान कम्पनी बहादुर का मुल्क बुन्देलखण्ड में तैनात हूँ। सूफ़ियों और बुज़ुर्गों के प्रवचन याद करता हूँ और दिल लरज़ता है कि हमारे पूर्वज, पुरानी सरायों से निकलकर हवेलियों में आबाद हुए, सो वह हवेलियाँ ढह गईं, मनसबदारों की कमान गिर गई।

इन दिनों कालपी में जमना किनारे एक फूँस के बंगले में निवास, एक बार फिर हैरानी के संसार में हूँ, यह तुम्हारा सूरज, जिसे तुम देखते हो, यह वही सूरज है, जो क़ारून और हामान के महलों के झरोखों पर उदित हुआ और अब इनकी क़ब्रों पर निकलता है। बादशाहों ने दुनिया में मज़बूत महल बनाए, न बादशाह रहे न महल। 'पस रुए मुबारक बरीं फ़क़ीर आवरदंद, फ़रमूदंद फ़र्ज़न्दे मन ईं फ़वायद कि गुफ़्तम ब नवीस।'

अनुवाद : मुझ हक़ीर फ़क़ीर की ओर अपना मुबारक चेहरा करते हुए फ़रमाया कि मेरे बेटे फ़ायदे और नसीहत की बातें लिख लो।[1]

समय तेज़ काटने वाली तलवार व ज्वलंत तर्क है। हर तरफ़ क़ब्रिस्तान फैले हैं, सैकड़ों वर्ष पुराने मज़ार और वह क़ब्र जो कल बनी है और मेरी अपनी क़ब्र, जो शायद कल ही बन जाए या किसी और दिन, वे पुराने मज़ार और वह निर्माण होने वाली क़ब्र एक हैं।

तिरमिज़, जार्जिया, तिब्रिस्तान, कैथल, झोसी, सिल्हट, क़न्नौज और नहटौर में क़ब्रों पर घास उग आई। उन पर लिखे पत्थरों के शब्द मिट गए।

---

1. मख़्दूम जहानियान जहाँ गश्त बुख़ारी साहब की प्रवचनावली (अल-दुर-अलमनज़ूम)।

दो फ़िरंगी भाई, जो डेनियल साहब[1] कहलाते थे, कुछ दिन पहले सारे हिन्दुस्तान में पुरानी मस्जिदों, मक़बरों और दरगाहों और बरगद के पेड़ों में छुपे हुए मंदिरों और मक़बरों की तस्वीरें बनाते फिरते थे, उनकी समझ में भला क्या आएगा।

यह कालपी, ललितपुर, ओरई, बान्दा और हमीरपुर, चंदेलों, बुंदेलों, बंगश पठानों और मराठों के युद्ध क्षेत्र रह चुके हैं। टोपीधारी फ़िरंगी ने लार्ड कार्नवालिस बहादुर के हुक्म से नक़्शे बदल दिए। शाह आलम के दौर के अधिकारी निलम्बित हुए। ज़िलाधिकारी फ़ौजदार के स्थान पर कलेक्टर हो गया, दीवानी में सद्रेआला सद्रअमीन न्यायाधीश नियुक्त हुए।

जिस वक़्त सरकार रुहेलखण्ड ने हमें नायब तहसीलदार पर नामज़द किया, उन्हें सब पहले से मालूम था, ज़िले में कौन-कौन से श्रेष्ठ ख़ानदान हैं, आर्थिक स्थित इनकी कैसी है, ज़मींदारी से कितनी आमदनी है, राजनीतिक रूझान क्या हैं। मुजाहिदीने-सैयद अहमद बरेलवी का साथ कौन-कौन दे चुका है या दे रहा है।

उच्च वर्ग के नौजवानों को कम्पनी की नौकरी पेश करने में दोनों धड़ों के कई तरह के फ़ायदे हैं।

अतः हम भी अंग्रेज़ी सरकार के शुभचिंतकों के वर्ग में शामिल हुए। रोज़गार का अवसर अच्छा निकला, इस ज़माने में हज़ारों बेकार मुअत्तल घर में पड़े हैं। सैकड़ों वतन छोड़कर इधर-उधर हुए। छोटे भाई मीर अहमद अली कम्पनी बहादुर की एक देसी पलटन में, मेरठ छावनी के अंदर मामूली सिपाही हैं। हमारे पूर्वज नौबत और फ़ौजों वाले रहे। हम जूते उतारकर ज़िलाधिकारी के सामने जाते हैं, हम बेचारों ने दुनिया मे ग़ोता मारा था।

'एक अज़ीज़ कि आलमे-तेर[2] रखता है, शबे जुमा (शुक्रवार की रात) को दरवाज़े के आगे पहुँचा। खानक़ाहे-बादशाह की जिहत (बादशाह की ख़ानकाह की ओर) से अंदर न आया, एक आदमी भेजा, उसने सलाम किया।

---

1. टामस और विलियम डेनियल।, 2. अर्थात हवा में उड़ता है।

ज़मीन चूमी और बोला कि तुम जो हर लहज़ा (हर पल) मलूक (बादशाहों) का खाना खाते हो, यह वज़ीफ़ा (जाप) जो फ़ौत (समाप्त) होता है, इसी सबब (कारण) से है। मैंने उस दिन ख़ान जहान का खाना खाया था।'[1]

अफ़सोस! कि हमने शताब्दियों बादशाहों का नमक खाया, अब विक्टोरिया के नमक ख़्वार हैं।

यह जो कुछ लोगों का कहना है कि इस्लाम धर्म में सम्बन्ध विच्छेद निषेध है, बुज़ुर्ग, सूफ़ियों, एकान्तवासियों, ईसाइयों और हिन्दुओं से प्रभावित हुए, हमारे हिसाब से यह सिद्धांत ज़रा भी ठीक नहीं।

किसलिए कि जब रसूल (स०) के अनुयाइयों के हाकिमों ने सारे तौर तरीक़े ईरान के बादशाहों के अपनाए, ख़ुद को बड़े गर्व से ख़ुसरो और दारा कहलवाया, वह और उनकी चापलूसी में रहने वाले, ग़रीबों पर ज़ुल्म करते थे, तब इमामों और औलिया ने सत्ता भक्ति के विरुद्ध एक आंदोलन प्रारम्भ किया।

और जो हम इमामों, सूफ़ियों की नस्ल से हैं, सत्ताधारी गुट के सदस्यों में शामिल होकर, अमीरों के वर्ग में दाख़िल हुए। कारचोबी लबादे, सोने की चमक वाले वस्त्र पहनते थे। हाथियों पर सवार होते थे, बुज़ुर्गों और उवैस क़र्नी और अबूज़र ग़फ़्फ़ारी को भूले थे और यह बिल्कुल भुला चुके थे कि बादशाहत और शहंशाहियत के मुआमले बड़े ख़तरनाक हैं।

देखो हमारे एक पूर्वज नवाब क़ासिम अली ख़ाँ आलीजाह शासक बंगाल, जो सैयद नसीरुद्दीन पुत्र सैयद कमालुद्दीन तिरमिज़ी की पुत्री की नस्ल से थे, किस तरह लगातार आलीशान साहिब लोगों (अंग्रेज़ों) से परास्त हुए।

यद्यपि अपनी फ़ौज को अंग्रेज़ी तौर तरीक़ों से सुसज्जित किया था, मगर न समझे कि लड़वाने वाले साहब कहाँ थे, फलतः ...बक्सर की जंग से पहले जनाब आली नवाब शुजाउद्दौला बहादुर बनारस में

1. हज़रत जहानियान जहाँगश्त की प्रवचनावली।

शैख़ अली हज़ीं से मिले। शैख़ साहिब ने मिलने का कारण पूछा, अर्ज़ किया कि क़ासिम अली ख़ाँ अपनी मदद और समर्थन के वास्ते लिये जाते हैं और अंग्रेज़ इस पर ज़िद करते हैं कि तुम आलीजाह (नवाब मीर क़ासिम) के शरीक न हो बल्कि हम से मुल्क अज़ीमाबाद भी ले लो, क्या ज़रूरी है ख़ुद को मौत के मुँह में डालना।

शैख़ ने मुस्कुराहट बिखेरते हुए फ़रमाया कि लाख उनकी फ़ौजें कम और यहाँ बहुत बड़ी सेना है, मगर वह फ़िरंगी आग हैं, उन्हें कम न जानना चाहिए। देखने में तो उनका आधार नज़र नहीं आता मगर अंदरूनी तौर पर पाताल में जमा हुआ है। तुम नहीं जानते हमारे पैग़म्बर (स.) ने इसमें बुद्धिमानी समझकर, इस विशेष सम्प्रदाय से संधि कर ली थी। दूसरे दिन शैख़ ने अपने हाज़िरीन (उपस्थित लोगों) से अफ़सोस के साथ कहा कि इस हिमायत से कुछ न हो सकेगा।' जंगे हुमक़ा बा दानायाने फ़िरंग' (बेवकूफ़ों का युद्ध अंग्रेज़ अक़्लमंदों के साथ)

आख़िरकार आलीजाह और जनाब आली शुजाउद्दौला में बिगाड़ हुआ। नवाब मीरक़ासिम सोचते थे, अब मुर्शिदाबाद वापस जाऊँ और अंग्रेज़ी हुकूमत के काम में अड़चन डालूँ तो कोई डर नहीं। एक दिन जनाबे-आली ने कहला भेजा कि बादशाह बंगाल आदि सूबों के बाक़ी (हिसाब) माँगते हैं। उन्होंने जवाब दिया, सुब्हानल्लाह मैं तो तुम्हारे भरोसे पर बैठा हूँ, जो मुझसे सम्भव हुआ और उपलब्ध हुआ उसमें ढील न छोड़ी, अब मेरे बस का नहीं, मैं मजबूर हूँ।

दूसरे दिन समरू नौकर आलीजाह मीर क़ासिम बुरा वक़्त देखकर, शुजाउद्दौला के लश्कर में चला आया। तीसरे दिन आलीजाह के ख़ेमे को घेर लिया, उन्हें हाथी पर सवार करके शुजाउद्दौला के लश्कर में पहुँचाया। माल व असबाब, नक़द, सामान सब ज़ब्त हुआ। आलीजाह के तमाम साथियों ने नवाब शुजाउद्दौला से सुलह कर ली। बक्सर की लड़ाई के एक दिन पहले, आलीजाह नवाब मीर क़ासिम लंगड़ी हथनी पर सवार इलाहाबाद रवाना हुए और अकेली जान लेकर शुजाउद्दौला की क़ैद से रिहाई पाई।

उस बेकसी के वक़्त में अली इब्राहीम ख़ाँ ने हज़ार रुपये नक़द और सवारी के लिए अपना घोड़ा भेजा, लेकिन आलीजाह ने स्वाभिमान के कारण स्वीकार न किया। हज़ारों परेशानियों के साथ गिरते-पड़ते इलाहाबाद पहुँचे। छोटे से किराये के मकान में उतरे, फिर लखनऊ होकर हमारी रुहेलखंड आए और अंग्रेज़ों की क़ैद से सुरक्षित रहे।

कहते हैं कि आलीजाह जब लखनऊ में उतरे, शिविर गोमती नदी के किनारे मच्छी भवन क़िले के नीचे लगा था। उनके सामने एक ओर क़ुरआन दूसरी ओर हिन्दुओं की मालाएँ रखी हुई थीं कि अगर जीत नवाब शुजाउद्दौला की हुई तो हिन्दुओं की माला पहन लूँगा। यहाँ तक कि बक्सर की पराजय का समाचार सुना।

ख़ुलासा यह कि पठानों के इलाक़े में भी ठहरना सम्भव न रहा। कुछ दिन बाद परेशान फटेहाल पालकी में सवार होकर शाहजाहानाबाद पहुँचे। नवाब नजफ़ ख़ाँ ने बड़े सम्मान से अपना मेहमान बनाया और कहा कि अब मुल्क बंगाल और मंत्री पद का विचार दिल से निकालकर शाह के पास रहना ग़नीमत समझिए बहरहाल आपकी सेना और ज़िम्मेदारी उठाने को हाज़िर हूँ। कुछ दिन बाद सब्ज़ी मण्डी में देहावसान हुआ, हज़रत शाह मर्दान में दफ़्न हुए 'फ़इब्तरु या उल्लअबसार (ऐ अक़्लमंदों इबरत हासिल करो)।'[1]

जनाब नवाब मीर क़ासिम का हाल सुनता हूँ कि किस क़द्र मुरव्वत के आदमी, दूसरों को फ़ायदा पहुँचाने वाले और उच्च श्रेणी के आदमी थे और किस ग़रीबी, परेशानी में मरे तो 'दिल ख़ून होता है।'

और एक उन मरहूम व मग़फ़ूर खुल्दाशियानी (जिस पर रहम किया गया हो, मुक्ति देकर स्वर्ग दिया गया हो) का क्या ज़िक्र है, पिता स्व. मीर इमाम बख़्श फ़रमाते थे, उनकी आँखों देखी बात है कि दिल्ली में सब अमल दख़ल मराठों का था, बादशाह को वज़ीफ़ा उनके गुज़ारे लायक न मिलता

1. तारीख़-ए-अवध, लेखक सैयद कमालुद्दीन हैदर।

था। उससे पहले बादशाह को अंधा किया गया, क़त्लेआम हुए, वज़ीरों ने जिसे चाहा क़त्ल कर दिया, जिसे चाहा गद्दी पर बिठाया, इस वक़्त अबूज़फ़र सिराजुद्दीन मोहम्मद बहादुरशाह बादशाह की बेबसी का क्या आलम है। अल्लाहो-अकबर।

ख़ुदा की क़सम दुनिया से नफ़रत हो चली है। बुज़ुर्गों से सुनते आए हैं कि हमारे महापूर्वज सैयद हसन तिरमिज़ी अपने चार हज़ारी वालिद मीर ज़ियाउद्दीन ग़ाज़ी की शहादत की ख़बर सुनकर गाँगन नदी के किनारे एक झोंपड़े में जा बैठे थे, हम उनके सम्बंध त्याग पर अचम्भित नहीं।

शाहजहानाबाद के एक शरीफ़ज़ादे विद्वान सैयद अहमद साहिब, जो जनवरी सन 1855 ई. से हमारे शहर बिजनौर में सद्र अमीन हैं, बहुत दयालु इनसान हैं और मुस्लिम क़ौम के पतन के कारणों की टोह में लगे रहते हैं। आजकल तारीख़े-बिजनौर (बिजनौर का इतिहास) लिखने में व्यस्त हैं। बहुत से हालात हमसे पूछ चुके हैं। दो साल पहले जब हम मथुरा ज़िला आगरा में तहसीलदार थे, सैयद अहमद साहब ने हमें बिजनौर से लिखा था।

फ़ारसी से अनुवाद : आजकल मैं इस मुल्क का इतिहास लिखने व क्रमबद्ध करने में अपना समय ख़र्च कर रहा हूँ और इसके शहरों इलाक़ों और ज़रूरी जगहों के हालात मालूम करने में व्यस्त हूँ।

अतः मथुरा ज़िले के जो हालात मालूम किये जाने के लायक़ हैं, इस सेवक के पत्र के पीछे की ओर आपकी सेवा में अपना मक़सद बता रहा हूँ कि जितनी भी इस बारे में निरीक्षण और खोज हो सके, जितनी भी जल्द से जल्द सम्भव हो, इस पत्र के उत्तर में सूचित करें और मुझ सेवक के पिछले पत्रों की तरह, इस पत्र को सरसरी तौर पर और मामूली न समझें। बड़ी मेहरबानी फ़रमाकर उत्तर देने का कष्ट करें और वाँछित चार्ट कि जिसका ज़िक्र सेवक के पत्र के उल्टी तरफ़ लिखा हुआ है, मैंने सुना है कि यह छप

गया है और इस ज़िले में मिल रहा है। अगर ऐसा है तो ख़रीद लें और मेहरबानी फ़रमाकर भेज दें, उसकी क़ीमत जितनी भी होगी, डाक ख़र्च के साथ जनाबे-आली की ख़िदमत में पहुँच जाएगी।

21 मार्च 1855 ई.

आज हम अपने काग़ज़ों का बस्ता खोलकर बैठे तो यह सैयद साहिब के ख़त भी निकल आए, हमें भी गुज़रे ज़माने को जानने की जुस्तजू है। लेकिन बादशाहों का हाल देख लिया, फ़क़ीरों के हालात जानना चाहता हूँ।

ख़्वाजा बहाउद्दीन नक़्शबंदी बुख़ारी (रह०), ख्वाजा मोईनुद्दीन हसन संजरी (रह०) चिश्ती, जो हमारे महापूर्वज सैयद कमालुद्दीन तिरमिज़ी (रह०) के समकालीन थे, ख़्वाजा कुतबुद्दीन बख्तियार काकी (रह०) सैयद अली सैयद अली हिजवेरी (रह०) और मख्दूम हजानियान जहाँ गश्त (रह०) की रचनाएँ पढ़ता हूँ और अल्लाह तआला से बख़्शिश (मुक्ति) की प्रार्थना करता हूँ।

तअज्जुब होता है कि पुराने ज़माने के औलिया हिन्दुस्तान में कहाँ-कहाँ पहुँचे, उस बुंदेलखण्ड में जो घने जंगलों और लड़ाकू गोंडों और डाकुओं का क्षेत्र है। हम साहिबाने आलीशान (अंग्रेज़ अधिकारियों) के साथ दौरे पर जिधर जाते हैं, औलिया के मज़ार दिखलाई देते हैं। बदीउद्दीन ज़िन्दा शाह मदार भी फ़िरोज़ शाह तुग़लक के दौर में कालपी में रह चुके हैं। (दुःख का विषय है कि दरवेश, जो उनके नाम लेवा हैं, वह अब बंदर और रीछ नचाते फिरते हैं। जादू के खेल दिखाते हैं और मदारी कहलाते हैं)

हमीरपुर में मुबारकशाह का मज़ार है। राजू क़त्ताल, भाई और ख़लीफ़ा (उत्तराधिकारी) मख़्दूम जहानियान (रह०) के थे। छत्रसाल बुंदेला उनका भक्त था।

अजीब इत्तेफाक़ है कि इन दिनों इस क्षेत्र में तीन नवयुवक हाफ़िज़ों (क़ुरआनशरीफ़ को कंठस्थ करने वालों) की, जो मख़दूम के चाचा के बेटों

में से हैं, बड़ी शोहरत है। बाँदा के नवाब साहब ने उनकी चर्चा हमसे की। हमें भी उनसे मिलने की बहुत इच्छा हुई।

नवाब साहब का क़िस्सा भी अजीब है। पिछली शताब्दी की अराजकता ने हज़ारों को बिगाड़ा और सैकड़ों को बनाया। सिंधिया ग्वालियर के राजा ने निज़ामुल मुल्क आसफ़जाह के बेटे इमादुलमुल्क ग़ाज़ीउद्दीन को कालपी जागीर में दी (मिर्ज़ा नौशा दिल्ली वाले कवि ग़ालिब के शिष्य नवाब अनवारुद्दौला शफ़क़ इन्हीं इमादुलमुल्क के पड़पोते हैं)

राजा छत्रसाल बुंदेले ने अपना कुछ इलाक़ा अपने समर्थक पेशवा बाजीराव प्रथम को दे दिया। मोहम्मद ख़ाँ बंगश के ख़िलाफ़ बुंदेले की एक जंग में उसके ख़ानदान की एक लड़की को, पठान फ़ौजों ने गिरफ्तार किया, बाजीराव ने उसे क़ैद से रिहा करके रणवास में दाख़िल किया। एक लड़का पैदा हुआ, नाम उसका शमशेर बहादुर रखा गया। धर्म के अनुसार मुसलमान था लेकिन बाजीराव ने बान्दा उसे जागीर में दिया, उसका बेटा अली बहादुर था। मराठों ने ये सारा इलाक़ा 1802 ई. में अंग्रेज़ी हुकूमत के हवाले कर दिया।

उधर झाँसी के मराठा अर्धसंप्रभु राजा की विधवा लक्ष्मी बाई ने अपने दत्तक पुत्र की राजसत्ता के अधिकार का प्रार्थना पत्र कलकत्ता सरकार को दिया, जो उत्तराधिकार के उलझे हुए झगड़ों के कारण निरस्त हो गया। झाँसी हाल ही में ब्रिटिश अधिकार क्षेत्र में सम्मिलित किया गया, जिसकी वजह से हम यहाँ मौजूद हैं। रानी साहिबा को पेंशन दे दी गई है, वह नाराज़ और असंतुष्ट नगर के भीतर अपने महल में रहती हैं।

नवाब अली बहादुर के बेटे ज़ुल्फ़िक़ार बहादुर अंग्रेज़ों से लड़े, पराजित होकर संधि की। अंग्रेज़ी सरकार ने बान्दा के बाहर ज़मीन और थोड़ी सी फ़ौज रखने की आज्ञा दे दी है। वर्तमान कालीन नवाब अलीबहादुर, ज़ुल्फ़िक़ार बहादुर के भतीजे और मिर्ज़ा ग़ालिब के दूर के रिश्तेदार हैं। मिर्ज़ा ने उनके लिए फ़रमाया भी है।

ग़ालिब ख़ुदा करे कि सवारे-समन्दे-नाज़
देखूँ अली बहादुरे-आली गोहर को मैं।

नवाब साहब हर साल एक जलसा क़िरात (क़ुरआन शरीफ़ के पाठ) का आयोजन करते हैं, दूर-दूर से क़ारी (कुरआन शरीफ को अच्छे ढ़ंग से पढ़ने वाले) इसमें आमंत्रित किये जाते हैं। कुछ वर्ष पहले की बात है कि इस जलसे में, जब तमाम क़ारी क़ुरआन शरीफ का पाठ कर चुके तो एक अजनबी परदेसी ने खड़े होकर पाठ करने की आज्ञा चाही और इतनी अच्छी आवाज़ में तिलावत (पाठ) की कि सुनने वालों की आँखें छलक गईं।

नाम उस नौजवान का हाफ़िज़ सैयद मोहम्मद मूसा और वतन स्वात बुनेर (सीमा प्रांत) था। कहने वाले कहते हैं कि बुख़ारा और समरक़न्द, काबुल और सरहद के क़ारियों का आज तक कोई मुक़ाबला नहीं कर सकता। जलसे के बाद नवाब साहब बान्दा ने हाफ़िज़ साहब से उनके हालात पूछे।

उन्होंने बताया, सैयद जलालुद्दीन सुर्ख़पोश (रह०) 1198 ई. में बुख़ारा में पैदा हुए थे, ख़ुदाबन्दा मीर बुख़ारा की लड़की हलीमा ख़ातून से शादी हुई। बीवी और बेटा सैयद मोहम्मद जाफ़र बुख़ारा में रहे, ख़ुद शमसुद्दीन अल्तमश के दौर में सिंध में आ गए। मुलतान में खिरक़ा-ए-ख़िलाफ़त (वह वस्त्र, जो दरवेश अपने उत्तराधिकारी दरवेश और शागिर्द को प्रदान करते हैं) शैख बहाउद्दीन ज़करिया (रह०) से हासिल किया, भुक्कर में सैयद बदरुद्दीन की बेटी से शादी हुई, सैयद अहमद कबीर (रह०) पैदा हुए।

सन 1292 ई. में 'ओछ' इलाक़ा बहावलपुर में स्वर्गवास हुआ। मख़्दूम जहानियान जहाँ गश्त (रह०) पुत्र सैयद अहमद कबीर (रह०) को ख़िरका-ए-ख़िलाफ़त शैख़ नसीरुद्दीन (रह०) चराग़ देहलवी ने इनायत फ़रमाया। दिल्ली व गुजरात के बादशाह उनके मुरीद थे। मज़ारे-मुबारक ओछ शरीफ़ में है। कई बीवियों से संतान तमाम हिंदुस्तान में फैली, कोई सरकार व सूबा इनसे ख़ाली नहीं। माशाअल्लाह वह लोग सूर्य की तरह तेजस्वी हैं।

सैयद जाफ़र पुत्र जलालुद्दीन सुख़पोंश (रह०) जो पैतृक वतन बुख़ारा में रहते थे, इनकी संतान तूरान में आजकल मौजूद है। इनमें से एक सैयद नूर मोहम्मद बेटे सैयद फ़ैज़ मोहम्मद समेत बुख़ारा से स्वात बुनेर आ गए। सैयद फ़ैज़ मोहम्मद मार्च 1823 ई. के नौशहरा के युद्ध में महाराजा रणजीत सिंह की फ़ौज और अकाली भोला सिंह के ख़िलाफ़ लड़ते हुए शहीद हुए।

सैयद फ़ैज़ मोहम्मद के बेटे हाफ़िज़ सैयद मोहम्मद इब्राहीम उर्फ़ हाजी लाला, जनरल हरण सिंह नलवा का मुक़ाबला करते हुए, दूसरे मुजाहिदीन के साथ जमरुदपुर में अप्रैल 1837 ई. को शहीद हुए, इनके मज़ार पर लोग आते जाते हैं।

हाजी लाला एक ग़रीब और क़र्ज़दार मौलवी थे। पिता के क़र्ज़ की रक़्म चुकाने, जिसकी अदायगी उन पर वाजिब थी, उनके बेटे हाफ़िज़ मोहम्मद मूसा; माँ, भाइयों और छोटी बहन मरियम ख़ातून को अपने पहाड़ी गाँव में छोड़कर, जो पेशावर के क़रीब यूसुफज़ई इलाक़े में है, व्यापार करने के इरादे से ब्रिटिश इण्डिया आए। न जाने किस तरह बाँदा आ पहुँचे, व्यापार में नाकाम रहे। उस वक़्त जामा मस्ज़िद बान्दा में रहते थे।

हालात सुनकर नवाब साहब बाँदा बड़े प्रभावित हुए। फ़रमाया कि अपने रिश्तेदारों को बाँदा ले आएँ। मस्ज़िद की इमामत पेश की और इसके बदले में क़र्ज़ अदा करने का प्रस्ताव रखा।

हाफ़िज़ साहब ने दरख़्वास्त मान ली, रुपया लेकर सरहद गए और सपरिवार वापस तशरीफ़ लाए। क़ुरआनशरीफ़ पाठ करने के जलसे में नवाब साहब बान्दा के रिश्तेदार नवाब कदूरा[1] ने भी हाफ़िज़ साहब की प्रशंसा की। जब हाफ़िज़ साहब स्वात बुनेर से वापस आए तो नवाब साहब कदूरा, नवाब साहब बान्दा से आज्ञा लेकर उन्हें अपने यहाँ ले गए।

1. नवाब अनवारुद्दौला 'शफ़क़'।

ये तीनों भाई हाफ़िज़ मोहम्मद मूसा, मौलाना अज़ीज़ अहमद और मौलवी मोहम्मद ताहिर, फ़ारसी और पश्तो बोलते हैं, ज़रा सी बघेली उर्दू भी सीख गए हैं। सिलसिला पीरी मुरीदी का यहाँ भी जारी कर दिया है।

कदूरा कालपी से पंद्रह मील के फ़ासले पर है।

मुझ बन्दे अली ने इनकी रूहानियत की शोहरत सुनी और मुलाक़ात का इरादा किया। दिन छुपने के बाद हम कदूरा पहुँचे तो अजीब आत्मा को शान्त कर देने वाला दृश्य देखा, मस्जिद के आँगन में एक सरहद के मौलवी क़ुरआन शरीफ़ पढ़ने में व्यस्त, दूसरे भाई मिट्टी के कूँडे में आटा गूँध रहे थे, मस्जिद के ताक़ में तेल का दीया जल रहा था। दूर-दूर तक सन्नाटा छाया हुआ था। हम घोड़े से उतरे और दिल ही दिल में कहा, बन्दे अली यह वह जीवन शैली है, जो शताब्दियों पहले हमारे पुरखों की अलग ही शान रखती थी। अब इन तूरानी पीरों से सम्बन्ध बढ़ाना ज़रूरी है, जरनैलों और कमिश्नरों की दुनिया बेकार है।

मख्दूम (रह०) के सिलसिले की एक शाख़ से यह इत्तेफ़ाक़िया मुलाक़ात ख़ूब थी कि ख़ुद हमारे बुज़ुर्ग अलीमुद्दीन द्वितीय को मख़दूम जहानियान (रह०) ने ख़िरक़ा-ए-ख़िलाफ़त (उत्तराधिकार के वस्त्र) अता करके जौनपुर भेजा था और सुल्तान इब्राहीम हुसैन शर्क़ी ने, उनको पुराने अमीरों में शामिल किया था।

हाफ़िज़ सैयद मूसा और उनके भाइयों से अक्सर हमारी मुलाक़ात रही। मग़रिब की नमाज़ के बाद चर्चा बहुत-बहुत देर तक, चार पीर चालीस सिलसिलों की होती थी। तरीक़त ज्ञान का सागर है, उलूमे सुलूक व इस्माए-आज़म व माहियते-जिन्नो बशर व मुकाशिफ़ा व मलकूतो जबरूत व लाहूत व असरार व वज्दो खौफ़ व क़ुत्बियत व महबूबियत व रुवियत व अज़कार व इब्तिदा व इन्तेहा - हर विद्या को अर्जित करने के लिए एक लम्बी उम्र चाहिए।[1]

1. ईश्वरीय ज्ञान के विभिन्न सिलसिले।

हम मुद्दतों से परदेस में ठहरे हैं। हरम रखने का रिवाज़ ख़त्म हो चला है क्योंकि उच्च वर्ग के पास, अब न पहली सी दौलत है न समृद्धि। यूँ भी हमारे घराने में आमतौर पर एक से ज़्यादा शादियाँ नहीं की जातीं। हमने मगर किन्हीं कारणों से तीन शादियाँ कीं। पहली बीवी का स्वर्गवास हो चुका है, दो बीवियाँ अल्लाह की कृपा से जीवित हैं। दो छोटे-छोटे बेटे सैयद अबुल हसन और अज़ीज़ हैदर सललमहू अपनी माँ के साथ नहटौर में रहते हैं। यहाँ पर शुभचिन्तकों ने कहा, मीर साहब! परदेस में तनहाई दूर करने की ग़रज़ से एक शादी और कर लीजिए, पुराने लोगों से दस्तूर चला आता है और धर्मानुसार अभी गुंजाइश बाक़ी है।

इन्हीं शुभचिंतकों ने हाफ़िज़ सैयद मोहम्मद मूसा के यहाँ, उनकी छोटी बहन सैयदा मरियम ख़ातून के लिए हमारा पैग़ाम भिजवाया। हम तिरमिज़ी लोग आठ सौ साल हिन्दुस्तान में रहकर सूरज की तेज़ गर्मी से ऐसे ठेठ हिन्दुस्तानी बन गए कि फ़िरंगी हमें ब्लैक मैन कहता है। यह नए विदेशी परिवार सुर्ख़ व सफ़ेद, लम्बे-चौड़े स्वस्थ और शानदार लोग हैं।

हाफ़िज़ साहब ने पैग़ाम स्वीकार न किया। नाम से उन्हें शक हुआ कि बन्दा शिया सम्प्रदाय से है।

हमारी तरफ़ शिया सुन्नी में भिन्नता ज़्यादा नहीं है, ख़ुद हमारी बिरादरी सादाते-नहटौर में कुछ घराने शियों के हैं और शादियाँ भी आपस में होती हैं कि सैकड़ों वर्ष से शादियाँ केवल बिरादरी में करने का नियम बना हुआ है। हमारे नज़दीक ज़िला मुरादाबाद में तो शिया लोगों की बहुत बड़ी और ऐतिहासिक बस्तियाँ हैं। मगर जानना चाहिए कि काबुल के आस पास और तूरान में सुन्नियों और शियों के बीच बहुत ज़्यादा बदगुमानी है।

बहरहाल हमने एक डाकगाड़ी से, जो रुहेलखण्ड जाती थी, कुछ शरीफ़ विश्वसनीय बुज़ुर्गों को नहटौर रवाना किया कि बुंदेलखण्ड तशरीफ़ लाकर इन सरहदी मौलवियों को अस्ल कैफ़ियत बताएँ।

कुछ दिन बाद (सफ़र ख़तरे से खाली नहीं हालाँकि ठगी निरोधक क़ानून लागू हो चुका है। विंध्याचल के इलाक़े में डाकू बहुत हैं।) दो बुज़ुर्ग नहटौर से आए और कदूरा जाकर हाफ़िज़ सैयद मोहम्मद मूसा से मुलाक़ात की। बड़ी तरकीब से उन्हें समझाया कि नाम तहसीलदार साहब का बन्दे अली नहीं बल्कि बन्दा अला है और बोलने में अली हो गया है और 'अला' अल्लाह तआला के नामों में से एक है। यहाँ पर दानिशमन्दाने-नहटौर (नहटौर के बुद्धिमान) के हम भी क़ाइल हो गए।

हाफ़िज़ साहिब ने शब्दों के इस उलटफेर पर विश्वास कर लिया और हमारा निकाह, उनकी बहन मरियम ख़ातून से शरबत के प्याले पर हुआ।

बीबी मरियम ख़ातून बहुत बुद्धिमान, धार्मिक ज्ञान से परिचित, बेहद नेक शरीफ़ बीबी हैं। इनकी इल्मियत और ज्ञान पर हमें आश्चर्य है कि हमारे घर की बेगमें शिक्षा से बिल्कुल अनभिज्ञ हैं। सच्चाई यह है कि हमारे जागीदारी माहौल और सरहद के इस मौलवी घराने की जीवन शैली में ज़मीन आसमान का अंतर है। बहरहाल आज छुट्टी लेकर हम पत्नीश्री को नहटौर लिये जाते हैं, अर्थात पुरानी सराय से निकलकर हवेली की तरफ़ रवाना होती है। यद्यपि अंग्रेज़ी हुकूमत में शांति और क़ानून व्यवस्था है मगर कहने वाले कुछ ख़ुफ़िया ख़त ऐसे लेकर आए हैं, जिनसे...

ग़दर 1857 ई.

ज़माना बिगड़ चुका, रात के समय आकाश पर मंगल गृह दहक कर अंगारा हो गया। रोज़ाना दिन छुपते ही एक पुच्छल तारा लोगों को नज़र आता है, गाँव-गाँव चपाती बँटी। रातों के सन्नाटे में, एक रहस्यमय फ़क़ीर भयानक आवाज़ लगाता फिरता था।

मैं कि मीर अहमद अली तिरमिज़ी पुत्र हज़रत आख़ोन्द इमाम बख़्श तिरमिज़ी नहटौरी मेरठ छावनी में तैनात था, जब कमांडिंग अफ़सर ने दाँतों से कार्तूस काटने का हुक्म दिया। सिपाहियों ने इनकार किया, बग़ावत हुई, कुछ देर बाद इत्तिफाक़ से तोपख़ाने का ख़लासी लेन में से गुज़रा और बोला, आज परेड के मैदान में न ठहरना, हमें हुक्म मिल चुका है कि बाग़ियों को तोप से उड़ा दें।

दूसरे दिन एक सूबेदार ने अंग्रेज़ अफ़सर से चुग़ली खाई, फ़ुलाँ-फ़ुलाँ बाग़ी हैं, उनको क़ैद कीजिए, कमान अफ़सर ने सत्तर सवारों को जेल में डाला, उसके बाद उनको मैदान में लाए, पाँव में ज़ंजीर डाल कर बाज़ार में से गुज़ारा, कोठों पर से नाचने गाने वालियों ने ग़ैरत दिलाई कि चूड़ियाँ पहन लो।

दूसरे दिन रमज़ान शरीफ़ की पंद्रहवीं तारीख़ को इस टुकड़ी के सिपाही हथियारों से लैस होकर छावनी पहुँचे, बंगलों में आग लगाई, अंग्रेज़ों की जान व माल का भारी नुक़सान हुआ। हम भी इस हंगामें में सम्मिलित हुए क्योंकि दीन ख़तरे में था।

आधी रात को दिल्ली मार्च किया, रमज़ान शरीफ़ की 16 तारीख़ अर्थात 11 मई हमारे एक सवार ने समन बुर्ज के झरोखे के नीचे पहुँचकर, मीर फ़तेह अली ख़ाँ और शाही दारोग़ा से बात करना चाही। मीर साहब उस वक़्त जमना किनारे ख़िज़्री दरवाज़े के सामने नमाज़ पढ़ते थे। सलाम फेर कर उन्होंने पूछा 'क्या काम है?' सवार ने कहा, 'फ़ौज लाया हूँ फ़ौरन

जहाँ पनाह से अर्ज़ कीजिए कि हमने साहिबान को मेरठ में क़त्ल किया, अब इसी इरादे से दिल्ली आए हैं।'

इसके बाद जो हुआ सारे संसार को मालूम है। हम इस युद्ध में जगह-जगह लड़े बन्दूक़ों और तोपों से हर तरफ़ लड़ाई होने लगी, हमने पूर्वज के बेटे मलिक इब्राहीम निशानची लश्कर शहाबुद्दीन मोहम्मद ग़ौरी को याद किया और नारा-ए-तकबीर और नारा-ए-हैदरी बुलन्द करके दुश्मनों पर टूट पड़े, बहुत सारे फ़िरंगियों को तलवार के घाट उतारा।[1]

बहुत जल्द उपद्रव दो आबे में फैला, ख़ास हमारे वतन नहटौर ज़िला बिजनौर में एक ख़ुफ़िया पार्टी का गठन हुआ। ये बारह टोपी वाले कहलाए, इनमें सैयद करामत हुसैन, सैयद अल्ताफ़ हुसैन, सैयद इनायत हुसैन, मीराँ इम्तियाज़ अली और नवाब रहमत ख़ाँ आदि शामिल थे। उन्होंने सरकारी चौकियों पर रात के समय छुप-छुपकर हमले किये। सारे ज़िले में बाग़ियों ने मोर्चे किये और तोप को आग लगा दी।

बिजनौर के युद्ध का विस्तृत विवरण, हमारे बड़े भाई बन्दे अली साहब तहसीलदार के दोस्त सैयद अहमद देहलवी ने लिखा है, जो उस वक़्त बिजनौर में सद्र अमीन थे। आँखों देखे हालात बयान किये जाते हैं, घटनाएँ सच्ची हैं लेकिन कहने के ढंग में अंतर है। सैयद अहमद ख़ाँ कुशाग्र बुद्धि और विद्वान इनसान हैं। कौम का दुःख दिल में महसूस करते हैं। उनका ख़याल है कि इस बदहाली और निर्धनता के दौर में अंग्रेज़ी हुकूमत से वफ़ादारी मुस्लिम क़ौम के लिए बेहतर है।

जिस समय बिजनौर में हंगामा शुरू हुआ, साहब लोग अपनी मेम साहबों और बाबा लोग (बच्चों) को यथानुसार नैनीताल और मसूरी के पहाड़ों पर भेजने वाले थे, यह शहर उन्होंने हिमालय की चोटियों पर स्काटलैंड के क़स्बों के स्टाइल में बसाए हैं।

---

1. मीर अहमद अली 'तुर्क सवाराँ राजा रघुराय' में शामिल हो गये थे। यह न मालूम हो सका कि यह राजा कौन था और उसकी रियासत का क्या नाम था।

सिविल लाइंस बिजनौर में केवल बीस अंग्रेज़ मौजूद थे, मिस्टर अलैक्ज़ेंडर शेक्सपियर, ज़िला कलेक्टर ज़ार्ज पामर, ज्वाइन्ट मैजिस्ट्रेट, डॉक्टर नेट सिविल सर्जन, जानसन साहब, मरफ़ी साहब आदि। देसी अफ़सरों में बाबू कालीचरण अंग्रेज़ी नवीस कलक्टरी, डॉक्टर ताराचन्द सेन असिस्टेंट सर्जन और हमारे सैयद अहमद देहलवी सद्र अमीन।

सैयद साहब (सर सैयद अहमद ख़ाँ) फ़रमाते हैं, 'मेरठ में जो फ़साद और नमकहरामी 10वीं मई 1857 ई. को हुई, उसकी ख़बर ग्यारहवीं तारीख़ तक बिजनौर पहुँची, बारहवीं तारीख़ को यह ख़बर मशहूर हुई और एक के बाद एक इसके आसार दृष्टिगोचर होते गए। यानी गंगा के किनारे रास्ता लुटने लगा और मुसाफ़िरों का आना जाना बन्द हो गया। 18 मई को एक कम्पनी तलंगों (देसी सिपाहियों) की, जो सहारनपुर से मुरादाबाद जाती थी, बिजनौर पहुँची। 19 मई 1857 ई. को मुरादाबाद का जेलख़ाना टूटा।'

'क़ैदी जेल से निकल आए, सब के मुँह दरिया की तरफ़ थे और भागे जाते थे, कलेक्टर ख़ज़ाने पर आया, मुझ सद्रअमीन ने अपने हाथ से एक लाख पचास हज़ार रुपये, कुएँ में डाल दिये।'

गंगा के आर और गंगा पार के हज़ारों गूजर लूटमार मचाते फिर रहे थे। उसी रोज़ शाम को नामहमूद ख़ाँ[1], साठ सत्तर पठान बंदूक़धारियों के साथ बिजनौर पहुँचा। उस रात बिजनौर में बड़ा अंदेशा रहा, जनाब शेक्सपियर साहब, दाम इक्बालहू (उनका भाग्य बुलंद रहे) और जनाब मिस्टर जार्ज पामर, जो इख़्लाक़ो-इनायत हमारे हाल पर फ़रमाते थे, उन इख़्लाक़ों और इनायतों ने हमारे दिल में ऐसी मोहब्बत उन साहबों की डाली थी कि मोहब्बत के सबब (कारण), उन साहिबों की निस्बत (तरफ़ से), जो वहम दिल में आता था, बुरा ही बुरा दिखाई देता था।

तलंगे अब नगीने से धामपुर पहुँचे, वहाँ हरसुख राय लोहिया के यहाँ उस दिन बारात थी। उसने बारात का खाना और बहुत अच्छी-अच्छी मिठाई

1. नवाब नजीबुद्दौला के पड़पोते, नवाब महमूद ख़ाँ।

तलंगों को दी, इसलिए उन्होंने वहाँ कुछ उपद्रव नहीं किया और मुरादाबाद चले गए। गूजर, जाटों, मेवातियों और बंजारों के उपद्रव के कारण, ज़िले में ज़्यादातर ग़दर हुआ और बिजनौर पर भी डाका आना मशहूर था।

'ज़िले के जो रईस हुकूमत की मदद को बुलाए गए थे, उनमें से चौधरी रणधीर सिंह हल्दौर के रईस, और चौधरी प्रताप सिंह ताजपुर के रईस, सिपाहियों सहित कलेक्टर साहब के कोठी परिसर में ठहर गए। देहात लूटते रहे, विभिन्न परगनों में डाके पड़े, बाग़ियों ने जगह-जगह मोर्चे बाँधे। 2 जून को कप्तान गफ़ साहब सवारों सहित मेरठ से ख़ज़ाना लेने आए और पचास हज़ार रुपया कुएँ से निकाला। सवार कम थे और डाका डालने वालों के झुण्ड के झुण्ड जमा थे। मगर गफ़ साहब बहादुरी के साथ ख़ज़ाना हाथियों पर लदवा कर घाट दारानगर के रास्ते से मेरठ चले गए, 31 मई तक रुहेलखण्ड के सब ज़िले बिगड़ चले थे।'

इस भयंकर समय में सैयद अहमद रात-रात भर, ज़िला कलेक्टर की कोठी पर पहरा देते। कुर्सी पर बैठे रहते या टहलते। उनके समझाने-बुझाने से बाग़ियों ने अंग्रेज़ों को ज़िन्दा छोड़ दिया।

'अब इस वक़्त और कोई मस्लेहत (कूटनीति) न थी, सिवाय इसके कि ज़िला कमबख़्त नामहमूद ख़ाँ (नवाब महमूद ख़ाँ, नजीबाबाद) के हाथ में छोड़ दिया जाए' 7 जून की रात को सारे साहब मेम लोग, मय सवारों के (सवारों सहित) हाथियों पर सवार होकर, मेरठ रवाना हो गए। 'समझो इस बात को कि वह सब नमक हराम पुराने सवार गंगा के किनारे पर से नामहमूद ख़ाँ के पास भाग आए। नए सवार रुड़की तक साथ रहे, वहाँ पहुँचकर बिगड़ गए।'

नवाब महमूद ख़ाँ ने सुबह होते-होते 'ख़ल्क़ ख़ुदा की, मुल्क बादशाह का, हुक्म महमूद ख़ाँ का' की मुनादी पिटवा दी और ज़िले की व्यवस्था प्रारम्भ की। उन्होंने सैयद अहमद और दूसरे देसी अफ़सरों से कहा कि वह पहले की तरह अपनी ड्यूटी देते रहें। सैयद अहमद को आज़ाद हुकूमत में

शामिल होने को आमंत्रित किया और जागीर पेश की मगर उन्होंने इनकार कर दिया और नवाब से कहा, 'ख़ुदा की क़सम नवाब, मैं तुम्हारी ख़ैर ख़्वाही (शुभकामना) के लिए कहता हूँ कि तुम इस इरादे को दिल से निकाल दो। हुक्कामे अंग्रेज़ी (अंग्रेज़ अधिकारियों) की अमलदारी नहीं जाएगी।'

उसी समय मुनीर ख़ाँ जिहादी ने नगीने से बिजनौर पहुँचकर, अंग्रेज़ों को शहर से ज़िन्दा निकल जाने देने के अपराध में, सैयद अहमद ख़ाँ को क़त्ल करने योग्य ठहराया। पण्डित राधाकिशन डिप्टी इंस्पेक्टर ऑफ़ स्कूल्स पर आरोप लगाया कि 'ईसाई मक्तब हर जगह बिठाता फिरता था।' मुनीर ख़ाँ ने सैयद अहमद से जिहाद के हुक्म की समस्या पर बहस की फिर दिल्ली चला गया।

जून के महीने में बरेली की बाग़ी फ़ौज की कमान सूबेदार बख़्त ख़ाँ ने संभाली। हाफ़िज़ रहमत ख़ाँ के बूढ़े पोते ख़ान बहादुर ख़ाँ को, बहादुर शाह ज़फ़र की तरफ़ से सूबा कटिहर का वायसराय नियुक्त किया गया। बहादुर ख़ाँ ने राजपूतों की मदद हासिल की, शोभा राम बीना हुकूमत का दीवान नियुक्त हुआ।

अब अंग्रेज़ों ने पठानों और राजपूतों की स्वतंत्र सांझी सरकार समाप्त करवाने के मक़सद से, हिन्दू विद्रोह की व्यवस्था की और पचास हज़ार रुपया इस मक़सद के लिए कप्तान गोदानी को दिया गया, वह नाकाम रहा मगर बिजनौर में अंग्रेज़ के वफ़ादार हिन्दू चौधरी नवाब महमूद ख़ाँ के ख़िलाफ़ उठ खड़े हुए।

सैयद अहमद ख़ाँ लिखते हैं—

'ग़लग़ला (शोर हंगामा) हुआ कि बहादुर ख़ान ने फ़रमान (हुक्मनामा) हुकूमते-मुल्के-कटिहर का बादशाह देहली से हासिल किया। नामहमूद ख़ाँ को बड़ा तरद्दुद (डर) हुआ कि ऐसा न हो कि मुल्क कटिहर में ज़िला बिजनौर भी शुमार (गिनती) में आ जाए। चुनाँचे अर्ज़ी बादशाह को भेजी।'

इधर शेरकोट के शैख़ माड़े ख़ाँ और अहमदुल्लाह ख़ाँ ने, शेरकोट के सबसे मालदार आसामी चौधरी उमराव सिंह से, मालगुज़ारी अदा करने का तक़ाज़ा किया। 27 जुलाई को तोप मैगज़ीन शेरकोट पहुँच गए।

अम्दू ख़ाँ शाही फ़रमान लेकर बिजनौर आए कि 'फ़िदवी ख़ास लायक़ उल इनायत वल अहसान अमीरुद्दौला, ज़ियाउल मुल्क मोहम्मद महमूद ख़ाँ बहादुर मुजफ़्फ़रजंग अंग्रेज़ों से छीना हुआ माले-ख़ज़ाना फौरन दिल्ली भिजवा दें।'

इस तरफ़ अहमदुल्लाह ख़ाँ ने उमराव सिंह से रुपया लेकर अपना मुतालबा एक लाख का कर दिया। अब बाक़ायदा जंग शुरू हुई। अहमुदल्लाह ख़ाँ ने हवेली पर तोप लगा दी। माड़े ख़ाँ और दूसरों ने हवेली लूटी, बहुत से हिन्दू मारे गए। उमराव सिंह निकल भागे, गढ़ी फ़तेह हुई, सारे चौधरियों ने मिलकर अहमदुल्लाह से गढ़ी छीनने का इरादा किया। धामपुर में चौधरी साहिबान तोपें लेकर जमा हुए। 'देह ब देह (गाँव-गाँव) गंवारी (गाँव वालों का) बिगुल यानी ढोल वास्ते जमा होने और लामबन्दी बजने लगा।'

सैयद अहमद ख़ाँ ठीक फ़रमाते हैं कि अब तक बिजनौर में दुश्मनी का झगड़ा या मज़हबी तकरार न थी। चौधरियों के यहाँ मुसलमान और हम मुसलमान ज़मींदारों के यहाँ हिन्दू नौकर थे। मगर अब बाक़ायदा हिन्दू और मुस्लिम एक दूसरे से लड़ रहे थे। शेरकोट का मंदिर धराशायी हुआ, कई मस्जिदें शहीद हुईं। अफ़वाह फैली कि अहमदुल्लाह ने मोहम्मदी झण्डा फहरा दिया है।

शेरकोट की दूसरी लड़ाई में अहमदुल्लाह की फ़ौज परास्त हुई। इसके बाद हल्दौर के चौधरियों ने बिजनौर पर चढ़ाई कर दी। नवाब महमूद ख़ाँ को भागकर, नजीबाबाद जाना पड़ा, चौधरियों ने कलक्टर की कोठी पर क़ब्ज़ा कर लिया, जिसमें उस वक़्त तक नवाब महमूद ख़ाँ ठहरे हुए थे। गाँव वालों ने ख़ूब सिविल लाईंस की कोठियाँ लूटीं।

अब ढिन्ढोरा पिटा 'ख़ल्क़ ख़ुदा की मुल्क बादशाह का हुक्म चौधरी नैन सिंह बिजनौर वाले और हल्दौर के चौधरियों का' हिन्दू और मुसलमानों ने एक दूसरे के मोहल्ले लूटने शुरू किये।

'मज़हबी अदावत (धार्मिक शत्रुता) का, जो बीज शेरकोट में बोया गया था, बहुत बुलंद हो गया। चौधरी नैन सिंह और जोध सिंह इस बात के दरपै (कोशिश में) थे कि हिन्दू मुसलमानों की तकरार न बढ़े मगर वह गंवार चौधरियों की हैसियत क्या समझते थे।'

नवाब महमूद ख़ाँ ने फिर बिजनौर पर फ़ौज चढ़ाने का बंदोबस्त किया।

'दो दफ़ा ग़लग़ला पड़ा (शोर शराबा हुआ) कि नवाब चढ़ आया, चौधरी नैन सिंह, जो कुएँ में से रुपया तलाश करने को बैठे थे, ऐसे बे औसान (घबराए हुए) घर पहुँचे कि सब की जान हवा हो गई।' सैयद अहमद ख़ाँ, सैयद तुराब अली और पण्डित राधा किशन, जो अब तक अपने-अपने मकानों में दरवाज़े बन्द किये बैठे थे, उनको यक़ीन हो गया कि नवाब उनकी जान नहीं बख़्शेगा। चुनांचे यह तीनों चौधरी नैन सिंह के आदमियों के साथ, हल्दौर पहुँचे और वहाँ से उन्होंने और चौधरी साहेबान हल्दौर ने मेरठ अर्ज़ियाँ भेजीं कि अंग्रेज़ी फ़ौज बिजनौर भेजी जाए।

वहाँ से मिस्टर विल्सन जज व स्पेशल कमिश्नर का, जो ख़त आया वो ध्यान देने योग्य है। 'रिफ़अत व आली मर्तबत गिरामी क़द्र चौधरी उमराव सिंह सल्लमहुर्रहमान। इस क़द्र ज़ुल्म व ग़ारत गरी जानो-माल व क़त्ले अज़ीज़ान तुम्हारा पठान लोग न करते तो तुम सब रऊसा हनूद (हिन्दू रईस) यक (एक) दिल होकर क्यों उनको निकालते। अब तुम सब हनूद ने इत्तिफ़ाक़ (एकता) करके, उस ज़ालिम नवाब को निकाल दिया, अब बफ़ज़्ले ख़ुदा (ईश्वर की कृपा से) सब तकालीफ़ तुम्हारी जल्द रफ़अ (दूर) हो जाती हैं।

शेक्सपियर साहब भी पहाड़ से बुलाए गए हैं और हम थोड़ी फ़ौज मोअतबर (विश्वसनीय) लेकर अनक़रीब (जल्द ही) आवेंगे। हाल लगाने

तोप का आपके मकान पर बनिस्बत भांजा नवाब ज़ालिम (ज़ालिम नवाब के भांजे के बारे में) जो आपने लिखा है, सो अहले हिन्द जिन्होंने तोप नहीं देखी वो तोप से बहुत डरते हैं। अगर ये पठान लोग तुम अहले हनूद (हिन्दुओं) पर तोप लगा दें तो यह तदबीर (उपाय) करनी चाहिए कि... आदि-आदि।

सैयद अहमद ख़ाँ और मोहम्मद रहमत ख़ाँ डिप्टी कलेक्टर हल्दौर से बिजनौर आए और ज़िले की व्यवस्था विल्सन साहब के हुक्म से अपने हाथ में ली। 'जब ज़िला हमारे सुपुर्द हुआ, मेरी राय यह थी कि पुराने अलफ़ाज़ मुनादी के, यानी ख़ल्क़ ख़ुदा की, मुल्क बादशाह का, हुक्म कम्पनी बहादुर का' बदले जावें और पुकारा जावे कि मुल्क मलका विक्टोरिया शाह लंदन का ताकि अवामुन्नास (जनता) बग़ैर शक के यह बात समझें कि दर हक़ीक़त (वास्तव में) मुल्क किसका है और हमारा बादशाह कौन है। लेकिन बिला इजाज़ते-हुक्काम (अधिकारियों की बिना इजाज़त), इस बाब में राय देनी दूसरे वक़्त पर मौक़ूफ़ (स्थगित) रखी।

मोहम्मद रहमत ख़ाँ व सैयद अहमद ख़ाँ ने 16 अगस्त की रिपोर्ट में मिस्टर जार्ज पामर को सूचित किया कि सिवाय परगना नजीबाबाद सब तरफ़ अमन है। क़स्बा नहटौर व स्योहारा वग़ैरह में कुछ लोग शरारत करने के इरादे से जमा हुए थे, उनको तितर बितर करने के उपाय किये गए हैं। महमूद ख़ाँ जंग की तैयारी करने में व्यस्त थे कि मोहर्रम आ गया, जिसमें और ज़्यादा उपद्रव होना लाज़िमी (ज़रूरी) था। सिख रेजिमेंट मुज़फ़्फ़रनगर पहुँचने वाली थी।

नगीना में विश्नोइयों[1] और मुसलमानों में जंग हुई। अहमदुल्लाह ख़ाँ ने मोहर्रम की पहली तारीख़ (22 अगस्त) को तोप निकाली, मोहम्मदी झण्डा खड़ा किया, नगीने पहुँचकर बिश्नोई सराय पर तोप लगा दी। बिश्नोई मकान जला दिये गए। सैयद तुराब अली तहसीलदार के क़त्ल का हुक्म दिया।

1. मख़्दूम जहाँनियान जहाँगश्त बुख़ारी का भक्त समुदाय हज़रत मख़्दूम की झम पीर के नाम से पूजा करता है।

मगर चूँकि सब पठान, सैयद का क़त्ल बुरा समझते थे। इसलिए उनकी जान बख़्शी हो गई। 26 अगस्त को अहमदुल्लाह ख़ाँ और माड़े ख़ाँ आदि ने हल्दौर पर चढ़ाई के इरादे से नहटौर कूच किया।

27 अगस्त को चौधरी रणधीर सिंह आदि नक़्क़ारा बजाते, झण्डे उड़ाते, तोप और सामान आदि के साथ मुक़ाबले को रवाना हुए। नहटौर से अहमदुल्लाह ख़ाँ का लश्कर चला, बान नदी पर मुक़ाबला हुआ। चौधरी साहिबान पीछे हटकर हल्दौर में दाख़िल हुए। जहाँ ख़न्दक़ खुदी थी, मोर्चा बना था। वे तोपें लार्ड लेक ने नवाब अहमद बख़्श वाली-ए-फ़िरोज़पुर झिरका को दी थीं और चौधरियों ने नीलाम शम्सुद्दीन ख़ाँ के वक़्त ख़रीद ली थीं। अब नवाब की तोप ने गोलाबारी शुरू की। हल्दौर में ज़बरदस्त आग लगी, उसके बाद अहमदुल्लाह ख़ाँ बिजनौर आ गए।

अहमदुल्लाह और माड़े ख़ाँ का इरादा था कि हल्दौर जीतकर ताजपुर पर चढ़ाई होगी, नहटौर में मुनादी हो गई थी कि हल्दौर और ताजपुर की लूट माफ़ है। दूसरे दिन हल्दौर में क़त्लेआम हुआ। सारा हल्दौर जल गया। 'फूँस का नाम हल्दौर से जाता रहा, यहाँ तक कि अगर कोई चिड़िया, एक फूँस का तिनका अपना घोंसला बनाने को क़र्ज़ माँगती तो भी न मिलता।'

उस वक़्त सैयद अहमद देहलवी और सैयद तुराब अली हल्दौर में चौधरियों की हवेली के अंदर शरण लिये हुए थे, 29 की रात बड़ी मुश्किल से पैदल ही वहाँ से निकले और बाग़ियों के हमले झेलते, मौत के मुँह से बचते मेरठ पहुँचे। 30 अगस्त को अहमदुल्लाह ख़ाँ ने हल्दौर पर हमला कर दिया, लेकिन जब गढ़ी न जीत सके तो नहटौर पहुँचे, पहली तारीख़ सितम्बर को नहटौर से बिजनौर कूच किया।

हल्दौर की दूसरी जंग के बाद, पूरे ज़िले पर नवाब महमूद ख़ाँ का अधिकार हो गया। कचहरी की नई मोहरें बनीं, जिन पर 'वल्लाहो मुल्कुस्समावात' बढ़ाया गया। सन् ईसवी के बजाय, सन हिज्री और ज़िला

बिजनौर के बजाए, हुकूमते-नजीबावाद लिखा गया। नवाब के विश्वास पात्र सादुल्लाह ख़ाँ तहसीलदार नगीना, नवाब की तरफ़ से चौधरियों से सुलह सफ़ाई करने के मक़सद से नहटौर गए मगर चौधरियों ने सुलह न की। 18 सितंबर को हल्दौर के चौधरी नवाब से फिर लड़े और फिर हार गए, अब सादुल्लाह ख़ाँ ने उन्हें लिखा, 'ग़ौर फ़रमाइए कि क़दीम (पुरानी) वज़अदारी (शैली) और इख़लाक का क्या आलम है।'

'चौधरी साहब मुशफ़िक़ व मेहरबाने दोस्ताँ सल्लमहूतआला। बाद सलाम वाज़ेह (स्पष्ट) हो, ख़त तुम्हारा पहुँचा, हाल दरियाफ़्त हुआ। हमको ऐसा मालूम होता है कि तुम्हारे अय्याम (दिन) कुछ बुरे आ गए हैं, वरना हरगिज़ तुमसे ऐसी बात ज़हूर (देखने) में न आती कि तुम मुझसे अंदेशा (भय) करते हो। और मैं तुमको अपने फ़रज़न्द (बेटे) से कमतर नहीं जानता। जबकि तुम मेरे कहने से बाहर हो फिर क्या इलाज करूँ चाहिए कि बिला अंदेशा तुम मेरे पास नगीना चले आओ और अगर ऐसी ही लैतो-लाल (टाल-मटोल) में रहोगे तो ख़राब और बर्बाद हो जाओगे। जब तुम मुझको अपना मुरब्बी (सरपरस्त) जानते हो तो फिर क्या ख़ौफ़ है। आदि इत्यादि।

सुलह सफ़ाई की इस कोशिश के बाद, नवाब महमूद ख़ाँ का बड़ा बेटा ग़ज़नफ़र अली ख़ाँ, माड़े ख़ाँ समेत लश्कर लेकर नहटौर रवाना हुआ ताकि अगर चौधरी साहेबान हाज़िर न हों तो हल्दौर फिर तबाह कर दिया जाए। अब नहटौर के लेखराज सिंह आदि के द्वारा चौधरी रणधीर सिंह को फिर संदेश भेजा गया। और वह नहटौर आने पर सहमत हुए। 25 सितम्बर को उन्होंने नहटौर में नवाब ग़ज़नफ़र अली ख़ाँ से मुलाक़ात की। एक कटार और पचास रुपये पेश किये, ग़ज़नफ़र अली ख़ाँ ने एक दोशाला सम्मान के तौर पर दिया। फिर चौधरी उमराव सिंह भी नजीबाबाद गए, नवाब महमूद ख़ाँ को अशरफ़ियाँ तोहफ़े के तौर पर दीं, नवाब ने दोशाला अता किया।

चौधरी उमराव सिंह शेरकोट से नजीबाबाद रवाना हुए हैं कि ग़ज़नफ़र अली ख़ाँ और माड़े ख़ाँ ने दोबारा हिन्दुओं का क़त्लेआम शुरू कर दिया,

हल्दौर पर हमला किया गया, हल्दौर की तीसरी लड़ाई में गढ़ी जीत ली गई। 2 नवम्बर को अहमदुल्लाह ख़ाँ का लश्कर हवेली में दाख़िल हुआ। चौधरी रणधीर सिंह को गिरफ़्तार करके नजीबाबाद ले गए। चौधरियों के मकान जला दिए गए, हल्दौर में उल्लू बोलने लगा।

2 नवम्बर को हल्दौर रवानगी के समय, शैख़ माड़े ख़ाँ ने चौधरी प्रताप सिंह रईस ताजपुर को पत्र लिखा।

'चौधरी साहब मुशफ़िक़ व मेहरबान करम फ़रमाए-मन बहर हाल नियाज़ मंदाँ चौधरी प्रताप सिंह सल्लमहू तआला, बाद सलामे-शौक़ ईं कि इरादा लश्कर ईं जानिब ब तरफ़े-ताजपुर अस्त कि आँ साहिबे-तदबीर रसद वग़ैरह साज़न्द चुनाँ नशवद कि ब कसे-नहज तकलीफ़ मर्दमाने-लश्कर रा शवद। बाक़ी ख़ैरियत अस्त।

फ़क़त रक़ीमा अश्शौक़
माड़े ख़ाँ, अज़ मक़ाम चाँदपुर'

अनुवाद : मेरे करमफ़रमा, दयालु और मेहरबान चौधरी साहब को सलामे मोहब्बत के बाद अर्ज़ है कि इस बन्दे के लश्करियों का इरादा ताजपुर की ओर जाने का है, आपकी ख़िदमत में यह इत्तेला हो जाए और उसका उपाय किया जाए, कहीं ऐसा न हो कि लश्कर के लोगों के किसी कष्ट का कारण हो।

बाक़ी ख़ैरियत है
फ़क़त : प्रेमपूर्वक लिखनेवाला, माड़े ख़ाँ, चाँदपुर से
यह हुक्मनामा मिलते ही बेचारा चौधरी डर कर गढ़ मुक्तेश्वर चला गया।

अब अहमदुल्लाह ख़ाँ ने ज़िले के तहसीलदारों के नाम हुक्मनामा जारी किया, जो बख़्शी गई ज़मीनें अंग्रेज़ी दौर में ज़ब्त होकर, जमा मुक़र्रर हो गई हैं, हक़दारों को मुआफ़ और बहाल रखी जाएंगी।

16 फ़रवरी 1858 ई. को शेक्सपियर व पामर साहिब रुड़की पहुँचे, ज़िला बिजनौर के चौधरियों ने, जो गंगा पार शरण ले चुके थे, उनसे रुड़की जाकर मुलाक़ात की। रुड़की में अंग्रेज़ सरकार रुहेलखण्ड पर हमले की तैयारियाँ कर रही थी। इधर बिजनौर में ग़ज़नफ़र अली ख़ाँ और माड़े ख़ाँ के बीच नई क़ब्ज़ा की हुई सम्पत्ति को लेकर झगड़े शुरू हो गए।

लखनऊ जीतने के बाद, सर कोलेन केम्पबेल ने सेना रुहेलखण्ड भेजी। ब्रिगेडियर जोंस की अगुवाई में गोरा और सिख सेना ने 14 अप्रैल को गंगा पार उतर कर, नवाब महमूद ख़ाँ के लश्कर को पराजित किया। नवाब के सिपाही तितर बितर होकर जंगलों में जा छिपे। जब अंग्रेज़ी सेना मालन नदी पर पहुँची तो नवाब की ओर से तीन तोपों की आवाज़ आई, मगर नजीबाबाद ख़ाली हो चुका था। शहर में आग लगा दी गई। सैयद अहमद ख़ाँ लिखते हैं, 'निहायत अफ़सोस है कि हमारे हुक्काम को इस तरह से शहर का जलाना मनज़ूर न था। शायद इत्तेफ़ाक़िया आग लगी।'

नवाब महमूद ख़ाँ का महल बारूद से उड़ा दिया गया। 23 को नवाब के भाई जलालुद्दीन ख़ाँ और सादुल्लाह ख़ाँ को जनरल जोंस के हुक्म से गोली मार दी गई। माड़े ख़ाँ, अहमदुल्लाह ख़ाँ और दलेल सिंह गूजर और दूसरे बाग़ियों ने आख़िरी मोर्चा नगीने में लगाया। उसमें भी सरकार को विजय ही प्राप्त हुई। शेक्सपियर व पामर साहिबान ने लूटी गई तोपों सहित विजेता बनकर, बिजनौर में प्रवेश किया। फिर अंग्रेज़ी लश्कर ने मुरादाबाद कूच किया। 26 तारीख़ से सैयद अहमद ने अपनी कचहरी सद्र खोल दी। ज़िले का प्रशासन आश्चर्यजनक तेज़ी से बहाल हो गया, व्यापार जारी हो गया।

ग्यारह महीने तक रूहेलखण्ड स्वतंत्र रहा। जब 1858 ई. में अंग्रेज़ी फ़ौज़ें चारों तरफ से रूहेलखण्ड में दाख़िल हुईं, उस वक़्त ख़ानबहादुर ख़ाँ के सिपाहियों और हाई लैण्डर्स के बीच घमासान का युद्ध हुआ। उधर से फ़ैज़ाबाद के मौलवी अहमदुल्लाह, शहज़ादा फ़िरोज़ बख़्त और मलिका हज़रत

महल की फ़ौजों ने शाहजहाँपुर पर हमला किया मगर ब्रिगेडियर जोन्स विजयी रहा। मौलवी अहमदुल्लाह शहीद हुए।

नवाब महमूद ख़ाँ को कालेपानी की सज़ा हुई मगर उन्होंने जेल में दम तोड़ा। बूढ़े ख़ानबहादुर बरेली में फाँसी के तख़्ते पर चढ़े। फ़र्रुख़सियर का नाती फ़िरोजबख़्त मुरादाबाद में फटे हाल भूखा प्यासा, फ़क़ीरों के भेस में लड़ता फिरा। आख़िरकार हारकर ईरान चला गया और सुनते हैं, वहाँ से ज़ार रूस की हुकूमत में पनाह ली। मैं मीर अहमद अली, ये सब घटनाएँ दोहराता हूँ तो दिल ख़ून होता है।

हम इस संग्राम में क्यों असफल रहे? मुरादाबाद ब्रितानिया के वफ़ादार नवाब रामपुर के प्रभाव में था। बिजनौर में हिन्दू-मुस्लिम गृह युद्ध हुआ (यद्यपि सारे हिन्दू अंग्रेज़ों के समर्थक न थे), बिजनौर के राजपूत बाग़ियों में हमारे राय भूपसिंह आगे-आगे थे। बग़ावत के ज़्यादातर नेतृत्व करने वालों के निजी उद्देश्य अलग-अलग थे। कुछ अपना राजपाट वापस लेना चाहते थे, किसी के आपस में विचार न मिलते थे, ग़रीबी और बदनसीबी ने सबकी बुद्धि भ्रष्ट कर दी थी।

बेवक़ूफ़ों की जंग अक़्लमंद फ़िरंगी से।

आपस की फूट हिन्दुस्तान की पुरानी विशेषता है। इस फूट ने इस स्वर्ग जैसी धरती को हमेशा तबाह किया।

कुजास्त फ़िक्रे हकीमे व राए ब्रहमने?

अनुवाद : कहाँ है किसी विद्वान का चिंतन और ब्राह्मण की राय?

बाग़ी सिपाही

एक आदमी अज्ञात, दुबला-पतला लम्बा क़द, गोरा रंग, काली दाढ़ी, सूरत से ख़ुशमिज़ाजी और सज्जनता दिखाई देती है। भाग्य अच्छा हो तो मन प्रफुल्लित है। हंसमुख, मिज़ाज में चुलबुलापन, मगर क़िस्मत फूटी हुई। क्या जानिए कौन है, मुसाफ़िर है या लुटेरा है, छिपते फिरने वाले लोगों में से है या केवल एक ख़ानाबदोश परदेसी है।

बरंगे-बूए गुल अहले-चमन, चमन से चले
ग़रीब छोड़कर अपना वतन, वतन से चले
न पूछ ज़िन्दों को बेचारे किस चलन से चले
क़यामत आई कि मुर्दे निकल कफ़न से चले
मक़ामे-अम्न जो ढूंढा तो राह भी न मिली
ये क़हर था कि ख़ुदा की पनाह भी न मिली
यह युगात्मा तो नहीं?

बन्दूक़ संभाले, मुँह दुलाई में छिपाए, सर्दी से काँपता, बाँस के झुण्ड में पहुँचकर रास्ता भूल गया। रास्ता भूलकर इन जंगलों में, महाराज दुष्यंत को शकुंतला मिल गई थी। यहाँ गहरा सन्नाटा है।

सियार चिल्ला रहे हैं, कहाँ की शकुंतला, सब खोखले विचार, जादू, वहम, कहानियाँ, हक़ीक़त सिर्फ़ यह है, जिसे लंदन, कलकत्ते और बम्बई के अंग्रेज़ी अख़बारों में प्रेस खटाखट छाप रही है। सीसे में ढले शब्द सरसर करते ज़न्नाटे से आगे बढ़ रहे हैं।

क़लम चलने की आवाज़, आकाशीय वाणी, कुछ नहीं

शिवालिक पर कोहरा ऐसे चल रहा है जैसे गंगाजी आँसू बहाती, शिव जी की जटाओं में वापस जाती हों। बहुत सैर धरती की क़र ली, बुरी जगह है।

कुछ दूरी पर गांगन नदी नज़र आई। उस व्यक्ति ने आकाश की ओर देखा, हल्की सी लालिमा अभी शेष थी, किनारे पर जाकर उकड़ूँ बैठा, फ़ौजी बूट उतारे, पेटियों पर से धूल झाड़ी, वुज़ू किया, मग़रिब की नमाज़ अदा की, सलाम फेरा और कुछ देर तक वहीं घास पर चुपचाप बैठा रहा।

इस तरह जब वह ख़ामोश पानियों के किनारे बैठा, सेहूँ[1] को याद करके रोता था, अचानक एक हयोला पानी के बराबर चलता धुँधलके में जाता नज़र आया, एकाएक मन ही मन पुकारा या अबुल अब्बास।

सोचा, जाकर पैरों में गिर पड़े, मार्गदर्शन की विनती करे, फिर मन में विचार आया, चुप रहना ही बेहतर है, अगर ख़्वाजा ख़िज्र[2] हैं, निर्देश स्वयं ही मिल जाएगा।

कुछ दूर जाकर हयोला ठिठका, पलटकर मुसाफ़िर की ओर ध्यान से देखा और एकदम कोहरे में ग़ायब हो गया।

रात हुई मुसाफ़िर ने थैले में से थोड़ी सी भुनी मछली निकाल कर खाई, टीन के फ़ौजी मग में पानी भर के पिया, ऊनी कोट की आस्तीन से मुँह पोंछा और अल्लाह का शुक्र अदा किया। नदी किनारे से उठा और एक तरफ़ चलना शुरू कर दिया।

चलाचल-चलाचल जाने कहाँ से कहाँ पहुँच गया। अचानक सामने एक जर्जर मेहराब नज़र आई, थका हारा उसके नीचे जा बैठा, इमारत ढह चली थी, केवल मेहराब बाक़ी थी।

उस व्यक्ति ने टाँगें फैलाईं, कमर खोली, पिण्डलियों को दबाया, चलते-चलते पाँव सूज चुके थे। चाँद निकला, अजीब बेहूदा सा चाँद था, कमज़ोर, भूख का मारा, पीलिया ग्रस्त, उठाईगीरा, ख़ुदाई फिटकार पड़ी हुई।

रौशनी तेज़ हुई, जैसे चराग़ में तेल पड़ा, आकाश झील में तैरता कमल ज्योर्तिमय हुआ। तराई की दिशा से शेरों के गरजने की आवाज़ आई, उक्त

---

1. एक नदी का नाम।, 2. एक पैग़म्बर जिनके बारे में कहा जाता है कि उन्होंने आब-ए-हयात पिया है और भटके हुओं को रास्ता दिखाते हैं।

व्यक्ति ने अल्लाह अल्लाह का जाप शुरू किया क्योंकि 'अल्लाह' नाम जलाली है। गर्मी सी महसूस हुई फिर सर्दी की लहर आई, दाँत से दाँत बजने लगे, आँखें बन्द कर लीं। आँखें बन्द कर लीं तो कुछ पल के बाद पपोटों के अंदर सुर्ख़ रौशनी का आभास हुआ जैसे मशअलें जलती हैं।

फिर ऐसा लगा जैसे सामने एक चौक है, चारों ओर काशी ईंटों के मकान, दीवारें उनकी हरी और समरक़न्दी टाइलों से सुसज्जित। उनकी मिट्टी से हुई नक़्क़ाशी तक बहुत साफ़ दिखाई दे रही है। एक मकान सब से ऊँचा था, उसके फाटक पर एक हब्शी कोड़ा लिये तैयार है, चबूतरे पर नफ़ीरी और नक़्क़ारे बजाने वाले, बन्दरों की तरह उकड़ूँ बैठे हैं।

मकानों को शीशों से सजाया गया था, चौक के मध्य में सफ़ेद रंग का छोटा सा ख़ेमा तना था। अंदर काफ़ूरी शम्अें झिलमिला रही थीं। छपे हुए ख़ूबसूरत कपड़े और सुन्दर दरी के फ़र्श पर चन्दन की तिपाइयाँ रखी हुई थीं। उनके पीछे चित्रांकित काशानी पर्दे लगे हुए थे, बहुत धूमधाम मालूम होती थी।

मगर सन्नाटा! एक आवाज़ सुनाई नहीं देती, अजीब करिश्मा है। एक पालकी लाकर ड्योढ़ी पर रखी गई, एक फूल से चेहरे वाली सुंदर हसीना, सुर्ख़ो-सफ़ेद रंग, ठोड़ी पर बनावटी तिल, तुर्की टोपी के नीचे कई बारीक-बारीक चोटियाँ गुंथी हुई, कान्धों पर बिखरी हुई। रेशमी कपड़े के आगे से खुले, सुर्ख़ कोट के ऊपर ऊनी क़ुलजी पहने, जड़ाऊ गहने, कलाईयों पर गौहरकश, गले में सतलड़ा, नक़ाब पहने हुए नहीं थी। लाहौरी शाल पिस्तई रंग की ओढ़े, जिससे सुर्ख़ी पावडर से श्रृंगार किया हुआ चेहरा ज़रा ओट में था।

पालकी से उतरकर फाटक के अंदर गई, चौक रंगारंग सामान से भर गया। पिटारे, वस्त्र रखने का बक्स बोग़बन्द, छतरीदार चाँदी का छपरखट, जिस पर सुनहरा ओक़चा बिछा हुआ, ओक़चे के ऊपर बिस्तोक़ रखे, चाँदी के बर्तन टोकरों में पीछे-पीछे लाए गए, भीड़ बढ़ती गई मगर वही सन्नाटा।

आँखें इस डर से न खोलीं कि कहीं जादू ख़त्म न हो जाए।

याद आया कि बचपन में सुना था कि एक ग़रीब बूढ़ी सिलाई करके जीविकोपार्जन करती थी। एक शाम पालकी लेकर दो कहार आए, बोले, हमारे साथ चलिए साहबज़ादी की शादी का जोड़ा सीना है। नेक बूढ़ी बुरक़ा सिर पर डाल, पालकी में सवार हुईं। पालकी बस्ती से निकली, बहुत देर हो गई। बड़ी बी ने घबराकर बाहर झाँका तो जंगल बियाबान। कहारों के बजाय बकरगधों की टाँगें नज़र आईं। पलक झपकते ही बकरगधों ने जंगल के अंदर एक महल के सामने जा उतारा, जो जिन्नों के बादशाह का महल था। आदि आदि।

ऐ आश्चर्य चकित करने वाली चीज़ें, दिखाई देने वाली जगह! क्या हमने अभी-अभी जिनों के करतब देखे। आँखें खोलीं तो वही सुनसान ढाक का जंगल। ग़ौर से देखा तो सामने पुरानी ईदगाह नज़र आई, जिसकी दीवार चाँदनी में चमक रही थी। याद आया यह जानी पहचानी जगह है, यहीं से इलाक़ा सादिक़पुर शुरू होता है। इसी जगह पर सैयद हसन तिरमिज़ी की क़ब्र थी, जो पिछले किसी हमले में तबाह हो गई। अब ईंटों का एक ढेर बाक़ी है।

जाड़ों की ऐसी ही ठंडी और लम्बी रातों में दादी अम्मा क़िस्सा सुनाती थीं, 'बादशाह हुमायूँ के ज़माने से भी पहले, इस जगह पर क़ाज़ी चमन का मकान था।' बड़े होकर उस प्राचीन फ़ारसी पुस्तक में पढ़ा 'यहाँ मदरसा इस्लामी व अरबी फ़रमाँरवाए-वक़्त (उस समय के बादशाह) की तरफ़ से जारी था। सैयद ज़ियाउद्दीन जो सरकार सम्भल में मनसब चहार हज़ारी (चार हज़ारी) अफ़ग़ानान पर फ़ाइज़ थे, इस क़स्बे में तैनात थे।'

ज़ियाउद्दीन साहब फिर वापस आ गए? वह क्या सामने खड़े हैं। दर्शनशास्त्र की पुस्तकों में आया है कि हमारे सारे पूर्वज, हमारे अंदर जीवित हैं, शारीरिक और भौतिक रूप के बाद, दोनों ही तरह।

हम स्वयं इस समय मीर ज़ियाउद्दीन की आँखों से, इस सर्द वीराने को तक रहे हैं। ज़ियाउद्दीन की आँखें और हमारी आँखें एक हैं। हमारे हाथ किसी और नगड़ दादा के हाथ हैं, दिमाग़, बुद्धि, समझ या नासमझी किसी और पुरखे की अक़्ल या ना समझी है।

ख़ून हज़ारों वर्ष से इन नसों में दौड़ रहा है। मनुष्य का नवीकरण, सोचकर फुरैरी सी आ जाती है। मौलाना रूम ने क्या फ़रमाया था? कुछ ज़रूर फ़रमाया था, याद नहीं आ रहा। स्मरण शक्ति कमज़ोर हो चली।

चहार हज़ारी अफ़गानान पर फ़ाइज़ थे। मदरसा पहले क़ाज़ी अबू मोहम्मद बिन क़ाज़ी क़ुतबुद्दीन उर्फ़ काज़ी चमन की व्यवस्था में था। मीर ज़ियाउद्दीन के बड़े बेटे मीर हसन, इसी मदरसे में पढ़ते थे। क़ाज़ी साहब की दोस्ती मीर ज़ियाउद्दीन से बहुत गहरी थी, जैसे आजकल ज़िले के जज और कलेक्टर में दोस्ती होती है।

सैयद हसन शिक्षा पूरी करने के बाद, मनसबदारी के पद पर आसीन हुए। क़ाज़ी साहब ने अपनी बेटी सैयदा मेहरुन्निसा से इनकी शादी की इच्छा प्रकट की।

किताब में लिखा है कि मीर ज़ियाउद्दीन थोड़ी देर ख़ामोश रहे।

क़ाज़ी चमन ने कई बार याद दिलाया, फिर मीर ज़ियाउद्दीन ने स्वीकृति दी। सैयद हसन की शादी बड़ी धूमधाम से मेहरुन्निसा ख़ातून से हुई, बेटी पैदा हुई, नाम जावेद दौलत रखा गया क्योंकि नाम अब तक तुर्किस्तानी रखे जाते थे।

एक लड़के मोहम्मद आरिफ़ ने जन्म लिया, दोनों बहन भाई कुँआरे जवान मरे, मेहरुन्निसा औलाद के ग़म में रोते-रोते अल्लाह को प्यारी हो गईं।

कुछ दिन बाद मीर हसन अपने मनसबी काम के सिलसिले में लश्कर सहित कैथल रवाना हुए, जो उनके महापूर्वज शाह कमालुद्दीन तिरमिजी (रह०) के आगमन और निवास का प्रथम स्थान था। इस ऐतिहासिक क़स्बे

में बहुत से पीर औलिया के परिवार आबाद थे। उनमें एक परिवार शाह जमाल (रह०) का था कि इमाम बाक़र अलैहिस्सलाम की संतान थे। इनके उत्तराधिकारियों में सैयद मोहम्मद अहसन बाक़री कैथली से सैयद हसन की मुलाक़ात हुई, उनकी बेटी सैयदा सईदुन्निसा को ब्याह कर, सैयद हसन नहटौर वापस तशरीफ़ लाए।

क़ाज़ी चमन के मशवरे से मदरसे के मकान में निवास किया।

किताब में आया है कि उस समय मदरसा आलिया के भवन, बादशाह की तरफ़ से वक़्फ थे। उसके बाद मीर ज़ियाउद्दीन के नाम हस्तांतरित किये गए।

इसी बीच में, प्रसिद्ध घटना है कि मीर ज़ियाउद्दीन शाही फ़ौज लेकर पूरब रवाना हुए, जहाँ राजा खेरागढ़ हुकूमत से बाग़ी हुआ था। युद्ध में शहीद हुए, उनके शहीद होने के बाद, उनके पिता मीर हसन ने, जो सम्भल में तैनात थे, शाही नौकरी छोड़ दी। जब मीर हसन प्राण त्यागकर, अपने अस्ल मालिक की तरफ़ लौटे, उनका मज़ार नहटौर के बाहर पश्चिम की ओर, उसी ईदगाह के नज़दीक बनवाया गया।

लिखा है कि सैयद हसन के बड़े बेटे सैयद अली घोड़ा-बख़्श की शादी, सैयद शौकतुन्निसा पुत्री सैयद मोहम्मद बाक़र से हुई, जो शाही मुलाज़िमत में थे। उनके बेटे सैयद मोहम्मद तक़ी ने सैयद असदुल्लाह ज़ैदी की लड़की, फ़ज़ीलतुन्निसा से शादी की। सैयद असदुल्लाह ज़ैदी भी सम्भल की सरकार में पदाधिकारी और अमरोहा में तैनात थे, बारह इमामों से सम्बंधित सैयद थे।

यह मुग़ल काल था। फ़तोई और ओवरकोट के बावजूद ठंड से शरीर अकड़ा जा रहा है, एक माचिस जलाई जाए।

कुछ सूखे पत्ते और टहनियाँ जमा करके अलाव सुलगाया, ज़रा जान में जान आई। टाँगों को आराम मिला, ज़रा ऊँघ आनी शुरू हुई। आग की लपटों में एक गगनचुम्बी इमारत सी दिखाई दी। ध्यान से देखा तो अकबराबाद का क़िला था।

जैसे एक कटघरा सा है, लाल पत्थर का। उसमें एक शानदार बुज़ुर्ग खड़े हैं। हो न हो यही मुफ़्ती सद्र जहाँ हैं।[1] नबीरा कमालुद्दीन तिरमिजी, वही होंगे, वर्ना हमें क्यों नज़र आते, रूमी वस्त्र चारक़ब और मुलायम गर्म दोशाला।

किस क़दर सर्दी है। लोई हमारी फट चुकी, बूट चलते-चलते, भागते-भागते फट कर टुकड़े-टुकड़े हो रहे हैं।

कुछ पत्ते थे, सो जलकर ख़ाक हुए, एक दीया सलाई और जलाना चाहिए।

कितना सुहावना मन को सुख देने वाला दृश्य है। आहा हा! मुफ़्ती साहब जड़ाऊ कटार और तलवार, शाही वस्त्र पहने खड़े हैं। भई बहुत अच्छे! विद्वानों के वर्ग से हैं मगर माला पहन रखी है। इसका लाले-बदख़्शाँ गौहरे-शब चराग़ की तरह। तीली ख़त्म हुई, तीसरी जलाई तो अँधेरा था। हर इनसान अपने ख़्याल, अपने सपने रखता है, जिसमें कोई दूसरा शामिल नहीं हो सकता। जिस तरह हम किसी दूसरे की मौत की तकलीफ़ नहीं चख सकते, किसी और के ख़्वाब हमें नज़र नहीं आते, हर इनसान के दिन-रात, सुब्हो-शाम, पल विभिन्न और अलग-अलग हैं।

कब्र का दुःख, वह सज़ाएँ, जो तुम भुगतोगे, उस चेतना के द्वारा सहन करोगे, जो केवल तुम्हारी चेतना होगी और जो जीवन काल में तुम्हें प्राप्त नहीं।

---

1. नवाब सैयद सद्र जहाँ सलतनत जलादुद्दीन मोहम्मद अकबर व जहाँगीर में सदरुस्सुदूर थे। उनके आगमन पर नौबत बजाई जाती थी अर्थात साहिब-ए-नौबत थे और मंत्रियों के समान इनका पद था (तज़किरा सादाते-नहटौर) फ़ारसी से अनुवाद : 'मीर सद्र जहाँ विद्वानों में गिने जाते हैं और एक ज़माने तक मुफ़्ती थे। अब सदरुस्सदूर हैं। कविता कहने की प्रकृति रखते हैं' (तबक़ाते अकबरी पृ. 392) 'उन विद्वानों और ज्ञानियों के सिलसिले में जो बादशाह अकबर के ज़माने में हिन्दुस्तान की सलतनत में बड़े विद्वानों में गुज़रे हैं, अमीर सद्र जहाँ हिन्दुस्तान के सदरुस्सदूर (उच्चतम न्यायाधीश) हैं और बहुत से बड़े कमाल रखते हैं।' नामवर अमीरों के ज़िक्र के सिलसिले में। पृ. 289 तबक़ाते अकबरी, 1292 हिज़्री नवल किशोर प्रेस का छपा हुआ। (धन्यवाद सहित क़ाज़ी अब्दुलवदूद व आबिद रज़ा 'बेदार' डायरेक्टर ख़ुदाबख़्श लायेब्रेरी पटना) तूज़क जहाँगीरी, पृ. 200.

उस संसार से इस संसार तक शुद्ध बुद्धियाँ, फ़रिश्ते और ईश्वर का हुक्म, ईश्वर की ओर से मन में आई बात और सपने बनकर आती हैं। सहरवर्दी (रह०) ने कहा था या इब्नुल अरबी (रह०) ने?

अभी जिनों का एक गिरोह इधर से गुज़रा, सब की शक्लें अलग-अलग। किसी छुपे हुए लोक के आदमी हवा में उड़ते फिर रहे हैं। ख़बर देने वालों, अल्लाह वालों, नेक लोगों अवतारों, अल्लाह के वलियों के गिरोह आसमान पर चल रहे हैं।

सारा संसार इंद्रधनुष में परिवर्तित हो गया है।
लाहेज, माज़न्दरान, लबरेज़, गंजह, बाकू[1]

तेज़ हवाओं के रास्ते, हज़ारों मील दूर शमसुद्दीन लाहेजी महमूद शस्त्री[2] नजमुद्दीन कुबरा, रोज़बहान शीराज़ी इस वक़्त तक जाने कहाँ पहुँच चुके होंगे। दुनिया से बहुत दूर, उनका ज़माना हो गया और वे दुनिया से बहुत दूर चले गए, शायद फ़ना हो चुके हैं। क्या पता!

हुमा-ए-लाहूत[3] का आशियाना कहाँ है?
मक़ामे नसीरा, मकामे महमूदा, सबकी सैर कर ली।

पहले हरे रंग की रौशनी प्रकट हुई, फिर सफ़ेद, फिर सुर्ख़। सबसे अन्त में काली रौशनी के तेज और महानता की ज्योति है।

अपने बरज़ख़ (मृत्यु के बाद प्रलय तक का युग) में न मालूम क्या था। सूरत शैख़, ज़ात वजूदे-मुतलक़, सिफ़ात, सातों इमाम ज़िंदगी और ज्ञान और प्रकृति और इरादा और सुनना देखना और बोलना सब हैरान हक्का बक्का, बेबस नाकारा।

जल्ला जलालहू

---

1. बाकू तेज़ हवा का रास्ता (आज़रबाईजान)।, 2. आज़रबाईजान के सूफ़ी, लेखक, गुलशन राज़।, 3. अर्थात जो अल्लाह की ज़ात में फ़ना होना भी चाहे और जीविकोपार्जन की अक़्ल भी रखता हो। इशारा हुमा नामक काल्पनिक पक्षी की ओर है।

जब यार लोगों के पास फ़ुर्सत ही फ़ुर्सत थी, कान बन्द करके और खुले कानों सरमदी आवाज़ भी सुन लिया करते थे। जैसे पानी लगातार ऊपर से गिरता हो, ऐसा करने से रबूदगी और बेख़ुदी और गैबत छा जाती कि फ़ना अल फ़ना का मुक़दमा थी।

मगर यह रंग बिरंगा संसार बहुत काँटो भरा सिद्ध हुआ। फ़ना अल फ़ना (मृत्यु) और बक़ा अला बक़ा (अमरत्व) तक कौन पहुँचता।

ज़रा सुनो तो पानी लगातार गिर रहा है।

यह चौक जो सामने है, जो केवल मुझे दिखाई देता है, इसमें भीड़ उसी तरह मौजूद है, मदरसे के लड़के काले हब्शी, आलसी, टोपी पहने हुए बलख़ के वासी और अबा पहने हुए बुख़ारी।

बीबी मेहरुन्निसा पुत्री क़ाज़ी चमन रेशम की सुर्ख़ क़बा पहने, सैयद हसन की दुल्हन, पालकी उनके फाटक के अंदर गई। ज़मीन के अंदर उतर गई।

बीबी जावेद दौलत। हालेशुमा चैतूरी ख़ानम?
(बीबी जावेद दौलत! तुम्हारा क्या हाल है मैडम?)
ख़ामोशी अटल है।

सईदुन्निसा, शौकतुन्निसा, फ़ज़ीलतुन्निसा, कर्णफूल और जोशन और नौंगे और गुलूबन्द पहने छम-छम करती हुई बहुएँ, हज़ार बरस की नियोबनी पालकियों से उतर रही हैं।

बीबी जावेद दौलत
बीबी गुल रुख़, फूल जैसे चेहरे वाली माहनूर बेगम
मिट्टी, मिट्टी
गिरगिट, मक्कड़, कांटे
सुलेमान बादशाह ने महल बनवाया, उसके शहतीर को दीमक लग गई।

एक लक्कड़ पर बैठा मक्कड़ दिन भर में रत्ती-रत्ती खाए, तो पाँच सौ वर्ष में, तेरह सौ वर्ष में, तीन और चार हज़ार वर्ष में कितना खाए?

क़सा[1] बिन कलाब बिन मरवह बिन कअब बिन लवी से लेकर अदनान सानी तक और उनसे कई पीढ़ी पहले अदनान अव्वल तक[2] कि जब बख़्त नुस्र के हाथों, ख़ातूने-अक़वामे-युरोशलम विधवा हुई।

ख़ुदा ने विरोधियों का सींग ऊँचा किया, शहर की चार दीवारी के दरवाज़े डूब गए। विजेता ने हुक्म दिया, पराजित उच्च वर्ग के लोगों को दूरदराज़ के ज्ञान की शिक्षा दी जाए, ताकि वह शाही महल के दरबार में खड़े हो सकें और उन क़ैदियों में दानियाल या जिसने दजला नदी के किनारे बैठकर अपने ख़्वाब देखे और अदनान प्रथम से कई पीढ़ी पहले, क़ैदार पुत्र इस्माईल का दादा इब्राहिम[3] सफ़ेद गधे पर सवार, बाबे-इश्तर से गुज़रते हुए, अपने सपने देखता था।

और उन सबका ख़ून, चार हज़ार वर्षों से हमारी नसों में दौड़ रहा है। और उन नबियों के सपनों में हम सब भागीदार हैं। लेकिन याक़ूब अलैहिस्सलाम की संतान की क़सम, उनमें से बहुत से सपने ऐसे हैं कि उनके और हमारे बीच आँसुओं का मेंह लगातार बरस रहा है।

आबिदे-बीमार कितना रोए, सारी उम्र रोते गुज़री

मौला अली ने कहा था, 'जो कुछ मैं जानता हूँ, तुमको बताऊँ तो तुम्हारा दिल दहल जाएगा, बावले हो जाओगे।'

चाँदनी ईदगाह की दीवार से उतर गई। मेहराब तन्हा खड़ी है, इसके दूसरी ओर फ़रिश्तों का संसार है। मेहराब ख़ाली चौखटे की तरह क्षितिज पर लगी हुई है। एक-एक करके इसकी ईंटे गिरती हैं। एक ईंट आमतौर से बासठ-चौंसठ साल में दीवार से गिरकर, मिट्टी में मिल जाती है।

अभी सब मौजूद था, अभी सब ग़ायब।

---

1. रसूलुल्लाह (स०) के पूर्वज।, 2. अदनान प्रथम का ज़माना छठी शताब्दी ईसा पूर्व है।, 3. अट्ठारहवीं शताब्दी ई. पूर्व।

ख्वाब और अक़ाव और निकटता और दूरी और उपस्थिति और अनुपस्थिति और जब इसका भी ज्ञान न रहे तो अन्त! अन्त! दीया सलाई की डिबिया ख़त्म हो गई, बरेली के बाज़ार से ख़रीदी थी।

अज्ञात व्यक्ति अल्लाह का नाम लेकर उठ खड़ा हुआ, बन्दूक़ कन्धे से लटकाई, चाँद डूबने वाला है, भयंकर अँधेरा है।

रौशनी

अँधेरे में दो वृक्ष फाँसी की तरह नज़र आ रहे हैं। मौत किसी भी बहाने से आ सकती है। जड़ाऊ कटार का वार, जेल खाने के दरवाज़े पर जल्लाद की खटखट।

रौशनी!

देखने वाला रौशन, पहले का ग़ायब, शताब्दियों के रास्तों पर मनुष्य के साथ-साथ हैं।

परिन्दों ने चहचहाना शुरू कर दिया।

सारे पक्षी क़ुरआन-ए-पाक का एक-एक अक्षर पढ़कर, सूर्योदय तक सारा कलाम-ए-पाक (क़ुरआन-ए-शरीफ़) ख़त्म कर देंगे।

पौ फटने से पहले के धुँधलके में दो पेड़ फिर फ़ाँसी के तख़्ते की तरह दिखाई दिये। अज्ञात व्यक्ति ने ख़ुश होकर उनकी ओर देखा - ऐ अनुपस्थित बुज़ुर्ग साक्षी रहना, सब साक्षी रहना, मैं मुसलमान की मौत मर रहा हूँ।

लोई से चेहरा छुपाकर वह व्यक्ति तेज़-तेज़ क़दम उठाता हुआ, क़स्बे की तरफ़ रवाना हुआ।

कुजा पीलतन और कुजा पाए-मूर
(कहाँ हाथी का शरीर और कहाँ चींटी के पाँव)

पाँच सौ वर्ष से मोहल्ला सादात, इस हरी झील के किनारे बसा हुआ है। पाँच सौ वर्ष से क्षितिज पर बिखरी शिवालिक पहाड़ियाँ, चाँद और सूरज के सफ़र के साथ-साथ, सुबह से शाम तक तरह-तरह के रंग बदलती रही हैं। कासनी, गुलाबी, सब्ज़, ज़र्द ख़ाकी, लाजवर्दी, काला। समुद्र तल से आठ सौ फ़ुट की ऊँचाई पर बसा हुआ क़स्बा नहटौर, मनभावन और खूबसूरत क़स्बा है। झील के किनारे बाँस के झुण्ड सरसराते हैं। पानी की सतह पर सिंघाड़े, कमल और नीलोफ़र फैले हैं। एक ओर होंगी बन्धी है। गर्मियों में बच्चे यहाँ तैराकी और डुबकियाँ लगाने का मुकाबला करते हैं। एक सिरे पर मुग़ल निर्माण शैली का ऊँचा फाटक खड़ा है।

झील जोढ़ी कहलाती है। इसके किनारे आखोंद इमाम बख़्श ने एक पिलखन बोई थी, सो अब वह छतनार हो चुकी। इस पिलखन के नीचे बारातें आकर उतरीं, बेटियाँ विदा हुईं, बारातें चढ़ीं, बहुओं के डोले लाकर उतारे गए। अव्वल मंज़िल के लिए परलोक के मुसाफ़िर भी यहीं से उठाए जाते हैं।

पिलखन की छाँव मोहल्ले वालों के लिए क्लब घर का काम देती है। हमारे फ़्री मिशन इसकी छाँव तले बैठक करते हैं। गर्मियों की दोपहरों में, जब दूर से पनचक्की की आवाज़ आती है, आम के बाग़ों में रहट चलते हैं और कोयल कूकती है। उस वक़्त यहाँ खुर्री खाटों पर छिड़काव करके लोग-बाग तकियों के सहारे आधे लेटे, आधे बैठने की मुद्रा में दूर की कौड़ी लाते हैं। ग़दर के ज़माने में यहाँ कभी हुजूम रहता था, कभी बिल्कुल सन्नाटा। ज़ख़्मियों की खाटें जर्राह और हकीमों की प्रतीक्षा में यहाँ लाकर रखी जाती थीं। इसी छतनार के नीचे बहुत से जियालों ने दम तोड़ा।

अभी दोनों तरफ़ से बन्दूक़ें बन्द नहीं हुईं, बाग़ी जहाँ तहाँ निहत्ता फ़िरंगी मिलता है, मार डालते हैं। हालाँकि जानते हैं कि पकड़े गए तो फाँसी

से बच नहीं सकते। फाँसी चढ़ने को यह अभागे, सरबुलन्दी के नाम से याद कर रहे हैं। क़ुरआन का पाठ करते खट-खट फाँसी की सीढ़ियाँ चढ़ जाते हैं। कुछ रोते और वावैला करते हैं। प्रलय का दृश्य है।

सुंसान गलियों में लोग मौत की प्रतीक्षा में बैठे हैं। जनवरी 1858 ई. की इस बर्फ़ीली रात में एक साया कच्चे रास्ते पर उभरकर झील की ओर बढ़ा। न जाने किन धुँधलकों से निकल कर आ रहा था। मुँह दुलाई में छिपाए तालाब के किनारे आ पहुँचा। दूर जुलाहों की झोंपड़ियों पर धुन्ध छाई हुई थी। एक जंगम यानी जैन साधु डंडा सम्भाले, खड़ाऊँ पर खटखट करता, पगडंडी पर से गुज़रा, और कुछ पल में सुबह हो जाएगी।

बंजारा चाँद जो रात भर ऊँचे फाटक के ऊपर मंडराता रहा था, फीका पड़कर अचानक ग़ायब हो चुका था, जैसे हवा के सर्द झोंके से शहनशीं पर लटकी हुई क़िन्दील बुझ जाए। सारे में बड़ा दहशतनाक सन्नाटा छाया हुआ था। सोता सब संसार, जागता परवरदिगार। अज्ञात व्यक्ति ने फाटक में प्रवेश किया। कुछ क़दम आगे बढ़कर, एक शानदार ड्योढ़ी पर पहुँचा, डरावने चोबी दरवाज़े पर दस्तक दी।

क़रीब ही गली में कोई खाँसा, अज्ञात व्यक्ति ने चौकन्ने होकर चारों ओर देखा, दोबारा खटखटाया। कुछ मिनट बाद अंदर कुण्डी खड़खड़ाई जैसे घुप अँधेरे में कोई बड़ी मुश्किल से और डरकर ताला टटोलता हो, एक औरत की आवाज़ आई, 'जल तू जलाल तू' किवाड़ दर्ज़ में से मामा ने बाहर झाँका।

'साहिबे कमाल तू' आवाज़ हलक़ में फँस गई। डेढ़ साल से मुश्किल से ही कोई रात ऐसी जाती थी, जब मुसीबत, तबाही, मौत तरह-तरह के भेस बदले सामने न खड़ी हो।

'आई बला को।'

'तहसीलदार साहब हैं?' अजनबी ने आहिस्तगी से पूछा

'टाल तू'

'बड़ी बी, ऐ बड़ी बी!' नवआगन्तुक की आवाज़ में ऐसी ख़ुशामद थी कि बुढ़िया का दिल लरज़ गया

'कौन हो मियाँ...?'

'कलक्टर साहब का हरकारा हूँगा और कौन, बिजनौर से आया हूँ सीधा।'

मामा को यक़ीन न आया

'बड़ी बी तुम गुलशन तो ना हो?'

मामा ख़ामोश रही। अल्लाह जाने किस झाड़ू पीटे, सिख फ़िरंगी ने भेजा है ...या बाग़ियों का जासूस हैगा।

'अरी नेक बख़्त, बाहर पाला पड़ रहा है, मैं तहसीलदार साहब के लिए परवाना लाया हूँ, दरवज्जा तो खोलियो ज़रा, तहसील साहब हैंगे अंदर?'

'मुझे मालूम ही ना भय्ये, मैं तो जोढ़ी पार से कल ही आई।' मामा सफ़ा झूट बोल रही थी। अजनबी को एकदम ग़ुस्सा आ गया। बन्दूक़ की नाल किवाड़ पर टिका कर बोला, 'ताला खोलियो सीधी तरह!'

'या अली मदद' मामा ने घबराकर फ़ौरन दरवाज़ा खोल दिया। नव-आगन्तुक ने किवाड़ ज़ोर से धकेला और ड्योढ़ी के अंदर! बूढ़ी मामा गिरती, पड़ती सरपट आँगन की ओर भागी, अज्ञात व्यक्ति ने कुण्डी चढ़ा, दरवाज़े को ताला लगाया और ड्योढ़ी के एक कोने में दुबक कर उकड़ूँ बैठ गया।

दीवार के दूसरी ओर मवेशी-ख़ाना और अस्तबल था। भूसे की महक से अजनबी को छींक आ गई, घबराकर चेहरा घुटनों में छुपाया और आयतल-कुर्सी[1] का जाप शुरू किया।

कुछ देर बाद बन्दूक़ उठाए कन्टोप और दुगला पहने लालटेन हाथ में लिये तहसीलदार साहब, ड्योढ़ी के अंदरूनी दरवाज़े में आकर झाँके,

1. कुरआन शरीफ़ की एक लम्बी आयत।

गरजदार आवाज़ में पूछा, 'कौन है हैंडस अप' दोनाली बन्दूक़ अजनबी की ओर कर दी।

अज्ञात व्यक्ति अपनी बन्दूक़ एक तरफ़ फेंक कर, भूसे के ढेर पर से उठा। आहिस्ता से बोला, 'अस्सलाम अलैकुम भाईजान'।

मीर बन्दे अली ने हक्का बक्का होकर उसे सिर से पाँव तक देखा, कुछ समझ में न आया। यह खस्ता हाल, फटे जूते पहने, शरीर पर धूल, डाकुओं की तरह मुँह पर ढाटा बँधा हुआ, भागे हुए क़ैदी सा, प्यासा, दुलारा, नाज़ों में पला भाई अहमद अली? प्रसन्नता और संताप के सम्मिश्रण से आँखों में आँसू आ गए, गला रुन्ध गया। या इलाही ख़ैर कीजियो, जाने ग़रीब पर क्या बिपता पड़ी, सदा का हठीला, ज़िद्दी, अपनी सी करने वाला। कालों के विद्रोह में यह सिरफिरा, जा के बाग़ियों में मिल गया था। ख़बर आई थी कि दिल्ली में मारा गया। अल्लाह तेरा लाख-लाख अहसान अगर वही है।

'भाई जान...' अजनबी ने मज़बूत आवाज़ में धीरे से कहा।

'हम आपको एक ख़ुशख़बरी सुनाने आए हैं।'

'क्या...? सामने आकर बात करो' डपट कर कहा। लालटेन ऊँची कर दी, बाग़ियों का जासूस भी हो सकता है।

'हमको सज़ा-ए-मौत मिल चुकी है, जामे-शहादत पीने वाले हैं हम।' अजनबी ने लोई मुँह से परे हटाकर, रूबरू आते हुए कहा।

मीर बन्दे अली को चक्कर सा आ गया। किवाड़ का सहारा लिया।

आँखें फाड़कर देखा। वही है, हमेशा की तरह हँसमुख, ख़ुश। पहले ख्याल आया कि जैसी कि आदत है, चुटकुला सुना रहा है। फिर हुलिये पर नज़र डाली, फाँसी का फंदा आँखों के सामने झूल गया। नीचे दृष्टि डाली, एक मोटे रस्से का ढेर, वृत्त के आकार का, भूसे के ढेर पर पैरों ही में पड़ा

था। आँखों के सामने अँधेरा छा गया। अब तक 28 बाग़ियों को फाँसी लग चुकी थी। हलक़ से आवाज़ नहीं निकली।

उस व्यक्ति ने बड़े संतोष से और प्रसन्नचित्त होकर धीमी आवाज़ में बात जारी रखी। 'भाईजान क़िस्सा दर अस्ल ये है कि हम जेल ख़ाने से निकल भागे। फाँसी तो पिछले महीने ही लगने वाली थी हमें, मगर हमने तहय्या (निश्चय) कर लिया कि किसी न किसी तरह एक बार घर आकर, आप सबको ख़ुदा हाफ़िज़ कह लें, भाभियों और बच्चों से रुख़सत होलें, तो बेहतर होगा।'

सभ्यता का मान रखते हुए, बड़े भाई से यह थोड़ा ही कह सकते थे कि अपने बीवी बच्चों से भी विदा हो लें। पत्नी और बड़ा लड़का सैयद जलालुद्दीन[1] हैदर उस समय अंदर दालान में रूई के पर्दों के पीछे निद्रा मग्न थे। बेचारों को क्या पता कि बाहर कितना भयंकर ड्रामा हो रहा है। फाँसी का सज़ायाफ्ता पति और बाप ड्योढ़ी में मौजूद है।

'छोटी[2] भाबीजान की तबियत अब कैसी है?'

नार्मल आवाज़ में बात जारी रखी। मानो फ़िरंगियों की क़ैद से निकल भागना और वापस काल कोठरी में जाने का इरादा रखना, दिनचर्या की मामूली बातें हैं।

'यहाँ तक कैसे आए?' बन्दे अली ने बुझी हुई आवाज़ में सवाल किया। लालटेन ज़मीन पर रख दी।

'बड़ी तरकीब से फ़रार हुए, लम्बी दास्तान है, फिर कभी सुनाएंगे।' अचानक ख़ामोशी, फिर कभी कब सुनाएंगे?' मौत तो बरेली जेल में इंन्तेज़ार कर रही है। बहरहाल बात फिर शुरू की। 'पा प्यादा (पैदल) आए छुपते छुपाते। बड़ी मुश्किल से गांगन पर पहुँचकर रास्ता ही भूल गए, नक़्शा बदला-बदला सा नज़र आया। हर तरफ़ खण्डहर, मलबे और

1. सैयद सज्जाद हैदर यलदरम के पिता।, 2. सैयदा मरियम ख़ातून।

राख के ढेर। बड़ी ग़ारत गरी रही यहाँ? रात हमने ईदगाह वाले जंगल में सोते जागते गुज़ारी। ख़ैरियत रही, अल्लाह का शुक्र है, अगर राह में कहीं पकड़ लिये जाते, सख़्त कोफ़्त होती। आपकी ज़ियारत न कर पाते (आपको न देख पाते)। भाबी साहब और दुल्हन भाबी कैसी हैं?' ये दोनों सीनियर भाभियाँ, मीर साहब की पहली दो बीवियाँ थीं। 'सरबुलन्दी से पहले हम सोंचे कि...'

अब जाकर मीर बन्दे अली की चेतना ज़रा स्थिर हुई। एक बार तो क्रोध आ गया, दबी आवाज़ में दाँत पीसकर बोले, 'सरबुलन्दी का बच्चा! मियाँ साहबज़ादे जामे-शहादत नोश करने चले हैं। अहमक़ुल्लज़ीन (जो बेवकूफ हैं)। सारे सूरमाओं, ग़ाज़ियों का हश्र देख लिया। आँखें नहीं खुलीं, ज़माने भर का बेवक़ूफ़, ख़ब्तुलहवास (घबराया हुआ), ख़बरदार जो तख्ते का नाम लिया, ऐसी तबियत साफ़ करूँगा कि सारा शैक़े-शहादत हवा हो जाए...।'

यह कहकर उक्त व्यक्ति का हाथ पकड़कर, घसीटते हुए फुलवारी के प्रांगण में ले गए। वहाँ से महिला कक्ष की ड्योढ़ी में पहुँचे, चारों ओर देखा, पौ फट रही थी। अनार, अमरूद और यूकलिप्टिस के वृक्ष सुबह की हवा में सरसराए, सफ़ेद मुर्ग़, मुर्ग़ी ख़ाने की छत पर पहुँच चुके। सर्वेंट क्वार्टर्स में खड़पड़ शुरू हो गई थी। अंदर बावर्ची ख़ाने में साहब, मेम लोग के नाश्ते की तैयारी के लिये, चूल्हा अभी से सुलग गया था।

ऐ आश्चर्यजनक स्थान! ये साहब मेम लोग कौन?
आदरणीय दर्शकगण! प्रतीक्षा कीजिए, सब्र से काम लीजिए।

मीर साहब छोटे भाई को इसी तरह घसीटते, ज़नाने आँगन में आकर एक चोर दरवाज़े की तरफ़ लपके, जो ईंधन के गोदाम के पीछे छिपा था।

दरवाज़ा खोला, नीचे एक दम अँधेरी गुफ़ा जैसा ज़ीना था। टटोलते-टटोलते उसकी सीढ़ियों पर पाँव रखा। पीछे-पीछे सांस रोके भाई, हाथ उनका

मज़बूती से अपनी पकड़ में रक्खा कि कहीं साहबज़ादे कूद कर फिर भाग न निकलें। इनसानी दिमाग़ का क्या भरोसा, न इसकी कोई थाह। क्या कुछ नहीं करवा बैठता। पिछले डेढ़ साल में जो कुछ देश में हुआ, वह लोगों की उल्टी समझ ही के कारण तो हुआ।

ज़ीना उतरकर तहख़ाना था। अँधेरा घुप, केवल एक मोखे के नीचे रौशनी की किरण दिखाई दी। वहीं टूटी खाट पड़ी थी, इस पर साहबज़ादे को बैठा दिया, तुरन्त ऊपर आए, बाहर पहुँचकर दरवाज़ा बन्द किया, कुण्डी चढ़ाई, ताला डाला, मुर्गी का एक टापा खींच कर दरवाज़े के आगे लगा दिया। हाथों में मिट्टी लग गई थी, उसे निफ़ासत से झाड़ते हुए आँगन की ओर बढ़े।

हौज़ के किनारे गुले-अब्बास[1] की झाड़ियाँ थीं, पौधों के पीछे एक अन्धा नीले शीशों वाला रौशनदान नज़र आता था। उसका पटा ज़रा सा हिला। दो नीली सहमी हुई बेरौनक़ आँखों ने बाहर झाँका, सुनहरे बाल ज़रा से झिलमिलाए, मीर साहब ने हम्माम में से लोटा भर के हौज़ की मुण्डेर पर रखा और रौशनदान की तरफ़ झुके। तरोताज़ा आवाज़ में आहिस्ता से कहा, 'गुड मार्निंग मिसेज़ कार्लटन!'

'गुड मार्निंग टू यू मीर साहिब!' बहुत कमज़ोर सी आवाज़।

'डोन्ट वरी मिसेज़ कार्लटन, गॉड इज़ ग्रेट, एवरी थिंग आलराइट।

पट बंद हो गया। मीर साहब ने मुण्डेर पर बैठकर वुज़ू किया। दालान में पहुँचे, नमाज़ के तख़्त पर जा खड़े हुए, नियत बाँधी।

उस वक़्त तक फ़ज्र की नमाज़ के लिए घर भर जाग चुका था। मीर साहब की चौथी सबसे कम उम्र सरहदी बीवी, सैयदा मरियम ख़ातून तख़्त के पास से गुज़री तो हैरत से देखा कि मियाँ सजदे में पड़े ज़ारोक़ितार रो रहे हैं।

मरियम ख़ातून ने दूसरे तख़्त पर मुसल्ला बिछाकर नमाज़ अदा की। ख़ामोशी से बावर्ची ख़ाने की तरफ़ गईं। मेहमानों के लिए अपने सामने

1. एक प्रकार का फूल।

नाश्ता तैयार करवाया। ख़ागीना (अण्डों का सालन) पराठे, फल, गाजर का हलवा, रबड़ी। मिस्टर कार्लटन तो नहारी तक बड़े शौक़ से खाने लगे थे।

धूप निकली, गुलशन की लड़की गुलचमन सीनी सजाकर, इठलाती हुई दालान की तरफ़ चली। चबूतरे की सीढ़ियों के नीचे बड़े तहख़ाने का दरवाज़ा था। यह तहख़ाना गर्मियों के मौसम में ख़सख़ाने[1] में परिवर्तित कर दिया जाता था। गुलचमन ने दरवाज़ा खटखटाया, नीचे उतरी।

वह तीनों अपनी-अपनी चारपाइयों पर चुपचाप बैठे थे। दोनों मेमों के सिर झाड़, मुँह पहाड़, घबराई हुई सी। हाँ, बुज़ुर्ग मर्द ज़रूर अपेक्षाकृत संतुष्ट दिखाई देता था।

ग़दर के दिनों में जब बन्दे अली, झाँसी से अपनी बीवी को साथ लेकर वतन वापस आए, रस्ते में गंगा पार के बाग़ियों ने, इस अंग्रेज़ परिवार को घेर लिया था, मारे डाल रहे थे। उसी समय मीर साहब ने, जान पर खेलकर उन्हें बचाया। अपनी बैलगाड़ी में पर्दे के अंदर छुपाकर नहटौर लाए। तब से यह लोग तहख़ाने में शरण लिये हुए थे।

शाबाश है मीर साहब की अक़्लमन्दी और डिप्लोमेसी को कि इतना बड़ा तूफ़ान आकर गुज़र गया, नहटौर में मोर्चे बँधे, तोपें चलीं, चौधरियों और पठानों का गृहयुद्ध रहा, मगर इन तीन फिरंगियों की किसी को कानोकान ख़बर न हुई।

नमाज़ के तख़्त पर मीर साहब अब बैठे क़ुरआन शरीफ़ पढ़ रहे थे। गुलचमन नौकरानी को तहख़ाने की ओर सीनी ले जाते देखा। तिलावत (पाठ) करके फ़ौरन उठे क़ुरआन को सिर आँखों पर लगाकर रेहल पर रखा, स्लीपर में पैर डाल रसोई की ओर लपके। बीबी मरियम ख़ातून पीढ़े पर बैठी, दोनों बड़ी सौतनों और उनकी संतान के लिए नाश्ते की सीनियाँ सजा रही थीं। झाँसी से आते ही सबका दिल हाथ में ले लिया। सारा परिवार इनके शिष्टाचार का गुणगान करता था।

---

1. ख़स एक प्रकार की घास, जो गर्मियों में कमरा ठण्डा रखने में प्रयुक्त होती है।

मीर बन्दे अली क़रीब जाकर झुके, कान में कहा, 'सुनिए एक और पनाहगुज़ीं (शरणार्थी) दूसरे तहख़ाने में मौजूद है, उसका नाश्ता हमें दे दीजिए, हम ख़ुद ले जाएंगे।'

'एक और फ़िरंगी...'

'जी हाँ, बेचारा कई दिन का भूखा प्यासा मालूम होता है, लाइये जल्दी कीजिए।'

औरत से हमेशा राज़ छिपाना चाहिए। औरत के पेट में बात नहीं पचती।

मरियम ख़ातून ने आज्ञानुसार एक और सीनी सजाई, गरम-गरम सूप का प्याला साथ रखा, मीरसाहब ने सीनी उठाई और चोर दरवाज़े की ओर रवाना हुए।

अप्रैल के महीने में हंगामा ख़त्म हुआ। शांति स्थापित हुए तीन चार दिन ही बीते थे कि जल्लाद ने क़ैदख़ाने का दरवाज़ा खटखटाया। वह भी सूर्योदय ही का समय था, जब फाटक पर घोड़े हिनहिनाए। घघरा पलटन यानी हाई लैण्डर्स के गोरे अफ़सर संगीनें चढ़ाए ड्योढ़ी पर पहुँचे, उनमें से एक ने बड़ी सख़्ती से 'कोई हाय' की आवाज़ लगाई।

मुंशी जी ज़नाना ड्योढ़ी पर गए। गुलशन के द्वारा मीर साहब को सूचना दी।

मीर साहब फ़ज्र की नमाज़ पढ़ चुके थे। फौरन चोग़ा पहन, पगड़ी बाँध, बाहरी ड्योढ़ी के चबूतरे पर प्रकट हुए, साहब लोगों को सलाम किया।

एक गोरे ने घोड़े पर बैठे-बैठे डपट कर पूछा 'वेल मीर बन्दे अली आप हाय?'

'जी हुज़ूर।'

'आपने अपने मकान पर किसी को छिपाया है?'

'जी हुज़ूर।'

गोरों ने आश्चर्य से एक दूसरे को देखा और घोड़ों से उतरे।

'कौन है? किडर हाय?'

'अन्दर तशरीफ़ लाइये।'

मीर साहब पर्दा करवाकर दोनों को ज़नाने सहन में ले गए। अर्ध अंधकारमय ज़ीना उतर कर बड़े तहख़ाने में पहुँचे।

'वेल डेम।'

'आई नेवर।'

'गुडनेस ग्रेशस' गोरों ने कहा

'वाट द ब्लडी हेल।'

'गाड सेव द क्वीन।' मिस्टर कार्लटन ने नारा लगाया। मिसेज़ फ्लोरा कार्लटन और उनकी भानजी मिस जूलिया थार्न हिल ग़श खाकर गिर पड़ीं।

मीर बन्दे अली कमर के पीछे हाथ बान्धे मूँछों में मुस्कुराते रहे।

गोरों ने चुरुट सुलगाए, ख़ुद को कुछ मूर्ख सा महसूस किया। झेंप मिटाने के लिए मीर साहब को चुरुट पेश किया।

'नो थैंक यू सर। हम महज़ (केवल) पेचवान के आदी हैं। आपके लिए मंगवाया जाए?'

'ओह ...नेवर माइंड।' एक गोरे ने जुज़बुज़ होकर कहा।

दूसरा गोरा ज़्यादा खुर्रांट था। अपने साथी से बोला 'I still believe that our information is correct. This crafty oldman is making a bloody fool of us.'

शरणार्थी मिस्टर कार्लटन ने आँख से इशारा किया कि इनके सम्माननीय मेज़बान (अतिथेय) अंग्रेज़ी ख़ूब समझते हैं। वह उनका बेहद आभारी और अहसानमंद था। जान बचाई थी और इतने दिनों किस क़दर आराम और सहूलतें देकर मेहमान रखा था।

नई-नई विजय के कारण गोरों का दिमाग़ आसमान पर था। मोटा ज़्यादा बदतमीज़ गोरा मेजर मेक डानल्ड खाट पर बैठ गया। मीर साहब को ध्यान से देखा 'मीर साहब हम आपका बहुत ग्रेटफ़ुल है।' फिर ज़रा झुंझलाया। उसी घमण्ड से मिस्टर कार्लटन को सम्बोधित किया।

'Please tell him we are damn grateful to him.'

'जी हम समझा, लेकिन यह हमारा डयूटी था।'

मीर साहब ने भी ज़रा तल्ख़ी से गोरा-शाही उर्दू में जवाब दिया।

'फ़ाइन, शाबाश! अब आप अपना दूसरा डयूटी पूरा करना माँगटा। एक दम जल्दी' मेजर मेकडानल्ड ने कहा।

'हुक्म...?' दिल धक से रह गया, बकरे की माँ कब तक ख़ैर मनाएगी।

'बाग़ी अहमद अली को पेश करना माँगटा, अभी एकदम।'

'जी साहब?'

'बाग़ी अहमद अली, जेल से भागा, ईडर छुप गया।'

'बाग़ी अहमद अली...' मीर बन्दे अली ने दोहराया।

'मेजर साहब बहादुर आपको ग़लत इत्तेला मिली है। बाग़ी अहमद अली अगर जेल से भागा तो चण्डी के जंगलों में रुपोश (छिपा) होगा या नेपाल फ़रार हो गया होगा, वह बेहद ज़हीन (बुद्धिमान) आदमी है। छुपने के लिए ख़ास नहटौर क्यों आएगा, जहाँ से उसे तलाश कर लेना सब से आसान है।

मेजर टस से मस न हुआ, कच्ची गोलियाँ न खेला था। न वह सरकारी मुख़बिर अनाड़ी था, जिसने दिसम्बर की उस सर्द शाम के धुँधलके में गाँगन के किनारे मीर अहमद अली को नमाज़ पढ़ते देख लिया था, जिसे बेचारे मीर अहमद अली मारे तसव्वुफ़ के ख़्वाजा ख़िज़्र समझे थे।

गुलचगन गरियम ख़ातून के दूधमुँहे बच्चे अज़ीज़ हैदर को गोद में लिये ज़ीने के सामने से गुज़री। बच्चे को देखते ही मीर बन्दे अली के दिल

में एक ख़याल कौन्धा, ख़ुदावन्द करीम दूसरी संतान दे सकता है, हाँ! दूसरा भाई न मिलेगा।

तुरन्त ऊपर गए, अज़ीज़ हैदर को गोद में लिया। वापस तहख़ाने में आए, फिर बड़े रौब से बोले 'साहेबान आप जानते हैं, हम कौन हैं?'

'जानता है, आप रिटायर्ड तहसीलदार और ज़मींदार हैं और कौन हैं' मेजर मेकडानल्ड ने चिड़चिड़ेपन से जवाब दिया।

दूसरे गोरे ने जो मेजर की बदतमीज़ी पर लज्जित था, शिष्टता का परिचय देते हुए जताया, 'गवर्नमेंट जानता है, आप लोग रोहेला कंट्री का Baron भी रह चुका है।'

मीर साहब ने सिर हिलाया, 'ठीक है मगर आपको एक और बात मालूम नहीं।'

'क्या...?'
'हम लोग...?' नाटकीय ढंग से कहा,
'हम लोग एक दम पक्का मोहम्मडन लोग है।'
'ओह वेल, सो?'
मोहम्मडन लोग झूठी क़सम नहीं खाता।'

शरणार्थी मिस्टर कार्लटन ने तुरंत मेज़बान की हाँ में हाँ मिलाई। यह सच्चाई थी कि यह हिन्दुस्तान विशेषतः नेटिव जेन्ट्री हिन्दू मुसलमान आन पर जान देते थे। पान के बीड़े उठाकर अजीब-अजीब क़समें खाते थे। क़सम का इनके यहाँ बहुत महत्व था। बेतुके लोग थे अब तक समझ में न आए।

'हम लोग झूठी क़सम हरगिज़ नहीं खाता।' मीर बन्दे अली ने अब यानी मानसिक युद्ध आरम्भ किया। गोरे कुछ-कुछ क़ाइल और ढुलमुल विश्वास दिखाई दिये। विद्रोह के दिनों में इन्हें दुश्मनों और वफ़ादारों दोनों

की आश्चर्यजनक मानसिकताओं और अनोखे नैतिक मूल्यों का अच्छी तरह अनुमान हो चुका था।

मीर बन्दे अली ने बात जारी रखी, और हम लोग तो होली प्रोफ़ेट की औलाद हैं, झूट बोल ही नहीं सकते। अब उन्होंने अज़ीज़ हैदर को जल्लाद के सामने पेश किया। पल भर को आँखें बन्द कीं और कहना शुरू किया, 'साहब यह हमारा बेटा... हमें जान से ज़्यादा प्यारा है, आप अगर साहबे औलाद (संतान वाले) हैं और हम इस बच्चे की जान की क़सम खाकर कहते हैं कि बाग़ी अहमद अली जो हमारा हक़ीक़ी (सगा) छोटा भाई है, इस हवेली में मौजूद नहीं।

हमें उसके मुतअल्लिक़ कोई इल्म नहीं, कहाँ है, किस हाल में है? जब ग़दर शुरू हुआ उससे भी दो साल क़ब्ल (पहले) उसे आख़िरी बार देखा था। अगर आप इस क़सम का एतबार करते हैं तो ठीक है वर्ना आप इस मुल्क के, हम सबकी ज़िन्दगियों और क़िस्मतों के मालिक और मुख़्तार हैं। अन्दर तशरीफ़ ले चलिए, हवेली की तलाशी ले लीजिए।'

मेजर मेक डानल्ड पीछे हटता नज़र आया, रुमाल से मुँह पोंछा। मिस्टर कार्लटन और दोनों मेमें उससे गिटपिट करने लगीं। तीनों मीर साहब के हुस्ने-सुलूक, शराफ़त ओर सच्चाई की प्रशंसा के दरिया बहा रहे थे।

कुछ पलों में ही पाँसा पलटने वाला था। यह निर्दयी मेजर अंदर जाकर तलाशी लेगा या क़ाइल होकर वापस चला जाएगा।

मीर बन्दे अली बच्चे को गोद में लिये-लिये, थक कर एक मूढ़े पर बैठ गए। आँखें बन्द कर लीं जिस तरह डूबते हुए इनसान की नज़रों के सामने उसकी सारी ज़िन्दगी की घटनाएँ कौंद जाती हैं, मीर साहब ने अपने जीवन काल की पड़ताल की। अंग्रेज़ी सरकार की बड़ी ही नेकनामी से नौकरी की। आज यह टुच्चा फ़ौजी इस बदतमीज़ी से

पेश आ रहा था क्योंकि, हालाँकि हम इनके वफ़ादार रहे मगर बहरहाल एक पराजित ग़ुलाम क़ौम हैं।

ज़माने ने क्या कुछ न दिखाया। अकबर शाह द्वितीय का काल, जब मदरसा मस्जिद फ़तेहपुरी में मौलवी बने, नौकरी मिली, बाप के ज़माने की बिगड़ी हुई माली हालत को बनाया, ज़मींदारी का प्रबन्ध ठीक किया। एक बार फिर समृद्धि का मुँह देखा, नए मकान बनवाए, शादियाँ कीं।

अल्लाह तआला ने हर तरह की नेमतों से नवाज़ा और ऐसी कड़ी परीक्षा में भी डाल दिया। उसकी कुदरत के खेल निराले हैं। बन्दा बस मजबूर है, सांस लेने की मजाल नहीं।

करिश्मा हो गया। मेजर मेक डानल्ड ने खड़े होकर हाथ मिलाने के लिए हाथ बढ़ाया, 'मीर साहब! हम आपकी क़सम का ट्रस्ट करता है और आपने इस आनरेबल फ़ैमिली की जान बचाई है। हम समझटा है मुख़बिर हमको ग़लत ख़बर बोला, हम आपसे माफ़ी माँगटा है। गुडबाई एण्ड गुडलक।' एक बार और जोश में आकर हाथ मिलाया।

फ़िरंगी परिवार को साथ लेकर दोनों गोरे हवेली नहटौर से रुख़सत हुए।

आदरणीय पाठकों! यह बात भी घोर आश्चर्य की है कि सैयद अज़ीज़ हैदर, जिसकी जान की झूठी क़सम बाप ने खाई थी, कुछ दिन बाद ही अल्लाह को प्यारा हो गया।

सत्ताईस हज़ार मुसलमानों को फाँसी हुई, शेष काले पानी भेजे गये। मीर अहमद अली पुश्तैनी हवेली के छोटे तहख़ाने से बड़े तहखाने में स्थानांतरित कर दिये गये। मीर बंदे अली की रातों की नींदें हराम थीं। मियाँ अहमद अली एक बार तो बच गए लेकिन किसी भी समय दोबारा पकड़े जा सकते थे।

वफ़ादारों को इनाम, बख्शिशें देने के लिए साहब कमिश्नर बहादुर ने दरबार का आयोजन किया। मीर साहब गौरवशाली वस्त्रों में दरबार में शिविर के नीचे अपनी कुर्सी पर बिराजमान थे। कुछ देर बाद चोबदार ने उनका नाम पुकारा। भारी क़दमों से उठकर कमिश्नर के सामने गए।

कमिश्नर ने चाँदी की सीनी की ओर इशारा किया। उठाकर मीर बन्दे अली को पेश की, ख़िताब ख़ानबहादुरी। बाग़ियों की ज़ब्तशुदा ज़मीनों के काग़ज़ात, यह आराज़ी एक स्थाई छोटी सी रियासत के बराबर थी। उम्दा साफ़ सुथरे काग़ज़ अतलसी रूमाल में लपेटे हुए चाँदी की सीनी में झिलमिला रहे थे। ख़ानबहादुरी सरकार की लम्बी सेवा का बदला, ज़मीन, फ़िरंगी परिवार की जान बचाने का इनाम। मिस्टर कार्लटन कलकत्ता गवर्नमेंट का उच्च पदाधिकारी था।

मीर साहब ने सीनी दोबारा मेज़ की सुनहरी झालरदार उन्नाबी मख़मली चादर पर रख दी। अज़ीज़ हैदर की जान की क़सम खाने के बाद वह भाग्य से खेलने के आदी हो गये थे। चोग़े की जेब से तुरन्त वह इश्तहार निकाला जो मीर अहमद अली की गिरफ़्तारी के लिए रुहेलखण्ड और अवध के ज़िलों में जारी किया गया था। कमिश्नर ने इश्तहार पर नज़र डाली, मामला तुरन्त भाँप गया, उसका रंग क्रोध से लाल भभूका हो गया।

मीर साहब झुक कर कहने लगे, 'हुज़ूरे-वाला। इन इनायात (इनामों) के एवज़ (बदले में) बाग़ी अहमद अली की जान बख़्शें।'

साहब ने कोई जवाब न दिया, चेहरा दूसरी ओर फेर लिया और चोबदार को इशारा किया कि दूसरा वफ़ादार पेश किया जाए।

चोबदार ने चाँदी की सीनी उठाकर मीर साहब को थमाना चाही, मीर साहब ने उसे उठाकर वहीं मेज़ पर रख दिया और सिर उठाए सामने देखते अपनी कुर्सी की तरफ चले गए।

छः सौ साल का पला हुआ फ़्यूडल अभिमान और घमण्ड, जो तहसीलदारी की फ़ाइलों तले दब गया था, एक बार को जाग उठा। यह बदमाश, फ़िरऔन और निमरोद की औलाद हमें इनाम देने चले हैं। छोटा मुँह बड़ी बात यह बनिये, ज़बर्दस्ती हक़ छीनने वाले मर्दूद हमें इनाम देंगे।

इस नाज़ुक समय में ख़िताब और ज़मींदारी का इनाम वापस करना कम ख़तरनाक न था। वहाबियों की जंग अभी जारी थी, मगर मीर बंदे अली कुर्सी पर तने बैठे रहे। उसी समय निश्चय कर लिया कि छोटे भाई के लिए प्रीवी कौंसिल तक अपील करेंगे, कलकत्ता का सबसे बड़ा बैरिस्टर खड़ा करेंगे, हमें समझा क्या है। यह कमीने गोरे भूरे भूल गए कि हम कौन हैं।

मूँछों पर हाथ फेरा, हाथ सामने किये जो क्रोध से लरज़ रहे थे। इन क्षणों में किसी पुराने चारहज़ारी मनसबदार सगड़दादा या निश्चित रूप से मुफ़्ती सद्र जहाँ की आत्मा शरीर में समा गई। जोश और क्रोध के मारे काँप रहे थे। समीप ही बैठे एक चौधरी साहब ने पूछा, 'मीर साहब ख़ैर तो है?' 'कैसी तबियत है?' मीर साहब को इनाम की सीनी वापस रखकर बिना साहब से हाथ मिलाए वापस आते देखकर दरबार में सन्नाटा छा गया था। चौधरी साहब की आवाज़ से चौंक कर मीर साहब ने नज़रें उठाईं। कमिश्नर अब आख़िरी वाफ़ादार को इनामी वस्त्रों से विभूषित कर रहा था। चोबदार ने ऐलान किया, दरबार बर्ख़ास्त हुआ।

एक और करिश्मा, इलाहाबाद में बड़े लाट साहब ने बड़ा दरबार आयोजित किया, महारानी टूरिया (विक्टोरिया) के आम माफ़ीनामे का इश्तेहार जारी हुआ। इसी शाही फ़रमान के अनुसार शेष बागियों की जान बख़्शी गई, उनमें मीर अहमद अली नहटौरी का नाम भी शामिल था।

ज़िला बिजनौर में बाग़ियों की एक लाख तिरेसठ हज़ार एकड़ ज़मीन सरकार के हक़ में ज़ब्त हुई, उसका बड़ा हिस्सा वफ़ादार चौधरियों को अता

किया गया। शेरकोट और हल्दौर के चौधरी साहेबान को राजा की उपाधि दी गई। ताजपुर के चौधरी साहब को बीते दिनों, सरदार अमीर ख़ाँ के विरुद्ध सरकार को योगदान देने के बदले में राजा बहादुर की उपाधि से सम्मानित किया गया था। अब राजा साहब ताजपुर का बेटा श्याम सिंह शिक्षा ग्रहण करने इंग्लैंड रवाना हुआ और वहाँ जाकर क्रिश्चियन बन गया। वापस आकर डिप्टी कलेक्टर बनाया गया (उसने ताजपुर में एक शानदार कैथेडरल का निर्माण किया जो आज तक मौजूद है), ताजपुर के कुँवर शिवनाथ सिंह भी क्रिश्चियन हो गए और लंदन जाकर बैरिस्टर बने।

सैयदों की साढ़े पंद्रह हज़ार एकड़ ज़मीन सरकारी हक़ में ज़ब्त हुई। मीर अहमद अली की जान बख़्शी हो गई मगर उनकी पुश्तैनी ज़मींदारी भी उस ज़ब्तशुदा अराज़ी में ज़ब्त कर ली गई। दुखियारे बहादुरशाह ज़फ़र रंगून के क़ैदखाने में पलंग पर लेटे हुक़्क़ा पीते रहे, मटिया बुर्ज कलकत्ता में वाजिद अली शाह अपने 'परीख़ाने' में दर्द भरी मसनवियाँ और शेर लिखने में व्यस्त हो गए।

अगर जंग करता तो दस साल तक
मगर आख़िरश थी शिकस्त और थक
हूँ सीधा मुसलमाँ कहाँ मक्रो ज़ोर
कुजा पीलतन और कुजा पाए मूर
सदा रहे नाम अल्लाह का

ख़राब कौशिके-सुलताँ व ख़ानक़ाह-ए-फ़क़ीर
(बादशाह का तबाह महल और फ़क़ीर के रहने का स्थान सब बराबर)

सन् 1880 ई. भी समाप्ति पर है। हमारे भूमिगत होने और जीवनदान की घटना आज कहानी सी लगती है। दिल्ली की गलियों में तैमूर की संतान बीस साल से भीख माँग रही है, शेरों के क़ालीन बन गए।

हज़रत शैख़ हातम बिन उनवान अस्म बल्ख़ी ने फ़रमाया था 'अगर डरना चाहते हो तो दुनिया काफ़ी है। अगर धार्मिक उपदेशों से नसीहत चाहते हो तो मौत काफ़ी है।

इस बरस भाई जान भी अपने परवरदिगार (ईश्वर) की तरफ़ लौट गए, ऐसे भाई अब कहाँ, अपने बेटे की क़ुर्बानी देकर हमारी जान बचाई। सारी ज़िंदगी परिवार को पालने में गुज़ारी। जब तक शरीर में जान रही, नौजवान रिश्तेदारों की सरकारी नौकरियों के लिए अँग्रेज़ अधिकारियों के नाम, सिफ़ारिशी ख़त या प्रमाण पत्र लिखे। रुहेलखण्ड और बुन्देलखण्ड के कमिश्नर भाईजान को उत्तरी व पश्चिमी सूबों का महत्वपूर्ण स्तम्भ कहते थे। एक बार एक कलेक्टर ने उनसे पूछा, 'वेल मीर साहब।' हमारा समझ में नहीं आता आप जैसा लायल मोहम्मडन जेन्टलमैन का सगा भाई, इतना बड़ा मुफ़सिद और बाग़ी कैसे बना।'

हम अब क्या बग़ावत करेंगे, कब के हार मान चुके, थक गए।

बुन्देलखण्ड वालों का इस वक़्त यह हाल है कि नवाब साहब बान्दा, रानी लक्ष्मीबाई की हिमायत में लड़े। सो, राज्य उनका ज़ब्त हुआ। अब चार सौ रुपये महीना पेंशन पाते हैं। शिक्षा से लगाव रखने वाला ख़ानदान था, मिर्ज़ा ग़ालिब से रिश्तेदारी थी। मुनीर शिकोहाबादी

उनके यहाँ नौकर थे। स्वर्गीय भाई जान के साले, हाफ़िज़ सैयद मोहम्मद मूसा यहीं पर हैं। हाफ़िज़ साहब के छोटे भाई मौलाना अज़ीज़ अहमद वलीउल्लाह हैं, बहुत सी करामात (चमत्कार) मौलाना साहब की इस इलाक़े में मशहूर हो रही हैं। बात वास्तव में यह है कि मुसलमान अब केवल करामात की उम्मीद पर ज़िंदा हैं।

केवल हमारी भतीजी और बहू सईद बानो बीबी की ननिहाल में ही सत्तर औलिया गुज़रे हैं। हमारे ख़ानदान के औलिया उनके अतिरिक्त! इतने औलिया बहुत हैं। ख़ुद हमने तसव्वुफ़ का ज्ञान एक ज़माने में प्राप्त किया था। नहटौर में स्वर्गीय भाईजान की बैठक में, जो सैदरी कहलाती है, हम सारे नये अख़बार मंगवाते हैं।

मालूम यह हुआ कि ग़दर से पहले हम लोग कुछ नहीं जानते थे। पश्चिम के लोगों का ज्ञान कहाँ से कहाँ पहुँच गया। पता चला (डारविन के अनुसार) कि इब्राहिम अ. और नूह अ. और आदम अलैहिस्सलाम न थे, आदि में केवल बन्दर था, हमारे अन्दर हमारे पूर्वज जीवित नहीं, केवल एक गोरिल्ला सांस ले रहा है (कुफ्र की नक़ल लिखना कुफ़्र नहीं है)।

धार्मिक विद्वान फ़तवा दे चुके अंग्रेज़ी शिक्षा हराम है, लेकिन हम ख़ुद जो धार्मिक नियमों के पाबन्द मुसलमान और सज़ायाफ़ता बाग़ी हैं, अपने बच्चों को देवबन्द रवाना करने के बजाय अंग्रेज़ी शिक्षा दिला रहे हैं, क्योंकि अब हम जानते हैं कि मुसलमान अगर अशिक्षित और पिछड़े हुए न होते तो ऐसी भयंकर पराजय का सामना न करते।

लेकिन बड़े दुःख की बात है कि घटियापन का वही हाल है, बल्कि पहले से भी ज़्यादा।

तावीज़-गण्डे, झाड़-फूँक करने वालों की दुकानें सजी हुई हैं। बुज़ुर्गों, पीर-औलिया की दरगाहें और पीर फ़कीरों की, दरवेशों की ख़ानक़ाहें अय्याशी और नशेबाज़ों के अड्डे बन चुकी हैं।

ग़दर से पहले केवल हमारे ज़िला बिजनौर में ही 174 फ़ारसी, 19 अरबी मदरसे और 89 पाठशालाएँ थीं। नहटौर की संस्कृत की पाठशाला दूर-दूर तक मशहूर थी। हमारे महापूर्वज सैयद हसन तिरमिज़ी का मदरसा बन्द हो चुका, उसके लिए शहंशाह हुमायूँ ने जागीर वक़्फ़ की थी। जागीरदारों के पतन के बाद सारे हिन्दुस्तान के मशहूर मदरसे बन्द हो गये, हमारा मदरसा कब तक चलता।

हमारे दोनों छोटे लड़कों ग़ुलाम हैदर और हुसैन हैदर ने चिकित्सा की शिक्षा ग्रहण की है। तीसरे बेटे कर्रार हैदर को मेडिकल कालेज लाहौर भेजा है। जब हम बड़े भाई की आज्ञा का पालन करते हुए हवेली नहटौर में छिप गये थे, उस समय बड़े बेटे केवल बारह वर्ष के थे, आज माशाअल्लाह वह झाँसी में डिप्टी सुपरिंटेंडेंट ऑफ़ पुलिस हैं।

हम इन दिनों अपने बेटे के यहाँ झाँसी में रहकर नये युग का नज़ारा देखने में व्यस्त हैं। एक तरफ़ एक सुनसान ख़ामोश बरामदे में आराम कुर्सी बिछा ली है, उस पर ज़माने के चलन से सीख हासिल किया करते हैं। चपरासी अख़बार लाकर रख जाता है। शाम होती है अर्दली लैम्प जलाते हैं, बाहर अँधेरा गहरा होता जाता है। एक दिन और ढला, दुनिया से दूर हुए, क़ब्र के और नज़दीक पहुँचे।

लैम्प की रौशनी सुनहरे चौखटों में लगी रंगीन सीनरियों पर झिलमिलाती है। दीवार पर एक दृश्य कालपी की झील का है, किसी अंग्रेज़ ने पेंसिल से बनाकर स्वर्गीय भाईजान को दिया था। झील के किनारे एक निर्बल सा दरवेश खड़ा आकाश को ताक रहा है। पीछे रूहुल्लाह शाह की जर्जर ख़ानक़ाह है।

यह सारा क्षेत्र जहाँगीर ने एक दासी की संतान को दे दिया था। पीर रूहुल्लाह ने छत्रसाल बुन्देले से ख़ुश होकर उसे ऐसी दुआ दी कि इलाक़े में हीरे और पन्ने की खानें निकल आईं।

अख़बारों की सुर्ख़ियों पर नज़र डालने को जी नहीं चाहता। आज हमने हाफ़िज़ जी[1] से फ़ाल खोली, फ़रमाने लगेः

हाफ़िज़ा दर कुंजे फ़ुक्रों ख़लवते शब हाए तार ता बुवद वरदत दुआ व दर्से क़ुरआँ ग़ममख़ोर (ऐ हाफ़िज़! जब तक तेरी दुआओं का सिलसिला और बेनियाज़ी की हालत में और अँधेरी रात की तन्हाई में क़ुरआन की शिक्षा जारी रहेगी, तुझे कोई ग़म करने की ज़रूरत नहीं।)

हम बिल्कुल अकेले रह गये, हमारी बीवी सैयदा शरीफ़ुन्निसा भी स्वर्ग सिधार गईं।

वह स्वर्गीया हमारे एक पूर्वज सैयदं सादुल्लाह की नस्ल से थीं।

जाने क्यों इस वक़्त सादुल्लाह ख़ाँ का ख़याल आ गया। यह हमारे पुरखों की अजीब आदत है, कभी-कभी फिर से सामने से गुज़र जाते हैं।

ख़यालों में मौजूद!

सैयद सादुल्लाह शाही दौर में हाकिम थे, औरंगज़ेब के साथ दकन (दक्षिण) भी गये थे।

बड़े बेटे अपने पद सम्बंधित कार्यों में दिन भर व्यस्त रहते हैं। डीएसपी कोतवाल शहर भी होता है। अंग्रेज़ सरकार ने मुग़ल काल के पदों के नाम वही रहने दिये, लेकिन उनकी हैसियत का स्तर कम कर दिया है। दारोग़ा, जो हिन्दुस्तान व तातार से लेकर रूस और तुर्की तक शहर का हाकिम था, अब थानेदार है। क़ाज़ी अब केवल निकाह पढ़ाने के लिए रह गया है। सूबेदार गवर्नर था, अब साधारण फ़ौजी है। सदरुस्सुदूर आज मामूली सब जज है।

शहंशाह के महल का ख़ानसामाँ, अब साहब की रसोई में खड़ा झाल फ़्रेज़ी पका रहा है। शहंशाहों के ज़माने का पानी रखने का मकान ख़ुश्क

1. हाफ़िज़ शीराज़ी एक शा'इर थे, उनकी किताब को फ़ाल खोलने के लिए भी इस्तेमाल किया जाता है।

हो गया। अब अंग्रेज़ी क्लब की पेंट्री आबदार ख़ाना कहलाती है और उसकी देखभाल करने वाला हेड आबदार, शराब की बोतलों का इंचार्ज होता है।

मुग़ल शैली के वस्त्र चपरासियों और हरकारों को पहनाते हैं। वह जो दीवान था, थाने में दीवानजी बनकर बैठा है। मीर बख़्शी, मीर बहरी, मीर बर्री, मीर मंज़िल, मीर तूज़क, मीर अदल सब ख़्वाबो-ख़्याल बन कर रह गए, अहदी जो बादशाहों के एडीसी थे, अब आलसी को कहते हैं।

बाई राजपूताना की सम्माननीय सती सावित्री राजकुमारियों की उपाधि थी, पतन काल में मुग़ल दरबारों में रक़्क़ासाओं, (नाचने-गाने वालियों) का प्रभाव बढ़ा, उनको बाई के ख़िताब मिले। आज सभी नाचने गाने वालियाँ बाईजी कहला रही हैं।

बम्बई के पारसियों ने ठेठर (थियेटर) कम्पनियाँ खोली हैं, नौजवान लड़के महिलाओं के स्वांग भरकर शहर-शहर अनैतिक ड्रामे दिखलाते फिर रहे हैं। मुसलमान रईसों की ऐशपरस्ती का वही हाल है, अब थियेटर कम्पनियों और बाइयों का संरक्षण करने में आगे-आगे हैं। शेरो-शा'इरी, गुलो-बुलबुल का रोना-धोना पहले ही की तरह ज़ोरों पर है।

ख़ानेजहाँ और ख़ानेख़ानाँ और राजा-राजगान के ख़िताब अता करने वाले न रहे, अब केवल ख़ानबहादुरी और रायबहादुरी को नेटिव गौरव का विषय समझता है और इसे ही बहुत जानता है।

ख़ान बहादुरों का नया समाज पैदा हो रहा है, पल ही पल में ख़ुद हम लोग जागीरदारों के समाज से निकल कर डिप्टी कलेक्टरों की सिविल लाइंस में आ गए।

हिन्दू-मुस्लिम दंगे कहीं-कहीं शुरू हो चुके हैं, जो मुग़ल काल में बिल्कुल नहीं थे, लेकिन नई पालिटिक्स और पालिसी (अंग्रेज़ी के अच्छे सम्पूर्ण शब्द हैं) के बावजूद शुक्र है कि दोनों सम्प्रदायों में पहले की तरह मित्रता और एकता बाक़ी है। हिन्दू दोस्त गहरी दोस्ती के बावजूद

छूतछात बरतते हैं। मगर अंदरूनी पक्षपात इनमें बिल्कुल नहीं। हम भी इनकी छूतछात की प्रथा का सम्मान करते हैं। बुरा नहीं माना जाता, सदियों से ख़ुद हमारे घराने में यह रिवाज चला आता है कि हिन्दू दोस्तों की दावत के लिए ब्राह्मण रसोइया बाहर बैठकर भोजन तैयार करता है। मान्यताएँ और नीति सौंदर्य हमारी पुरानी हिन्दुस्तानी सभ्यता का तुर्रा-ए-इम्तियाज़ है। (भिन्नता का प्रतीक है।)

सम्भव है आगे चलकर यह भी न रहे।

इस वक़्त तक सैकड़ों स्वाधीनता सेनानी फाँसी के तख्ते पर पहुँचकर सरबुलंदी हासिल कर चुके हैं। जब यह मुजाहिदीन अंग्रेज़ के ख़िलाफ़ जिहाद के लिए गाँव-गाँव स्वयंसेवक जमा करते फिरते थे, उनकी एक टुकड़ी का गुज़रना रियासत रामपुर में हुआ, वहाँ के अंग्रेज़ रेज़िडेन्ट की मेम ने अपने हस्बैंड का ध्यान इस तरफ़ दिलाया कि यह मौलवी हमारी हुकूमत के खिलाफ़ जिहाद का ऐलान कर चुके हैं, इसका रोकना आवश्यक है। उसके बाद ही मुजाहिद्दीन ने सिखों के ख़िलाफ़ जंग शुरू की।

स्वर्गीय भाईजान के पुराने दोस्त सैयद अहमद देहलवी की राजनीतिक विचाराधारा से हम आज भी सहमत नहीं, यद्यपि उनके सामाजिक सुधार के कारनामों के पूरे मन से प्रशंसक और उनके अथाह प्रेम और नेक नियम को स्वीकारते हैं।

ख़ुद हम जानते हैं कि 1857 ई. के बाद जब हम बाग़ियों की मिल्कियतें ज़ब्त हुईं और मीर सादिक़ अली और मीर रुस्तम अली हमारे पड़ोसी चाँदपुर के रईसों का इलाक़ा बग़ावत के जुर्म में सरकार ने अपने क़ब्ज़े में ले लिया और सैयद अहमद ख़ाँ को पेश किया गया तो उसे उन्होंने स्वीकार नहीं किया। सैयद साहब के लेख हम ध्यान से पढ़ते हैं, हमारा इरादा है कि अपने पोतों को अलीगढ़ भेजें।

सैयद जलालुद्दीन हैदर सल्लमहू की शादी भाईजान मीर बन्दे अली मरहूम और सैयदा मरयम ख़ातून की बेटी सईद बानो सल्लमहा से हमने

की है। अल्लाह के फ़ज़्लोकरम (कृपा, मेहरबानी) से हमने इनकी औलाद भी देख ली। सैयद ऐजाज़ हैदर, सुग़रा फ़ातिमा और छोटा लड़का, जो हाल ही में पैदा हुआ है, नवजात का नाम सज्जाद रखा गया है।

इन बच्चों और स्वर्गीय भाईजान की औलाद को ख़ुदा लम्बी उम्र अता फ़रमाए। भाईजान के दो बेटे सैयद वली हैदर और सैयद इकराम हैदर भी इस समय ललितपुर में रहते हैं।

हमारी इकलौती बेटी उम्मे सईद की शादी हमारे पूर्वज सैयद सादुल्लाह ख़ाँ आलमगीरी के नगड़ पोते सग़ीर हुसैन से हो गई, हमने अपना फ़र्ज़ पूरा कर दिया।

मियाँ इकराम हैदर के सिवाय हमारी नई पौध ने अपने नाम के आगे तिरमिज़ी लिखना छोड़ दिया।

अल्लाह अल्लाह! तिरमिज़ अब कहाँ रह गया?

ग़दर से पहले जब हम मेरठ छावनी में तैनात थे, एक बार कैथल गए थे। शहर करनाल से 35 मील दूर स्नान का तालाब देखकर सोचा था इलाही! कमालुद्दीन तिरमिज़ी इन्हीं सीढ़ियों पर आकर बैठते थे? बहुत अजीब सा लगा। उनके बाद सालार मसूद ग़ाज़ी और तैमूर लंग वहाँ पहुँचे। ईरान के मजूसी कैथल में शरणार्थी हुए। मावराउन्नहर के दरवेश वहाँ आकर बसे। मिट्टी कहाँ से कहाँ खींच लाती है, अगर कमालुद्दीन तिरमिज़ी के जी में यह न समाई होती कि हिन्दुस्तान चलें तो हम आज यहाँ काहे को विक्टोरिया की ग़ुलामी कर रहे होते।

तिरमिज़ में अगर चंगेज़ की तबाहकारी से बच गए होते तो इस वक़्त बैठे ज़ार रूस की ग़ुलामी कर रहे होते, आज अपने पोतों को लंदन भेजकर बैरिस्टरी पढ़ाने के ख्वाब न देखते। तिरमिज़ या बुख़ारा से सेण्ट पीटर्सबर्ग रूसी पढ़ने के लिए भेजने की योजना बनाते, क्योंकि जब ख़ुदा ने विरोधियों का सींग ऊँचा किया शहर की चारदीवारी ज़मीन में धंस गई। विजेता ने

आदेश दिया पराजित उच्च श्रेणी वर्ग को क़ासी[1] की शिक्षा दी जाए ताकि वह शाही महल के दरबार में खड़े हो सकें।[2]

स्वर्गीय पिताश्री को क्या पता था कि संतान पर क्या बीतेगी, न हम जानते हैं कि हमारे पोते किस प्रकार के संसार का सामना करेंगे। स्वर्गीय पिताश्री ने नहटौर झील के किनारे एक पिलखन बोई थी जो अब छतनार है। दूसरी पिलखन का पौधा हमने लगाया था। दोनों 'छोटी, बड़ी पिलखन' कहलाती हैं। जब यह छोटी पिलखन छतनार होगी, तब हम न होंगे कि यही वक़्त का अटल क़ानून है।[3]

---

1. किसी चीज़ की अति तक पहुँचने वाला।, 2. अहदनामा प्राचीन सहीफ़ा दानियाल।, 3. कुछ समय बाद मीर अहमद अली तिरमिज़ी का झाँसी में देहान्त हुआ।

नसीहत का कर्णफूल

उसके बाद इस हलचल के ज़माने में अल्लाह की रस्सी को मज़बूती से थामे रखना ज़रूरी है। बीसवीं सदी में सिर्फ़ उन्नीस वर्ष बाक़ी रह गए हैं। काने दज्जाल के आने का समय शायद क़रीब है। कहते हैं कि क़यामत आने से पहले एक आदमी पैदा होगा, जो संसार में बहुत ज़ुल्म करेगा और उसके एक आँख नहीं होगी।

ईश्वर के वजूद (अस्तित्व) में औरों को भागीदार करने वालों ने तत्वों पर भी क़ब्ज़ा जमा लिया। टेलीग्राफ़ का तार झनझना-झनझना कर प्रलय के नज़दीक होने की सूचना दे रहा है। समुंदर में धुएँ वाले जहाज़ और ज़मीन पर भाप के इंजन प्रेतात्माओं की तरह चिंघाड़ते फिरते हैं। एक ऐसे यंत्र का अविष्कार हुआ है, जो छायाचित्र मूल रूप की तरह खींच लेता है। इन हालात में हमारे नये ज़माने के कुछ दोस्त विशेषकर कलकत्ता के बाबू साहब लोग माफ़ौक़ुलफ़ितरत (जो समझ में न आ सके) का विश्वास नहीं करते बल्कि हंसी उड़ाते हैं। अपने परमहंसों और योगियों को भूले हैं।

लेकिन अल्लाह का शुक्र है, हमारे मीर अहमद अली तिरमिज़ी हालाँकि अंग्रेज़ी शिक्षा का समर्थन करते हैं। मज़हब पर उसी मज़बूती से विश्वास करते हुए अटल हैं। इसी कारण ज़रा आशा की किरण झिलमिलाती है कि हालात ज़्यादा नहीं बिगड़े। इसके अतिरिक्त अभी तक ऐसे बुज़ुर्ग धर्म का पालन करने वाले मौजूद हैं, जिनकी वजह से यह संसार टिका हुआ है।

जानना चाहिए कि एक हैरत ख़राब है और एक हैरत, जिसकी तारीफ़ की जाए। हैरत शक से विपरीत है, संदेह जाहिलों को होता है और हैरत ज्ञानियों को। हैरत विद्यमान में होती है और संदेह अविद्यमान में। और क्षमा क्षेत्र में पहले क्षमा है और अंत हैरत। देखो हाफ़िज़ सैयद मोहम्मद मूसा क़ादरी नक्शबंदी[1] अपनी भांजी सईद बानो पत्नी सैयद जलालुद्दीन हैदर, जो

1. यह सिलसिला बुख़ारा व समरक़न्द में बहुत लोकप्रिय था।

अपने बुज़ुर्ग बाप मीर बंदे अली के देहावसान के ग़म में सोगवार हैं। 1880 ई. में कालपी से क्या लिखते हैं।

मेरी प्यारी बेटी, मेरी आँखों की ठंडक तुम्हारी पवित्रता और इज़्ज़त को अल्लाह दोनों जहान में चमकाए, और तुम्हारी ख़ैर रहे। हाफ़िज़ मोहम्मद मूसा (जिनको माँ बाप सहित अल्लाह बख़्श दे) की तरफ़ से मालूम हो कि इससे पहले एक पोस्टकार्ड तुम्हारा और नूरूलबसर सैयद जलालुद्दीन हैदर का आया, सारे हालात मालूम हुए। अल्लाह तआला तुमको व हमको व सबको दोनों जहान में अपनी हिमायत के साये, पड़ोस और रहमत में रखे।

हमने तो अपने हालात को छिपाना चाहा था क्योंकि हम देखते हैं कि हमारी हिम्मतों को अब बिल्कुल (?) है और दुनिया की ख़्वाहिश आख़िरत के ज़रीए में ... रात दिन पेट का धन्धा और हर वक़्त इसी की फ़िक्र, इसी का चक्कर, अल्लाह तआला रहम फ़रमा दे मगर अब तुम्हारे पूछने पर, उस में से कुछ नमूने के तौर पर लिखा जाता है। हमारे पड़दादा तक अपनी नस्ल पर गर्व घमण्ड करना हराम समझा जाता था और सचमुच ऐसा ही है।

अल्लाह तआला अपने कलाम (क़ुरआन शरीफ़) में इरशाद फ़रमाता है कि जिस वक़्त सूर फूँका जावेगा सूर, तो न होवेंगे कुछ नसब (नस्ल) उनके दरमियान में उस दिन और न वे आपस में एक दूसरे को पूछेंगे। सारा दारोमदार तक़वा (अल्लाह से डरने) पर है। जैसा कि अल्लाह तआला इरशाद फ़रमाता है कि 'अन अकरमकुम इन्दल्लाहत्तक़्कुम यानी, बेशक तुम में बड़ा बुज़ुर्ग अल्लाह के नज़दीक तुम में का बड़ा परहेज़गार (बुराइयों से बचने वाला) है। क्या अच्छा किसी ने कहा है।

जात पात न पूछे कोय
हर को भजे सो हर का होय

यद्यपि हमारे ख़ानदान में सत्तर बुज़ुर्गवार औलिया-ए-कामिलीन गुज़रे हैं और इसके बावजूद क़यामत (प्रलय) नज़दीक होने के कारण, अब

वह हालत नहीं रही मगर फिर भी अब तक अल्लाह की मेहरबानी से कुछ-कुछ इसका सिलसिला बाक़ी है। हाँ, पर अब देखिए क्या होता है। रस्सी तो हाथ से छूट चुकी, हाँ अगर वही अपना फ़ज़्लो-करम करे तो मुक्ति की संभावना है।

तुम्हारे छोटे मामू मियाँ मोहम्मद ताहिर उर्फ़ तुराब शाह (रह०) तो अकमले अस्र, अल्लामा-ए-दहर, आरिफ़े ज़माना, उलूमे ज़ाहिरो बातिन में यगाना (एकाकी) थे।[1] तुम्हारे मंझले मामू हाजी अज़ीज़ अहमद की आत्मीय दशा ज्ञानी लोगों पर विदित है। तुम्हारी वालिदा सैयदा मरियम ख़ातून तो तुम्हें याद होंगी, उनकी हालत यह थी कि वह जिस लगन से नियमों के साथ, विनम्रता और अल्लाह के सामने गिड़गिड़ाते हुए रोज़ाना इबादत और क़ुरआन शरीफ़ की तिलावत करती थीं, मुझे याद नहीं कि जो मुझसे सारी उम्र में इस तरह पर इबादत या तिलावत (क़ुरआन शरीफ़ का पाठ) करते बनी हो, मीर साहब यानी तुम्हारे वालिद (अल्लाह तआला बख़्शे) अक्सर, उनके इन्तेक़ाल के बाद रोते और कहते कि हाफ़िज़ जी, मैं अब तक किसी का मुरीद (शागिर्द) नहीं हुआ हूँ।

क्योंकि इस वक़्त तक सिवाय कुछ शख़्सियतों के और किसी पर मेरा एतक़ाद (विश्वास) नहीं। एक तो वतन में एक बुज़ुर्ग पर एतक़ाद हुआ था, मगर मैं उस वक़्त जवानी के दौर में था। किसी तरह मुझे अपने वजूद पर इत्मीनान न था। इसलिए मैंने उनसे बैअत (शागिर्दी का प्रण) न की, और एक उन पर। मगर मैं उनका इसलिए न हुआ कि लोग कहेंगे जोरू का मुरीद है।

ग़रज़ यह कि उनकी हालत ऐसी थी जैसे किसी बड़े कामिल (बुज़ुर्ग) की होती है और इससे बढ़कर यह कि कभी उन्होंने अपनी ज़िंदगी में, अपने

---

1. सूफ़ियों के रुहानी (आत्मीय) तजुर्बों पर लेनिन ग्राड यूनिवर्सिटी, हारवर्ड, प्रिंसट न, डयूक, आक्सफ़ोर्ड, कैम्ब्रिज आदि में शोध कार्य किया जा रहा है। सूफ़ियों और योगियों के तजुर्बों पर पैरासाइकोलोजी की उक्ति में Secondary personality, parthengenitic symbolic self, psychic perception, psychic, Emanation, Electromagnetic powers of the human psyche, Teleportation, Multiple personality clear guidance आदि कहलाते हैं।

शौहर की तरफ़ पीठ नहीं की। कहती थीं कि शौहर के दूसरे अधिकारों के अलावा यह भी औरत पर अधिकार है कि कभी शौहर (पति) की तरफ़ पीठ न करे। तुम्हारी नानी यानी हमारी बुज़ुर्ग वालिदा हज़रत सईदा बेगम (अल्लाह उनकी क़ब्र को पाक करे) की और क्या तारीफ़ करूँ। तुम्हारी माँ ने उन्हीं से सांसारिक व आत्मीय शिक्षा ग्रहण की थी। उनके चमत्कार की घटनाएँ बहुत ज़्यादा घटित हुई हैं।

उनके पिता यानी हज़रत नाना बुज़ुर्गवार हमारे सैयद ताज मोहम्मद पेशावरी जिनकी और हालतों के अलावा एक हालत यह थी कि जब कभी पानी नहीं बरसता तो लड़कियाँ आतीं और कहतीं कि काका साहिब हम तुम्हारे ऊपर पानी डालते हैं, दुआ करो कि पानी बरसे। जैसे ही उन पर वह पानी डालतीं तभी अल्लाह की कृपा से पानी बरसने लगता।[1]

हमारे मुल्क में दस्तूर है कि जब पानी की ज़रूरत होती है तो किसी वली के मज़ार पर, उसी मुराद से पानी डालते हैं कि जैसी इनकी क़ब्र में ठंडक पड़ी वैसा ही अल्लाह तआला हमारे लिए पानी बरसा दे। ख़ुदा तआला अपनी मेहरबानी से पानी बरसाता है। यह करामत मगर इनकी ज़िंदगी में ही देखने में आती थी।

और उनकी माँ यानी हमारी नानी साहिबा, बीबी राज़िया की यह हालत थी कि रात दिन सिजदे ही में पड़ी रहती थीं, शायद किसी वक़्त इस हालत से छुट्टी पाती हों। तुम्हारे नाना यानी हज़रत वालिद साहब मोहम्मद इब्राहीम शहीद तो बड़े इबादत करने वाले, अल्लाह से डरने वाले, अल्लाह के दोस्त, बहादुर, दानी, वफ़ादार, पाकीज़गी रखने वाले, अल्लाह पर भरोसा रखने वाले, हाजी, बहादुर सिपाही और शहीद थे। उनकी करामतें व आदतें बहुत मशहूर, विख्यात।

---

1. हवा और मौसम पर औलिया के प्रयोग का विश्वास बहुत पुराना है। पौधों के विकास दुआ या शाप के प्रभाव... के विश्वास को चार अमेरिकन यूनिवर्सिटियों में जाँचा जा रहा है। मैकगिल यूनिवर्सिटी के बायोलोजिस्ट डॉक्टर ग्राड ने बीमार चूहों और पौधों पर दुआ के प्रभाव का तजुर्बा किया है।

उनके छोटे भाई हज़रत उमी मियाँ मोहम्मद साहब जन्म से पीर वली थे। क़ब्र के मुर्दों को बिल्कुल साक्षात देखते और बातें करते थे। उनके वालिद हज़रत शाह सैयद फ़ैज़ मोहम्मद साहब जो हमारे दादा थे, ऐसी हालत में उनको मना करते कि इन बातों को ज़ाहिर न करना चाहिए। महबूब के भेद की हरगिज़ किसी को मालूमात न होनी चाहिए।

उनके पिता, हमारे परदादा मौलाना शाह सैयद नूर मोहम्मद साहब पेशावरी, पेशावर में बड़े वलियों पीरों में मशहूर हैं। ग़रज़ कि किस-किस का हाल लिखूँ। तुम्हारी इच्छानुसार अब अपने उस सिलसिले का ज़िक्र करता हूँ, यानी हज़रत सैयद जलालुद्दीन बुख़ारी साहिब-ए-तोशा बुज़ुर्ग जो बेटे सैयद अबुल मुवीद बुख़ारी के हैं और वह हज़रत सैयद मोहम्मद बुख़ारी के और वह कुछ सिलसिलों में और जो हज़रत इमाम मोहम्मद बाक़र के, जो बेटे हज़रत इमाम ज़ैनुल आबिदीन के और वह बेटे शहीदे-कर्बला हज़रत हुसैन अलैहिस्सलाम के (लम्बा अरबी लेख) आमीन, आमीन, आमीन।

हाफ़िज मोहम्मद मूसा क़ादरी नक़्शबन्दी का, भांजी के नाम पत्र का सार समाप्त हुआ।

सुलतान इब्राहीम बिन अदहम ने कहा था कि दुनिया के बादशाह कहाँ हैं। आकर देखें यह मामला क्या है और यह कारोबार कैसा है, ताकि अपने मुल्क और हुकूमत से उन्हें शर्म आए।

सैयदा सईद बानो की नेकियों और अल्लाह से डरने की यह हालत थी कि हालाँकि रेल चल चुकी थी मगर उसकी सवारी में बेपर्दगी का डर था, वह झाँसी अपनी ननिहाल से नहटौर, बाल बच्चों समेत, बैलगाड़ी में आती जाती थीं। मौसम की सख़्तियाँ, दो महीने की लम्बी यात्रा, गर्मी की तेज़ी मगर पर्दे की ख़ातिर सब सहन करती थीं। उनकी आवाज़ ड्योढ़ी से बाहर किसी ने न सुनी।

सैयदा सईद बानो अपने बच्चों को छोटा-छोटा छोड़कर, इस दुनिया से चल बसी थीं। कहा जाता है कि जब नहटौर में स्वर्गवास हुआ और जनाज़े

की नमाज़ पढ़ी गई, हालाँकि मैदान में बेशुमार आदमी थे मगर तकबीरों (अल्लाहो अकबर) की आवाज़ें मैदान से बाहर तक सुनाई दे रही थीं। उनके मामू हाफ़िज़ सैयद मोहम्मद मूसा ने जनाज़े की नमाज़ पढ़ाई और फ़रमाया कि तकबीरों की आवाज़ें फ़रिश्तों की हैं।

सैयदा सईद बानो के देहान्त के बाद, उनके नामवर शौहर ख़ानबहादुर सैयद जलालुद्दीन हैदर ने दूसरी शादी फ़र्रुख़ाबाद की एक शिया ख़ातून से की, उनके संतान नहीं हुई।

ख़ानबहादुर साहब के छोटे भाई डॉक्टर सैयद कर्रार हैदर प्रसिद्ध नेत्र विशेषज्ञ थे। ख़ानबहादुर का ख़िताब उन्हें लार्ड लैंसडाउन हिन्दुस्तान के वाइसराय ने दिया।

इन बुज़ुर्गों और इनकी औलाद[1] के साथ, हम खानबहादुरों के समाज में प्रवेश करेंगे।

1. ख़ानबहादुर सैयद कर्रार हैदर मरहूम के एक सर्वप्रिय पौत्र का इस ज़माने में मार्कसिज्म से सम्बंध है। लेनिन की दीक्षा के प्रकाश के अनुयायी हैं। ख़ानबहादुर सैयद जलालुद्दीन हैदर मरहूम की एक पड़नाती लंदन स्कूल ऑफ़ इक्नामिक्स में शिक्षा प्राप्त कर रही हैं। इसी सिलसिले के एक बिदअती (धर्म में कोई नई बात पैदा करने या परिवर्तन करने वाले) और निंदित समुदाय माओवाद से श्रद्धा रखती हैं।

अजिन्ना क़दीम व जदीद
(पुराने व नये जिन्न)

सुबहान-अल्लाह हमारे जिन्न भी कितने हालात को समझने वाले हैं, कितनी अच्छी तरह ज़माने का साथ दे रहे हैं। शाहजहानी मेहराबों से निकलकर जार्जियन स्तम्भों और पुर्तगाली दर्रों में प्रवेश कर गए। कम्पनी बाग़ के वृक्षों पर चुड़ैलें रहने लगीं। सड़कों के किनारे गैस के लैम्पों की मद्धम रौशनी में मुसाफिरों को आज भी वेताल मिल जाते हैं। अब तक इन वेतालों को और न जाने कितनी कहानियाँ याद हो गई होंगी।

सैकड़ों फ़िरंगी ग़दर में मारे गये। किसी अंग्रेज़ी क़ब्रिस्तान के पास से आधी रात को गुज़र जाइये तो अवश्य ही किसी साहब की आत्मा सामने आकर, मक्खन चीनी की इच्छा प्रकट करेगी। सिरकटे शहसवार जब चटख़ चाँदनी चारों ओर फैली हो, उन सुनसान मैदानों में घोड़े दौड़ाते फिरते हैं, जहाँ कुछ साल पहले भयानक युद्ध लड़े गए थे।

शहीद मर्दों की गिनती में बढ़ोतरी हो चुकी है। छुटपुटे के समय खेतों में देवता आवाज़ देते हैं। चेचक की महामारी माता का क्रोध है। इनसानों के वेश में जिन्नों के बच्चे, मौलवियों से क़ुरआन शरीफ़ पढ़ने आते हैं।

अधिकतर जिन्न मिठाई के शौक़ीन हैं। वर्ना आमतौर पर केवल हड्डियों पर ही गुज़ारा करते हैं। बहुत लम्बे क़द के हैं और उनकी पलकें कभी नहीं झपकतीं।

पीपल पर की चुड़ैलें वे भंगनें और चमारी औरतें हैं, जो बच्चों को जन्म देने के दौरान मरीं या जीवन काल में बुरी हरकतें करती रहीं। वे पिछल-पैरियाँ होती हैं और नाक में बोलती हैं।

काली बिल्ली भी एक बहुत ही रहस्यमय वस्तु है और नाग की तो ख़ैर बात ही क्या। अपने बारे में एक अलग ही लेख चाहता है, जो साँप

का पुतला आटे का बनाकर, गाड़े हुए धन की हाँडी पर बिठा दिया जाता है, गाड़ा हुआ धन खोदकर निकालिए तुरन्त जीवित हो जाता है, माल का साँप कहलाता है।

ग़दर के दिनों में बहुत से लोगों ने अपनी जमा पूँजी, लूट से बचाने के लिए स्थान-स्थान पर गाड़कर, उन पर माल के साँप बिठा दिए। वह लोग मारे गए या उनके वारिस (उत्तराधिकारी) निष्कासित हुए। अमावस्या की रातों में यह हाँडियाँ जमीन के अंदर छन-छन करती हुई सरकती रहती हैं। यह ऊत (जो बे औलाद हो) का माल खोदकर निकालना ख़तरनाक है। लक्ष्मी उसके लिए हमेशा एक जान की भेंट चाहती है।

पुराने शहरों, क़स्बों, जर्जर हवेलियों, फ़िरंगी प्लान्टर्स की सुनसान कोठियों में जिन्न भूतों की जनसंख्या अधिक है। कलकत्ता, बम्बई जो नए औद्योगिक नगर हैं, वहाँ अभी इन्होंने पलायन नहीं किया। फैक्ट्रियों और युनिवर्सिटियों के जिन्न भी अभी सुनने में नहीं आए।

बहुत से फ़िरंगी भी आत्मा विचरण को मानते हैं। एक थ्योसोफ़िकल सोसायटी, उन्होंने विलायत में स्थापित की है। हमारे शहरों में भी फ्री मिशन लाज खोले हैं। जनता इन्हें जादूगर या शैतानघर कहती है। ख़ुदा जाने वहाँ क्या होता है। हमारे घराने के कुछ बुज़ुर्गों की भी जिन्नों से पुरानी मुलाक़ात है।

सज्जनो, उसी ज़माने में एक अनोखे ज्ञानी कर्मयोगी की शोहरत हुई कि नाम उनका सैयद अहमद ख़ाँ था। उसके विरोधियों का हालाँकि ये कहना था कि वह स्वयं अंग्रेज़ों गोरों का पैरोकार है। बहरहाल इस महान बुज़ुर्ग ने ऐसा चमत्कार दिखाया कि ग़दर के बीस साल के अंदर-अंदर, हिन्दुस्तानी मुसलमान बच्चों के मुँह से शेक्सपियर के डायलाग्स, वर्ड्सवर्थ के शेर सुनाई देने लगे। बायरन, बर्क और प्रोफ़ेसर चक्रवर्ती उन पर मुसल्लत हो गए (छा गए)। शहर कोल (अलीगढ़) में इस बुज़ुर्ग ने अपना आस्ताना बनाया। शागिर्दों के वृत्त पूरे भारतवर्ष में फैल गए।

इस स्तर की बुज़ुर्गी पर पहुँचने से पहले, उनके छुपे हालात जानना आवश्यक है।

कहने वाले कहते हैं कि जब मास अप्रैल 1858 ई. में बिजनौर में हंगामा कम हुआ, सैयद अहमद ख़ाँ सद्रुस्सुदूर के पद पर मुरादाबाद में तैनात हुए। अगले साल उस शहर में पहली बार पब्लिक भाषण दिया। 1862 ई. में तबादला पूरब देस शहर ग़ाज़ीपुर को हुआ। यह संत ख़ुद लिखता है, 'ग़दर के बाद मुझको न अपना घर लुटने का रंज था, न माल अस्बाब के नुक़सान का। जो कुछ रंज था, अपनी क़ौम की बर्बादी का और हिन्दुस्तानियों के हाथों, जो कुछ अंग्रेज़ों पर गुज़रा इसका दुःख था।

जब हमारे दोस्त स्वर्गीय मिस्टर शेक्सपियर ने, जो हमारी मुसीबतों में शरीक रहे थे, वफ़ादारी के बदले में ताल्लुक़ा जहानाबाद, जो सैयदों के एक नामी ख़ानदान की मिल्कियत था, लाख रुपये से ज़्यादा की क़ीमत का था, मुझे देना चाहा तो मेरे दिल को बहुत दुःख पहुँचा। मैंने अपने दिल में कहा, मुझसे ज़्यादा कोई नालायक़ दुनिया में न होगा कि क़ौम पर तो यह बर्बादी हो और मैं उनकी जायदाद लेकर ताल्लुक़ेदार बनूँ। मैंने उसे लेने से इनकार कर दिया और कहा कि मेरा इरादा हिन्दुस्तान में रहने का नहीं।

'कुछ दिन मैं इसी ख़्याल, इसी ग़म में रहा और आप यक़ीन कीजिए कि इस ग़म ने मुझे बुड्ढा कर दिया और मेरे बाल सफ़ेद कर दिये। जब मैं मुरादाबाद आया, जो एक बड़ा ग़मकदा (संताप गृह) हमारी क़ौम के रईसों का था तो इसको थोड़ी बहुत तरक़्क़ी हुई। मगर उस वक़्त यह ख़्याल पैदा हुआ कि यह बड़ी नामर्दी और बे मुरव्वती की बात है कि मैं अपनी क़ौम को इस तबाही की हालत में छोड़कर, ख़ुद आराम से किसी शान्त स्थान पर जा बैठूँ...'

1869 ई. में सैयद अहमद देहलवी लंदन गए, महारानी विक्टोरिया से मुलाक़ात की। मुसलमानों के लिए एक विद्यालय स्थापित करने का प्रस्ताव

रखा। मौलवियाना वस्त्र छोड़कर, तुर्की वस्त्र धारण किये। अर्धयूरोपीय रोगी पुरुष तुर्की, हिन्दुस्तानी मुस्लिमों का नया आदर्श बना।

1853 ई. के क्रीमिया के युद्ध में तीस हज़ार तुर्कमानी जवान ख़ाको-ख़ून में मिल गए। मगर उस समय हिन्दुस्तानी मुसलमान बाहरी संसार से बेख़बर या तो मुसीबत या फिर ऐशो-इशरत में मुब्तला थे। ग़दर के बाद अचानक मालूम हुआ कि तैमूर की संतान का चराग़ बुझ गया। यानी पूर्वी तुर्कों की सल्तनत, जो उनकी विभिन्न नस्ली शाखाओं ने ग्यारहवीं शताब्दी से यहाँ स्थापित कर रखी थी, तबाह व बर्बाद हो गई। लेकिन अख़बारों ने बताया कि उस्मानियों की संतान यानी पश्चिमी तुर्क 'रोम' यानी तुर्की पर अभी तक शासन कर रहे हैं।

हालाँकि फ़िरंगी शक्तियाँ उस्मानिया इम्पायर के टुकड़े करने में व्यस्त हैं। अबू ज़फ़र सिराजुद्दीन मोहम्मद बहादुर शाह माज़ूल (पदच्युत) हुए मगर पश्चिम में इस्लाम के ख़लीफ़ा, तुर्की के सुलतान अभी हुकूमत करते हैं। तुर्क रूसियों से 1875 ई. में फिर लड़े। तुर्की जरनैल हिन्दुस्तानी मुसलमानों के प्रिय हीरो बने। सैयद अहमद देहलवी ने 24 मई 1875 ई. को महारानी टूरिया (विक्टोरिया) के जन्मदिन पर अलीगढ़ स्कूल स्थापित किया। इन्ट्रेंस (दसवीं) जमाअत तक पढ़ाई शुरू हुई। हिन्दुस्तानी मुसलमानों के नए युग का प्रारम्भ हुआ।

1871 ई. में लार्ड लिटन वायसराय हिन्द ने मदरसे की नींव का पत्थर रखा। 1881 ई. में बी.ए. और एम.ए. की शिक्षा प्रारम्भ हुई। सैयद ने क़ौम के सामने, चन्दे के लिए झोली फैलाई। हाली, नवाब मोहसिनुल मुल्क, वक़ारुलमुल्क, शिब्ली, नवाब इस्माईल खाँ, डिप्टी नज़ीर अहमद आदि 'नवरत्नों' ने क़ौम के सुधार का बीड़ा उठाया। जगह-जगह लेक्चर देते फिरते और क़दामत परस्त (पुराने विचारों के) मौलवियों के ताने (कटाक्ष) सुनते थे।

सारे हिन्दुस्तान से बच्चे 'कोल' पहुँचना शुरू हो गए। वहाँ एक पुरानी कोठी में बैठा व सफ़ेद बालों वाला बुज़ुर्ग, जलाली वज़ीफ़े का

जाप ऐसा कर रहा था कि पिछड़े हुए आदिवासी सीमा प्रान्त, पंजाब और सिंध फ़यूडल यूपी और बिहार, व्यापारी गुजरात और महाराष्ट्र सूदूर बंगाल और दक्षिण और मद्रास के अमीर और ग़रीब मुसलमानों के बच्चे खिंचे चले आते थे। सुन्नी, शिया, पठान, पंजाबी, बोहरे, ख़ोजे, रईसज़ादे, पीरज़ादे, सबकी सैयद अहमद ने नैया पार कर दी। जो अलीगढ़ स्टेशन पर उतरता, एक नये रंग में रंग जाता। बूटेदार फ़रग़ल दुगले, और अंगरखे उतार, टर्किश कोट, अलीगढ़ कट पायजामा, तुर्की टोपी डान्टता और नेचरी फ़ौज में भरती हो जाता।

नई अपर मिडल क्लास के ख़ानबहादुर सैयद जलालुद्दीन हैदर ने भी अपने चारों बेटों को, जिन्हें वह अपने चार गाँव कहते थे, उसी विद्यालय में भेजा। सज्जाद हैदर (जन्म 1880 ई) 21 नवम्बर 1892 ई. को नवीं क्लास में दाख़िल हुए। नसीरुद्दीन हैदर दो साल छोटे भाई 14 दिसम्बर 1896 ई. को नवीं क्लास में और सबसे छोटे वहीदुद्दीन हैदर, उसी रोज़ पाँचवीं क्लास में दाखिल किये गए।

सज्जाद हैदर, नसीरुद्दीन हैदर, ख़्वाजा ग़ुलामुस्सक़लैन, शौकत अली, मोहम्मद अली, सरदार मोहम्मद हयात, मुश्ताक़ अहमद ज़ाहिदी, सैयद रज़ा अली, सैयद ज़हूर हसनैन, सबके सब सैयद महमूद कोर्ट में रहने वाले एक ज़बर्दस्त लौंढियार पार्टी के सदस्य बने।

ख़्वाजा ग़ुलामुस्सक़लैन और उनके भाई गुलामुल-हसनैन पानीपत से आए थे। शौकत अली व मोहम्मद अली रामपुर के रहने वाले थे। मुश्ताक़ अहमद ज़ाहिदी ठेठ दिल्ली वाले थे। सैयद रज़ा अली ज़िला मुरादाबाद के एक ग़रीब शिया क़स्बे कुंदरकी से ताल्लुक़ (सम्बंध) रखते थे। सैयद ज़हूर हसनैन मुदादाबाद के एक दक़ियानूसी शिया मोहल्ले सादात लाँकड़ी के एक होनहार नौजवान थे, जो अलीगढ़ के एक नामवर खिलाड़ी और फ़ुटबाल के कप्तान बने। सैयद सज्जाद हैदर को खेलकूद से ज़्यादा दिलचस्पी न थी,

वे किताबों के रसिया थे। दोनों के फ़रिश्तों को भी पता न था कि एक दिन मीर ज़हूर हसनैन सैयद सज्जाद हैदर के चचिया ससुर बनेंगे।

अब सैयद ज़हूर हसनैन रिज़वी के ऐतिहासिक बैकग्राउंड की दास्तान शुरू की जाती है कि यह भी शुरू से आख़िर तक सबक़ हासिल करने वाली और आश्चर्यजनक घटनाओं से परिपूर्ण है।

पहला खण्ड समाप्त हुआ। दूसरे खण्ड के पृष्ठों में दास्तान कहने वाले आग़ा कर्बलाई इमामबाड़े की सभ्यता का नक़्शा छायाचित्र की तरह हूबहू खींचकर दिखलाएंगे।

2
अध्याय

इमाम बाड़ा

गाँगन नदी नहटौर से गुज़रकर ढाक और सम्बल के जंगलों में से बहती हुई, ज़िला मुरादाबाद में प्रवेश करती है। यहाँ पर इस नदी के किनारे एक और पुराना गाँव आबाद है, जो लाँकड़ी कहलाता है। यह इलाक़ा शाहजहाँ बादशाह ने, एक ख़ुरासानी परिवार को जागीर (माफ़ी) में दिया था। यानी यह पैंतालीस मील लम्बी नदी, एक तरफ़ जेहूँ और दूसरी तरफ़ हरिरुद की पर्याय है।

सज्जनो! बेचारी लाँकड़ी का महत्व संसार के इतिहास या हिन्द व ईरान के इतिहास तो क्या, इस अंग्रेज़ी राज्य में भी शून्य था। लाँकड़ी, नहटौर, सम्भल, महमूदपुर, कुंदरकी केवल मील के पत्थर हैं। दिल्ली के आसपास और ईरान में भी स्थान-स्थान पर टूटे मीनार अब भी दिखाई देते हैं, जो पुराने बादशाहों ने मुसाफ़िरों की सहूलत के लिए बनवाए थे, जिनमें अब कबूतर बसते हैं।

सज्जनो! इन गुमनाम क़स्बों के निवासियों में से कुछेक ने थोड़ा बहुत रोल ड्रामे में अदा किया। अल्फ्रेड थियेटर कम्पनी का सीन बदलता है। दूसरे एक्टर या वही तमाशा दिखाने वाले पोशाकें बदलकर, गैस के हण्डों की रौशनी में सामने आते हैं। ड्रापसीन के बाद कम्पनी का मुंशी, कम्पनी की प्रसिद्धि और पब्लिक का दिल बहलाने के लिये नया नाटक लिखता है।

देखने वाले की मौत है।

सारे ज़माने एक जैसे हैं। पुराने समय के लोग, हम जैसे इंसान थे, लेकिन इस दौर से हम घुले-मिले हैं। बीता युग कहानी बन जाता है, हर घटना, हर रोल महत्वपूर्ण है।

समझने वाले की मौत है।

हिन्दुस्तान के लाखों गाँवों में से एक छोटा सा गाँव, जिसके ज़मींदार शहर मुरादाबाद मुग़लपुरा, भाग प्रथम, मोहल्ला सादात लाँकड़ी में ग़दर के

बाद से, अपनी मसनदों पर सिर झुकाए बैठे पेचवान (हुक्का) गुड़गुड़ा रहे हैं। इस बे सरोसामान लाँकड़ी के बारे में बात करने की ज़रूरत ही क्या है। भादों में लगने वाला मेला, गाँगन के मीठे ख़रबूज़े, कुछ पक्के मकान, कच्चे झोंपड़े, बनियों की दुकानें, कुछ मंदिर, दो मस्जिदें, एक इमामबाड़ा इतनी कम चीज़ों पर कोई इतिहास लिखा जा सकता है?

आज चाँद रात है यानी चाँद की पहली तारीख़। इमामबाड़े में रौशनी कर दी गई। लाँकड़ी के ग़रीब शिया मिंबर के सामने फटी पुरानी चटाइयों पर आ बैठे, गली पार बरगद के पेड़ के नीचे, मौलवी मोहम्मद समीउल्लाह ने लालटेन की रौशनी में, शहादतनामा पढ़ना शुरू कर दिया। हिन्दुओं ने अपने ताज़िये सजा लिये, पानी पिलाने की सबीलें लग गईं।

निर्धन, उदास लाँकड़ी की यह चाँद रात कौन सा ऐसा अर्थ रखती है? इस गाँव का नाम ही आपको राज्य के मानचित्र पर नज़र न आवेगा।

अकबर इलाहाबादी के कथनानुसार :

जो गुज़रोगे उधर से मेरा उजड़ा गाँव देखोगे
शिकस्ता एक मस्जिद है, बग़ल में गोरा बारक है।

लेकिन मैं, सैयद अलमदार हुसैन रिज़वी, अलमशहदी उर्फ़ आग़ा कर्बलाई (कि पाँच बार कर्बलाए-मोअल्ला देखने का मान हासिल कर चुका हूँ) निर्धन और ज़्यादा संतानें रखने वाला, सफ़ेद वस्त्रधारी, यानी ग़रीबी को छुपाए रखने में निपुण। मैं जो इस इमामबाड़े का संरक्षक हूँ और मैं जो मोहर्रम की छठी तारीख से, शहर जाकर कम मेहनताने पर अपने मालदार सम्बंधियों के यहाँ मजलिसें पढ़ूँगा। ग़रीबी, सब्र और संतुष्टि और 'हुसैन' से इश्क़ करना मेरी पूँजी है। मैं जो तेरह सौ वर्ष के इतिहास के बहुमूल्य ख़जाने को, अपने रक्त और स्मृति में सुरक्षित रखता हूँ कि यह गुण नस्ली है। दुनिया जैसी थी, मैंने उसे देखा।

सज्जनो! मेरी बातों का अर्थ कठिन और बड़ा अजीब है। लेकिन जब कड़ियों से कड़ियाँ मिलती जाती हैं तो पर्दे उठते हैं।

अशरे (मोहर्रम की दसवीं तारीख़) की सुबह इस जर्जर इमामबाड़े के दालान से, औरतों की दिल दहला देने वाली फ़रियाद और चीखें उभरेंगीः

(ऐ) मोहम्मद! अफ़सोस, हुसैन क़त्ल हुए!
(ऐ) मोहम्मद! अफ़सोस, हुसैन क़त्ल हुए!

आँसुओं की फ़रात नदी तेरह सौ बरस से बह रही है। सारी दुनिया में बिखरे हुए कर्बला के शहीदों के ग़ुलाम, इस तरह फूट-फूट कर रोते हैं, मानो कर्बला की घटना आज की बात है।

ऐ मोमिनो, आज 1896 ई. की लाँकड़ी का 680 ई. के कूफ़े से कौन सा ऐसा गहरा रिश्ता है।

अफ़सोस! मोहम्मद, हुसैन क़त्ल हुए!

क़िस्सा अहले-ख़ुरासान
(ख़ुरासान वालों का क़िस्सा)

याद रहे कि पिछला समय आज से लगा हुआ है। कोई सिलसिला कभी नहीं टूटता। आदि से अनन्त तक जीवन लगातार और स्थायी है। बीते युग की हर घटना हमसे बहुत नज़दीक है। इतिहास के संग्रहण, क्रमिक होने और अर्थों का जितना अधिक अहसास हम मोहम्मडन लोगों को है, दुनिया की किसी क़ौम को नहीं, हर घटना और दुर्घटना मौजूद है। हम वर्तमान में ज़िन्दा हैं लेकिन बीते काल में उसी शक्ति के साथ सम्मिलित हैं। हर युग में हम सम्मिलित रहे हैं। बात पोस्ट फ़िज़िक्स की तरफ़ चली जाएगी इसलिए अब मैं अल्लाह बख़्शनहार के नाम से गाँव लाँकड़ी की दास्तान शुरू करता हूँ।

अबू हाशिम पुत्र मोहम्मद पुत्र हनफ़िया को हुशाम पुत्र मालिक ने ज़हर खिलाया। मरते समय शागिर्दों से वसियत फरमाई, ख़ुरासान जाओ और वहाँ के लीडरों से मिलकर, अब्बास की संतान की ख़िलाफ़त के उत्तराधिकार की प्राप्ति का प्रयत्न करो।

अब्बास की संतान के समर्थक पब्लिक से चुपके-चुपके कहते फिर रहे थे कि अबू अब्बास को वोट दो। ख़ुरासान में अब तक फ़ातिमा (रज़ी०) की संतान के लिए कोशिश जारी थी। अब अब्बास की संतान के लिए काम होने लगा। उम्मीदवार का नाम खुलकर न लिया जाता था, वर्ना दमिश्क़ गवर्नमेंट उम्मीदवार और समर्थक दोनों को जेल में डाल देती।

तेरह सौ साल पहले की राजनीति और आज की प्रगतिशील पॉलिटिक्स में, ख़ुदा के वास्ते मुझे बताओ क्या फ़र्क़ है। आज क्या ज़ार रूस, शाह क़ाचार, रोम का शहंशाह और यूरोप के कई शासकों के विरुद्ध, इसी तरह के षडयंत्र नहीं रचे जा रहे हैं?

इस भेदपूर्ण निमंत्रण के कारण बहुत उथल-पुथल रही। कहीं फ़ातिमा (रज़ी०) की संतान के लिए काम हो रहा है और अंदर ही अंदर किसी

और केंडिडेट के लिए। विदित रहे कि मैं एम.ए.ओ. कालेज अलीगढ़ जाने वाले होनहारों के लिए नई शब्दावली का प्रयोग कर रहा हूँ। यह ज़बरदस्त आन्दोलन, उस ज़माने में इस कामयाबी से चलाई गई, जब रेल थी न तार। ख़ुरासान से रिपोर्टें 'कूफ़ा' रवाना की जातीं। वहाँ से उनका सार तैयार करके हमीमा भेजा जाता, जो दमिश्क़ के नज़दीक ऐंटी उम्मिया एजीटेशन का हेडक्वार्टर था। तमाम शिया मोहम्मद पुत्र अली पुत्र अब्दुल्लाह पुत्र अब्बास के समर्थक बन चुके थे। सत्तर प्रोपैगंडा करने वाले व्यापारियों के भेस में सारी ख़िलाफ़त (राज्य) में फैलकर, चुपके-चुपके हुकूमत के ख़िलाफ़ प्रोपैगंडा करने लगे।

हुशाम बिन मालिक ने कुछ प्रोपैगंडा करने वाले, फाँसी घर भिजवा दिए। हर तरफ़ अशांति फैल रही थी। ख़ुरासान में बाबक ख़ुर्मी ने ऐलान किया कि किसानों को ज़मीन दो, जागीरदारों का ख़ानाख़राब हो।

बड़े निमंत्रण देने वाले अबू मुस्लिम को थियेटर की कला आती थी। काले वस्त्र पहने हुए सेना, काला झंडा, ग़ैरअरबों के इतिहास के प्रसंग। मरू की पहाड़ी पर घुप अँधेरी रात में अलाव दहकाए गए। नाटकीय ढंग से सेना को आक्रमण का सिगनल मिला।

ख़ुरासान के पहाड़ी रास्तों पर से दौड़ते हज़ारों किसान मज़दूर, फ़ौज में आ शामिल हुए। सभ्य जन सदा इसी उम्मीद पर ज़िन्दा रहे हैं कि अगर वर्तमान व्यवस्था बदल दी जाए, नई व्यवस्था इससे बेहतर होगी।

आज हमारे अमीर मुग़लकाल की याद में आहें भर रहे हैं। ईरान में सासानी हुकूमत की याद ताज़ा थी। ज़्यादातर ज़ुरूत्शी (अग्नि पूजक) अमीर इस्लाम धर्म धारण कर चुके थे। नयी इस्लामी शिक्षा से लाभान्वित हो रहे थे; यानी अंग्रेज़ी पढ़ रहे थे; लेकिन अरबों के आधिपत्य से अप्रसन्न थे।

नये पढ़े-लिखे जोशीले ख़ुरासानी नौजवान यानी बंगाली बाबू थे। बलख़ के मज़हबी पेशवा का बेटा ख़ालिद बरमकी मुसलमान हो चुका

था। दौलतमंद और ज़ोरावर ख़ानदान था। जनता पर उसका बहुत प्रभाव था। ख़ालिद बनू उमय्या के विरुद्ध, संगठित विद्रोह में अबू मुस्लिम का दाहिना हाथ बन गया।

750 ई. में अब्बास की संतान की हुकूमत बन गई, उसके बाद अबू मुस्लिम का जो हश्र हुआ सो हुआ।

नई व्यवस्था स्थापित हो गई, तब जाकर अलवियों को अहसास हुआ कि चोट हो गई। अतः नये सिरे से निमंत्रण प्रारम्भ किये। ग़रीब फ़क़ीर प्रकृति के लोग ताक़तवर हुकूमत से टक्कर लेते और हार जाते। उधर ईरान में नए आंदोलन शुरू हो रहे थे। सोने का नक़ली चेहरा लगाए हकीम अल मक़ीग़, अपने सफ़ेद वस्त्रधारी साथियों के साथ, खुरासान के सेबों के बाग़ों में से उदित हुआ। आज़रबाईजान के ताक़िस्तानों में 'सुर्ख़पोश' इंक़लाबियों ने और ज़िन्दीक़ों ने ख़ुफ़िया मीटिंगें शुरू कीं।

नीशापुर में सिंदबाद मज़ूक़ी ने उधम मचाया। मजूसी अक़्लमंद विद्वान था। शहर के चौराहों पर खड़े होकर जोशीली तक़रीरें करने लगा। अमीर ग़रीब का अंतर मिटा दो, कहने लगा ...शासक और शासित अरब और नॉन अरब का अंतर ख़त्म करो। अब्बासी हुकूमत इम्पीरियलिज़्म है। देखा आपने? ये हमारे अंग्रेज़ बहादुर, अपनी ब्रिटिश एम्पायर लिये फिरते हैं।

अब हो यह रहा था कि अलवी और बनू फ़ातिमा (फ़ातिमा की संतान) पहले कूफ़े का रुख़ करते, जो शिया इन्क़िलाब का सेण्टर था और वहाँ से सीधे ईरान।

फ़रार के कई रास्ते थे। कभी भेस बदल कर दीबा और हरीर के वस्त्रों के व्यापारियों के साथ हो लेते, जिनके कारवाँ घण्टियाँ बजाते, दूर-दराज़ समरक़न्द और काशग़र की तरफ़ चल रहे थे। ये पुरानी 'सिल्क रोड' दक्षिण इराक़ से शुरू होकर, उत्तरी दश्ते-कबीर के किनारे से गुज़रती मरू, बलख़ और क़राचीन जाती थी, इसी राजमार्ग की एक शाखा सीस्तान से निकलती

क़न्धार और सिन्धु घाटी आ पहुँचती थी। प्राचीन हनहामुंशियों, स्कानियों, सासानियों के ज़मानों में भी लोगबाग शाही क्रोध या बाहरी हमलों से बचने के लिए, ख़ुरासान की पेचदार घाटियों में जा छिपते थे। ज़ुरुत्शी (अग्नि पूजक) वहाँ ग्यारहवीं शताब्दी तक छिपते रहे।

ख़लीफा मेहदी का भाई और उत्तराधिकारी हारून रशीद अनातूलिया में बाज़नतीनयों का हुलिया ठीक करने में व्यस्त था। यूरोप के इस महान सम्राट यानी बाज़नतीन के शासक को अपने पत्रों में आराम से 'सगे-रोमी' (रोम का कुत्ता) के उपनाम से सम्बोधित करता था, यानी Dogs and Europeans not allowed.

इसी बीच ख़बर उड़ी कि ख़ुरासान में फिर हँगामा शुरू हो गया। ख़लीफ़ा ने अपने बेटे मामून रशीद को मरू भेजा। स्वयं भी पूर्व की ओर रवाना हुआ, यह 808 ई. की घटना है। ख़लीफ़ा 'तूस' के समीप सिंदबाद में बीमार पड़ा और परलोकवासी हुआ।

बग़दाद ख़ुरासान से बहुत दूर है। हारून रशीद के देहावसान की सूचना मिलते ही, उसका छोटा बेटा अमीनुर्रशीद ख़िलाफ़त की गद्दी पर जा बैठा। मामून ईरान में था। दोनों भाइयों की सेनाएँ 'रे' के समीप एक दूसरे से भिड़ गईं। मामून के लश्कर ने आगे बढ़कर, बग़दाद को चारों ओर से घेर लिया। ईरानी सेना के पीछा करने की कोशिश से बचने के प्रयास में नौजवान अमीन ने दजला नदी पार की और मौत के घाट उतरा...

ऐ दजला नदी ...ऐ दजला नदी।

ख़लीफ़ा मामून रशीद 'मरू' में था। 815 ई. में उसने निश्चय किया कि ख़िलाफ़त, रसूल स० की संतान को वापस कर दी जाए। इमाम अली अल रज़ा को 'मदीने' से ख़ुरासान बुलावा भेजा।

इमाम आली मुक़ाम (इमाम अली अल रज़ा) जिस समय नीशापुर पहुँचे हैं, सूर्य की किरणों की तेज़ी की वजह से, उन्होंने चेहरे पर छतरी का

साया कर रखा था। सामान्य व विशेष वर्ग, जनता जनार्दन शहर से बाहर, उनके स्वागत के लिए जमा थी।

हदीस के विद्वान शैख़ अबूज़र राज़ी, मोहम्मद पुत्र असलम तूसी और नीशापुर के दूसरे विद्वानों ने, उनकी सेवा में उपस्थित होकर विनती की कि ऐ अल्लाह के रसूल स० के वंशज, हमारे माँ-बाप आप पर क़ुरबान, चेहरे से पर्दा हटाइए ताकि आपके दास आपका चेहरा देख सकें। इमाम साहब ने प्रार्थना स्वीकार की। आपके तेजस्वी प्रकाशमान मुख को देखते ही, भीड़ ने रोना शुरू कर दिया। लोग ज़मीन पर गिरकर लोटते थे और इमाम के ख़च्चर के ख़ुरों को चूमते थे।

मरू में मामून ने ऐलान किया कि 'मैं अब्बास की औलाद और अली की संतान में किसी को इमाम अली अलरज़ा जैसा नहीं पाता।' जैसे ही यह सूचना बग़दाद पहुँची कि अमीरूल मोमिनीन (बादशाह) ने इमाम रज़ा को उत्तराधिकारी मनोनीत किया है, अब्बासिया परिवार में तहलका मच गया।

मोमिनो! इस्लामी शहरों और जंगलों में घूमते हुए, इस लेख लिखने वाले का गुज़र एक बार मरु से हुआ कि यह शहर, जो कभी 'शाहजहाँ' कहलाता था, आज उजाड़ है। मैंने बैराम अली और सुलतान संजर में क़ब्रों पर फ़ातिहा पढ़ी और चायख़ानों में खामोश बैठा रहा। एक दिन गलियों में आवारागर्दी कर रहा था कि एक नीला खण्डहर नज़र आया। न जाने क्यों दिल ने कहा, शायद इसी जगह वह सराय रही हो, जिसमें माननीय इमाम साहब शोभायमान हुए थे। लपक कर उसकी ओर बढ़ा।

अचानक कान में मौलाना 'जामी' की कड़कदार आवाज़ आई। बा अदब! ख़बरदार! संभलकर चलो कि ज्ञान के उच्च कोटि के बादशाह[1] इन गली कूचों से गुज़र चुके हैं। आत्मा थर्रा गई, एक दीवार से टेक

1. मौलाना अब्दुर्रहमान जामी की मनक़बत : शहे काख़े इरफ़ाँ, गुले बाग़े अहसाँ, दरे दर्जे इमकाँ, महेबुर्जे तमकीं।

लगाकर आँखें बन्द कीं। कल्पना में देखा कि ईद का दिन है, अलमामून (बादशाह) फ़रमान जारी कर चुका है कि अब्बासी हुकूमत के सियाह झण्डे उतारकर, रसूल (स.) के हरे फरैरे ऊँचे कर दिये जाएँ। नेक इमाम से ईद का ख़ुतबा पढ़ने की प्रार्थना की है।

मरू के वासी झुण्ड के झुण्ड ईदगाह की ओर जा रहे हैं। हर छत और दरवाज़ों पर औरतों और बच्चों की भीड़, उन्हें देखने की इच्छुक और प्रतीक्षा में। उनके पवित्र घर के सामने एक ज़बर्दस्त हुजूम। आक़ा (इमाम साहब) अभी बाहर तशरीफ़ नहीं लाए। मैंने सोचा शायद उन्हें देखना भाग्य में हो, दबे पाँव माननीय इमाम के पवित्र गृह की ओर बढ़ा। 'सरदार का पुत्र, सरदार का प्रशंसक आता है, दरबार में शाहों के फ़क़ीर आता है।'

एक गरजदार आवाज़ कानों में गूँजी, सीतापुर की मजलिस, मिर्ज़ा की आवाज़, कंपन सा होने लगा,· पग बोझिल। अचानक कराकोरम के जंगल की गर्म-गर्म रेतीली हवा का एक थपेड़ा ऐसा आया कि मरू की हरियाली की ठंडक ग़ायब हो गई। घबराकर आँखें खोलीं।

आँखें खोलीं तो सामने टूटी-फूटी मस्जिद समीप ही 'गोरा बारक।'

चौक में रूस के 'ज़ार'[1] के सिपाही, परेड की क़वायद में व्यस्त थे। एक शिविर के सामने रूसी कमिस्रेट का एक ख़च्चर, मेरी तरह चुपचाप खड़ा था। ग्रेट कोट पहने सुनहरी मूँछों वाला एक रूसी कप्तान, एक तबाह हाल तुर्कमान को चाबुक मारता था। एक ग़रीब ख़ोजा यानी सैयद ज़ादा (मोहम्मद साहब (स०) का वंशज) पगड़ी पर हरा रुमाल बाँधे, सिर झुकाए, आहिस्ता-आहिस्ता, टूटी फूटी मस्जिद की ओर जा रहा था।

दोबारा आँखें बन्द कीं

---

1. 1884 ई. में मरु के सरदारों को मजबूरन 'ज़ार' रूस का आज्ञा पालन करना पड़ा। तुर्कमान की पराजय के बाद रूस की हुकूमत ने एक दाग़िस्तानी मुसलमान अफ़सर कर्नल अली ख़ानोफ़ को मरु का गवर्नर बना दिया। आज यह शहर बिल्कुल वीरान और निर्जन है।

अब मैं रूसियों के ग़ुलाम कर्नल अली ख़ानोफ़ गवर्नर मरू के युग से बहुत दूर, एक बार फिर 818 ई. के मरू में मौजूद हूँ।

श्रोतागण! जो आज हो रहा है, वही उस समय हो रहा था। केवल कलैण्डर की तिथियाँ बदलती जाती हैं।

मामून रशीद ने इमाम अली रज़ा के मकबरे का निर्माण करवाया, रोते-बिलखते इराक़ रवाना हुआ। यह ख़लीफ़ा (बादशाह) अरब के बाहर के लोगों से मित्रता रखता था, 833 ई. में परलोक सिधार गया। फिर उसके भाई और उत्तराधिकारी मोतसिम बिल्लाह ने ईरानियों के बजाए, कर्नल अली ख़ानोफ़ के पूर्वजों को सेना में भर्ती करना शुरू किया।

878 ई. में इमाम मोहम्मद मेहदी आख़िरुज़्ज़माँ, युगपुरुष, क़ायम आल मोहम्द (स०) सामरा में छिप गए, मोहम्मद से मोहम्मद तक बड़ी हो या छोटी, कहानी लम्बी है।

अजब नहीं कि नज़रबंदिए मुसव्वर ने
पलट-पलट के दिखाई हो एक ही तस्वीर

ख़ुरासान की कहानी की तरफ़ वापस आता हूँ।

अलमुतवक्कल (मामून रशीद) क्या मरा, अब्बासिया हुकूमत का सूरज डूब गया। ख़ुरासान आज़ाद हुआ, इमाम इस्माईल बिन इमाम जाफ़र सादिक़ की औलाद ने मिस्र में अपनी हुकूमत क़ायम कर ली। उत्तरी ईरान के सूबे स्वाधीन हो गए। वेलम के आल बोया, जो पहले ज़ुरतशी अमीरज़ादे थे और शिया, मुसलमान हो चुके थे, वह अब बग़दाद के ख़लीफ़ाओं के अधिकारी बन गए। जुमे के ख़ुत्बे में अमीरुलमोमिनीन के साथ सुलतान वेलम का नाम पढ़ा जाने लगा।

952 ई. में वेलम के शासक ने मोहर्रम के अशरे (मोहर्रम माह की दसवीं तिथि) की यादगार मनाने की रस्म जारी की। बोया की संतान

की ईरानी क़ौमपरस्ती और शियावाद ने ईरानी शियावाद की परम्पराओं की नींव रखी।

ग्यारहवीं सदी ई. में, ग़ज़नवियों ने फ़ारस और किरमान के अलावा, सारे ईरान और मावराउन्नहर पर क़ब्ज़ा कर लिया।

हम इमाम रज़ा की संतान, नीशापुर में रहते थे। जेहूँ नदी के पार तिरमिज़ में ज़ैदी आबाद थे। सहरवर्दी बुज़ुर्गों ने तिरमिज़ में एक बड़ी ख़ानक़ाह स्थापित की, जिसमें ट्रेनिंग लेकर आसामानी रंग के वस्त्रधारी, धर्म का प्रचार करने हिन्दुस्तान, चीन, रूस आदि भेजे जा रहे थे, जैसे आजकल फ़िरंगी मिशनरी यहाँ बाहर से आता है।

ख़ुदावन्द-ए-लिक़ा बाख़्तर और ख़ुरासान की तिलिस्म-ए-होशरूबा ख़त्म न होगी (दास्तान बहुत लम्बी है)। अग्नि शालाएँ, यूनानियों के मदरसे, बौद्ध विहार, इन परम्पराओं का प्रभाव अभी शेष था कि दसवीं शताब्दी के प्रारम्भ से, मोअतज़िला और ख़िरक़ापोश[1] विद्वानों की चहल-पहल शुरू हो गई। फिर बुख़ारा और मरू में एक नई भाषा और साहित्य की चर्चा होने लगी, हर दिन एक नये शा'इर का नाम सुनने में आता था।

इस्लाम के उदय से पहले, ख़ुरासान वैभवशाली किसानों यानी जागीरदारों का देश था। उनके दरबारों में गरजदार आवाज़ों वाले दास्तानगो (क़िस्से सुनाने वाले), प्राचीन सीस्तानी पहलवानों के क़िस्से सुनाते थे। तूस की गलियों में इक्का-दुक्का बूढ़े फूँस, मोटा झोंटा पहनने वाले दास्तानगो भटकते फिरते थे, जानते थे कि उनका समय समाप्त हुआ। उनका आख़िरी सम्राट यज़्द गर्द तृतीय गिरता-पड़ता ख़ुरासान में शरण लेने आया था, मारा गया। उससे एक हज़ार साल पहले जब सिकंदर ने दारा को हराया था, वह महान बादशाह भी इसी तरह गिरता-पड़ता ख़ुरासान आया था और मारा गया था।

अबुलक़ासिम का मालिक अपने मकान के सामने, किसी निर्धन फटेहाल दास्तानगो को 'रुबाब' वाद्ययंत्र बजाते, भीख माँगते गुज़रता

1. संन्यासियों के वस्त्र पहने।

देखता तो ग़ुस्से से आगबबूला हो जाता था, और फिर और भी जोशीली कविताएँ लिखता था।

और मैं तो समझता हूँ, कर्बला की घटना को वीररस की कविताओं या दास्तानों में परिवर्तित करते हुए, हम भी उसी प्राचीनकाल से होती आई ख़ुरासानी परम्परा से प्रभावित हैं।

इमाम के वंशजों के रूप में, नीशापुर में हमारा बहुत सम्मान था। ग़ज़नवी सिपाही छावनी से चलकर, हमारे दर्शन के लिए आते और दुरूदशरीफ़ पढ़ते। पठानों का आज तक यही हाल है (उन्होंने तो बलख़ में मौला 'अली' के एक रौज़े[1] का भी निर्माण कर लिया है। झुण्ड के झुण्ड सुन्नी उज़बेक, तुर्कमान, अफ़ग़ान 'मज़ार शरीफ़' दर्शन के लिए जाता है)।

मशहद, नीशापुर से 95 मील दूर था। यहाँ सुलतान महमूद ने इमाम के रौज़े का गुम्बद दोबारा बनवाया, सुलतान की बेटी ने उस पर सुंदर टाइल लगवाए। फिर जो बादशाह ख़ुरासान पर हावी होता, सबसे पहले आकर इमाम के रौज़े पर और ज़्यादा सोना-चाँदी जवाहरात जड़वा जाता।

'जुग़राफ़िया खिलाफ़ते-मशरिक़ी' (पूर्वी खिलाफ़त का भूगोल) के लेखक ने लिखा था, 'नीशापुर के पूर्व में इमाम रज़ा का 'शहीदी स्थान' है। बीच में पर्वतमालाएँ हैं। कुछ दूरी पर तूस के खण्डहर दिखाई देते हैं, जो मशहद से पहले शहर था। तूस से कुछ फ़ासले पर सनाबाद का बहुत बड़ा बाग़ है, जिसमें हारून रशीद और इमाम रज़ा के मज़ार हैं। 'मस्तूफ़ी क़िज्दीनी पहला इतिहासकार है, जिसने सनाबाद क़स्बे का नाम मशहद लिखा। मुल्ला हुसैन वाइज़ काशिफ़ी ने पंद्रहवीं शताब्दी में, इस बात का ज़िक्र किया कि अधिकतर रिज़वी या तो क़ुम या मशहद में रहते हैं।

ख़ुरासान पर हर ज़माने में मध्य एशियाई आक्रमणकारी आक्रमण करते आए हैं। पहले यह ख़ानाबदोश तूरानियों और सभ्य ईरानियों का झगड़ा था। अफ़रासियाब तूरानी और रुस्तम ईरानी, इस नस्ली कशमकश के दो अलामती

1. वह मक़बरा, जिस पर गुम्बद बना हुआ हो।

किरदार (सांकेतिक चरित्र) थे। तूरानी अब इस्लाम धर्म अपना चुके थे और देशों को जीतने के लिए आक्रमण करते थे।

सलजोक़ एक तुर्कमानी सरदार था। जिन दिनों बुख़ारा के सामानियों और ग़ज़नवियों के बीच घमासान के युद्ध हो रहे थे, सलजोक़ और उसके शहसवार भी मैदान में कूद पड़े थे। उसके बाद उन्होंने ख़ुरासान की ओर प्रस्थान किया, फिर सारे इस्लामी दुनिया पर छा गए। यह तुर्क बहुत बाँके और रौबदार शासक सिद्ध हुए। इस सलजोक़े-आज़म का काल आज एक कहानी मालूम होता है, कल एक हक़ीक़त था।

वह अल्प-अर्सलान है, जो घोड़े पर उड़ा चला जा रहा है, वह मलिक सलजोक़ी आए, वह उनका वज़ीर निज़ामुद्दीन तूसी।

सनोबरों के वृक्षों के नीचे कम्बल बिछाए, हकीम नासिर ख़ुसरो हैं, जो सिर झुकाए लिखे चले जाते हैं। वह हकीम सीनाई आए, वह इमाम ग़ज़ाली, अनवरी, अत्तार, किस-किस को याद करो।

बाज़ार में ख़ुरासान की काली मिट्टी से बर्तन गढ़ने वालों ने, कविताओं का बाज़ार गर्म कर दिया, इधर एक प्याला गढ़ा, उधर खट से एक रुबाई (चार पंक्तियों की कविता) तैयार।

और सुलतान संजर पुत्र मलिक शाह, कवि, हदीसों का ज्ञाता, शास्त्रों के ज्ञान का समर्थक, बड़ा विद्वान-बुद्धिमान, राजधानी मरू में केवल एक लाइब्रेरी में बारह हज़ार पुस्तकें मौजूद हैं। विद्वानों और बुज़ुर्गों का इतना महत्व है कि स्वयं को ख़ुसरो-ए-दौराँ, 'सिकंदर सतवत', 'दारा हश्म' कहलवाने वाले, बादशाहों को डाँटते फँटकारते रहते हैं।

एक बार हमारे तूस में अकाल पड़ा, कड़ाके की ठंड, पानी जम गया, नदियाँ सूख गईं, चूल्हे ठंडे, सिर झुकाए लोइयों में लिपटे इनसान, धुंदले साए की तरह बाज़ारों में से गुज़रते। अपने चमड़े के कोट बेचकर रोटी खरीदते।

इमाम ग़ज़ाली को सुलतान संजर अपने दरबार में निमंत्रित करता था, वे टाल जाते थे। एक दिन क्रोध में आकर उसे पत्र लिखा 'बादशाह! अपनी भूखी जनता की ख़बर लो और परलोक की चिन्ता करो।'

सुलतान ने कान दबाकर डाँट सुन ली।

एक और सच्चाई यह है कि सलजोक़ी साम्राज्य का भी नामो-निशान न रहा। उनके बाद ख्वाररज़्म शाहों और ग़ौरियों का भी नामो निशान न रहा। उस्मानिया सल्तनत का झंडा हालाँकि अब तक लहरा रहा है मगर उसके भी लाले पड़े हैं।

जिस समय सुलतान संजर को ख़ुरासान में, अदग़ौर क़बीले के तुर्कों ने क़ैद किया है, विद्वान और बुज़ुर्ग क़त्ल हुए, पुस्तकालय जला दिये गये। मदरसों में घोड़े बन्धने लगे, सुलतान मर गया। 'अनवरी' कवि ने रो-रो कर समरक़न्द के शासक से फ़रियाद की

ब समरकन्द अगर बगुज़री ऐ बादे-सहर
नामा-ए-अहले ख़ुरासाँ ब बर ख़ाक़ाँ बर।

(ऐ सुबह की हवा अगर तू समरक़न्द शहर से गुज़रे तो ख़ुरासान वालों का ख़त, उसके बादशाह को पहुँचा दे।)

अजी शा'इरों के रोने धाने से कभी कुछ होवे है।

चंगेज़, जिसके नाम का अर्थ 'शाहजहाँ' था, बाक़ी सबका सफ़ाया कर गया, जेहूँ के घाट पर उतरा, तिरमिज़ और बलख़ बर्बाद किये। चौथे बेटे तोलूई ख़ाँ को एक बड़ी सेना लेकर ख़ुरासान रवाना किया। तोलूई नाम कितना भोला भाला सा लगता है, जैसे अबे ओ तोलूई। तोलूई ने अपनी क़ानून की किताब खोलकर देखी, उसे बन्द किया, आगे बढ़ा। मंगोल क़ानून में यह लिखा था कि विजेता को चाहिए, जिस क़ौम पर विजय प्राप्त हो, उसे बेदरेग़ (निर्ममता से) क़त्ल करे, फिर आगे चले।

उसके बाद हलाकू पुत्र तोलूई किसी ऑफ़त की तरह ईरान और इराक़ पर नाज़िल हुआ, ख़ून के दरिया बह गए। दुनिया के मुसलमान, आज तक बग़दाद की तबाही याद करके, ख़ून के आँसू रोते हैं।

चचा 'सादी'[1] ने रो रोकर लिखा था

ख़ूने फ़रज़न्दाने-अम मुस्तफ़ा शुद रेख़ता
हस्म बराँ ख़ाकी कि सुलतानाँ निहादंदी जबीं

(मोहम्मद मुस्तफ़ा साहब (स०) के चाचा के बेटों का ख़ून, उस सर ज़मीन पर बहाया गया, जहाँ बड़े-बड़े अपना सिर झुकाते थे।)

आज अब्बासियों के आख़िरी नाम लेवा केवल रियासत बहावलपुर सूबा पंजाब के नवाब हैं।

...ऐ दजला नदी, ऐ दजला नदी
...शाहरुख़ मिर्ज़ा का हिरात
वह भी एक समय था।

जामी, मीर ख़ोन्द, दौलतशाह, अली शेर नवाई, मुल्ला हुसैन वाइज़ काशफ़ी बैठे सैयदों की वंशावली क्रमबद्ध कर रहे हैं।

एक बार फिर आँख खुली तो मालूम हुआ कि 'दर ईं राह फ़ुलाँ इब्ने फ़ुलाँ चीज़े नीस्त' (इस रास्ते में अमुक पुत्र अमुक नहीं रहा)।

सामने से साइबेरिया और 'दश्ते-क़िपचाक़' के जंगलों के शहसवार बगटुट चले आ रहे थे। समूरी टोपियाँ, फुलबूट, ऊनी फ़रग़ल, तेज़-तेज़ छोटी गरुड़ जैसी आँखें। रूसियों वाली पीलाहट लिये सफ़ेद रंगत, पीछे महल जैसा नमदे के पहियेदार शिविरों का नगर चलता हुआ। ख़ानों की विशाल सेना के रौब से सारा ईसाई रूस और आधा यूरोप थर-थर काँप रहा था।

ऐ, लो! चंगेज़ की नामाक़ूल औलाद फिर नाज़िल हो गई।

---

1. शेख़ 'सादी' एक शा'इर थे ईरान में।

बास्तान नामा दहक़ान-ए-दानिश्वर[1]
(अक़्लमंद किसान की पुरानी कहानी)

मोहम्मद शेबानी ख़ाँ उज़बेक जोजी ख़ाँ पुत्र चंगेज़ की नस्ल से था। 1504 ई. में उसने बाबर नामक एक तैमूरी राजकुमार को फ़रग़ना से बेदख़ल किया। उसके बाद एक दिन अपने घोड़े पर बैठे-बैठे उसने पश्चिम की ओर नज़र दौड़ाई। लश्करगाह के आगे पहाड़ियाँ और नदियाँ थीं, नीलाहट लिये हिमाच्छादित पर्वतमालाएँ, भेड़ों के गल्ले, कपास के खेत, हरे भरे मैदान, दूर कहीं नीली और हरी नक़्क़ाशी का मीनार खड़ा था, जो शायद तुग़रल या संजर या जलालुद्दीन ख्वारज़मशाह ने बनवाया था। उसके आगे तूरानियों के पुराने घोड़ों को घुमाने और चक्कर देने का स्थान ...ईरान।

पश्चिमी ईरान[2] में एक सूफ़ी शाह सफ़ीउद्दीन अर्दबेली हुए हैं, जो इमाम मूसा काज़िम की नस्ल से थे। उनके खानदान के भक्त अधिकतर शिया आज़रबाईजानी तुर्क थे। यह तुर्क बारह इमामों से आस्था के कारण, बारह कंगूरों वाली मोटे गर्म कपड़ों की सुर्ख़ टोपियाँ पहनते थे। इसकी वजह से क़िज़िलबाश यानी सुर्ख़टोपी वाले कहलाते थे। शैख़ हैदर सफ़वी के लड़के इस्माईल ने इन क़िज़िलबाश तुर्कों, अफ़शार, क़ाचार आदि क़बीलों और क़राबाग़ के सूफ़ियों की मदद से, ईरान की हुकूमत का तख़्ता पलटा और स्वयं तबरेज़ में गद्दी पर बैठा (हमारे पूर्वजों का विचार था कि सफ़वी बादशाह बने हुए सैयद थे। ख़ैर!)

---

1. कहा जाता है कि प्राचीन अजमी (ईरानी, तूरानी आदि) दास्तानें नौशेरवाँ आदिल ने अपने पुस्तकालय में सुरक्षित करवा ली थीं। यज़्द गर्द तृतीय ने दहक़ाने दानिश्वर (महाभारत के व्यास की तरह यह एक सांकेतिक नाम प्रतीत होता है) को हुक्म दिया कि क्यूमरस से ख़सरो परवेज़ तक का इतिहास लिखे। इस्लाम की विजय के पश्चात यह बास्तान नामा (कहानी), हज़रत उमर फ़ारूक़ की सेवा में पेश किया गया, जिन्होंने इसका अनुवाद अरबी में करवाया। नई फ़ारसी में अनुवाद आले सामान के ज़माने में हुआ, जिसके आधार पर 'रफ़ीक़ी' और बाद में 'फ़िरदौसी' ने शाहनामा लिखा।, 2. तुर्किस्तान, ईरान, तुर्की आदि का सम्पूर्ण इतिहास इस लेखिका के 'दर चमन हर वरक़ी दफ़्तरे हाले दिगर मस्त' में देखिये, जिसके कुछ अध्याय 'नक़ूश' लाहौर में प्रकाशित हो चुके हैं।

इसी दौरान शेबानी ख़ान का साम्राज्य, सफ़वी साम्राज्य की सीमा तक पहुँच गया। सरहदी चौकियों पर आए दिन उज़बेक और क़िज़िलबाश सिपाहियों में झड़पें रहतीं।

फ़रिश्ता के अनुसार शाह ईरान ने शेबानी ख़ान को लिखा कि ईरान व इराक़ की धरती पर विजय पाने की इच्छा को दिल से निकाल दे और यह शेर लिखा

निहाले-दोस्ती ब निशां कि काम दिल बयार आरद
दरख़्ते-दुश्मनी बर कुन कि रन्जे बेशुमार आरद

फ़ारसी से अनुवाद : दोस्ती का पौधा लगाओ कि तुम्हारे दिल का मक़सद पूरा हो जाए, और दुश्मनी का वृक्ष उखाड़ फेंको कि वह बेशुमार तकलीफ़ें लेकर आता है।

जवाब में शेबानी ख़ान ने लिखा कि बादशाहत का दावा करना और शासकों के मुक़ाबले पर आकर, उनसे पत्राचार करना, उस व्यक्ति के लिए उचित है, जिसके बाप दादा शासक रहे हों। आक़ क़ोनेलो तुर्कमानों से नज़दीकियाँ बढ़ाकर, राज्य का दावा करना बड़ी अनुचित हरकत है। साथ ही शाह इस्माईल को एक डंडा, जो भिखारियों के हाथ में होता है और भिखारियों वाला प्याला भेजा। तुम्हारी पुश्तैनी सम्पत्ति यही है, तुम भी भिखारियों का व्यवसाय अपना लो।

शाह इस्माईल सफ़वी ने जवाब में लिखा कि ऐ मूर्ख, यदि सल्तनत किसी की पैतृक सम्पत्ति होती तो पेशवादियों से कियानियों तक और कियानियों से घर-घर फिरती चंगेज़ के हाथ तक न पहुँचती और स्वयं तुझको यह सम्मान न मिलता। ठहर जा बे! अब मैं तेरा सिर काटने के लिए पहुँचता हूँ। साथ में चर्ख़ा और सूत भेजता हूँ क्योंकि तेरे बाप दादा का पेशा यही था, इसे अपना ले।

शाह इस्माईल एक विशाल सेना के साथ ख़ुरासान आया और उज़बेकों को तबाह बर्बाद करना शुरू कर दिया। शेबानी ख़ान मारा गया। कितना

क़हरनाक रहा होगा कि बाबर और इस्माईल सफ़वी जैसे सूरमा, उससे लरज़ते थे। बाबर ने इस मुहिम में इस्माईल का साथ दिया था। अतः जब उसके बेटे हुमायूँ को शेरख़ान अफ़ग़ान ने हिन्दुस्तान से बेदख़ल किया, वह सीधा शाह इस्माईल के बेटे तहमास्प से सहायता लेने पहुँचा।

मौलाना मोहम्मद हुसैन आज़ाद लिखते हैं कि शाह तहमास्प को उसके भाइयों ने भड़काया कि हुमायूँ को मदद न दे और याद दिलाया कि बाबर शाह इस्माईल से क़िज़िलबाश फ़ौज मदद के लिए ले गया था और क़िज़िलबाशों को उज़बेकों से क़त्ल करवाकर भाग आया था। तहमास्प ने इरादा बदल दिया मगर उसकी बहन सुलताना बेगम ने हुमायूँ की यह रुबाई शाह को सुनाई :

हस्तीम ज़ जाँ बन्दा-ए-औलादे-अली
हस्तीम हमेशा शादबाद ज़ियादे-अली
चूँ सरविलायत ज़अली ज़ाहिर शुद
करदेम हमेशा विर्द ख़ुद नादे-अली

फ़ारसी से अनुवाद : हम अली की संतान के जी जान से ग़ुलाम हैं और हमेशा अली की याद से ख़ुश हैं, चूँकि विलायत मुल्क की सरदारी हज़रत अली से ज़ाहिर (प्रकट) हुई तो हमने हमेशा नाद-ए-अली का वज़ीफ़ा पढ़ा।

शाह तहमास्प ख़ुश हो गया, दस हज़ार फ़ौज क़िज़िलबाश देकर रूख़सत किया।

यह भी उड़ गई कि हुमायूँ शिया हो गया। शैख़ हमीद सम्भली एक मौलवी विद्वान थे, काबुल में जाकर मिले, हुमायूँ से जाकर कहा, (फ़ारसी से अनुवाद) 'ऐ मेरे बादशाह मैंने आपकी फ़ौज के तमाम लोगों को शिया पाया। आपके फ़ौजियों के दरमियान हर जगह यार अली, मेहर अली, कफ्श-ए-अली और हैदर अली का नाम पाया। और मैंने किसी जगह नहीं देखा कि दूसरे ख़लीफ़ाओं के नाम लिखे हों।

सार यह कि हज़ारों शिया, इस लश्कर के साथ हिन्दुस्तान में आए। लेकिन असली सम्प्रदायिकता हुमायूँ की पौत्र बहू नूरजहाँ ने की।

मलिका नूरजहाँ तो ख़ैर ईरानी शिया थी, न्यायसंगत बात यह है कि हर देश में सुन्नी तूरानी शासकों ने भी सैयदों का बेहद सम्मान किया। शैक्षिक सेवाएँ, उनको सौंपी गईं। अपनी बेटियों की शादियाँ उनसे कीं, सेनापति उन्हें बनाया। सिपाही दूसरी जाति के होते लश्कर सादात (सैयदों) का कहलाता।

मगर अफ़सोस! रुस्तम और अफ़रासियाब का झगड़ा न मिटा। उत्तरी हिन्दुस्तान में जब यह ईरानी तूरानी कशमकश ज़्यादा बढ़ती, शिया जंगबाज़ दक्षिण की ओर बढ़ जाते, कितनों ने वहाँ राज्य स्थापित कर लिये। अरे मियाँ, पिछले ज़मानों की अजीब हालत थी, जिसे देखो राज्य स्थापित कर लेता था। ख़ैर, जी! इन दक्षिणी शिया बादशाहों ने भी सबसे पहले राजदूत कहाँ भेजे! तबरेज़ और इस्फ़हान! ईरान की मोहर्रम के ताज़िये बनाने की रस्में अपनाईं[1], जो दक्षिण से निकल कर, सारे हिन्दुस्तान में फैलीं।

मुग़ल बादशाह तूरानी थे मगर सम्प्रदायवादी न थे क्योंकि माताएँ या पत्नियाँ शिया थीं। नूरजहाँ बेगम ने राजपूत पार्टी और तूरानी पार्टी दोनों का ज़ोर कम किया। मगर हम कहानी सुनाते हैं, आपको शाहजहाँ के काल की।

लाहौर, आगरे, दिल्ली की क्या पूछो हो क्या शान थी। यह तो ख़ैर मुग़लकाल था। शताब्दियों पहले सुलतान शमसुद्दीन अलतमश के ज़माने का तज़किरा करते हुए, उसामी ने लिखा था, 'उच्च नस्ल वालों का क्षेत्र, ख़ुरासान के कुशल हुनरमंद, दस्तकार, चीन के चित्रकला और नक़्क़ाशी में सिद्धहस्त कारीगर और बुख़ारा के विद्वान इस वक़्त दिल्ली में जमा हैं, जो इस शहर को काबा-ए-हफ़्त अक़लीम (सारे संसार की दृष्टि का केंद्र) बना चुके हैं।[2]

1. इमाम हसन हुसैन के मक़बरों के नमूने जो मोहर्रम में निकाले जाते हैं।,
2. रूद-ए-कौसर, लेखक शैख़ मोहम्मद इकराम।

सत्रहवीं शताब्दी ई. में हमारे पुरखों ने ख़ुरासान को तज दिया। दश्ते-लैला और हरे भरे मैदान, इमाम के चाँद जैसे मुख वाले बेटे की क़ब्र, नख़्शब, नीली मस्जिद, बदख़्शाँ, हरिरुद की घाटी, सेब की कलियाँ, सर्वो-सनोबर के झुरमुट, सीनाई और जामी और उमर ख़य्याम की क़ब्रें।

शाह ख़ुरासान के रौज़े से बुलन्द होने वाली क़ुरआन पाक, पढ़ने की सुरीली और कंपकंपा देने वाली आवाज़ें। धार्मिक पुस्तकें कंठस्थ करने वाले विद्यार्थियों के कक्षों में चोग़े पहने हुए, विद्यार्थियों के झुण्ड, मस्जिद गौहरशाद के हौज़ में तुर्की नयन-नक़्श के सुंदर चेहरों के प्रतिबिम्ब। एक दुनिया थी, जो नज़रों से ओझल हुई।

आगरा पहुँचे, हमारे मियाँ ज़हूर हसनैन (जो अब माशाअल्लाह से मदरसतुल उलूम अलीगढ़ में पढ़ रहे हैं) के परदादा मीर मासूम अली लखनवी ने अपनी किताब 'इंशा-ए-मासूम'[1] में लिखा है कि इन नीशापुरी बुज़ुर्ग के एक लड़के दारुलहफ़्फ़ाज मशहद के प्रामाणिक विद्वान थे। इण्डिया की ईरानी पार्टी के किसी अमीर के द्वारा क़िले तक पहुँच हुई। शहज़ादा मुराद के निजी शिक्षकों में सम्मिलित कर लिये गये। उनका असली नाम 'इंशाऐ-मासूम' में दर्ज है। शाहजहाँ के लश्कर की भाषा में सैयद बड़े कहलावें थे, जो उस ज़माने के जन साधारण का आम उपनाम था।

एक दिन शहज़ादे को पढ़ाकर उठे ही थे कि शहंशाह के दरबार में बुलाये गये, दिल धक से रह गया। 'किसी तूरानी दुश्मन ने शिकायत तो ना जड़ दी!' नादे-अली का पाठ करते दीवाने-ए-ख़ास में पहुँचे, शाहजहाँ तख़्त पर बैठा था (और कहाँ बैठता, ज़मीन पर?), अमीर, वज़ीर उपस्थित थे। शायद किसी नई मुहिम की योजना बन रही थी, या जाने क्या हो रहा था। बादशाहों की बैठकों से हमेशा डरे हुए और आशंकित रहना चाहिए।

---

1. इस नायाब फ़ारसी किताब की सम्भवतः अंतिम प्रति मीर मासूम अली के पड़पौत्र मीर नज़रुलबाक़र रिज़वी (नज़्र सज्जाद हैदर के पिता) के देहान्त के पश्चात 1930 ई. तक 'स्व. मृतक के सामान के साथ चौधरी सर मोहम्मद ज़फ़रुल्लाह ख़ाँ के यहाँ लाहौर में मौजूद रहा। चौधरी साहब के घर में चोरी हो गई, उसमें नज़रुलबाक़र साहब का सामान भी इस किताब सहित निकल गया।

सैयद बड़े ने दरबार में पहुँचकर कहा, 'अस्सलाम अलैकुम!' मालूम होना चाहिए कि विद्वान बादशाह को हमेशा इसी तरह सम्बोधित करते थे, न ज़मीन चूमते थे, न झुककर फ़र्शी सलाम करते थे। शाहजहाँ ने कहा, 'वालैकुमअस्सलाम' मौलाना! माबदौलत आपको कटेहर भेजते हैं।'

मौलाना को विश्वास हो गया कि यह अचानक हुक्म देशनिष्कासन है। अन्दर की सांस अन्दर, बाहर की बाहर।

बादशाह ने कहा, 'मौलाना आप हाल ही में आए हुए ख़ुरासानी किसान पुत्र हैं[1], उपद्रवी जनता को क़ाबू में रखना ख़ूब आता होगा।'

मौलाना ने जवाब दिया, 'जहाँ पनाह! मैं इमाम का बेटा भी हूँ, आज तक किसी ने मेरी एक न सुनी, सब उपद्रव मचाते रहे।'

सुनते हैं, बादशाह मुस्कुरा भर दिया। बात टाल गया, भौंहों से चोबदार की ओर इशारा किया, जिसने शाही फ़रमान मौलाना की सेवा में प्रस्तुत किया।

कहानी यह थी कि सम्भल के मुग़ल शासक ने, कटेहर के सरदार रायसुख को हाल ही में वश में किया था। रायसुख की कच्ची गढ़ी चौपाल कहलावे थी, रामगंगा के किनारे थी। अकबर के काल में चौपाल नामक गाँव, इस परगने का मुख्यालय रह चुका था। इसी जगह पर 1692 ई. में रुस्तमख़ाँ ने क़िला बनवाया, जामा मस्जिद बनवाई और नई बस्ती का नाम रूस्तम नगर रखा। सुना है कि इसके बाद रूस्तम ख़ाँ प्रसन्नचित्त होकर राजधानी आया, अपनी कारगुज़ारी की रिपोर्ट बादशाह के सामने पेश की।

शाहजहाँ ने क्रोधित होकर पूछा, 'मेरी आज्ञा के बिना तुमने चौपाल का नाम रूस्तम नगर क्यों रखा और मस्जिद क्यों बनाई?'

रूस्तम ख़ाँ का चेहरा पीला पड़ गया लेकिन तुरन्त बुद्धिमत्ता से काम लेकर बादशाह को प्रसन्न कर दिया। बोला, 'जहाँपनाह, ग़ुलाम ने नये शहर का नाम तो शहज़ादे के नाम पर 'मुरादाबाद' रखा है।'

1. ख़ुरासान के जागीरदार।

दिल्ली के बादशाहों का शुरू से नियम रहा था कि जीते हुए इलाक़ों पर सैयदों को बसा कर, विभिन्न कार्य उनको सौंप दिये थे। बहरहाल, सैयद बड़े शाही फ़रमान हाथ में लिये, ख़ुशी-ख़ुशी घर लौटे। बीवी से कहा, ज़िलों में कोई जगह लाँकड़ी है, हम वहाँ के दहक़ान (जागीरदार) बना दिये गए। कुछ समय बाद, सपरिवार और लश्कर के साथ सैयद बड़े, चौपाल उर्फ़ रूस्तम नगर उर्फ़ मुरादाबाद की सरज़मीन पर आ उतरे। सम्भल की जगह अब मुरादाबाद ज़िले का मुख्यालय बन चुका था। नई बस्ती में मुग़ल सिपाहियों के कैम्प, मुग़लपुरे कहला रहे थे।

लाँकड़ी पहुँचकर सबसे पहले मस्जिद और मातम सराय का निर्माण करवाया। जिस रात मोहर्रम का चाँद आम के वृक्षों पर उदित हुआ, ख़ुरासानी स्त्रियों ने बाल बिखराए, दीपों की रौशनी में कच्चे फ़र्श पर बैठीं और बिलख-बिलख कर रोना शुरू किया।

अफ़सोस! मोहम्मद! हुसैन क़त्ल कर दिये गये।

रामगंगा के किनारे वह सारा इलाक़ा, जहाँ आज मुरादाबाद का चौक, रेलवे स्टेशन और गवर्नमेंट हाई स्कूल है, लाँकड़ी की जागीर में शामिल था। सैयद बड़े ने शहर आबाद करने के लिए, लोगों को यह ज़मीनें मुफ़्त बाँट दीं कि वह इन पर मकान बनाकर रहें। बाक़ी ज़मीनें सैयद बड़े की औलाद ने, अपने बुरे हालात में एक कौड़ी प्रति ग़ज़ के हिसाब से बेच खाईं। मोहल्ला सादात लाँकड़ी में उनके मकान और शहर से बाहर इलाक़ा लाँकड़ी बाक़ी रह गया, जो पीढ़ी दर पीढ़ी ख़ानदान में विभाजित होता गया।

सैयद बड़े के बेटे ज़िद्दी और बड़े तेज़ मिज़ाज मशहूर थे, जनसाधारण की भाषा में सैयद अड़े कहलाते थे।

गोमती

एक ख़ुरासानी अमीर ने, जिनका नाम मोहम्मद अमीन काज़मी नीशापुरी था[1] और उनकी माँ शाह अब्बास द्वितीय के मंत्री रज़ा क़ुली बेग क़िज़िलबाश की बेटी थीं, पत्नी से घर दामाद होने का कटाक्ष सुनकर, ईरान छोड़ा शाहजहानाबाद पहुँचे। फ़र्रुख़सियर से नवाब सआदत ख़ाँ का ख़िताब पाया। 1719 ई. में फर्रुख़सियर की हत्या के बाद, मोहम्मद शाह बादशाह के काल में उपद्रव और अशांति बढ़ी। लखनऊ के उच्चवर्ग के मुख्याओं की उद्दंडता और ज़मींदारों की अव्यवस्था में वृद्धि हुई।

तूरानी पार्टी, जो नवाब सआदत ख़ाँ से धार्मिक विरोध और उनकी पदोन्नति से ईर्ष्या का भाव रखती थी, बादशाह को पटटी पढ़ाई कि नवाब को शान्ति व्यवस्था बनाए रखने के लिए अवध भेज दिया जाए। बादशाह ने राजकीय सम्मान के वस्त्र, जो सूबेदारों को दिये जाते हैं और ख़िताब बुरहानुलमुल्क प्रदान करके, हुक्म दिया कि लखनऊ जाएँ।

मगर सरकारी फ़ौज साथ जाने को तैयार न हुई। नवाब साहब विरोधियों की स्कीम को समझ गए। अल्लाह के भरोसे पर हिम्मत बाँधी, राजधानी के ईरानी शियों को जमा किया, जो हज़ारों बेकार या बाज़ार में काम करने में व्यस्त थे। सब यह ख़ुशख़बरी सुनकर, बड़ी संख्या में एकत्र हो गये।

नवाब ने कहा, सुनो मेरे भाइयों! अगर इस वक़्त के सूखे टुकड़ों से संतुष्ट हो जाओगे तो ख़ुदा ने चाहा एक दिन पुलाव भी खाओगे। कहते हैं कि नवाब के इन सूखे टुकड़ों पर हज़ारों मुग़ल (ईरानी) निर्धन, फ़टेहाल एकत्र हो गए। लम्बी काली टोपियाँ सिर पर रख, विदेशी तलवारें कमर से बाँध, आग़ा साहिब बन गए। नवाब जब अपनी क़ौम की भरती से निवृत हो गए, अपने तोपख़ाने से कुछ तोपें चुनीं, घर के गहने बेचकर तोपगाड़ियों

---

1. अवध के शासक मिली जुली नस्ल के क़िज़िलबाश, क़राक़ोन लू और क़रा यूसुफ़ तुर्क थे। उनके बुज़ुर्गों को सफ़वी बादशाहों ने नीशापुर में जागीर दी थी।

के लिए बैल ख़रीदे, बहुत बड़ी तादाद में लोगों को लेकर लखनऊ पहुँचे। मुख्याओं का दमन करके, क़िला मच्छीभवन में प्रवेश किया। एक शानदार सलतनत की नींव रखी।

सादाते-लाँकड़ी मुरादाबाद के सैयद अड़े के एक पोते मीर रमज़ान अली की शादी, जानसठ के सैयदों में हुई थी। वे बारह बस्ती में रहते थे, जब शोर मचा कि नवाब बुरहानुल मुल्क शाहजहानाबाद से निकलकर, मोहम्मदशाह बादशाह की आज्ञा से अवध पर चढ़ाई करने के लिए जाता है, मीर रमज़ान अली, जो एक हिम्मत वाले चतुर नौजवान थे, तुरन्त ढाल तलवार लगा घोड़े पर सवार हुए और दूरियाँ तय करते कहाँ पहुँचे, फ़र्रुख़ाबाद, जहाँ बुरहानुल मुल्क, बंगश पठान नवाब का मेहमान था और सेना के लिए घोड़े और टट्टू ख़रीदने में व्यस्त था।

मीर रमज़ान अली भी फटे हाल, मुग़लों के लश्कर में शामिल हो, लखनऊ रवाना हुए।

लखनऊ की विजय के पश्चात मीर रमज़ान अली की भी दरबार नवाब सआदत ख़ाँ तक पहुँच हो गई। लश्कर से निकलकर 1724 ई. के लगभग सरकारी क्रियाकलापों में लग गए। उनके बेटे का नाम मीर शेर अली था। उनके बेटे मीर बबर अली दरबारी व मुजराई हुए और एक सुरक्षित इलाक़ा हासिल किया।

असलियत इसकी यह थी कि बहुत से इलाक़े सरकारी वफ़ादारों को सुरक्षित दिये जाते थे, मगर किसी का इलाक़ा इतना अधिक न होता था कि शक्तिशाली हो जाए। बहुत शर्तों के साथ इलाक़े का अधिकार दिया जाता था ताकि सरकारी रुपया इलाक़े में न रह जाए। अगर ज़मींदार पूरा रुपया अदा न करता तो क़ैद कर लिया जाता और उसकी बड़ी दुर्गति बनती थी। मुस्ताजिर इनका पुश्तैनी पद न था। जानना चाहिए कि अल्लामा सादुल्लाह ख़ाँ, शाहजहाँ के प्रधानमंत्री ने परगनों को चकलों में विभाजित किया था। अट्ठारहवीं शताब्दी में 'सरकार' की जगह चकले ने ले ली।

1772 ई. में बंगाल सत्रह और अवध सोलह चकलों में विभाजित था। चकले का स्वामी, व्यवस्थापक, कर्मचारी चकलेदार या मुस्ताजिर कहलाता था।

1775 ई. में नवाब असिफ़ुद्दौला बहादुर वज़ीर बने। सूबों का प्रबंध आसिफ़ुद्दौला के काल में बेहतरीन था। नाज़िम (व्यवस्थापक) या सूबेदार, हर साल अपना लश्कर लेकर पहुँचता और किसानों से मालगुज़ारी वसूल करके, आधा स्वयं रखता और आधा शाही ख़ज़ाने में दाख़िल करता। सूबे का प्रबन्धन उसकी ज़िम्मेदारी थी। बारह इमामों को मानने वाले मुफ़्ती और दूसरे कर्मचारी उसके सहायक थे। चकलेदार को सरकार से वेतन नहीं मिलता था। उसकी फ़ौज इलाक़े में पुलिस का काम करती थी। दीवानी और फ़ौजदारी के मुक़दमों का फ़ैसला वही करता था। एक चकलेदार की मातहती में कई ज़िले होते थे। बाद में इस व्यवस्था में बहुत गड़बड़ी हो गई।

ज़िलों की ज़मीन के उपजाऊपन या राजनीतिक महत्व के कारण, यह पद कभी-कभी कई लाख रुपये में, अवध के बादशाह से ख़रीदा जाता था। उसके बाद चकलेदार उस इलाक़े का स्वत्वाधिकार स्वामी बन जाता (बादशाह नसीरुद्दीन हैदर के काल में हकीम मेहदी मुंतज़िमुद्दौला ने अवध की इस दोषपूर्ण व्यवस्था में सुधार किये, मगर इस वजह से बादशाह ने उन्हें बर्ख़ास्त कर दिया।)

मीर बबर अली पुत्र मीर शेर अली पुत्र मीर रमज़ान अली, आसिफ़ुद्दौला के दौर में चकलेदार थे।

1774 ई. में हाफ़िज़ रहमत ख़ाँ की पराजय और वीर गति को प्राप्त होने के बाद, अंग्रेज़ों के पाँव बाक़ायदा हिन्दुस्तान में जमे। हाफ़िज़ का अधिकृत क्षेत्र रुहेलखण्ड[1], मुरादाबाद सहित अवध के इलाक़े में सम्मिलित कर लिया गया।

1. पंजाब के प्रबन्ध कुशल मियाँ सर फ़ज़ल हुसैन के दादा।

रुहेलखण्ड के अवध में मिलने के बाद, मीर बबर अली अपने दादा मीर रमज़ान अली के भूले बिसरे रिश्तेदारों से मिलने मुरादाबाद मोहल्ला लॉकड़ीवालान आए। मालूम हुआ कि लॉकड़ी (माफ़ी) में अभी पाँचवें हिस्से के हक़दार हैं।

जब मीर मासूम अली पुत्र मीर बबर अली की बेटी मंझो बेगम सादात लॉकड़ी के मीर अलिफ़ अली से ब्याह कर मुरादाबाद आईं, उस वक़्त यह शहर जान कम्पनी के अधिकार क्षेत्र में आ चुका था।

लखनऊ में मीर बबर अली के देहान्त के बाद, मीर मासूम अली ने एक चकलेदारी व व्यवस्थापक का पद ख़रीदा और इलाक़े की व्यवस्था में भली भाँति व्यस्त हुए। मीर मासूम अली के बड़े बेटे मीर क़ायम अली का ब्याह भी, लॉकड़ी वालों में मीर याक़ूब अली नक़वी की बेटी उमराव बेगम से रचाया गया।

1838 ई. में मोहम्मद अली शाह बादशाह अवध के काल में, लखनऊ में मीर क़ायम अली और उमराव बेगम के यहाँ मीर मज़हर अली रिज़वी ने जन्म लियाः

यहाँ का तो क़िस्सा यह छोड़ा यहाँ
सुनाते हैं अब एक नई दास्ताँ

जब शेर-ए-पंजाब महाराजा रणजीत सिंह ने पहली बार अंग्रेज़ी फ़ौज की क़वायद परेड का मुआयना किया, सोचा कि अपनी फ़ौज को भी इसी अच्छे ढंग से सुसज्जित किया जाए।

उसके बाद इस बुद्धिमान और होशियार शासक ने कम्पनी बहादुर की बटालियन के प्रशिक्षित, कई अफ़सरों और फ़ौज को लाहौर आमंत्रित किया। यह शूरवीर अधिकतर पूर्व के निवासी थे। उनमें मीर मासूम अली लखनवी के दृढ़निश्चयी, जाँबाज़ और बहादुर भतीजे मीर नूरुद्दीन भी शामिल थे, जो ख़ालसा फ़ौज में प्रवेश करके कर्नल के उच्च पद तक पहुँचे। महाराज

ने तोपख़ाना सारे का सारा मुसलमान अफ़सरों के सुपुर्द कर दिया। जनरल इलाही बख़्श[1] ख़ालसा आर्टिलरी के नामी सेनानायक थे।

'कैटालाग रिकार्ड्स ऑफ़ ख़ालसा दरबार' अनुवाद सीताराम कोहली (पंजाब गवर्नमेंट प्रेस, लाहौर 1919 ई.) में विभिन्न कम्पनियों और सिख रेजिमेंटों के पे रोल्स की सूची के साथ 'हाज़िरान' समूह के अंदर, दो जगह डेरा नूरुद्दीन का नाम मिलता है। जब विभिन्न बटालियनें पेशावर और दूसरी छावनियों को भेजी जातीं, उस समय जो अफ़सर हेडक्वार्टर्स में मौजूद रहते 'हाज़िरान' कहलाते थे। 'डेरा' या कैम्प अपने निशानची, धौंसा नवाज़, वकील, मुंशी और सिख ग्रन्थी समेत उच्च पदाधिकारी के तहत होता था।

एंग्लो-सिख युद्ध 1845-46 ई. और लाहौर पर ब्रिटिश क़ब्ज़े के बाद, समझौते के अनुसार रणजीत सिंह के अव्यस्क लड़के महाराजा दिलीप सिंह को अपनी सेना और तोपख़ाने में कमी करनी पड़ी। वे तोपें, जिनसे हमलावरों का मुक़ाबला किया गया था, अंग्रेज़ कमाण्डर इन चीफ़ के हवाले कर दी गईं।

लाहौर 20 फरवरी 1849 ई. में जीत लिया गया। ख़ास मोहर्रम की दसवीं तारीख़ को यह सूचना लखनऊ पहुँची। डेविडसन साहब बहादुर रेज़िडेंट अवध एक अहंकारी और नकचढ़ा अंग्रेज़ था। उसने मीर हसन अली सफ़ीर को हुक्म दिया कि तोप की सलामी दी जाए, मीर साहब ने 'हुसैन' अलैहिस्सलाम के ग़म के कारण क्षमा याचना की। साहब ने क्रोधित होकर इनको प्रतिनिधि के पद से तुरन्त निष्कासित किया।

अल्लाह अल्लाह! (उपनामों की एक लम्बी पंक्ति) मोहम्मद अमजद अली शाह बादशाह की लाचारी और बेबसी का क्या हाल था कि दसवीं तारीख़ मोहर्रम की रात, ब्रिटेन की जीत की ख़ुशी मनाने के लिए, ख़ास लखनऊ शहर में शल्क (तोपों की) सलामी चली।

---

1. हाज़िरान के कुछ मुसलमान अफ़सरों के नाम देखिए। डेरा इलाही बख़्श, डेरा हाफ़िज़ बख़्श, डेरा सुलतान मोहम्मद ख़ाँ आदि।

वे कई सौ तोपें, जो अंग्रेज़ों ने सिखों से छीनी थीं, लाहौर से कलकत्ता रवाना कर दी गईं ताकि वहाँ पर हिन्दुस्तानी जनता के सामने उनकी नुमाइश की जावे। जिस दिन वे तोपें कानपुर पहुँचीं, बादशाह ने नवाब अमीनुद्दौला बहादुर प्रधानमंत्री और मुशीरुद्दौला महाराजा बालकृष्ण बहादुर जिसारत जंग को रेज़िडेंट बहादुर के पास कानपुर रवाना किया, जहाँ कैम्प परेड हुई, कप्तान फ्रेज़ियर ने इन तोपों का मुआयना किया और सलामी ली।

'रिकाड्र्स ऑफ़ ख़ालसा दरबार' पराजित महाराज दिलीप सिंह के काल (1848 ई. फरवरी 1849 ई.) 'हाज़िरान सूची में[1] हमारी भेंट दोबारा नूरुद्दीन साहब से होती है।

30 मार्च 1849 ई. के दिन लार्ड डलहौज़ी ने सारे पंजाब पर पूर्ण अधिकार कर लिया। इसके बाद ख़ालसा फ़ौज के अधिकतर सदस्यों की तरह कर्नल नूरुद्दीन शाह भी, अंग्रेज़ सरकार के वफ़ादार बने और विभिन्न युद्धों में भाग लिया। लेकिन उसके बाद कर्नल नूरुद्दीन और उनकी संतान का कुछ अता पता नहीं मिलता, न जाने कहाँ गये। उनके चाचा मीर मासूम अली ने अपने ख़ानदान और अपने ज़माने का इतिहास 'इंशा-ए-मासूम' के नाम से लिखा था, शायद उसमें कर्नल साहब का ज़िक्र किया हो।

मीर मासूम अली ने बादशाह वाजिद अली शाह के ज़माने में लखनऊ में प्राण त्यागे। उनकी अचानक मौत के बाद, विधि अनुसार इलाक़ा सरकारी अधिकार में आ गया। उनके बेटे मीर क़ायम अली को दरबार से वे वस्त्र मिले, जो शोक में सांत्वना देने के लिए दिये जाते हैं। मगर व्यवस्थापक का पद और चकलेदारी ख़रीदने के लिए रुपया न था। पुरखों ने जितना कमाया, उससे दोगुना लुटाया। फ़ुज़ूलख़र्ची घुट्टी

---

1. 'सरशार' ने अपनी कृति फ़साना-ए-आज़ाद में एक चकलेदार का चित्रांकन किया है। दो सौ रुपया तनख़्वाह पाते थे। उन्होंने बताया कि पहले चकलेदार थे। 'मैं समझ गया कि शाही के हैं।'

में पड़ी थी। अजी हम तो यह जानते हैं, जिसने गोमती नदी का पानी पिया, 'बाबर ब ऐश कोश' (ऐशपरस्ती) का सख़्ती से पाबन्द हुआ।

लखनऊ में नवाब सआदत अली ख़ाँ के ज़माने से अंग्रेज़ीपन कुछ ज़्यादा ही हो गया था। पहले तो कोई कोठी व सड़क का नाम नहीं जानता था, अब कोठियाँ बन रही थीं।

कलकत्ता से यूरोपियन फ़र्नीचर मंगाया जाता था, शाह नसीरुद्दीन हैदर, ब्रिटेन के बादशाहों जैसे वस्त्र पहनते थे, फ़्रांसीसी औरतें, बेगमों के फ़्रेंच स्टाइल के बाल सेट करतीं, कुछ कुलीन वर्ग के लोग लंदन हो आए थे। फ़्री मेसन लॉज खुल गया था। शाही ताज़िया लंदन से बनकर आता था, लेकिन अंग्रेज़ी शिक्षा ग्रहण करने का शौक़ किसी को न था।

मीर क़ायम अली भी अंग्रेज़ी रूप में रंगे, मगर अपनी बुद्धिमानी से अंग्रेज़ी भाषा का भी कुछ ज्ञान प्राप्त कर लिया। सलतनत का चराग़ बुझा ही चाहता था मगर किसी को होश न था, सब ऐश में मस्त आनंद में निश्चेत। उधर मीर मासूम अली के सिपाहियों ने तनख़्वाह की माँग की। सारे ख़ानदान और सम्बंधियों की ज़िम्मेदारी अल्पायु में मीर साहब पर आ पड़ी।

एक दिन उनकी बीवी उमराव बेगम ने कहा, 'शुजाउद्दौला के ज़माने से आज तक शाही इनायत की भरमार रही, किसी घड़ी शाही इताब (प्रकोप) भी नाज़िल हो सकता है। दुनिया धोखे का जाल है और दुश्मन छिपे हुए हैं। बेहतर यही है कि मौला मुश्किल कुशा का नाम लेकर, यहाँ से कूच कीजिए। क्या जानिये किस वक़्त जो कुछ बाक़ी है, वह भी ज़ब्त कर लिया जाए।'

मीर क़ायम अली ने पत्नी का मशवरा मानने में ढील करी मगर सिपाहियों की वेतन आदि की माँग में तेज़ी आई। हथियार, विदेशी घोड़े, बंगला, ख़सख़ाना, हवेली औने पौने बेच सिपाहियों और दूसरे नौकरों के

वेतन और ऋण अदा किये।[1] माँ, बहनों और बच्चों को छोटी बैलगाड़ी में सवार किया। तलवार और तमंचा सम्भाल घोड़े पर सवार हुए, लखनऊ को ख़ुदा हाफ़िज़ कहा। औरतें फूटफूट कर रो रही थीं, सिवाय उमराव बेगम के, जो दिल ही दिल में ख़ुश थीं कि मायके वापसी हो रही हैं।

कारवाँ रुहेलखण्ड रवाना हुआ, अवध से निकले ब्रिटिश अधिकृत क्षेत्र में प्रवेश किया, मुरादाबाद के नज़दीक पहुँचे, दूर से रामगंगा का घाट, क़िले की मस्जिद नज़र आई। हम पर है ख़त्म शामे-ग़रीबाने-लखनऊ! या हैदरे-कर्रार वक़्ते-मदद अस्त! (या अली मदद करने की घड़ी है)

---

1. अठारहवीं शताब्दी के मध्य में रुहेला अफ़गानों की शक्ति बढ़ती जा रही थी। उनके सरदार नवाब अली मोहम्मद ख़ाँ कमज़ोर जागीरदारों के मामलों में दख़लंदाज़ी कर रहे थे। जागीरदारों ने नवाब क़मरुद्दीन प्रधानमंत्री दिल्ली से शिकायत की। मोहम्मद शाह बादशाह ने राजा हरनन्द सिंह गवर्नर मुरादाबाद के नाम हुक्म जारी किया कि रुहेलों को कटेहर से निकालने का बंदोबस्त करें। राजा हरनन्द के लश्कर में महमूदपुर सिरसी के सैयद और आसपास के राजा शामिल हुए। लश्कर और तोपख़ाने ने असालतपुरा जारई परगना बिलारी के क़रीब अरल नदी के किनारे पड़ाव डाला। बड़ा ज़बर्दस्त युद्ध था। नवाब अली मोहम्मद ख़ाँ की बीस हज़ार रोहिल्ला फ़ौज का नेतृत्व हाफ़िज रहमतख़ाँ और नवाब दोंदेख़ाँ कर रहे थे। राजा हरनन्द का लश्कर तीस हज़ार का कहा जाता है।
1742 ई. 19 मोहर्रम बृहस्पतिवार के दिन सुबह तड़के जब शाही फ़ौज नींद में थी रुहेलों ने अचानक हमला कर दिया। राजा हरनन्द नवाब महमूदपुर और दूसरे सभी राजा मारे गये। अली मोहम्मद ख़ाँ ने सम्भल, अमरोहा, चाँदपुर, नगीना, बिजनौर, शाहजहाँपुर, बरेली सब पर क़ब्ज़ा कर लिया। (अख़बारुस्सनादीद) लेखक नजमुलग़नी ख़ाँ। साभार अकबर अली ख़ाँ अर्शीज़ादा।

राम गंगा

दोस्तो! ज़माने की सैर कर चुके। मुरादाबाद लाँकड़ी वालान वापस पहुँचिये तो मालूम होगा कि मोहल्ले वाले अभी तक सैयद बड़े और रुस्तम ख़ाँ के ज़माने में जी रहे हैं, प्राचीनता इन महानुभावों पर ख़त्म है। जो मकान बुज़ुर्गों ने सत्रहवीं शताब्दी में बनवाए थे, उन्हीं में आज तक मौजूद हैं। जो मकान ढह गए, उनकी जगह नये बना लिये गए या अगर इतना सामर्थ्य न हुआ तो उन्हीं की थोड़ी बहुत मरम्मत कर ली गई। मगर मजाल है, जो इस मोहल्ले से किसी ने बाहर क़दम निकाला हो।

जैसा कि पिछले किसी अध्याय में बताया गया कि जागीर लाँकड़ी में वह सारा इलाक़ा शामिल था, जहाँ आज शहर का रेलवे स्टेशन, चौक और गवर्नमेंट कालेज है। यह सारी ज़मीनें पतनकाल में लाँकड़ी वाले एक कौड़ी प्रति गज़ के हिसाब से बेच, खा पी के बराबर कर चुके थे। अब इसी संतोष से अपनी बैठकों में शोभायमान काली मख़मल की टोपियाँ और बूटेदार वस्त्र और आधी आस्तीन की कमीसें पहने हुक़्क़े गुड़गुड़ा रहे हैं।

मोहल्ले का चौक सांसारिक गतिविधियों का केंद्र है, इसके बड़े फाटक के अंदर तीन ओर उमराव बेगम के पिता मीर याक़ूब अली, मंझो बेगम, मीर मासूम अली की बेटी के पति मीर अलिफ़ अली और दूसरे रिश्तेदारों के मकान हैं। सामने हकीम सैयद राहिम अली का घर है, उनके बेटे हकीम औलाद अली और मेहदी अली हैं और एक बेटी औलिया बेगम। औलाद अली एक फ़िरंगन भी कहीं से उड़ा लाए थे। कुछ दिन ज़नान-ख़ाने में पर्दे में रही, निःसंतान थी, ग़दर के दिनों में फ़रार हो गई।

सैयद औलाद अली के दो बेटे हैं, फ़रज़न्द अली और डिप्टी आले-नबी। फ़रज़न्द अली ने पुश्तैनी व्यवसाय चिकित्सा अपनाया। उनकी शादी अमीर बेगम, पुत्री नवाब सैयद दाऊद अली ख़ाँ द्वितीय, स्वामी सिरसी महमूदपुर से हुई।

अजी महमूदपुर वालों का क़िस्सा कहाँ से शुरू करूँ, पूरी अलिफ़ लैला है। आज ब्रिटिश राज में भी अगर क़िला महमूदपुर के अंदर जाओ तो लगता है, मुग़लों के युग में पहुँच गये। सच है, हाथी मर जाए तब भी सवा लाख का।

ज़िला मुरादाबाद में यह दो बड़ी रियासतें थीं। एक महमूदपुर, दूसरी सहसपुर बिलारी। सहसपुर बिलारी अधिकतर मुस्लिम रियासतों की तरह क़र्ज़े में जकड़ी हुई थी, इसकी अंतिम स्वामिनी एक भोली भाली बेगम साहिबा थीं। वह तो हज को गईं, पीछे क़र्ज़ वापस लेने के लिए महाजन ने डिग्री करवा ली, इस महाजन का बेटा सहसपुर बिलारी का राजा बना। एक नीशापुरी फ़ौजी सैयद महमूद ने, सत्रहवीं शताब्दी में मुरादाबाद से पंद्रह मील दूर, महमूदपुर की रियासत स्थापित की थी। सैयद महमूद के सम्बंध में एक प्राचीन प्रसंग में लिखा है।

अनुवाद : बंगाल की हुकूमत में पद हासिल किये, फिर बतून पहुँच कर और बूबकी और जटपुरा आदि उस क़स्बे के रास्तों को मिला दिया। महमूदपुर को अपने नाम पर कर दिया और उसके बेटे सैयद दाऊद ने क़िला और बड़ी-बड़ी इमारतें इस जगह पर बनाईं। जैसे इस शेर का अर्थ 'उर्फ़ी' के क़सीदे में बयान हुआ है यानी 'आसार पदीदास्त सनादीद अजम रा' शाहजहाँ बादशाह ने सैयद दाऊद को नवाब और ख़ान का वंशानुगत ख़िताब और महमूदपुर मऑफ़ी की सनद प्रदान की।

महमूदपुर के असालत महमूद ख़ाँ और शाह अली ख़ाँ की मोहरों पर '1140 हिज्री मोहम्मद शाह बादशाह ग़ाज़ी फ़िदवी सैयद असालत महमूद ख़ाँ' और '1187 हिज्री शाह आलम बादशाह ग़ाज़ी सैयद शाह अली ख़ाँ' खुदे हुए हैं। असालत महमूद ख़ाँ सम्भल के गवर्नर भी रहे, मोहल्ला असालत पुरा इनके नाम पर बसा हुआ है।

रूहेलों के ज़माने में नवाब दोन्दे ख़ाँ[1] ने क़िला महमूदपुर पर हमला किया। दोनों तरफ़ से तोप चली मगर नवाब महमूदपुर रुहेलों का मुक़ाबला

1. 'नक़ूश' लाहौर में प्रकाशित।

न कर सके। रियासत का बड़ा भाग, पठानों ने हथिया लिया। 1774 ई. में रुहेलों की पराजय के बाद, जब रुहेलखण्ड के टुकड़े हुए, नवाब महमूदपुर ने जान कम्पनी में इस्तग़ासा दायर किया मगर रियासत का बहुत कम भाग इनको वापस मिला। वर्तमान में रियासत की वार्षिक आमदनी केवल तीन लाख रुपये है।

शुजाउद्दौला और आसिफ़ुद्दौला के ज़मानों में महमूदपुर के नवाब, अवध के दरबार से सम्बंधित रहे फिर रुहेलखण्ड पर अंग्रेज़ी सरकार की हुकूमत हुई। 1831 ई. में मुरादाबाद का डिस्ट्रिक्ट और सेशन जज मिस्टर अल्काट अवध की सत्ता का वर्णन करते हुए लिखता है कि नवाब वज़ीरउलमुल्क की अमलदारी के तहत एक रिसाला मिर्ज़ा मदार अली बेग की कमान में दीवान ख़ाना महमूदपुर में तैनात था।

शाह अली ख़ाँ असालत महमूद ख़ाँ के भतीजे थे। शाह अली ख़ाँ निःसंतान रहे। उनके भतीजे नवाब नजमुद्दीन अली ख़ाँ थे। नवाब मोहम्मद दाऊद अली ख़ाँ, नवाब नजमुद्दीन अली ख़ाँ के बेटे थे। इन्हीं की बेटी अमीर बेगम से, हमारे हकीम सैयद राहिम अली के बेटे हकीम फ़रज़ंद अली की शादी हुई।

महमूदपुर के नवाब सम्भवतः मुग़लकाल में या रुहेलों के उत्थान के ज़माने में तक़ैया[1] में सुन्नी हो गए थे, या पहले ही से सुन्नी थे। अवध के दरबार से सम्बंध के कारण शिया हुए। नवाब मोहम्मद दाऊद ख़ाँ के बेटे और उत्तराधिकारी नवाब सैयद मोहम्मद अली ख़ाँ का एक मुक़दमा प्रीवि कौंसिल तक चला, उसमें नवाब साहब ने अपनी पैतृक सम्पत्ति इस्लामी क़ानून के अनुसार, इमाम अबू हनीफ़ा (रह०) के धर्म के नियम के अनुसार माँगी थी और ख़ुद को इस धर्म के नियम का पाबन्द बताया था।

हकीम सैयद फ़रज़ंद अली और अमीर बेगम (पुत्री नवाब दाऊद अली ख़ाँ) के बड़े बेटे सैयद औलाद हुसैन की शादी, लखनऊ में एक अनुबन्ध ग्राही बेगम से हुई है, जो सराय मआली ख़ाँ में इमाम बाड़ा इलमास पर

1. वह बात जो भय वश की जाए।

रहती हैं। मंझले बेटे सैयद आशिक़ हुसैन ने 1847 में जन्म लिया, छोटे लड़के सैयद इब्राहीम हुसैन (जन्म 1860 ई.) है।

नवाब दाऊद अली ख़ाँ के बेटे और उत्तराधिकारी नवाब मोहम्मद अली ख़ाँ हैं। मौलवी अब्दुल क़ादिर ग़मगीन रामपुरी ने अपने प्रसंग में सरसरी ज़िक्र किया है कि 'एक दिन नवाब फ़तेह उल्लाह वलद दोंदे ख़ाँ के पुत्र सिरसी महमूदपुर के रईस (नवाब मोहम्मद अली ख़ाँ) को लेकर डॉक्टर फुलाँ[1] से मुलाक़ात को गये, मैं भी साथ हो लिया।' इससे साफ़ पता लगता है कि अपने पुराने दुश्मन, नवाब दोन्दे ख़ाँ रुहेला की औलाद से महमूदपुर के नवाबों की दोस्ती हो चुकी थी, क्यों न हो, अंग्रेज़ के सौभाग्य से शेर, बकरी एक घाट पानी पी रहे हैं।

नवाब मोहम्मद अली ख़ाँ के कोई बेटा नहीं है। दो बेटियाँ हैं, विलायती बेगम और हैदरी बेगम। इन दोनों की शादियाँ, अपने दोनों भान्जों सैयद आशिक़ हुसैन[2] और सैयद इब्राहीम हुसैन से कीं।

हकीम फ़रज़न्द अली के दूसरे भाई सैयद आले-नबी नहरों के विभाग में डिप्टी कलेक्टर हुए। बड़े ख़ूबसूरत और शानदार व्यक्तित्व के हैं। सच पूछो तो डिप्टी कलेक्टरी का पद हिन्दुस्तानी मुसलमानों को बहुत रास आया है।

हकीम फ़रज़ंद अली और डिप्टी आले-नबी की बहन औलिया बेगम सैयद अली जान, क़स्बा नगीना के रईस से ब्याहीं, चौकुऐं पर इनका मकान है। सैयद अली जान की पाँच बहुत ख़ूबसूरत बहने हैं। उनके नाम लाडो बेगम, जानी बेगम, उम्दा बेगम, मोहम्मदी बेगम और अशरफ़जहाँ हैं। ग़दर के दिनों में सैयद अली जान ने बहनों से कहा कि जब गोरे या बाग़ी मकान पर हमला करें, तवे की स्याही चेहरों पे मलकर, आँगन के कुएँ में कूद जाइयो। धावे की ख़बर पड़ते ही यह बच्चियाँ, जगमगाते चेहरों पर कालिक

1. 'नक़ूश' लाहौर में प्रकाशित।, 2. नवाब मोहम्मद अली ख़ाँ ने अपने नाती यानी आशिक़ हुसैन के बेटे माशूक़ अली ख़ान को गोद लेकर रियासत के तीन हिस्से किए। सैयद माशूक़ अली ख़ान की शादी, नवाब शमसाबाद की बेटी सलतनत आरा बेगम से की, जिनके दादा नवाब दूल्हा सफ़वी बादशाहों की संतान थे। दादी जाफ़री बेगम एतमादुद्दोला मीर फ़ज़ल अली ख़ाँ, प्रधानमंत्री अवध की बेटी थीं।

थोप कर (कि दुश्मन की नज़र पड़े तो वह चुड़ैल समझकर डर जाए) बावड़ी में कूदने को तैयार हो गईं।

जनाब अब्बास अलमदार ने यावरी (मदद) की[1], हमलावर बाहर ही से लौट गए। बहनों की जान बची, इन पाँचों की एक बहन सैदो भी थीं, उनकी माँ ममतूआ (शिया मत में कुछ समय के लिए, निकाह करके रखी गयी औरत) थीं। बान्दी गुलशन नाम था। किसी बाल बच्चे की पैदायश होने में, मर के चुड़ैल हो गई थीं। अक्सर भरी दोपहर में आँगन के अंदर बड़े कमरे में कूद आती थीं। कभी पीपल की शाखा पर बैठी नज़र आती थीं। अब बहुत दिनों से ग़ायब हैं (मतलब दिखाई नहीं देतीं)।

पाँचों बहनों में जानी बेगम कुँवारी, जवान मर गईं। खाना पका रही थीं, कपड़ों में आग लग गई। उनके नाम का जोड़ा कुनबे में हर लड़की के दहेज़ से निकालकर, किसी ग़रीब लड़की को दिया जाता है। दूसरी बहन उम्दा बेगम पर जिन्न का साया हो गया। ब्याह के दिन जब उन्हें 'मायों' की कोठरी से बाहर लाया जा रहा था, उसी समय वह शरारती जिन्न, एक साँप के रूप में प्रकट हुआ और कोठरी की चौखट पर कुण्डली मारकर बैठ गया, बारात वापस गई। उम्दा बेगम उस कोठरी से न निकल सकीं। सारी ज़िंदगी रोज़ा-नमाज़ में बिता दी। आज तक वह जिन्न आसपास मौजूद रहता है।

उम्दा बेगम की छोटी बहन अशरफ़ जहाँ की शादी, सैयद औलाद अली के भाई सैयद मेहदी अली से हुई। मीर फ़ज़ल अली, तफ़ज्ज़ुल अली और मुस्तफ़ाई बेगम पैदा हुईं। इन सबसे बाद में मुलाक़ात होगी। (मीर मेहदी अली के एक जिन्न से बड़े मृदु सम्बंध थे, मुरादाबाद में क़िले की मस्जिद जिन्नात का मुख्य केंद्र है। रोज़ाना रात को वहाँ तहज्जुद की नमाज़ पढ़ते हैं, बड़ी साफ़ सुथरी उर्दू बोलते हैं, अनुमान है कि वे शिया हैं।) अशरफ़जहाँ से छोटी मोहम्मदी बेगम का ब्याह, मीर क़ायम अली के बेटे मीर मज़हर अली से 1857 ई. में हुआ।

---

1. हज़रत अब्बास जो कर्बला के युद्ध में थे। (शिया सम्प्रदाय में बहुत से लोग इस तरह बोलते हैं।)

दर्शको! आपको याद होगा कि मीर क़ायम अली पुत्र मीर मासूम अली परिवार सहित सलतनत के पतन से कुछ ही पहले लखनऊ से पलायन करके मुरादाबाद आ गये थे। अगर याद न हो तो वह अध्याय फिर पढ़ लीजिए, जो अद्वितीय है। यह भी याद कीजिए कि मीर क़ायम अली अंग्रेज़ी फ़ैशन के शौक़ीन थे। लाँकड़ी वालों के दक़ियानूसी माहौल में दिल घबराया। जवाहरात और गहनों का संदूक़चा, जो उमराव बेगम लखनऊ से साथ ला सकी थीं, उसमें से कुछ सिक्के सोने के और जवाहरात निकाल कर, महाजन के हाथ पर रखे और सिक्का सफ़ेद (चाँदी का रुपया) महारानी टूरिया (महारानी विक्टोरिया) का उससे ले लिया।

इंजीनियर बुलवाया, लाँकड़ी मोहल्ले के नज़दीक क़िले की मस्जिद से कुछ क़दम दूर, डाट की ऊँची छतों और ऊँची कुर्सी की कोठी बनवानी शुरू की।

अंग्रेज़ी इलाक़े में बड़े डाकख़ाने से मेल लगाया जाता था। मीर क़ायम अली की कोठी बड़े डाकख़ाने से डेढ़ मील दूर थी, और वहाँ से पाँच मील दूर रामगंगा के उस पार मीर क़ायम अली ने दो गाँव हमीरपुर और जैतपुर ख़रीदे। ज़िला कलेक्टर को मीर क़ायम अली की लखनऊ से आगमन की सूचना मिल चुकी थी। उसने तहसीलदारी का पद प्रदान किया। एक दिन कलेक्टर की चौकड़ी कोठी के सामने आकर रुकी। मीर साहब सरकारी सम्मान के वस्त्र और क़लमदान सम्भाले उतरे, उमराव बेगम से कहा, 'हम मुतसदी (तहसीलदार) हो गये।'

तो क्या वजह कि अंग्रेज़ों ने ख़िलअत (सरकार द्वारा सम्मान के रूप में वस्त्र) और क़लमदान की मुग़लकालीन रस्म क़ायम रखी थी और तहसीलदार को उस वक़्त 'मुतसदी' कहते थे। उमराव बेगम के दो सगे भाई थे, मीर मुनव्वर अली नक़वी और मीर महबूब अली। मीर मुनव्वर अली की एक लड़की की शादी, औरंगज़ेब आलमगीर के नामवर मंत्री, नेमत ख़ाँ के सगे

पड़पौत्र माशूक़ अली[1] से हुई थी। बाक़ी लड़कियों की शादियाँ सुन्नियों में हुई थीं। लाँकड़ी (माफ़ी) में मीर मुनव्वर अली और महबूब अली के अतिरिक्त मीर क़ायम अली का भी पाँचवाँ हिस्सा था। लखनऊ से मुरादाबाद आ जाने के बाद से वह भी जागीर की आमदनी के हिस्सेदार थे। उनके सगे साले मीर महबूब अली को यह साझेदारी बुरी लगी। एक दिन अचानक तलवार सूँत कर अपनी ड्योढ़ी से निकले और ललकार कर कहा 'क़ायम अली, मैं तुम्हारे बेटे मज़हर अली को अभी क़त्ल करता हूँ; वर्ना लाँकड़ी से ला दावा लिखो (अर्थात अपना दावा छोड़ दो।)'

बहन बहनोंई ने आतंकित होकर तुरन्त ला दावा लिख दिया। मगर दस्तावेज़ लिखे जाने के बाद, मीर क़ायम अली ने कहा, 'लखनऊ के बाद मुरादाबाद भी छूटा हमसे।'

मीर क़ायम अली के मुँह से जो भी शब्द निकला हमेशा अल्लाह तआला ने पूरा किया। कुछ ही दिन बाद, तहसीलदार के पद पर कानपुर तबादला हो गया। अंग्रेज़ी का अच्छा ज्ञान था और फ़ैसले अंग्रेज़ी में लिखते थे। कानपुर में तहसील का मकान, जिसमें उमराव बेगम और बच्चों समेत टिके थे, बहुत जर्जर हालत में था, बरसात का मौसम था, ख़ुद अदालत में मुक़दमा कर रहे थे। सूचना मिली कि बीवी बच्चे सब मकान के एक कमरे में जमा थे, उसकी छत गिर पड़ी, सब मर गये। केवल मज़हर अली मलबे में से ज़िन्दा निकले। मीर क़ायम अली कभी मुरादाबाद वापस न आए। 1856 ई. में पंजाब जीतने के बाद, सरकार ने दोआबे के ब्रिटिश इलाक़े से, जिन देसी अफ़सरों को चुनकर पंजाब की व्यवस्था के लिए भेजा, उनमें मीर क़ायम अली भी शामिल थे।

---

1. सैयद माशूक़ अली की जागीर धनानी ज़ि० अलीगढ़ में थी। ग़दर के दिनों में अंग्रेज़ी सरकार के क़ब्ज़े में दी गईं, जिसके बदले में गवर्नमेंट ने सैयद माशूक़ अली के पिता की पेंशन मुक़र्रर कर दी। ये पुराने बुज़ुर्ग अंग्रेज़ी से अनभिज्ञ थे। जाने क्या हेराफेरी दुश्मनों ने की। जागीर 'वक़ाया नेमत ख़ाँ आली' (नेमत ख़ाँ आली की घटनाएँ) हाथों में रह गए। सैयद माशूक़ अली के मुक़दमें की पैरवी के सिलसिले में मुरादाबाद के सर मोहम्मद याक़ूब मरहूम ने गवर्नमेंट का बहुत पीछा लिया मगर व्यर्थ रहा। सैयद माशूक़ अली के बेटे सैयद मोहसिन अली यू०पी० में डायरेक्टर एनिमल हस्बैंडरी थे। कुछ वर्ष पहले इलाहाबाद में देहान्त हुआ।

रावी

1849 ई. में पंजाब में विजय प्राप्त करने के बाद, गवर्नमेंट ने इस सूबे में नहरें निकालनी शुरू कर दीं। 1851 ई. से बड़ी दोआब या सतलुज रावी केनाल की खुदाई की शुरुआत हुई। यह काम 1858 ई. तक जारी रहा, 1859 ई. में मुलतान से अमृतसर तक रेल चलने लगी।

सूबे की व्यवस्था के लिए सरकार ने, जो कई होशियार और कर्तव्यनिष्ठ 'हिन्दुस्तानी' अफ़सर पंजाब भेजे, उनमें मीर क़ायम अली भी थे। सतलुज केनाल का, ठहराव का स्थान गुरदासपुर था, डिप्टी क़ायम अली वहीं तैनात किये गये।

हमारा एक ख़ानदानी क़साई था, लाँकड़ी वालों के यहाँ गोश्त लाता था। फ़स्ल कटने पर उसका हिसाब किया जाता था। एक मुक़दमे के सिलसिले में सरकारी गवाह बनाकर, उसे मुरादाबाद से कहाँ भेजा गया, गुरदासपुर! वहाँ डिप्टी क़ायम अली की अदालत में पेश हुआ।

(डिप्टी कलेक्टर को पंजाब में एक्सट्रा असिस्टेंट कमिश्नर कहते हैं) क़साई ने गवाही दी। बोलने की शैली से तुरन्त पहचान गये। पूछा, 'कहाँ के हो?' बोला, 'मियाँ वहीं का हूँ, मुरादाबाद का।'

पूछा, 'फ़ुलाँ-फुलाँ घरों में गोश्त लाते थे?'
बोला, 'जी हाँ, मियाँ अब भी लाऊँ हूँ।'

डिप्टी साहब ने अदालत ख़त्म की, क़साई को अपने कमरे में ले गये, गले लगाया, ख़ातिर मुदारात की, घर ले जाकर कई दिन मेहमान रखा।

क़साई बात करने का अवसर खोज रहा था। डरता था कि कहीं बिगड़ न जाएं। एक दिन शाम को डिप्टी साहब कोठी के बाहर लॉन के गोल चबूतरे पर पेचवान के कश लगा रहे थे, क़साई आकर फ़र्श पर उकड़ूँ बैठ गया।

डिप्टी साहब उससे मुरादाबाद के हालात पूछते रहे।

'अजी मियाँ क्या पूछो हो, ग़दर के बाद वाँ का तो नक़शा ही पलट गया, लोगबाग बड़ी-बड़ी जागीरें लेके बैठ गये। हम सिवाल जैसे बदहाल पहले थे वैसे ही अब भी हैं।'

'हूँ, ठीक कहते हो।'

क़साई अब मतलब की बात पर आना चाहता था कि डिप्टी साहब ने पूछा, 'किस किस को जागीरें मिल गईं भई?'

'अजी मियाँ वह आपके पड़ोस में भैंसिया वाले ना हैं, वही भैंसिया गाँव जो आगरे वाले ख़ानबहादुर तुराब अली की मिल्कियत है। (विदित हो कि सारे सूबे में मुरादाबाद और बिजनौर ऐसे ज़िले हैं जिनके नब्बे प्रतिशत लोग उर्दू बोलते हैं, और ख़ास फ़ारसी मिश्रित उर्दू बोलते हैं।)

'हाँ, हाँ वही डिप्टी तुराब अली। जानता हूँ, क्या हुआ उनको?' डिप्टी क़ायम अली ने पूछा।

अजी होना हुवाना क्या था, ग़दर के दिनों में यह डिप्टी तुराब अली, मिर्ज़ा आबिद अली, और सैयद अहमद देहलवी तीन पक्के दोस्त थे। सैयद अहमद बिजनौर में थे। तीनों ने सरकार की बड़ी ख़िदमत की तुराब अली साहब को गाँव बछराऊँ मिला और मिर्ज़ा आबिद अली को गाँव निवाड़ी। 'अजी मियाँ'। क़साई ने बात का रुख़ पलटा, 'आप घर चल कर वहाँ का नया नक़शा देख लीजिए ना। दुनिया भरे में आप को तलाश कर लिया, अब ग़ुस्सा थूकिए, चलिए चलिए अब तो रेलगाड़ियाँ भी चलने लगी हैं जगह-जगह।'

डिप्टी साहब चुप।

क़साई ने हिम्मत करके पूछा,

'मियाँ, यहाँ किसी पंजाबन से तो निकाह न कर लिया आप ने?'

डिप्टी साहब ने अस्वीकृति में सिर हिला दिया। लेकिन मुरादाबाद न गये बल्कि मीर मेहदी अली को भी पंजाब बुलाकर थानेदार लगवा दिया।

ख़ानबहादुर मीर क़ायम अली सी.आई.ई. एडिश्नल कमिश्नर सूबा पंजाब की एक नामवर हस्ती बने। दुनिया जानती है, पंजाब के ज़मीनों के क़ानून बनाने में उनकी भूमिका, उनका सबसे प्रसिद्ध कारनामा है।

एक बार उनकी अदालत में एक मुक़दमा पेश हुआ। एक किसान ने एक महाजन से दो सौ रुपये उधार लिए थे। महाजन बारह सौ रुपये ब्याज़ माँगता था। मीर क़ायम अली ने इस मामले की सूचना लेफ़्टिनेंट गवर्नर को भिजवाई और ज़मीन व माल के क़ानून व्यवस्थित किये, जिनका एक महत्वपूर्ण भाग यह था कि ज़मींदार की जायदाद वह आदमी नहीं ख़रीद सकता जो स्वयं ज़मींदार न हो। (पंजाब में ज़मींदार किसान को कहते हैं।)

महाजनों के पास ज़मींदारी बहुत कम थी, इस कारण अब वह इस नये क़ानून के तहत क़र्ज़दारों को उनकी ज़मीनों से बेदख़ल नहीं कर सकते।

इम्पीरियल गज़ेटियर 1891 ई. में व्याख्या दर्ज है, किस तरह क़ायम अली एक्सट्रा असिस्टेंट कमिश्नर गुरदासपुर ने 1870 ई. में नया नियम व्यवस्थित किया और मिस्टर प्रिंसिप के बनाए हुए क़ानूनों में संशोधन किया। एक नवाब साहब जिन्होंने एंग्लो-अफ़ग़ान युद्ध के बाद अमीर याक़ूब ख़ाँ काबुल के शासक को गिरफ़्तार करने में अंग्रेज़ की मदद की थी, जिसके इनाम में उन्हें बहराईच में ज़मीन दी गई सौ मुरब्बा यानी ढाई हज़ार एकड़ ज़मीन, जो लेफ़्टिनेंट गवर्नर इनको दे रहा था, इन्होंने उन साहब को दिलवा दी। हम अगर इनकी जगह होते, ऐसा हरगिज़ न करते बल्कि होशियारी से वह सौ मुरब्बे ख़ुद क़बूल कर लेते।

उमराव बेगम जो संदूक़चा जवाहरात का लखनऊ से लेकर चली थीं, बहुत चला। मीर क़ायम अली ने गुरदासपुर में दरिया के किनारे कोठी और दुकानें बनवाईं। मार्च 1874 ई. में गुरदासपुर में उनका देहान्त हुआ।

मीर क़ायम अली की लोकप्रियता का एक विशेष कारण उनके ज़मीनों से सम्बंधित क़ानून थे, दूसरे यह कि माता और पिता दोनों ओर से सैयद

(मोहम्मद साहब (स०) के वंशज) थे और पीरों का सम्मान पंजाबियों के स्वभाव में शामिल है।

अतः मीर क़ायम अली का मज़ार उनकी कोठी के परिसर में बनाया गया। हरी झण्डियाँ लहराने लगीं, उर्स शुरू हो गया। हिन्दू, मुस्लिम, सिख श्रद्धालुओं की भीड़ लगने लगी। इनकी कीर्ति और चमत्कारों में से एक यह विशेषता बताई जाती है, मज़ार की मिट्टी थोड़ी सी चाट लो तो चौथी की बारी यानी चौथिया जाड़ा चला जाता है और बिच्छू के डंक का प्रभाव भी ख़त्म हो जाता है।

दर्शको! अरब में आले-हसन व हुसैन शरीफ़ (इमाम हसन व हुसैन की संतान) कहलाती थी। ईरान में इमामज़ादे और तूरान में ख़्वाजा और ख़ोजा कहलाए, हिन्दुस्तान में आकर मीराँ और मीर हुए। सिन्ध और पंजाब में शाह साहब। अब अंग्रेज़ी दौर में 'एस' अपने नाम से पहले लिखकर ख़ुश होते हैं।

यह ज़माना डिप्टी क़ायम अली के पोते एस. ज़हूर हसनैन का है, जो इस समय मदरसतुल उलूम (अब अलीगढ़ मुस्लिम यूनिवर्सिटी) अलीगढ़ के मैदान में फ़ुटबाल के पीछे दौड़ रहे हैं। अब आग़ा कर्बलाई की लम्बी दास्तान ख़त्म हुई। अब एस. ज़हूर हसनैन (मशहदी मुरादाबादी) और एस. सज्जाद हैदर (तिरमिज़ी नहटौरी) के साथियों से अलीगढ़ का अफ़साना सुनियेगा। वस्सलाम!

3
अध्याय

नेचरी फ़ौज

चौकोर टोपी पहने और बोसीदा फ़रग़ल ज़ेब तन किये (पहने हुए) ताजिक मूल का बूढ़ा फूँस क़िस्सा गो (किस्सा सुनाने वाला) अब क़ब्र में पाँव लटकाए बैठा है, मीर मुबारज़ुल्लाह ख़ाँ के गुम्बद और मीर बन्दे अली तिरमिज़ी के फाटक के साये लम्बे हो चले। सहमकर झील के उस पार शहरे-ख़मोशाँ (क़ब्रिस्तान) पर नज़र डालता है। उसकी क़द्र करने वाले सो चुके। औरों ने दुनिया संभाली। अपने भी अब अजनबी से नज़र आते हैं।

यह बूढ़ा इस नश्वर संसार के एक छोटे से युग यानी बारह सौ वर्ष की कहानी सुना रहा था। लेकिन अचानक उसने महसूस किया कि नये लोग उससे उकता गये। किसी को उसकी कहानी की बिल्कुल ज़रूरत नहीं। अतः दीमक खाई वंशावलियों का बस्ता लपेटकर शून्य के अँधेरे में परलोक में चला जाएगा, जहाँ न गुफ़्तगू है, न जुस्तुजू।

मोहल्ला सादात, हकीमान, ख़्वाजगान, तीरगराँ आदि इत्यादि के नुक्कड़ों पर नई टाउन एरिया कमेटी के लगाए हुए लैम्प टिमटिमाते हैं। हाँ, कहीं-कहीं इक्का-दुक्का मशअल अब भी जल रही है।

अध्याय एक में इस क़स्बा नहटौर ज़िला बिजनौर के दो भाइयों मीर बन्दे अली तिरमिज़ी व मीर अहमद अली तिरमिज़ी का क़िस्सा उनके पूवर्जों की गाथा सहित बयान किया गया। ग़दर में मीर अहमद अली कालों की बाग़ी फ़ौज में शामिल हो गये थे। फाँसी की सज़ा मिली, जीवन दान मिला। अहमद अली के बेटे जलालुद्दीन हैदर ने अपने लड़कों को उनके बचपन ही में नेचरी फ़ौज में भर्ती कर दिया कि समय के अनुकूल यही है। कोल की नई छावनी में यह फ़ौज तैनात है। इसके सेनापति ने चालीस साल पहले मीर अहमद अली और उनके साथियों की ज़बरदस्त मुख़ालिफ़त की थी, वह भी उस समय का आग्रह था। इतिहासकार, आलोचक, राजनीतिज्ञ, बुद्धिजीवी अपने-अपने फ़ैसले बाद में सुनाएँगे, अकबर इलाहाबादी ने फ़रमाया।

अलीगढ़ को शरफ़ बख़्शा है इक़बाले नसारा ने
कि जो मुस्लिम उठा शौक़े-तरक्क़ी में यहीं आया।

इन हालात में मज़बूरी और प्रतिकूलता यह है कि यह भाषा बोलने वाले ख़ुद भी ख़ानबहादुर और जज हैं। अपने बेटे को गोपामऊ या ख़ैराबाद के मदरसे में भेजने के बजाय लंदन में पढ़वा रहे हैं।

'कि अजम के मयकदों में न रही मये मुग़ाना'

अकबर मौजूदा ट्रेजडी का यूनानी कोर्स हैं। सामाजिक विवेक भी रखते हैं, शैख़जी, फ़त्तू, वफ़ाली और भाई सल्लू का ग़म खाते हैं। कम्पो, डिनर, मिस, कलीसा, बिशप, आनर, पायनियर अख़बार, कौंसिल, चंदा, बैंड, मालरोड, होटल नई दुःखद उक्तियाँ हैं। हर शेर पर दिल ख़ून होता है।

कुछ वर्ष बाद ज़माना एक और देवज़ाद (भीमकाय) द्वारा गरज के पूछेगा, अगर न था तू शरीके महफ़िल, वगैरह, और वह देवज़ाद भी शेष विद्वानों की तरह पूर्व के इस साँझे नौस्टीलजिया का शिकार होगा।

एक बात पूछूँ? मुग़ल, मराठे, सिख, सबके सब यूरोपियन सैनिक विशेषज्ञों से अपनी फ़ौजों का प्रशिक्षण करवाने में जुट गये ताकि और भी एक दूसरे का ख़ून-ख़राबा कर सकें। किसी को रूस के महान पीटर या मिस्र के मोहम्मद अली की तरह यूरोप की यूनिवर्सिटियों और नये उद्योगों से फ़ायदा उठाने की क्यों न सूझी? अब जो मारिसन ब्राउन, बेक, आरनल्ड, एविंग वग़ैरह साहिबान घाघ इम्पीरियलिस्ट या साम्प्रदायिक मिशनरी आपकी होनहार औलाद को पट्टी पढ़ा रहे हैं, उन पर एतराज़ क्यों? साहब! बात यह है कि गुस्ताख़ी मुऑफ़, आपके आदरणीय पूर्वजों को केवल एश्वर्य, वैभव, बादशाहत और हुकूमत से दिलचस्पी थी।

कहने लगे, 'तहक़ीरे मौलवी (मौलवी का अपमान) न कर ऐ ग्रेजुएट' मगर साहब, मुऑफ़ फ़रमाइयेगा, आज की दुनिया मौलवी के बस का रोग नहीं।

हिन्दुस्तान एकाएक मध्ययुग से निकलकर नये युग में दाख़िल हो चुका है। सैयद और उसके सब साथी, सबके सब नये मौलवी हैं। और नयी दुनिया को समझने की कोशिश कर रहे हैं। इन नये मौलवियों की अज़मत (महानता) का अंदाज़ा आज से पचास वर्ष बाद ही हो सकेगा। इसके अलावा अगर आप साहेबान अब भी ग़दर से पहले की दुनिया लिये बैठे हैं तो आज 1898 ई. के ब्रिटिश इण्डिया के अंडर ग्रेजुएट नौजवानों के ज़हनों, इनके उत्साह और दिलचस्पियों का अंदाज़ा किस तरह कर सकते हैं?

1820 ई. के लगभग नौजवान मीर बंदे अली तिरमिज़ी बैल तांगे में सवार होकर नहटौर से दिल्ली मदरसा फ़तेहपुरी में दर्से-निज़ामिया की तकमील (पूर्ति) के लिए तशरीफ़ ले गये थे।

बूढ़ा क़िस्सागो 1898 ई. की एक रात लालटेन हाथ में लेकर इस कच्चे रास्ते पर चलता, नहटौर से रवाना होकर दिल्ली के पास कोल (अब अलीगढ़) पहुँचता है।

दोनों वक़्त मिल रहे हैं (सूर्यास्त का समय है) कालेज की मस्जिद से अभी अज़ान की आवाज़ बुलन्द होगी। मैदान में क्रिकेट खेलने के बाद लड़के अपने-अपने कमरों की तरफ़ जा चुके हैं। लालटेन की लौ ज़रा ऊँची करो तो सामने कच्ची बारक है। एक और लक्षण, लक्षणों से बचो, ख़तरनाक हैं। जब मराठे दिल्ली के शासक थे, सिन्धिया की फ़ौज यहाँ तैनात थी। अब मराठे पूना और बम्बई के नये कालेजों में सिर झुकाए वही अंग्रेज़ी कोर्स पढ़ने में व्यस्त हैं, जो मोहम्मडन एंग्लो-ओरिएण्टल कालेज अलीगढ़ में पढ़ाया जा रहा है। मेरे अज़ीज़ो! इस नुक्ते पर भी ग़ौर करो और सिर धुनो।

बारिश अभी होकर थमी है, सोंधी सोंधी ख़ुश्बू फ़ज़ा में फैली हुई है। कालेज की इमारतें अँधेरी रात में बरसाती जुगनुओं की मानिन्द मद्धम-मद्धम झिलमिला रही हैं। जब सैयद गजर लेकर उठे घर-घर जाकर भीख माँगी तब जाकर यह कुछ घरौंदे खड़े किये।

ताजिक मूल का यह बूढ़ा मर्द बेवक़ूफ नहीं है। मैकाले का नाम सुन चुका है। डंडा टेकता सीधा लिटन लायब्रेरी पहुँचता है, जहाँ लैम्प रौशन है। एक मेज़ पर बैठकर बस्ते से पीले काग़ज़ात निकालता है, अचानक ग़ुस्से से उनको नीचे रद्दी की टोकरी में फेंक देता है, फिर ज़रा ठहरता है। सम्भव है टिप्पणियों के लिए इन पुरानी प्रवचनावलियों, वंशावलियों, कहानियों, हैरतअंगेज़ क़िस्सों की ज़रूरत हो। झुक कर लरज़ते हुए हाथों से वह काग़ज़ चुनता है, वापस अंदर रख देता है। जब तक ज़िंदा है, इन्हें अपनी जान से लगाये रखेगा।

हालाँकि ख़ुरासान के प्राचीन दास्तान लिखने वालों की तरह जान गया है कि उसका ज़माना ख़त्म हुआ और अब कोई अबुलक़ासिम फ़िरदौसी, तूसी उसकी तर्जुमानी और हमनवाई के लिए नहीं आएगा।

लेकिन यह बुज़ुर्ग क़िस्सागो, जिसका दूसरा नाम वक़्त है, बड़ा काइयाँ है। फ़िरंगियों के बनवाए हुए इस पुस्तकालय में दाख़िल होकर इसे मालूम हो चुका है कि अंदाज़े-बयाँ (कहने का तरीक़ा) विषय और शैलियाँ बदल गईं। यह भारतवर्ष है, न हिन्दुस्तान जन्नत निशाँ। यह ब्रिटिश इण्डियन एम्पायर है और वह ख़ुद अब विक्टोरियन इंगलिस्तान की बासी तिबासी शैलियों की नक़ल करने वाला एक कोलोनियल साहित्यकार। इसलिए अब वह नई शैली अपनाकर नावेल लिखेगा।

कच्ची बारक

आ ऐ तमाशा दिखाने वाले क़लम ...आहा हा महताबे-आलमताब (दुनिया को चमकाने वाले चाँद) ने अचानक ज़मीन व आसमान रौशन कर दिये। हवा मंद और मनभावन, दिल में अजीब ख़ुशी और शादमानी पैदा कर रही है। हमारा नाविलिस्ट दोस्त प्राकृतिक दृश्यों से ख़ुश होता हुआ, लायब्रेरी से निकलकर सहने-चमन (फुलवारी) से निकलता हुआ, एक बोर्डिंग हाउस की तरफ़ रवाना होता है।

चारों तरफ़ हरी भरी ज़मीन, पहाड़ पन्ने के समान तबारकल्लाह (अल्लाह बड़ी शान वाला है)! यह जन्नतों का बाग़ है, यह जन्नत के दरबान का सब्ज़ाज़ार! दरो-दीवार नुदरत बार (अनोखे) मुशाते-सबा गुलकार (सुबह की हवा गुल बूटे सजाती हुई।) सुलेमानी टोपी पहन कर हमारा नाविलिस्ट दोस्त एक बिल्डिंग के बरामदे में पहुँचकर कमरों-कमरों झाँकता है। हर रूम के अंदर इस फुलवारी के फूल अध्ययन में व्यस्त हैं।

एक दरवाज़े पर पहुँचकर ठिठकता है। अंदर का दृश्य देखता है, ईंटों का फ़र्श, सीली हुई दीवारों के नज़दीक तीन चारपाइयाँ बग़ैर वार्निश की मेज़ें, एक-एक कुर्सी, खूँटियों पर कपड़े, टर्किश कोट तुर्की टोपियाँ, चारपाइयों के नीचे ट्रंक और डासन के बूट।

पिछले साल तुर्की और यूनान में फिर जंग छिड़ी। अदहम पाशा यूनानियों को करारी हार दे चुके हैं। बारह तेरह साल पहले रूस और तुर्की के बीच युद्ध ने हिन्दुस्तानी मुसलमानों के लिए बहुत हीरो सप्लाई किये थे। इस वक़्त वह देखिए दीवार पर जनरल अदहम पाशा की तस्वीर फ़्रेम में मुस्कुरा रही है। यह वह बदनसीब ज़माना है, जब हिन्दुस्तान 1857 ई. के सूरमाओं का नाम भी नहीं ले सकता। उन पर गर्व करने का सवाल ही पैदा नहीं होता। तुर्की, मुग़ल सल्तनत का बेहतरीन बदल सिद्ध हुआ है।

इस तस्वीर के नीचे एक तिपाई पर बड़ा लैम्प रौशन है। उसके चीनी के ग्लोब पर अंगूर के गुच्छे बने हैं और एक क़दीम यूनानी हसीना साज़ बजा रही है।

बरसात की रात, पतंगे और अल्लाहमियाँ की भैंसे यानी बीटल; लैम्प का वृत्त करने में व्यस्त। फ़र्श पर लालबेगियाँ यानी काक्रोच घूम फिर रहे हैं।

सच पूछिये तो बड़ा ख़स्ता हाल सा माहौल है। मगर एक ग़रीब क़ौम ने अपने नौनिहालों के लिए यही मयस्सर कर लिया ग़नीमत है। इसी साल कुछ माह पहले हमारे गौरव, पूरी क़ौम पर उपकार करने वाले, एजुकेशनिस्ट, आनरेबल सर सैयद अहमद ख़ाँ का देहान्त हुआ, (इन्नालिल्लाहे व इन्ना इलैहिराजेऊन)

तीन नौजवान जेंटलमन अपनी-अपनी चारपाइयों पर नीम दराज़ (आधे लेटे हुए) अध्ययन में व्यस्त नज़र आते हैं। आइये ज़रा नज़दीक जाकर देखें क्या पढ़ रहे हैं। ओहो! यह सुर्ख़ो-सफ़ेद ख़ूबरू (सुन्दर) नौजवान कौन है? हो न हो यही हमारा हीरो है। यानी मिस्टर एस.एस. हैदर। हाथ में एक नाविल है, जो किसी अजनबी भाषा में लिखा है। शब्द परिचित नहीं लेकिन भाषा न अरबी न फ़ारसी। आहा हा! क्या ख़ूब याद आया।

न अरबी न फ़ारसी न तुर्की
यह तारीख़ कही है किस लुरकी

तो शायद यह तुर्की है। ख़ैर, जो भी है अभी हम इसका पता चला लेंगे।

दूसरा यंग जेंटलमन पायनियर अख़बार पढ़ रहा है। शक्ल से जोशीला और बुद्धिमान मालूम होता है; क्यों न हो, इसका नाम मोहम्मद अली जौहर है। तीसरा नौजवान, मगर हम न पहचान सके।

मोहम्मद अली - (पायनियर अख़बार ज़मीन पर फेंक कर) भाई सज्जाद क्यों न अब सोया जाए।

सज्जाद - ज़रूर! लैम्प बुझा दो।

मोहम्मद अली - (दूसरे नौजवान से) मियाँ साहबज़ादे लैम्प बुझा दीजिए।

वही नौजवान - आप ख़ुद बुझा दीजिए, हम सो रहे हैं।

मोहम्मद अली - चराग़ गुल कर दो मियाँ साहबज़ादे!

नौजवान अपनी बात दोहराता है। मोहम्मद अली छलांग भरकर मेज़ के क़रीब पहुँचते हैं, लैम्प उठाकर लड़के के पास ले जाते हैं, पलक झपकते वह भी पलंग से कूदता है और कमरे से बाहर। मोहम्मद अली लैम्प समेत उस लड़के के पीछे। सज्जाद हैदर उन दोनों के पीछे। तीनों का जुलूस आँगन में पहुँचता है। दूसरे कमरों से लड़के निकलकर जुलूस में शामिल हो जाते हैं। लड़का सबसे आगे। चराग़ हाथ में लिये मोहम्मद अली नारा लगाते उसके पीछे...

हमारे यंग हीरो सज्जाद हैदर, जो हमारे ओल्ड हीरो मीर अहमद अली के पोते (पौत्र) हैं, 1880 ई. में क़स्बा कान्डेर ज़िला झाँसी में पैदा हुए। बेसिक शिक्षा बनारस में ग्रहण की, जहाँ उनके वालिद मुलाज़िमत के सिलसिले में रहते थे। 1894 ई. में मदरसतुल उलूम (ज्ञान की पाठशाला) अलीगढ़ में नवीं जमाअत में दाख़िल हुए। सैयद के मदरसे में हिन्दू-मुस्लिम लड़के इकट्ठे पढ़ते थे। आधा स्टाफ़ बंगाली हिन्दू और कायस्थ टीचरों पर आधारित था। सज्जाद हैदर हिसाब (गणित) में कच्चे थे। बहुत नेक और शरीफ़ उस्ताद मीर विलायत हुसैन ने, जो एम.ए.ओ. कालिजेट स्कूल के सेकेंड मास्टर और बोर्डिंग हाउस के संरक्षक थे, क्लास के बाद सज्जाद हैदर को यह विषय बड़ी लगन और मेहनत से पढ़ाया।

स्कूल के सीनियर बच्चे यूनियन क्लब के मेम्बर थे मगर इसकी गोष्ठियों में भाग लेने की इनकी हिम्मत न होती थी। मीर विलायत हुसैन ने इनके लिए अलग एक डिबेटिंग सोसायटी क़ायम की, जिसकी बैठक हर इतवार को स्कूल के हेडमास्टर मिस्टर होरस्ट के कमरे में होती थी। "मोहम्मद अली, सज्जाद हैदर और राजा महेंद्र[1] प्रताप सिंह इस सोसायटी में ख़ूब तक़रीरें करते थे और बाद में देश के बेहतरीन स्पीकर सिद्ध हुए।"

1. आपबीती, लेखक मीर विलायत हुसैन, 1919 ई. में ख़तरनाक इन्क़िलाबी राजा महेंद्र प्रताप सिंह, रईस हाथरस ने काबुल में 'आज़ाद हिन्दुस्तानी हुकूमत' क़ायम की। मास्को जाकर लेनिन से मिले, आदि। अभी ज़िन्दा हैं, देहरादून में रहते हैं।

सज्जाद हैदर इस समय बी.ए. में पढ़ रहे हैं। कालेज के सबसे सुन्दर वस्त्र धारण करने वाले विद्यार्थियों में गिने जाते हैं।

कुन्दरकी ज़िला मुरादाबाद के रज़ा अली एफ.ए. में सज्जाद हैदर के मंझले भाई नसीरुद्दीन हैदर के साथ पढ़ते हैं। सबसे छोटे भाई वहीदुद्दीन हैदर के एक सहपाठी और दोस्त सैयद महमूद[1] अभी से 'महमूद-ए-क़ौम' (जिसकी क़ौम तारीफ़ करती है) कहला रहे हैं।

सैयद रज़ा अली : मेरी पहली मुलाक़ात सज्जाद हैदर से जुलाई 1898 ई. में हुई, बड़े हंसमुख और ख़ुशमिज़ाज थे। अंग्रेज़ी और उर्दू बड़ी अच्छी लिखते और बोलते थे। अंग्रेज़ी भाषा का कोई अच्छा उपन्यास शायद ही पढ़ने से बचा हो। नसीरुद्दीन हैदर के दोस्त मोहम्मद इरदीस, अब्दुल वहाब (ए.डब्लू ज़ुबैरी) और मोहम्मद सिबतीन थे। नसीर का भी इंट्रेंस के इम्तिहान में सारे राज्य में दूसरा नंबर था। मगर अलीगढ़ के माहौल में पढ़ने वालों की क़द्र न थी।

ज़फ़र उमर फ़ुटबाल ख़ूब खेलते थे। बाराबंकी के चौधरी नेमतुल्लाह और पंजाब के मलिक ज़माँ मेहदी हमसे तीन कक्षा ऊपर थे। सैयद अबू मोहम्मद भी उसी ज़माने में थे, वह बाद में ख़ानबहादुर और सदस्य यू.पी. पब्लिक कमीशन हुए। बाराबंकी के विलायत अली बम्बोक़ भी समकालीन थे। उन्होंने बम्बोक़ क्लब स्थापित किया। लेखनी में बड़ी चंचलता थी, बाद में 'कामरेड' में व्यंगात्मक और हास्य लेख लिखते रहे। भरी जवानी में देहान्त हुआ। मसूदुलहसन (मसूद टॉमी) भी जवान मरे; मुरादाबाद के मोहम्मद याक़ूब (बाद में सर याक़ूब) और सरदार मोहम्मद हयात सज्जाद हैदर के दूसरे साथी थे।

अलीगढ़ में उस वक़्त तक कोई ऐसा इन्तिज़ाम न था कि कोई मेधावी छात्र किसी ख़ास विषय में कमज़ोर हो तो उस विषय की ओर अध्यापक विशेष ध्यान देते। सज्जाद हैदर गणित से बहुत घबराते थे।

1. डॉक्टर सैयद महमूद।

नवाब हाजी इस्माईल ख़ाँ रईस-ए-दुतावली सर सैयद के बहुत अच्छे और रौशन ख़याल (खुले विचारों के) दोस्त थे, उनके पिता मक्का पलायन कर गये थे, जो उस ज़माने में उस्मानिया हुकूमत में शामिल था। वहीं नवाब इस्माईल ख़ाँ ने तुर्की पढ़ी, जो उस ज़माने में अरबिस्तान की सरकारी भाषा थी। तुर्की के आशिक़ बनकर हिन्दुस्तान लौटे। सर सैयद के ड्रामे 'तमाशा-ए-इबरत' में तुर्क का पार्ट उन्होंने ही अदा किया। सज्जाद अभी एफ.ए. के छात्र थे; नवाब इस्माईल ख़ाँ के सेक्रेटरी बन गये; उनको अंग्रेज़ी पढ़ाते और ख़ुद उनसे तुर्की सीखते।

नवाब इस्माईल ख़ाँ अलीगढ़ से एक पत्रिका निकालते थे, जिसका नाम 'मआरिफ़' था; उसके सम्पादक मौलवी वहीदुद्दीन सलीम थे और उपसम्पादक सज्जाद हैदर। मौलवी साहब और मोहम्मद अली ने सबसे पहले उर्दू अख़बार पढ़ने वाले हज़रात को सियासी मसाइल (राजनैतिक समस्याओं) के सादा दस्तरख़्वान पर अदब (साहित्य) की चाश्नी (मिठास) की लज़्जत से आशना (परिचित) किया।

सज्जाद हैदर ख़ुद भी मआरिफ़ में लेख लिखते थे और अंग्रेज़ी पत्रिकाओं के श्रेष्ठ लेखों का अुनवाद भी करते थे। 1896 ई. तक 'मआरिफ़' में सज्जाद हैदर की कुछ स्वयं रचित कहानियाँ छपीं।

अलीगढ़ का पहला दौर 1875 ई. से शुरू होकर 1895 ई. में ख़त्म हुआ। दूसरे दौर का आख़िरी साल 1915 ई. का और तीसरे का 1935 ई. समझना चाहिए। दूसरे दौर के छात्रों में सज्जाद हैदर का स्थान शैक्षिक योग्यताओं के आधार पर बहुत उच्च श्रेणी पर था। अध्ययन का क्षेत्र बड़ा विस्तृत था। हमारे राष्ट्रीय जीवन में जिन नये विचारों को बहुत लाभप्रद समझते थे, उनकी ज़बरदस्त हिमायत और समर्थन अपने लेखों और कथन के द्वारा करते थे।

रवादारी (नैतिकता) का आलम यह था कि दूसरों की बात सुनने और उस पर अमल करने के लिए हमेशा तैयार रहते थे। बड़े विनम्र और सरल

स्वभाव के थे। महिलाओं की शिक्षा के बड़े समर्थक थे। खेलकूद से कोई सम्बन्ध नहीं रखते थे। मिस्टर थ्योडोरबेक के चहीते सभी छात्र, खिलाड़ी थे, जिन्हें पढ़ाइ-लिखाई से कोई सरोकार न था। अंग्रेज़ की पालिसी थी कि अलीगढ़ के लड़कों को उच्च ज्ञान और गम्भीर शैक्षिक अभिरुचि से दूर रखा जाए और खेलकूद का शौक़ीन बनाया जाए।

मिस्टर बेक कहते थे कि रणजीत सिंह और जाम साहब नवाँगर क्रिकेट के खिलाड़ी दादा भाई नौरोजी ब्रिटेन के मेम्बर ऑफ़ पार्लियामेंट से ज़्यादा अहम हैं। जो 'अंजुमन अलफ़र्ज़' के लिए ज़्यादा चंदा जमा करे उसकी भी क़द्र की जाती थी।

मोहम्मद अली की क़द्र इस वजह से थी कि वे क्रिकेट के कप्तान थे। मिस्टर बेक के ज़बरदस्त व्यक्तित्व ने इस घृणित प्रवृत्ति को यहाँ तक फैलाया कि साहित्य से रुचि और खेल की क़द्रो-क़ीमत का अंदाज़ा लगाने के विषय पर शौकत अली ने 'पंजाब आबज़र्वर' में एक लेख लिखा तो बजाय अपना नाम लिखने के अपनी साहित्यिक उपाधि 'मुस्टंडा वहशी' बड़े गर्व के साथ लेख के आख़िर में दर्ज किया।

उस माहौल में सज्जाद हैदर किताब के कीड़े थे। साहित्य से रुचि रखने वाले छात्रों की मौजूदगी न्यायसंगत रखी जाती थी; मगर प्रशंसनीय न समझे जाते थे। ख़्वाजा ग़ुलाम उल हसनैन मूरिदे-इताब (कोप के भागीदार) रहे। मिस्टर मारिसन ने एक हद तक और नवाब मोहसिनुल मुल्क ने विद्यार्थियों का सम्मान उनकी शैक्षिक योग्यताओं की वजह से किया।

प्रोफ़ेसर आर्नल्ड के कथनानुसार सज्जाद हैदर की गिनती कालेज के सबसे होनहार छात्रों में होती थी और अपनी योग्यता के कारण समकालीनों में प्रतिष्ठित थे। सज्जाद हैदर 'अंजुमन इख़्वानुस्सफ़ा' के मेम्बर भी थे, जो प्रोफ़ेसर आर्नल्ड ने क़ायम की थी। यह प्रोफ़ेसर साहब अरबी अबा (अरबी पोशाक) पहनकर कालेज के जलसों में शिरकत करते थे।

1898 ई. में सर थामस आर्नल्ड लाहौर चले गये जहाँ वह इक़बाल के उस्ताद बने। 1899 ई. में प्रोफ़ेसर थ्योडोर बेक का देहान्त हुआ और उनकी जगह सर थ्योडोर मारिसन (बाद में लार्ड मारिसन) कालेज के प्रिंसिपल हुए।

मीर विलायत हुसैन : कालेज परिसर के नज़दीक एक मिशनरी लेडी एक बंगले में रहने लगी थी और छात्रों को अपने सदाचार से प्रभावित करती थी। उनको इंजील (बाइबिल) की शिक्षा देती थी और उन दिनों चर्चा में रहे लेखों पर भी उनका मार्गदर्शन करती थी। सेक्रेटरी कालेज और दूसरे स्थानीय ट्रस्टियों ने प्रिंसिपल मारिसन से शिकायत की। प्रिंसिपल ने छात्रों को मिशनरी लेडी के यहाँ जाने से रोक दिया। इसके बदले अपने यहाँ 'एसे रीडिंग सोसायटी' क़ायम की।

स्टाफ़ के कुछ सदस्य और कुछ सम्माननीय छात्र जैसे सज्जाद हैदर, डॉक्टर ज़ियाउद्दीन अहमद क़ुरैशी, अली अहमद और मुझे उसका सदस्य बनाया। सप्ताह में एक दिन मारिसन साहब की कोठी पर उसका जलसा होता था।

सैयद रज़ा अली : लेडी मारिसन ने कुछ छात्रों को सुथरी अभिरुचि का पत्र लेखन सिखाने के लिए कक्षा खोली। सज्जाद हैदर, अबू मोहम्मद, एजाज़ अली, मोहम्मद ज़रीफ़ और मैं उनसे शिक्षा लेते थे। शिक्षा पद्धति यह थी कि हम सप्ताह में एक दिन लेडी साहिबा के बंगले पर जमा होते। लेकिन कुछ दिन बाद मालूम हुआ कि लेडी साहिबा बजाय शाइस्ता ख़तूत नवीसी (विनम्र पत्र लेखन) की तालीम देने के यह पाठ पढ़ा रही हैं कि हिन्दुस्तानी जब अंग्रेज़ को ख़त लिखे तो कैसी शैली अपनानी चाहिए।

लेडी साहिबा के मिज़ाज की उफ़्तादे-शाहाना (राजसी प्रकृति) मालूम हो गई थी। थीं तो वे प्रिंसिपल की बीवी मगर चाहती थीं कि छात्र उनके साथ वही बर्ताव करें, जो उस ज़माने के रईस, कलेक्टर और मजिस्ट्रेट ज़िले की मेम के साथ करते थे। साथ ही उस ज़माने में जो सम्माननीय अंग्रेज़

अलीगढ़ आते थे, अधिकतर सर थ्योडोर के मेहमान होते थे और प्रिंसिपल साहब उनसे अपने ख़ास-ख़ास छात्रों को मिलवाते।

सज्जाद हैदर के मिज़ाज में बला की शोख़ी थी, कालेज के ज़माने में जो नज़्में और लेख उन्होंने लिखे वे बड़े मज़ेदार हैं और उनसे मालूम होता है कि अगर ज़माना चैन से बैठने देता तो वह देश और क़ौम की शानदार साहित्यिक सेवा करते। 'मिर्ज़ा फोया' सज्जाद ने 1900 ई. में लिखी। इसकी कहानी यह है कि सर सैयद के देहान्त के बाद अलीगढ़ कालेज की सहायता के लिए सर सैयद मेमोरियल फ़ंड स्थापित किया गया।

मोहसिनुल मुल्क ने देश का दौरा किया और बहुत से शहरों में जलसे करके तक़रीरें कीं कि क़ौम का फ़र्ज़ है कि अपने कालेज की सहायता करे और अपने लड़कों को शिक्षा के लिए अलीगढ़ भेजे। मिर्ज़ा फोया बड़े लाड़ प्यार में पले थे। घर से बाहर निकलने का कभी अवसर न पड़ा था। मोहसिनुल मुल्क के जादुई भाषण का वह प्रभाव पड़ा कि बाप ने मिर्ज़ा को अलीगढ़ भेजने का निश्चय कर लिया।

मुश्ताक़ अहमद ज़ाहिदी - जिस दिन पहली बार यह महाशय[1] ताँगे से उतरकर बोर्डिंग में दाख़िल हुए तो ढीला पायजामा पहने हुए थे। पाँव में धेतली जूती, हाथ में पानदान, इस अलबेलेपन को देखते ही यार लोगों ने उनपर 'ख़ाला अम्मा' की फब्ती कह दी, जो हमेशा के लिए चिपककर रह गई। मगर सैयद साहब ने अपनी नज़्म में उनको 'मिर्ज़ा फोया' की उपाधि देकर उनके हुलिये को बदल दिया। 'मिर्ज़ा फोया' सबसे पहले अलीगढ़ कालेज के एक दो पृष्ठ के अख़बार में छपी, जो मनोविनोद के लिए ख़ुफ़िया तौर पर हस्तलिखित या छपा हुआ निकलता था।

सैयद सज्जाद हैदर से मेरी दोस्ती की शुरुआत 1896-97 ई. में हुई जब हम दोनों मदरसतुल उलूम (अलीगढ़ कालेज) में एफ.ए. में पढ़ते थे।

1. हसरत मोहानी।

सज्जाद इधर-उधर की किताबों का अध्ययन तो बहुत करते थे मगर इम्तिहान वाली किताबों को केवल ज़रूरत भर पढ़ लेते थे। बावजूद इसके जब एफ.ए. का रिज़ल्ट आया तो मालूम हुआ कि सज्जाद साहब अंग्रेज़ी और फ़ारसी में तमाम इलाहाबाद यूनिवर्सिटी में अव्वल मगर गणित में ज़ीरो।

मोहम्मद अली का वक़्त भी क्रिकेट खेलने वालों की संगत में ख़राब होता था क्योंकि वे अब्दुल्लाह क्रिकेट कप्तान के साथ रहते थे। फिर भी, बहुत ज़हीन (बुद्धिमान) थे इसलिए परीक्षा में पास हो गये, मगर नंबरों में सज्जाद की बराबरी न कर सके। मोहम्मद अली की योग्यता आक्सफ़ोर्ड में दाख़िल होकर चमकी। सज्जाद की ख़ामोश क़ाबिलियत और स्वभाव की विनम्रता के कारण कालेज वाले उनकी दिल से क़द्र करते थे और उनके रियाज़ी (गणित) में फ़ेल हो जाने की वजह से हर शख़्स इस विषय को बददुआ देता था। गणित ने उनका बड़ा क़ीमती वक़्त बर्बाद कर दिया, जिसकी वजह से वे ज़िन्दगी भर न पनप सके और नौकरी हासिल करने की दौड़ में मक़सूद अली ख़ाँ और ज़माँ मेहदी से पीछे रह गये।

मगर स्टुडेंटशिप के ज़माने में इन बातों पर कोई ध्यान नहीं देता और बावजूद इस नाकामी के सज्जाद की सर्वप्रियता और शोहरत में कोई कमी न आई। बल्कि छात्रों और प्रोफ़ेसरों को सज्जाद से हमदर्दी और ज़्यादा हो गई कि अफ़सोस! ऐसा क़ाबिल आदमी गणित की वजह से रह जाए। चुनाँचे बी.ए. में गणित से पीछा छूटा तो सज्जाद सारी इलाहाबाद यूनिवर्सिटी में चौथे नम्बर पर पास हुए।

यूनियन में तक़रीर करने का शौक़ सज्जाद को स्कूल के ज़माने ही से था। अख़बार पढ़ने का भी मरज़ था। इसलिए यूनियन के सारे आनरेरी औहदे उन्हें हासिल हो गये। यानी सेलेक्शन कमेटी के सदस्य हुए फिर लायब्रेरियन, फिर सेक्रेटरी। तक़रीर (भाषण) करने का इनाम ओर कैम्ब्रिज प्राइज़ हासिल किया।

निबन्ध लेखन[1] एफ.ए. से भी पहले शुरू किया, अंग्रेज़ी लेख लिखने में भी सज्जाद बी.ए. करने से पहले ही अपने समकालीनों में प्रतिष्ठित समझे जाते थे। कालेज के छात्र उस ज़माने में अंग्रेज़ी अच्छी होने की पराकाष्ठा यह समझते थे कि 'पायनियर' में लेख छप जाए।[2] बहुत से छात्रों ने जिनको अपनी अंग्रेज़ी पर गर्व था, नाकाम कोशिश की मगर सबसे पहले सज्जाद का ही एक लेख प्रकाशित हुआ।

इनके बाद जिन साहब का लेख प्रकाशित हुआ वे मोहम्मद अली थे, जो उनके क्लासफ़ेलो थे। इसके कई वर्ष बाद सैयद रज़ा अली के पत्र जो अच्छे ख़ासे लम्बे होते थे, छपने लगे।

रावी (सुन कर कहने वाला) : कालेज मैगज़ीन 1891 ई. में निकलना शुरू हुआ था। बेक साहब के स्वर्गवास के बाद मारिसन साहब प्रिंसिपल हुए, मैगज़ीन पर बोर्डिंग हाउस का क़र्ज़ देखकर उसे बन्द करने का इरादा किया। बोर्डिंग हाउस फ़ंड से उसे दो सौ रुपया वार्षिक की सहायता मिलती थी। सैयद सज्जाद हैदर और असिस्टेंट प्रोफ़ेसर अब्दुल क़ादिर ने इरादा किया कि मीर विलायत हुसैन के सहयोग से प्राईवेट तौर पर पत्रिका निकाली जाए।

मारिसन साहब, प्रोफ़ेसर पिटिंग, विलायत हुसैन, अब्दुल क़ादिर और सज्जाद हैदर की प्राइवेट पत्रिका के तौर पर और तीन सौ ओल्ड ब्वायज़ और कालेज के शुभचिंतकों के चार रुपये वार्षिक चंदे की राशि से 'अलीगढ़ मंथली' छपना शुरू हो गया जिसने बाद में अलीगढ़ मैगज़ीन का रूप ले लिया।

---

1. मौलाना वहीदुद्दीन सलीम पानीपती का ख़याल है कि सम्भवतः सबसे पहले 'अवध अख़बार में अंग्रेज़ी लघु कहानियों के अनुवाद प्रकाशित हुए और बाद में ख़ुद उनके मैगज़ीन 'मआरिफ़' में जिसमें सज्जाद हैदर ने कुछ कहानियाँ लिखीं। इस तरह हम यह कहने में न्याय संगत है कि जिस तरह पश्चिम में 'पो' को लघु कहानियाँ लिखने का आविष्कारक कहा गया है, सैयद सज्जाद हैदर उर्दू भाषा में नई शैली की लघु कहानियाँ लिखने वाले पहले व्यक्ति हैं। (शमसुल उलमा ताजवर नजीबाबादी)।,
2. देखो जैसे वह पायनियर आफ़िस में है डटा। बहर-ए-ख़ुदा! (ख़ुदा के वास्ते!) मुझे भी कहीं छाप दीजिए। (अकबर इलाहाबादी)

सज्जाद हैदर की माँ सईद बानो पुत्री मीर बंदे अली तिरमिज़ी का इन्तिक़ाल हो चुका था। कालेज की छुट्टियों में तीनों भाई अलीगढ़ से अक्सर मोहम्मद अली जौहर सहित अपने चाचा ख़ानबहादुर सैयद कर्रार हैदर के पास ख़ुर्जा जाया करते थे। मोहम्मद अली को शिकार का शौक़ था। हमेशा बंदूक़ साथ ले जाते। ख़ुर्जा से डॉक्टर कर्रार हैदर का तबादला रायबरेली को हो गया, यही काम छुट्टियों में मोहम्मद अली का वहाँ भी रहा।

जुलाई 1898 ई. में एक दिन डॉक्टर साहब रायबरेली में किसी मरीज़ के पास पहुँचने की जल्दी में घोड़ा तेज़ी से उड़ाये लिये जाते थे, पुल पर पहुँचकर घोड़ा बिगड़ गया। डॉक्टर साहब सड़क पर गिरते ही अल्लाह को प्यारे हुए, केवल 35 साल उम्र पायी।

सज्जाद हैदर ने 1901 में बी.ए. पास किया, परीक्षा इलाहाबाद जाकर दी जाती थी। इलाहाबाद में ताऊन की महामारी फैली, परीक्षा केन्द्र लखनऊ सथानांतरित किया गया। मार्च 1902 ई. में नसीरुद्दीन हैदर और सैयद रज़ा अली ने केनिंग कालेज लखनऊ जाकर बी.ए. के पर्चे किये। केनिंग कालेज उस समय क़ैसर बाग़ में था। बी.ए. के बाद नसीरुद्दीन हैदर पी.सी.एस. में चयनित कर लिये गये। सज्जाद हैदर ने अलीगढ़ में एम.ए. और क़ानून के लिए दोबारा दाख़िला लिया। मियाँ वहीदुद्दीन हैदर को डॉक्टरी पढ़ने के लिए लाहौर भेज दिया गया।

शेख़ अब्दुल क़ादिर : 'मेरे दोस्त सैयद सज्जाद हैदर जिनका डंका बाद में यलदरम के नाम से अदब (साहित्य) की दुनिया में बजा, अभी यलदरम नहीं बने थे और न मैं 'मख़ज़न' का सम्पादक था। जब उनसे मेरी पहली मुलाक़ात हुई, मैं कालेज से निकलकर अंग्रेज़ी 'आब्ज़र्वर' का असिस्टेंट एडिटर था और वे अलीगढ़ में बी.ए. कर रहे थे। और अपने अतिरिक्त समय में हाजी मोहम्मद इस्माईल ख़ाँ साहब के सेक्रेटरी का काम करते थे।

एक दिन मैं अलीगढ़ में हाजी साहब से मिलने गया तो सज्जाद हैदर एक कोने में अलग मेज़ कुर्सी लगाए बैठे काम कर रहे थे। हाजी साहब

ने उनसे मेरी मुलाक़ात कराई। जब मैं हाजी साहब से बात करके फ़ारिग़ (निवृत) हुआ तो सज्जाद मेरे पीछे-पीछे आए और कहने लगे, 'आइए मैं आपको एक दिलचस्प चीज़ दिखाऊँ।' आप शिब्ली ग़मज़दा (शोकाकुल) को मश्क़े-सुख़न (शायरी का अभ्यास) करते देखना चाहते हैं?'

मैंने कहा, 'हाँ, मगर कैसे और कहाँ?'

उन्होंने कहा, 'अभी और यहीं।'

मौलाना शिब्ली उस वक़्त हाजी साहब के यहाँ मेहमान थे और उस बंगले के एक कमरे में ठहरे हुए थे। सज्जाद मुझे एक कमरे की ओर ले गये, जिसका एक दरवाज़ा बाहर की तरफ़ खुलता था। मौलाना शिब्ली दरवाज़े की तरफ़ पीठ किये बैठे थे और कुछ लिख रहे थे। हम दरवाज़े के शीशों में से झाँककर उन्हें देख सकते थे। उनका क़लम कभी काग़ज़ पर चलता था और कभी क़लम का एक सिरा मुँह के क़रीब होता था जैसे गहरी सोच में हैं।

मालूम नहीं हम दोनों का मौलाना को इस तरह चोरी-चोरी देखना कहाँ तक उचित और जाइज़ था। मगर मुझे कभी अफ़सोस नहीं हुआ कि हमने यह हरकत की। मुझे तो उन्हें लिखते देखना ऐसा दिलचस्प मालूम हुआ कि मुद्दतों नहीं भूला। और सज्जाद हैदर का यह जज़्बा मुझे मुद्दतों भाया कि मौलाना को फ़िक्रे-सुख़न (कविता कहने के लिए चिंतन) करते देखने में उन्हें जो आनन्द आया, उसमें उन्होंने मुझे भी शरीक करना ज़रूरी समझा। और पहली ही मुलाक़ात में हम दोनों को मालूम हो गया कि हम कितने एक जैसी प्रवृत्ति के हैं।

मौलाना शिब्ली अपने शागिर्दों में 'शिब्ली ग़मज़दा' के नाम से मशहूर थे क्योंकि वे अपने नाम के साथ ग़मज़दा लिखा करते थे। विद्यार्थी काल में ऐसे कला के गुरुओं को देखना और शिक्षा ग्रहण करना सज्जाद हैदर की अभिरुचि को सशक्त और तेज़ बनाने का कारण हुआ।

वे उस समय शिक्षित नौजवानों के उस गुट से सम्बन्धित थे, जो महिलाओं की आज़ादी का बहुत समर्थन करता था। 1907 ई. में मुसलमानों की शैक्षिक कानफ्रेंस कराची में हो रही थी, जिसके अध्यक्ष उस वर्ष मौलाना हाली थे। सज्जाद हैदर भी उसमें शरीक थे।

एक दिन जब जलसा दोपहर के खाने के लिए ख़त्म हुआ और मैं अपने ठहरने के स्थान पर जा रहा था तो सामने से सज्जाद साहब आते नज़र आए। मुझे देखते ही उन्होंने एक दो चक्कर अपने ही निकट लगाए जैसे ख़ुशी से रक़्स (नृत्य) कर रहे हों और मुझसे कहने लगे, 'कुछ न पूछिए, मेरा दिमाग़ इस वक़्त आसमान पर है और ज़मीन पर किसी से बात करने को तैयार नहीं।'

मैंने पूछा! 'कुछ तो बताइए क्या देखा है कि तबीयत इस तरह ज़ोरों पर है?' कहने लगे, 'एक ऐसी औरत[1] से बातें कर के आ रहा हूँ, जो आज़ादी की समर्थक और ख़ुद भी आज़ादी पर अमल करती हैं।[2]

1. अतिया फ़ैज़ी।, 2. 'मेरे अहबाब' लेखक, सर अब्दुल क़ादिर। लाहौर से ब्राडकास्ट 1944 ई., प्रकाशित 'आहंग' रेडियो पाकिस्तान, कराची।

बैचलर्स लॉज की 'ख़ातून'

बी.ए.[1] के बाद सज्जाद, राजा आज़म शाह के निजी शिक्षक नियुक्त होकर नागपुर गये। मगर बाद में गवर्नमेंट ने राजा साहब को अलीगढ़ कालेज भेज दिया। एक कोठी किराये पर ली गई, उनमें दो कमरे क़ानून के छात्रों के लिए सुरक्षित कर दिये गये। सज्जाद की कोशिश से मुझे और स्व. इनामुलहक को (जो बाद में गवर्नमेंट ऑफ़ इण्डिया पोलिटिकल डिपार्टमेंट के अंडर सेक्रेटरी हुए) जगह मिली। सारी कोठी हम तीन दोस्तों के क़ब्ज़े में आ गई। राजा साहब बेचारे शागिर्द थे, अलग कोने में पड़े रहते।

कोठी का नाम 'बैचलर्स लाज' रखा गया। हम तीनों कुँआरे थे और यह विचार चर्चा का विषय रहता कि दुनिया में तरक़्क़ी करने और आराम से रहने के लिए, शादी शुदा और बाल बच्चों वाली ज़िन्दगी उचित नहीं।

इस ख़्याल की सच्ची वजह यह थी कि हम लोगों को नई संस्कृति बहुत चर गई थी। मुसलमान औरतें अंग्रेज़ी शिक्षा से बिल्कुल नाआशना थीं। उर्दू लिखना-पढ़ना भी किसी-किसी को आता था और पश्चिमी जीवन शैली से सारे हिन्दुस्तान में, सिवाय कुछ औरतों के किसी को वास्ता न था। हमलोग यह चाहते थे कि बैचलर्ज़ लाज में जिस तरह हम साहिबाना ज़िन्दगी बसर करते हैं, हमारी रफ़ीका-ए-हयात (पत्नी) भी उसकी अहल (योग्य) हो और चूँकि यह बात नामुमकिन मालूम होती थी, इसलिए यह विचार मन में घर कर गया था कि जब तक इस तरह की बीवी न मिले शादी करनी ही नहीं चाहिए।

हमलोग औरत की बहुत इज़्ज़त करते थे और मुसलमान हिन्दुस्तानी औरत को शिक्षा के द्वारा धीरे-धीरे तरक़्क़ी की ऊँचाइयों पर पहुँचाना, हमने अपनी ज़िन्दगी का मक़सद बना लिया था। डिग्री लेने के बाद, हम लोग शिक्षा से निवृत हो चुके थे। क़ानून की क्लासें अलीगढ़ से

1. मुशताक़ अहमद ज़ाहिदी के एक लेख से उद्धृत।

संबद्ध रहने का एक बहाना था। सिवाय नई दुनिया बनाने के, किसी प्रकार की चिंता न थी। कालेज के नये और पुराने सम्माननीय छात्रों को, हर सप्ताह खाने पर या चाय पर आमंत्रित किया जाता। क़ौम की कोई बड़ी हस्ती कालेज के मुआयने के लिए अलीगढ़ में मौजूद होती। इनकी संगत के प्रभाव से लाभ उठाया जाता।

'तालीमे-निसवाँ' (महिलाओं के लिए शिक्षा) :- पर्दा, पश्चिमी सामाजिक शैली, धार्मिक आदेश, इस्लाम, चर्चा के विषय हुआ करते थे। सज्जाद इन गोष्ठियों में आगे रहते। जो प्रस्ताव वे प्रस्तुत करते, उस समय वे कार्यान्वित करने योग्य मालूम न होते थे।

उदाहरणतः उनका विचार था, नमाज़ें देसी भाषा में हुआ करे और क़ुरआन शरीफ़ का अनुवाद बिना अरबी लेख के प्रकाशित किया जाए। मस्जिदों में ऐसे स्नान गृह बनाए जाएँ, जिनमें कोट पतलून और हैट इस्तेमाल करने वाले मुसलमानों को वुज़ू करने में सहूलत हो। अगर जूतों समेत नमाज़ पढ़ी जाए तो बूट पर चढ़ाने के लिए ग़िलाफ़ मौजूद हों। इस्लामी उत्तराधिकार के कानून में, वे संयुक्त परिवार की शैली पर बदलाव चाहते थे। उर्दू क़ुरआनशरीफ़, उर्दू नमाज़ और तक़सीमे-विरासत (मृतक की सम्पत्ति के बँटवारे) पर सज्जाद के लेख, पत्रिकाओं में प्रकाशित हुए। उनके ख़िलाफ़ बहुत कुछ ले दे हुई।

'शैख़ मोहम्मद अब्दुल्लाह की पत्रिका 'ख़ातून' के पहले संस्करण में, हमारे कुँआरेगढ़ के मेम्बर इनामुलहक़ ने ऐसा मज़मून (लेख) लिखा कि जिसकी धूम मच गई और हम तीनों इस रिसाले (पत्रिका) में लिखते रहे।'

शैख़ मोहम्मद अब्दुल्लाह; एक कश्मीरी नौजवान, सज्जाद हैदर से कुछ वर्ष सीनियर थे और सर सैयद के प्रिय छात्र रह चुके थे।[1] किसी का सर सैयद और बेक साहब प्रिंसिपल के क़रीब होना आसान न था। मगर

1. मोहम्मद मुक़्तदी ख़ाँ शेरवानी के बारे में लेख से उद्धृत।

अब्दुल्लाह अपनी होशियारी और क़ौमी दर्दमंदी की वजह से, सर सैयद के हर समय साथ रहने वाले और बेक साहब के प्रिय शागिर्द रह चुके थे।

शैख़ मोहम्मद अब्दुल्लाह अलीगढ़ में वकालत शुरू कर चुके थे, जब साहबज़ादा ऑफ़ताब अहमद ख़ाँ ने उन्हें शादी की राय दी। 1902 ई. में दिल्ली के एक मुग़ल घराने की तालीम याफ़ता (शिक्षित) लड़की वहीद जहाँ बेगम पुत्री मिर्ज़ा इब्राहीम बेग से शादी हुई। बारात में नवाब मोहसिनुल मुल्क, ऑफ़ताब अहमद ख़ाँ नवाब सद्रयार जंग, मौलवी हबीबुर्रहमान शेरवानी, नवाब सर सुलतान अहमद ख़ाँ और ख़्वाजा अब्दुल हमीद के पिता ख़्वाजा मोहम्मद यूसुफ़ आदि शामिल थे।

दिल्ली में शमसुल-उलमा मौलवी ज़काउल्लाह, हकीम अजमल ख़ाँ वग़ैरह इस अवसर पर शरीक हुए। उस वक़्त क़ौम के बुज़ुर्गों में मौलवी सैयद करामत हुसैन, क़ानून के प्रोफ़ेसर अलीगढ़ कालेज, जस्टिस सैयद अमीर अली और बदरुद्दीन तैयब जी और नौजवानों में सैयद सज्जाद हैदर और उनके कुछ साथियों के अलावा औरतों की शिक्षा का कोई समर्थक न था। सर सैयद लड़कियों की शिक्षा के ख़िलाफ़ थे। 1896 ई. में मोहम्मडन एजुकेशनल कानफ्रेंस का एजुकेशन डिपार्टमेंट क़ायम हुआ था मगर उसने कुछ न किया।

1902 ई. में एडवर्ड सप्तम के जश्ने-ताजपोशी के मौक़े पर आल इण्डिया मोहम्मडन एजुकेशनल कानफ्रेंस का अधिवेशन हुआ, जिसके लिए सर आग़ा ख़ाँ और आलिया हज़रत सुलतान जहाँ बेगम नवाब भोपाल तशरीफ़ लाईं। एक शाम मैंने दोस्तों को जमा किया। साहबज़ादा ऑफ़ताब अहमद ख़ाँ, नवाब सुलतान अहमद ख़ाँ, सैयद सज्जाद हैदर और दूसरे ओल्ड ब्वायज़ से मैंने कहा कि मैं महिलाओं के शिक्षा विभाग को ज़िन्दा करना चाहता हूँ। आप साहिबों से दरख़्वास्त करता हूँ कि मुझे इसका सेक्रेटरी मुक़र्रर (नियुक्त) कर दीजिए। सबने आपसी सहमति से मुझे सेक्रेटरी मुक़र्रर किया।

अब्दुल्लाह बेगम[1] ने बीबियों (माननीय महिलाओं) का जलसा आयोजित किया, उसमें मिसेज़ रज़ाउल्लाह (शमसुल उलमा ज़काउल्लाह की बहू) और सईद अहमद बेगम ने प्रत्यक्ष भाग लिया। मैंने अख़बारों में महिलाओं की शिक्षा पर लेख लिखने शुरू किए, बेहद मुख़ालिफ़त की गई।

'1903 ई. में मोहम्मडन एजुकेशनल कानफ़्रेंस का जलसा बम्बई में आयोजित किया गया और पहली बार औरतों को पर्दे के पीछे से कानफ़्रेंस की तक़रीरें सुनने का अवसर दिया गया। कानफ़्रेंस में तैयबजी ख़ानदान की अतिया और ज़हरा फ़ैज़ी शरीक हुईं। शमसुलउलमा मौलवी मुमताज़ अली और मौलवी महबूब आलम सम्पादक 'पैसा अख़बार' भी मौजूद थे।

मैंने उनसे कहा कि लाहौर में महिलाओं का नारमल स्कूल जारी करें मगर उन्होंने लाहौर वापस जाकर सूचना दी कि स्कूल जारी करने का कोई समर्थक नहीं। उसके बाद मैंने और अब्दुल्लाह बेगम ने तय किया कि अलीगढ़ में मदरसा क़ायम किया जाए।

'मुझे 24 दिसम्बर 1904 ई. को मोहम्मडन एजुकेशनल कानफ़्रेंस में भाग लेने लखनऊ जाना था। उस समय तक मदरसा जारी करने की कोई व्यवस्था नहीं हुई थी। मैं बहुत परेशान था। लेकिन 20 दिसम्बर को डाक द्वारा भोपाल से एक सरकारी लिफ़ाफ़ा मिला, आलिया हज़रत (नवाब बेगम भोपाल) ने मेरी छोटी सी दरख़्वास्त को शरफ़े-क़बूलियत बख़्शा (मान लिया) और मदरसे के लिए सौ रुपया माहाना की मुस्तक़िल (स्थाई) आमदनी का ऐलान फ़रमाया।'

मैं अतियानामा (दान पत्र) लेकर लखनऊ पहुँचा और मुझे उम्मीद थी कि नवाब मोहसिन उल मुल्क ज़रूर इससे ख़ुश होंगे। मैं नवाब साहब से राजा सर तसद्दुक़ रसूल ख़ाँ साहब मरहूम की कोठी पर जाकर मिला। नवाब साहब उस वक़्त किसी बात पर नाख़ुश बैठे थे। बहुत से यार दोस्त

1. जीवनी, अब्दुल्लाह बेगम (जो शैख़ मोहम्मद अब्दुल्लाह ने लिखी) दूसरी बार मोहम्मद मक़ो उर्फ़ी ख़ाँ शेरवानी (अलीगढ़) के संयोजन व निगरानी में छपी।

उनके पास मौजूद थे। मैंने स्व. नवाब साहब से भोपाल के अतिये (दान) और अलीगढ़ में लड़कियों का मदरसा जारी करने का ज़िक्र किया। नवाब साहब ने यह सुनते ही क्रोद्ध में आकर, अपनी तुर्की टोपी सिर से उतार कर चबूतरे पर फेंक दी और कहा, अब मेरा अलीगढ़ में रहना दुश्वार (कठिन) है। लोग यूँही कालेज के पीछे पड़े रहते हैं। अब न जाने क्या कहेंगे, राजा साहब ने मुझे समझाना शुरू किया, आप नौजवानों को मुनासिब नहीं कि बुड्ढों की मर्ज़ी के ख़िलाफ़ कोई काम करें। आपको नवाब साहब से राय लेनी चाहिए थी।'

'मैं बिल्कुल ख़ामोश बैठा रहा। फिर चबूतरे पर से नवाब साहब की टोपी उठाकर लाया और उनके सामने मेज़ पर रख दी। नवाब साहब उसी ग़ुस्से की हालत में उठकर, गाड़ी में सवार होने लगे। मैंने उनसे कहा, हालाँकि पुराने ख़यालात के लोग महिलाओं की शिक्षा के ख़िलाफ़ हैं लेकिन नई नस्ल के विचारों का आपने बिल्कुल कोई लिहाज़ नहीं किया। मैं जानता हूँ कि दिल से आप तालीमे-निसवाँ (महिलाओं की शिक्षा) के हामी (समर्थक) हैं।' नवाब मुस्कुरआने लगे और फ़रमाया, जो कुछ मैंने कहा वह भी ठीक था और जो तुम कह रहे हो वह भी ठीक है। अपना काम किये जाओ।[1]

'1904 ई. ही में मैंने इरादा किया कि महिलाओं की शिक्षा के आंदोलन (तहरीके तालीमे निसवाँ) में जान डालने के लिए एक मैगज़ीन जारी करना चाहिए। सैयद सज्जाद हैदर, सैयद अबू मोहम्मद, एहतशामुल हक़ और इनामुलहक़ मुझसे सहमत हुए। रिसाले का नाम ग़ालिबन (सम्भवतः) सैयद सज्जाद हैदर या ख़ान बहादुर अबू मोहम्मद ने प्रस्तावित किया कि 'ख़ातून' होना चाहिए। 'ख़ातून' का पहला संस्करण जुलाई 1904 ई. में प्रकाशित हुआ।'

इसी साल अलीगढ़ में पहली ज़नाना कानफ़्रेंस आयोजित हुई, जिसके आयोजक शैख़ अब्दुल्लाह थे।

---

1. मदरसा निसवाँ (अलीगढ़) 1906 ई. में स्थापित हुआ।

हम तीनों ने[1] उसे कामयाब बनाने में कोई कसर न छोड़ी। यह कॉन्फ्रेंस हमारे लिए कई अर्थों में दिलचस्प और निराली थी। हमें मालूम हुआ कि हिन्दुस्तान में अतिया फ़ैज़ी जैसी प्रगतिशील महिलाएँ और आबरू बेगम जैसी पूर्वी विद्याओं और ज्ञान में अद्वितीय और अनूठी महिलाएँ मौजूद हैं। महिलाओं के समर्थकों को निराशा का कोई कारण नहीं।

'उसी ज़माने में प्रोफ़ेसर थ्योडोर मारिसन (बाद में लार्ड मारिसन) प्रिंसिपल एम.ए.ओ. कालेज के बर्तानवी (ब्रिटेन की) कौंसिल और पोलिटिकल रेज़िडेंट बग़दाद के यहाँ से अनुवाद की माँग आई। बहुत से छात्रों ने दरख़्वास्तें दीं, जिनमें से कुछ ऐसे थे, जिनका काम रोज़ाना प्रिंसिपल को सलाम करना था और जो अरबी के एम.ए. थे।

'सज्जाद ने भी दरख़्वास्त दी। हालाँकि सज्जाद केवल बी.ए. थे और प्रिंसिपल मरिसन से कभी मिलते भी न थे। मगर मरिसन ने सबसे ज़्यादा सज्जाद की सिफ़ारिश की और उनको तुर्की भी आती थी। चुनाँचे हम लोगों के ख़्याल में आशा के विपरीत उनकी नियुक्ति हो गई। उनके बग़दाद जाने से बैचलर्ज़ लॉज का ख़ातिमा हो गया।'

---

1. मुश्ताक़ अहमद ज़ाहिदी के लेख से उद्धृत।

बाब-ए-आली

26 मार्च 1904 को हम 'कोलार' जहाज़ द्वारा कराची से रवाना हुए, 5 अप्रैल को मस्क़त पहुँचे। पहाड़ ही पहाड़, जिन पर पेड़ तो क्या सूखी घास के पत्ते का निशान नहीं, और इस पर 'मस्क़त' को दावा-ए-सुलतानी (बादशाहत का गर्व) है। 8 अप्रैल को शहर दूरबीन से देखा कुछ अच्छा न पाया। 9 अप्रैल सात बजे सुबह, सुब्हानल्लाह, सुब्हानल्लाह! हम किस इलाक़े में जा रहे हैं। रात भर में क्या जादू हुआ। दोनों तरफ़ खजूरों के पेड़ों की लगातार क़ितारें। गुलाब, नारंगी और अनार के दरख़्त। हमारा सफ़ीना (जहाज़) दजला व फ़रात के मिले जुले पानी पर चल रहा है। एक तरफ़ तुर्की का साहिल (तट) है, दूसरी तरफ़ ईरान। यह सरसब्ज़ सिलसिला यहाँ से बग़दाद तक, चार सौ मील तक जारी रहेगा।

यह हिजाज़ या सूडान की खजूरों के पेड़ नहीं कि चार-पाँच एक जगह खड़े हैं। इर्द गिर्द सैकड़ों मील तक का चटियल मैदान। यह इराक़ियों के रेगिस्तान के बीच हरे भरे क्षेत्र और खजूरों के झुण्ड हैं, जिनके साये में हर तरह के फल और फूल मौजूद हैं।

अलहमरा के बाद बसरा के उपनगर शुरू हो जाते हैं, दरिया के किनारे दरख़्तों (वृक्षों) के झुण्ड, बसरा के कुलीनों के मकान, हसीन यहूदी, अर्मनी, और कहीं-कहीं तुर्क औरतें, लड़के और लड़कियाँ दौड़-दौड़ कर दरिया के किनारे आते हैं। हम दौड़-दौड़ कर सड़क के किनारे उनको देखने जाते हैं। मगर वह तो एक दो घण्टे ही में जहाज़ बसरा पहुँच गया। और वहाँ से सरकारी कश्ती में बिठाकर हम किरनतीना पहुँचा दिये गये। ज़िन्दाँ (क़ैदखाने) को चले मचल-मचल कर।'[1]

हमारे पुरखे बारह सौ साल पहले मदीना, कूफ़ा और दमिश्क़ से निकल कर गिरते-पड़ते दजला के किनारे पहुँचे थे। कश्तियों में सवार होकर अजम (ईरान व तूरान आदि) की राह फ़रार हुए। दश्ते-लूत के उस पार मावरा

1. यलदरम के एक लेख से उद्धृत।

उन्नहर[1], जैहून[2] के उस पार दाग़िस्तान क़राचल।[3] जागीरी दौर में बहुत ज़माने तक, जहाँ दरिया से पहाड़ों तक पूर्वजों का आधिपत्य रहा।[4]

आज से छप्पन साल पहले दिल्ली दरवाज़ा, ख़ूनी दरवाज़ा बना तो कोल (अलीगढ़) में विक्टोरिया गेट का निर्माण हुआ। उसकी मेहराब के नीचे से कई रास्ते निकले। उन पर चलते तुर्की टोपी, फ़्राक कोट पहने नये पथिकों ने नई दुनिया में क़दम रखा। बाप दादा की प्राचीन दुनिया अब ब्रिटिश कोलोनियल आफ़िस की नई उक्ति में मिडिल ईस्ट और मोहम्मद विजेता और मुसलमान-ए-आज़म की सल्तनत लार्ड कर्ज़न के 'ईस्टर्न क्वेश्चन' में बदल चुकी थी।

दजला व फ़रात वहीं हैं, वही इराक़ियों के तट। बग़दाद की तबाही को 8 सौ वर्ष गुज़र चुके हैं, लेकिन देखो सुलतानुल-मोअज़्ज़म का परचमे-हिलाली (नवचंद्र के निशान वाला झण्डा) बन्दरगाह पर किस शान से लहरा रहा है। ब्रिटिश जहाज़ पर नियमानुसार यूनियन जैक के साथ उस्मानी निशान लगा दिया गया, तुर्क कस्टम अफ़सर जहाज़ पर आ गये हैं। करतनीता की इमारत में रप-रप फिर रहे हैं।

बाब आली[5] के अधिकारी। बाब आली का नाम सुनकर ही फुरेरी सी आ जाती है। ज़ज़्बात में तूफ़ान उमड़ने लगता है, आँखों में आँसू आ जाते हैं। मुसलमानों के ख़लीफ़ा (बादशाह) ज़िन्दाबाद।[6] उसमानिया हुकूमत ज़िन्दाबाद!

लेकिन वह भी देखो जहाज़ के डेक पर टहलते ब्रिटिश अफ़सर, सैलानी, मिशनरी, सोलाहैट ओढ़े, सफ़ेद कोट पतलून पहने क्योंकि फ़ारस की खाड़ी में गर्मी शुरू हो गई है, खड़े मूँछों को ताव दे रहे हैं। जानते हैं कि सारी इस्लामी दुनिया अब उनकी है।

ए रुदे-दजला, ए रूदे,दजला! (ऐ दजला नदी, ऐ दजला नदी!)

---

1. मध्य एशिया के कुछ क्षेत्रों के लिए अरबों में प्रचलित प्राचीन नाम।, 2. मध्य एशिया की एक नदी जिसे आमू भी कहते हैं।, 3. हिमालय श्रृंखला।, 4. रुहेलखण्ड का उत्तरी क्षेत्र।, 5. इम्पीरियल हुकूमत तुर्की के लिए यूरोपियन उक्ति Sublime porte, 6. ज़िन्दाबाद।

हिन्दुस्तानी नौजवान अलीगढ़ के शिक्षण संस्थान का ग्रेजुऐट, नया साहित्यकार, काला सूट, बग़ैर फ्रेम की ऐनक, ब्रिटिश कोलोनियल समाज का होनहार सपूत कारपेट बैग हाथ में लिये, हारून रशीद के शहर में प्रवेश करता है। अरब सड़कों पर सुकून से चल रहे हैं। दोनों तरफ़ अर्द्धयूरोपीय स्टाइल के मकान, बीसवीं शताब्दी के शुरुआती दौर का बग़दाद। तुर्की उपन्यासों के पात्र इक्का-दुक्का नज़र आ जाते हैं। शासकीय वर्ग के यूरोपियन तुर्क। नुकीली शानदार मूँछें, नीली आँखें, बाब आली के बाँके अफ़सर उनकी चाँद जैसी सूरत वाली हसीन नक़ाबपोश ख़ानमें। ज़हरा, हमरा, ख़ालिदा।

गाड़ी ब्रिटिश कौंसिलेख़ाने के फाटक में दाख़िल होती है। सिर्फ़ सौ साल पहले तक उस्मानियों की शानो-शौकत और दबदबे और जाहो-जलाल का यह आलम था कि वे ब्रिटेन, फ्रांस, रूस और दूसरे पश्चिमी देशों में अपने राजदूत नियुक्त करना अपनी शान के ख़िलाफ़ समझते थे।

कौंसिल ख़ाने में सम्राट एडवर्ड सप्तम और साम्राज्ञी एलेक्ज़ेंड्रा की तस्वीर के नीचे बग़दाद में नियुक्त खुर्रांट कौंसिल जनरल व पोलिटिकल रेज़िडेंट फ़ार टर्किश, लेफ्टिनेंट कर्नल एल.एस. न्यूमार्च बैठा टेलीफ़ोन पर व्हाइट हाल से बात कर रहा है। फिर नवआगन्तुक नौजवान हिन्दुस्तानी ड्रेगोमैन द्वारा घमंडी उस्मानी अफ़सरों से गुफ़्तगू करता है, जो केवल फ्रेंच या तुर्की बोलते हैं और दिल ही दिल में हँसते हुए सोचते हैं, अबे साले व्यापारियों! हम ग़ाज़ी (सिपाही) लोग ख़ुदा के पुर-असरार (रहस्यमय) बंदे सात सौ बरस से बादशाहत करने और उसकी हिफ़ाज़त करने में मसरूफ़ (व्यस्त) हैं। छः सौ बरस तक हमने नकचढ़े गोरों को यूरोप में अपने मातहत रखा। बहर-ए-रोम (रोम का सागर) हमारे लिए केवल एक तुर्की झील था। हम तुम नौदुलतियों को भला क्या नज़र में लाएंगे।

कर्नल न्यूमार्च एडवर्डियन मूँछों के नीचे मुस्कुराता है। मर्दे-बीमार पर आलमे नज़्अ तारी है, (रोगी पहलवान आख़िरी सांसें ले रहा है) मगर अकड़ नहीं जाती।

बग़दाद की गलियों में दरवेशों, भिखारियों और भूखे मज़दूरों की रेल पेल है। कर्बला में इमाम हुसैन और जनाब अब्बास, और बग़दाद में अब्दुल क़ादिर जीलानी (ग़ौसुल आज़म) के मज़ारों में हिन्दुस्तानी और ईरानी श्रद्धालुओं की भीड़। मुसलमान केवल दुआओं और अज़मते-रफ़ता (बीते युग की महानता और वैभव) के सहारे जी रहा है। नई दुनिया इसकी समझ में नहीं आती। कर्बला-ए-मोअल्ला, नजफ़ अशरफ़ और मशहद हर जगह से रोज़मर्रा की तरह रोने धोने का शोर मच रहा है, और बग़दाद, तेहरान और क़ाहिरा के यूरोपियन क्लबों में आरकेस्ट्रा बज रहा है। तो कहने लगे भविष्य के अल्लामा इक़बाल :

साज़े इशरत की सदा मग़रिब के ऐवानों में सुन
और ईराँ में ज़रा मातम की तैयारी भी देख।

अरे साहब हम तो जाने कब से मासूमा-ए-क़ुम के पवित्र मज़ार की ज़रीह-ए-मुबारक से लिपट कर चीख़ रहे हैं। अस्सलाम अलैक या बिन्ते रसूलल्लाह, अस्स्लाम अलैक या बीबी या ख़्वाहरे-इमाम या मासूमा (बीबी फ़ातिमा (रज़ी०) पर सलाम) फ़रियाद है! कोई फ़रियाद ही नहीं सुनता।

तेहरान के महल की पुष्पवाटिका में ताज पहने क़ौम व मिल्लत की शान, शाह क़ाचार का ब़ड़े बाँकपन के साथ नाज़नीनों (सुंदरियों) की तरफ़ हस्बे-मामूल (यथानुसार) गहरा ध्यान है, और साहब लोग मिशनरी लोग, फ़ौजी, सिविलियन और व्यापारी पी.एण्ड.ओ. के जहाज़ों पर सवार जबलत्तारिक़ और स्वेज़ से गुज़रते मराक़श (मोरोक्को) से लेकर अफ़गानिस्तान तक जंगलों में रहने वालों के ख़ेमें लूटने में व्यस्त हैं। पूर्व में हर तरफ़ सिवाय जहालत, सिवाय पिछड़ेपन, मजबूरी परेशानी, ग़ुलामी, भुखमरी, ग़रीबी, तबाही के और क्या नज़र आता है? अस्सलाम अलैक या बिन्ते-रसूलल्लाह! (मोहम्मद साहिब (स०) की बेटी फ़ातिमा तुम पर सलाम)।

छह सौ साल पहले इब्नेबतूता ने रिपोर्ट किया था कि फ़रात के किनारे शहर 'हला' में मस्जिद के दरवाज़े पर रेशम का पर्दा लगा है। कहा जाता

है कि इमाम मेहदी अलैहिस्सलाम उसी मस्जिद में दाख़िल होकर छुप गये। रोज़ शाम को दिन छिपने के समय शिया वहाँ जमा होकर हाय-हाय करते हैं, आँसू बहाते हैं। अख़रज या साहिबे ज़माँ! (इमाम मेहदी, बाहर आइए!) अख़रज या क़ायम अल मुंतज़िर! (ऐ इन्तज़ार करने वाले बाहर आइये) रात गये तक रोते चिल्लाते रहते हैं। रेशम का पर्दा इसी तरह बग़ैर हिले पड़ा रहता है। फिर वे निराश होकर अपने घरों को लौट जाते हैं।

मगर आज ऐ पाशाओ, शरीफ़ो, आग़ाओ, सैयदो, ख़ान बहादुरो आज सारा दारुस्सलाम सिर झुकाए हुए है। सब मिलकर पुकारो अख़रज या साहेबज़्ज़माँ! अख़रज या हुज्जतुल्लाह, या क़ायम अलमुंतज़िर!

ख़ुफ़िया कार्रवाइयाँ हो रही हैं। जगह-जगह चुपके-चुपके मीटिंगें की जा रही हैं। तेहरान, इस्तंबोल, क़ाहिरा, बग़दाद के क़ाफ़ी हाउसों में साज़िशें हो रही हैं। ज़माना नाज़ुक है और देखो कल की बात है, जब बनी उमैया के ख़िलाफ़ बनूफ़ातिमा के ख़िलाफ़ क्या-क्या ख़ुफ़िया मीटिंगें न हुईं। यही कूचा व बाज़ार, यही वन और जंगल, यही इंसान, इनके पितृव पूर्वज।

आज क़ाचारी शाहों और उस्मानियों और रामनोफ़ के ख़ानदान और विक्टोरिया की औलाद की बारी है। तेहरान, इस्तंबोल, सेण्ट पीटर्सबर्ग, मास्को, बाकू, लंदन, पेरिस, कलकत्ता, हर शहर में सिरफिरे लौंडे ख़ुफ़िया मिस्कोट कर रहे हैं। ज़माना ख़तरनाक है।

मुस्तक़बिल (भविष्य) की मेहराब पर हरीर (रेशम) का पर्दा इस तरह साकित (शांत) है और एशिया, अफ़्रीक़ा के नौजवान इसके सामने खड़े चिल्ला चिल्ला कर पुकार रहे हैं। इमाम मेहदी अलैहिस्सलाम बाहर आइए, परिवर्तनात्मा बाहर आइए!

नौजवान तुर्क

'21 जुलाई 1905 ई. नमाज़ जुमा के बाद बादशाह सलामत मस्जिद से निकल रहे थे; किसी ने बम का गोला उन पर फेंका, 24 आदमी मरे। सुलतानुल-मोअज़्ज़म (बादशाह) बाल बाल बच गये। चेहरे पर किसी तरह का भय और बेचैनी ज़ाहिर नहीं हुई। बादशाह के बचने की ख़बर पर लाहौर में मुसलमानों ने जुमे की नमाज़ के बाद शुकराने के नफ़िल पढ़े (शुक्रिया प्रकट करने के लिए नमाज़ पढ़ी) और अल्लाह तआला से उनकी सेहत और सलामती के लिए दुआएं माँगीं' (तहज़ीबे-निसवाँ, लाहौर)।

'नौजवान उसमानियों' की ख़ुफ़िया जमाअत सद्रेआज़म अलीपाशा के दौर में क़ायम हुई थी। 1882 ई. में जब सुलतान अब्दुल मजीद द्वितीय ने प्रेस पर पूरी पाबन्दी लगा दी तो तुर्क इंक़लाबियों ने यूरोप में बिखर कर वहाँ से रिसाले और पुस्तिकाएँ प्रकाशित करने शुरू किये, जो तुर्की स्मगल किये जाते। हुकूमत ने जासूसों का जाल फैला दिया।

'अंजुम इत्तेहाद व तरक्क़ी' नौजवान उस्मानियों की जानशीं जमाअत थी। यूरोप की तुर्क इंक़लाबी संस्थाएँ उससे सम्बंधित हुईं, नौजवान तुर्कों का पहला सम्मेलन 1902 ई. में पेरिस में हुआ। उसके बाद यह गुट अंडरग्राउन्ड हो गया। नौजवान तुर्क लड़कियाँ भी इन संगठनों में सम्मिलित थीं।

नौजवान तुर्कों को अपने सूत्रों से मालूम हुआ कि एडवर्ड सप्तम और 'ज़ार निकोलस द्वितीय' ने एक गुप्त समझौता किया है, जिसके अनुसार ब्रिटेन और रूस उस्मानी सम्राज्य को आपस में बाँट लेने की योजना बना रहे हैं। यह सूचना मिलते ही मुस्तफ़ा कमाल और कुछ जोशीले नौजवान फ़ौजी अफ़सरों ने एक और संगठन बना लिया, जिसमें अनवर बे, नियाज़ी बे, और जमाल बे शामिल थे।

मुस्तफ़ा कमाल साथियों सहित पकड़ लिए गये। 1905 ई. में क़ैद से छूटे। कुर्द विद्रोह कुचलने के लिए अपनी रेजिमेंट के साथ इन्हें

सूबा 'शाम' रवाना कर दिया गया। 1906 ई. में इस्मत बे (भविष्य के इस्मत अनोनो) मिलिट्री कालेज इस्तंबोल से निकलते ही नौजवान तुर्कों में शामिल हो गये।

मुस्तफ़ा कमाल का फ़ौजी दस्ता दमिश्क़ में तैनात था यहाँ उन्होंने 1906 ई. में एक और अंडरग्राउंड संगठन 'वतन व हुर्रियत' की नींव रखी। इसकी शाखाएं युरोशलम, हैफ़ा, और बग़दाद में स्थापित की गईं।

बग़दाद में ड्रेगोमैन सज्जाद हैदर की आदत यह थी कि दफ़्तर के बाद कौंसिलख़ाने के क्लब जाने के बजाय शहर के तुर्क पत्रकारों और साहित्यकारों में समय व्यतीत करते। मुस्तफ़ा कमाल की 'अंजुमन वतन व हुर्रियत' की शाखा बग़दाद का पहला जलसा अपने मकान पर आयोजित किया। बाब आली के जासूसों के डर से अपना अरब नौकर दरवाज़े पर बिठा दिया। उसके बाद हर हफ़्ते या हंगामी मीटिंग पर बेहद एहतियात बरती जाती।

यलदरम के भांजे सैयद उसमान हैदर 1928 ई. से 1933 ई. तक नौकरी के सिलसिले में ईरान, इराक़, फ़िलस्तीन व तुर्की में रहे।[1] बग़दाद में एक बार बहुत बीमार पड़े और इलाज कराने तुर्की गये, जहाँ दयार-ए-बक्र में तुर्की की नई लोकतांत्रिक सरकार ने बहुत बड़े अस्पताल का निर्माण करवाया था।

'सौभाग्य से उन्हीं दिनों ग़ाज़ी इस्मत पाशा यानी इस्मत अनोनो प्रधानमंत्री तुर्की, मास्को जाते हुए दो दिन के लिए दयार-ए-बक्र में ठहरे। दूसरी सरकारी संस्थाओं का मुआयना करते हुए इस अस्पताल में भी तशरीफ़ लाए। मेरे पलंग के नज़दीक सब मरीज़ों से हाथ मिलाते और हाल पूछते। मेरे सीने पर मेरे नाम और मुल्क का कार्ड लगा था। डॉक्टर मौखिक रूप से हर मरीज़ का परिचय कराता जा रहा था। मेरा नाम मालूम करके इस्मत अनोनो ने फ़्रांसीसी लहजे के साथ अंग्रेज़ी में मुझसे पूछा।

---

1. 'मुशाहिदात-ए-बिलादे इस्लामिया' महमूदा उस्मान हैदर द्वारा लिखित। 'इदारा इल्म मजलिसी' कराची ने प्रकाशित की है।

Do you know yildrim Sajjad Hyder?

Yes, your Excellency.

How? Are you related to him?

Yes, your Excellency, he is my uncle.

Real uncle?

Yes, your excellency, My mother's brother

Do you write to him?

Yes, your excellency, I do.

Fine, when you write to him next, do convey my salam Alaik.

'उसके कुछ मिनट बाद और बातें कीं और आगे बढ़ गए दूसरे दिन मैंने यह घटना मामूजान को अलीगढ़ लिखकर भेजी, जिसपर उन्होंने जवाब में मुझे लिखा कि इस्मत पाशा को उन्होंने बन्दा नवाज़ी पर शुक्रिया का ख़त लिखा है।

"Seven days, speech by Ghazi Mustafa Kamal Pasha"

उस ज़माने में अंग्रेज़ बहादुर ने हिन्दुस्तान में BAN कर रखी थी। दूसरे देशों में भी जहाँ ब्रिटेन का क़ब्ज़ा था, इस बात की कड़ी चौकसी बरती जाती थी कि हिन्दुस्तानी इस मशहूर किताब को हाथ न लगा पाएं। बग़दाद में एक बार हिम्मत करके मैं दूतावास के फ़र्स्ट सेक्रेटरी से मिला और उनसे अपना मक़सद बयान किया (उन दिनों इराक़ में अंग्रेज़ का ऐसा रौब दबदबा था कि वह किताब वहाँ भी बाज़ार में कहीं न बिकती थी, लोग आकर तुर्की दूतावास से ख़रीद लिया करते थे।)

फ़र्स्ट सेक्रेटरी ने जाकर राजदूत से यह किताब लेनी चाही (जो उनके क़ब्ज़े में रहती थी) चुनांचे मुझे सफ़ीर (राजदूत) के सामने पेश होना पड़ा। उन्होंने बड़ी शिष्टता से कहा, कि आप हिन्दुस्तानी हैं, यह साहस कैसे कर रहे हैं! इतने में फ़र्स्ट सेक्रेटरी ने मेरा मुलाक़ाती कार्ड जो उनके हाथ में था

सफ़ीर के सामने रख दिया। उनका मतलब शायद यह रहा होगा कि ब्रिटिश राजदूतावास से सम्बन्ध रखता हूँ और वहाँ एक ज़िम्मेदार औहदे पर तैनात हूँ लेकिन सफ़ीर-ए-मौसूफ़ (उक्त राजदूत) ने कार्ड पर मेरे नाम के साथ हैदर पढ़कर बड़ी गहरी नज़र से मुझे देखा और इस्मत अनोनो वाला सवाल दोहराया।

Do you know Effendi Sajjad Hyder Yeldrim?
मेरा वही जवाब, 'यस, योर एक्सीलेंसी!'
पूछा, 'हाउ यू नो दिस ग्रेट मैन?'
मेरा वही जवाब, 'सगे मामू हैं।'

'सफ़ीर साहब ने बड़े जोश से हाथ मिलाया और चाय का आर्डर दिया। मेरे सम्बन्ध में बहुत कुछ मालूम किया फिर कहने लगे आप हमारी नयी हुकूमत के एक उपकारी के रिश्तेदार हैं। मैं आपको यह किताब तोहफ़े के तौर पर दूँगा। मगर शर्त यह है कि पढ़कर मुझे वापस कर दें। ऑफ़न्दी यलदरम उस ज़माने में जबकि हमारी गिनती ग़द्दारों में होती थी और वे भी सिफ़ारत ख़ाने में (दूतावास में) ड्रेगोमैन के पद पर कार्यरत थे, हम लोगों के साथ हर सम्भव सहयोग करते रहे और रऊफ़ पाशा से उनके गहरे सम्बन्ध हो गये थे। ऑफ़न्दी आज से आप हम सबके भांजे हैं।"

चौक़यशा जम्हूरिया तुर्की! (तुर्की गणतंत्र ज़िंदाबाद!)

प्रेमचन्द से पहले

(पिछले बीस तीस साल की मुद्दत में हिन्दुस्तान में भी)[1] उपन्यास लेखन ने वह सिक्का जमाया कि हर अख़बार हर मैगज़ीन, हर छापाख़ाना और अगर अतिश्योक्ति न हो तो हर दिमाग़ उपन्यासों से भर गया है ...स्वर्गीय 'तहज़ीबुल अख़लाक़'[2] को भी इस साहसिक शासक के सामने नतमस्तक होना पड़ा ...और सम्भवतः यह गौरव केवल हिन्दुस्तान ही को हासिल है कि सारा देश इस तरफ़ को ढुल पड़ा, फिर भी उच्च कोटि के उपन्यासकार न पैदा हुए। उच्च कोटि के तो क्या मामूली और कम दर्जे के भी पैदा नहीं हुए।

'इस समय उर्दू में नावेल लिखने वाले उंगलियों पर गिने जा सकते हैं। उनमें से भी जो चोटी के गिने जाते हैं, वे दुःख के साथ कहना पड़ता है कि आधा दर्जन से भी कम हैं। मगर लोकप्रियता और प्रसिद्धि के आधार पर मैं तो यही तीन नाम ज़्यादा सुनता हूँ, यानी शमसुल उलमा मौलवी नज़ीर अहमद, मौलवी अब्दुल हलीम शरर और पण्डित रतननाथ 'सरशार'

'...यह बहस कि इन तीनों साहिबों के उपन्यास किस हैसियत और किस दर्जे के हैं, निहायत नाज़ुक सवाल है और इसका फ़ैसला किसी एक आदमी की राय पर आधारित नहीं हो सकता। हाँ, उपन्यास के विभिन्न स्तर और क़िस्में गिनाई जा सकती हैं और फिर यह देखा जा सकता है कि वे इस स्तर की कसौटी पर ठीक उतरते हैं या नहीं।

'...आज़ाद लायक़ भी हैं, बहादुर भी हैं लेकिन बड़े आशिक़ मिज़ाज हैं। अब यह कि हीरो पर किसी तरह का आरोप न लगे, यह तरकीब निकाली जाती है कि हर हसीन लेडी, चाहे वह मुसलमान हो, हिन्दू हो

---

1. 'नाविल नवीसी' लेखक सैयद सज्जाद हैदर। छात्र बी.ए. क्लास, 'मआरिफ़'? अक्तूबर 1898 ई. और लम्बे लेख से उद्धृत।, 2. यह एक पत्रिका थी, जो सर सैयद अहमद ख़ाँ प्रकाशित करते थे।

या ईसाई हो, उन पर नज़र डालते ही आशिक़ हो जाती है और जहाँ तक सम्भव होता है यह किसी का दिल नहीं दुःखाते।

'...ऐतिहासिक उपन्यासों में भी ग़लतियाँ की जाती हैं। एक नाविलिस्ट, जिनकी प्रसिद्धि आजकल दिन दूनी रात चौगुनी तरक़्क़ी कर रही है (उनके नाविल में), प्राचीन रोम के ज़माने का ज़िक्र है और हीरो, चिकित्सा विज्ञान और भौतिक शास्त्र की चर्चा करता है और उनके सब अन्वेषणों और अविष्कारों का साधारण तौर पर ज़िक्र करता है, जो उन्नीसवीं शताब्दी में हुई हैं।

'...पुराने क़िस्सों में तो कोई शहज़ादा छत पर सोता था और आशिक़ होने के लिए परी उड़कर आया करती थी। लेकिन अब ज़माने की ज़रूरत की मजबूरी ने सिवाय तस्वीर के सब बातें बन्द कर दी हैं। अब या तो तस्वीर के ज़रीए या उठते-बैठते कोई झलक नज़र पड़ जाने से इश्क़ पैदा हो जाता है...

'एक और बात है, जिसकी ओर हमारे उपन्यासकारों ने ध्यान नहीं दिया, यानी यह कि नाविल के हीरो के लिए शिक्षित या मालदार होना कोई लाज़मी शर्त नहीं है। ग़रीब और अशिक्षित भी इतना ही अच्छा हीरो हो सकता है ...अक्सर सच्ची नेकी ग़रीबों ही में पाई जाती है।

मगर हमारे उपन्यासकारों ने ख़याल कर लिया है कि हीरो के लिए ज़रूरी है कि वह एक बहुत ही ऊँचे ख़ानदान का हो, नवाबज़ादा हो, शहज़ादा हो, ग़रज़ यह कि ऊँची सोसायटी का हो।

'अभी तक उर्दू में ग़ुरबत (निर्धनता) का नक़्शा खींचा जाना बाक़ी है और यह इस तरह हो सकता है कि सिर्फ़ ग़रीब लोगों की ज़िंदगी से सम्बंधित उपन्यास लिखे जाएँ, यह एक बहुत बड़ा प्रसंग है, जिस पर अभी तक किसी ने क़लम नहीं उठाया, लेकिन जिसको कामयाबी के साथ पूरा करने के लिए बड़ी मालूमात, बड़े व्यवहारिक ज्ञान और गहरे अवलोकन की आवश्यकता है ...इंग्लिस्तान (इंग्लैंड) के अव्वल दर्जे

के नाविलिस्ट वे लोग हैं, जिन्होंने गरीब लोगों के हालात की तस्वीर खींचने में कमाल दिखाया है। 'उर्दू लिट्रेचर और तालीम याफ़्ता मुसलमान' (मआरिफ़, सितम्बर 1900 ई.)

'ऐसे वक़्त में जबकि उर्दू के साथ ख़ास 'अहसानात' किये जा रहे हैं, जबकि उर्दू का मुक़ाबला हिन्दी से हो रहा है और ज़माने ने अपना दस्ते शफ़क़त (कृपालु हाथ) इस नामुराद, हिरमाँ नसीब (निराश) उर्दू के सिर से उठाकर हिन्दी के सिर पर रख दिया है, ग़रज़ ऐसे नाज़ुक ज़माने में उर्दू लिटरेचर की तरक़्क़ी के मुतअल्लिक़ कुछ लिखना झोंपड़े में रहना और महलों के ख़्वाब देखना है।'

1900 ई. 'मुझे मेरे दोस्तों से बचाओ।'

1900 ई. 'नशे की पहली तरंग' (ख़लील रुश्दी बे का अनुवाद) शैख़ अब्दुल क़ादिर ने 1901 ई. में लाहौर से 'मख़ज़न' का इजरा (लोकार्पण) किया, इसी साल जुलाई के संस्करण में सज्जाद हैदर का दूसरा अनुवाद 'फ़ितरते जवाँ मर्दी' छपा जो 'मफ़ाख़र बे' की कहानी थी। 1902 ई. तक तीन नाविलिट 'सालिस बिलख़ैर', 'मतलूब हसीना' और 'ज़हरा' तुर्की से अनुवाद करके प्रकाशित किये। 'सालिस बिलख़ैर का दीबाचा (आमुख)

"मेरी तमन्ना यह थी कि किसी तरह तुर्कों के क़िस्से तर्जुमा (अनुवाद) करूँ। तुर्कों की सोशल ज़िन्दगी की तस्वीर मैं उर्दू में इसलिए भी ज़रूरी समझता था कि हमारी सोसायटी और तर्ज़ेमआशरत (सामाजिक पद्धति) में जो इंक़लाब आ रहा है, वह उन्हें भी पेश आ चुका है। इस वजह से हमें इस नक़्शे से मालूम हो जाएगा कि इस मंज़िल से वे किस तरह गुज़रे और अब वे कहाँ हैं ...गुफ़्तगू तो ज़रूर अनोखी है लेकिन सुनिये तो सही, ग़रीबे-शहर सुख़नहाए गुफ़्तनी दारद' (अजनबी शहर में आकर कुछ कहना चाहता है)।

'एक मुग़य्यना से इल्तजा' उर्दू-ए-मोअल्ला, अलीगढ़ (फ़रवरी 1906 ई.)। 'मैं चाहता हूँ' उर्दू-ए-मोअल्ला मार्च 1906 ई. 'मेरे दोस्ताने वाले' उर्दू-ए-मोअल्ला (जनवरी 1907 ई.)।

'प्रेमचन्द के अफ़साना निगारी (कहानी लेखन) शुरू करने से चार बरस पहले यानी 1903 ई. तक वे इस मैदान में अपना स्थान और दर्जा इस हद तक सुरक्षित करा चुके थे कि आलोचकों ने उनका कहानी पर मेहनत और लगन का जायज़ा (परीक्षण) लेना शुरू कर दिया था। इस तरह रिसाला 'मख़ज़न' मार्च 1903 ई. में 'उर्दू ज़बान और अफ़साना निगारी' शीर्षक से 'ग़ुलाम भीक नेरंग' का एक विस्तृत जायज़ा प्रकाशित हुआ जो 'ज़हरा' के आलोचनात्मक अध्ययन पर आधारित है।

मुंशी प्रेमचन्द ने पहली कहानी 'दुनिया का सबसे अनमोल रतन' 1907 ई. में लिखी, जो उसी साल 'ज़माना' कानपुर में प्रकाशित हुई। 'ख़यालिस्तान' की तबाज़ाद (स्वयं रचित) कहानियाँ 'दोस्त का ख़त', 'ग़ुरबत व वतन' अक्तूबर 1906 ई. और 'हज़रते-दिल की सवानेह उम्री' दिसम्बर 1906 ई. में 'मखज़न' में प्रकाशित हो चुकी थीं। 'ख़ारिस्तान व गुलिस्तान व शीराज़ा-ए-मख़ज़न जून, अगस्त और सितम्बर 1906 ई. 'निकाहे सानी', सौदा-ए-संगीन और 'सोहबते नाजिंस' (1907 ई. में छपे) के लिये लेखक ने लिखा कि उनके मरकज़ी ख़याल (मूल-विचार) तुर्की से लिये गये हैं।

1905 ई.-1906 ई. के दक़ियानूसी हिन्दुस्तानी मुसलमान पश्चिमी संस्कृति से बहुत बदज़न (बदगुमान) थे, लेकिन अर्द्ध यूरोपियन तुर्की अपेक्षाकृत उत्कृष्ट समाज के इस क़द्र आशिक़ थे और श्रद्धा रखते थे कि यलदरम ने आज़ादी-ए-निसवाँ (महिलाओं की आज़ादी) वग़ैरह के बारे में अपने ख़यालात को तुर्क बुर्क़े में पेश करना ज़्यादा उचित समझा। क्योंकि 'पतरस' के कथनानुसार 'जदीद मज़ीस्त' यूरोपियन के बजाय तुर्की लेबल के साथ ज़्यादा दिलावेज़ (मनभावन) नज़र आ सकती थी।

'सोहबते नाजिंस' या 'लड़कियाँ और यूरोपियन तरबियत' (मख़ज़न-फ़रवरी 1906 ई.) शुद्ध हिन्दुस्तानी समाज की कहानी है, यद्यपि यही सूरते-हाल उस वक़्त तुर्की में भी मौजूद थी।

इन कहानियों का मुक़ाबला मूल तुर्की रचनाओं से आजतक नहीं किया गया। बाद की किताबों के विपरीत (जितने रचनाकारों, नामिक़ कमाल बे आदि के नाम अनुवादक ने लिखे हैं) इन कहानियों के मूल का पता-निशान नहीं दिया। उदाहरणतः एक महत्वपूर्ण नाविलिस्ट 'आसेबे-उल्फ़त' (मकतबा जामिया दिल्ली-1930 ई.) के मुखपृष्ठ पर ब्रैकेट में केवल 'एक तुर्की अफ़साना' दर्ज है। पतरस बुख़ारी, 'यह महज़ उनका हुस्ने-बयान है या महज़ इन्किसार (विनम्रता) जो उन्हें एक नई टेक्नीक बरतने की मअज़रत के तौर पर इस्तेमाल करना पड़ा।' (डॉ. मोईनुर्रहमान नज्र. संस, लाहौर से)

1943 ई. में सैयद अहमद शाह बुख़ारी पतरस : 'यलदरम की वफ़ात (देहान्त) पर यह वाक़ेआ (घटना) कि उनकी मौत पर इतनी ख़ामोशी रही अलमनाक (दुःखद) है। उर्दू अदब पर उनका असर बहुत अज़ीम था। बड़ी शोख़ी और बड़े लुत्फ़ के साथ उन्होंने उर्दू अदब के बूढ़े चेहरे को जवानी और ताज़गी बख़्शी। और गो (हालाँकि) उनके तजुर्बे की जिसारत (कोशिश) को अब तक़रीबन फ़रामोश (भुला दिया) कर दिया गया है लेकिन रंग व रूप की बहुत सी लताफ़तें (बारीकियाँ), जो उन्होंने पैदा कीं अभी बाक़ी हैं...।'

ख़यालिस्तान, अपने प्रकाशित होने के कुछ ही हफ़्तों के अन्दर उर्दू की ऐसी लोकप्रिय रचना बन गया, जो बड़े शौक़ से बार-बार पढ़ी गई। आज हम उससे एक मील के पत्थर की हैसियत से वाक़िफ़ (परिचित) हैं। और जब अदबी फ़ैशन बदलेगा और शायद लोग ख़यालिस्तान की साफ़ सुथरी और विनीत सुन्दरता की ओर न ध्यान देंगे, उस वक़्त भी हमें साहित्यिक अध्ययन के लिए इस किताब की तरफ़ देखना पड़ेगा और हमें उन विशेषताओं की टोह मिलेगी, जिन्होंने बड़ी हद तक उर्दू को उसका दमख़म और लोच बख़्शा है।

'...यलदरम मुसलमानों की नई ख़ुद आगही (स्वज्ञान) के धारे में शामिल थे। वे उस दौर की पैदावार थे और सिंबल भी। उन्होंने अलीगढ़ में शिक्षा पाई और सारी दुनिया में उनको बड़े गर्व के साथ उस पसंदीदा गुट

में शामिल समझा गया, जिसने उस मर्कज़ (केन्द्र) से बाहर आकर एक नये तर्ज़े-फ़िक्र (चिन्तन की नई धारा) और नई जीवन शैली की साज-सज्जा की। अभी हम उस युग से इतने क़रीब हैं कि सम्भवतः आसानी से यह नहीं जान सकते कि इस आन्दोलन व साज सज्जा का मान व मूल्य क्या है। लेकिन अनुमान लगाया जा सकता है कि भविष्य के इतिहासकार को इस प्राथमिक दौर में इस क़ौमी दबदबे और आशा को पुनः प्राप्त करने की आकांक्षा अवश्य दिखाई देगी, जो मुग़ल सलतनत की समाप्ति के बाद, हिन्दुस्तानी मुसलमान अपनी ज़िन्दगियों में खोँ चुके थे।

'आधिपत्य की इच्छा बाद के दौर में पैदा हुई और उसमें सज्जाद हैदर और उनके समकालीन सम्मिलित न थे। अतः समाज शास्त्र की दृष्टि से 'इक़बाल' के विपरीत सज्जाद हैदर वर्तमान काल से सम्बन्ध नहीं रखते। इक़बाल दोनों काल में शामिल थे। अतः महान होने के साथ-साथ अधिकतर लोगों की चर्चा में रहे।

'सज्जाद हैदर उस नस्ल के आदमी थे, जिसने मुसलमानों के जीवन में एक नया क्रम पैदा करना चाहा, इसके क्रमतत्व प्राचीन व नवीन, पश्चिम व पूर्व, विज्ञान और धर्म, अरबी व अंग्रेज़ी पर आधारित थे। यही पद्धति थी जिसने अलीगढ़ कालेज के लिए एंग्लो-ओरिएण्टल का नाम सुझाया। इस पद्धति के कुछ परिणामों ने अकबर इलाहाबादी जैसे लोगों को बहुत दुःखी किया। मगर वक़्त आगे बढ़ता गया और नई दिशा के मार्गदर्शक अपने मिशन में सफल रहे।

'इस नई दिशा और विनम्रता के लिए सज्जाद हैदर ने एक balanced और उचित आधार पर प्रगतिशील साज-सज्जा से उर्दू भाषा को परिचित कराया। तुर्की टोपी, मुग़ल शेरवानी और अंग्रेज़ी पतलून पहने नौजवान अदीबों (साहित्यकारों) की एक पूरी नस्ल, इस लेखन शैली की तरफ़ पूरे जोशो-ख़रोश से लपकी जैसे सिर्फ़ यही चीज़ थी, जिसकी वे अब तक प्रतीक्षा कर रहे थे। और यह सच भी था। इस शैली में वह सब कुछ था, जिसकी उन्हें आरज़ू थी। ...शब्द अरबी व फ़ारसी के थे लेकिन ऐ लीजिए

पल की पल में उनकी सख़्ती और भारीपन ग़ायब हो गया। मानो किसी ने मिल्टन के ज़ोरेबयान (बोलने की शक्ति) में आस्कर वाइल्ड के रंग की आमेज़िश (मिलावट) कर दी।

क़ौमी पुनर्जागरण के साथ अतीत के नवीकरण के आरज़ूमन्द नौजवानों ने, इस नये अंदाज़े-तहरीर (नई लेखन शैली) को बड़े गर्व और प्रेम से अपनाया। उन्हें ख़ुशी इस बात की थी कि यह साफ़ सुथरी, सुन्दर, प्रगतिशील, नर्म व नाज़ुक और आज़ाद ख़याल (खुले विचारों) की थी। गर्व इसलिए था कि यह अन्दाज़े-बयान क़ौम के शानदार अतीत से भी सम्बद्ध था, पूर्वी था।

'यलदरम की कई कहानियाँ और ड्रामे अनुवाद हैं। लेकिन मुझे मालूम नहीं कि मूल रचनाओं से इन अनुवादों का मुक़ाबला किया गया है। इसलिए मैं यक़ीन के साथ नहीं कह सकता कि सज्जाद हैदर ने अपने आपको सही अर्थों में अनुवादक की हैसियत से पेश किया है या यह केवल उनका हुस्ने-बयान है या केवल विनम्रता, जो उन्हें एक नई तकनीक बरतने की वजह के तौर पर बरतनी पड़ी।

कुछ अंदरूनी साक्ष्यों के आधार पर मुझे संदेह है कि अनुवाद दरअस्ल लगभग स्वयंरचित रचनाएँ हैं और जैसा समझा जाता है, उससे कहीं अधिक ओरिजनल सिद्ध हुई हैं। इसकी प्रेरणा सज्जाद हैदर को तुर्की के परिदृश्य ने दिलाई। क्योंकि नई दिशा यूरोपियन की बजाय, तुर्की लेबल के साथ ज़्यादा दिलावेज़ (मनमोहक) नज़र आ सकती थी। उन्होंने एक तुर्की पेन नेम 'यलदरम' अपनाया, जिसने पेन नेम अपनाने के नये फ़ैशन की बुनियाद डाली। यह व्याख्या यद्यपि ज़्यादा महत्व नहीं रखती लेकिन अपनी जगह पर एक अलामत (संकेत) की हैसियत रखती है।[1]

1. 'सैयद सज्जाद हैदर यलदरम' पतरस बुख़ारी द्वारा लिखित, दैनिक स्टेट्समैन मई, 1943 ई. (सारांश)।

ग़रीब-ए-शहर सुख़नहा-ए-गुफ़्तनी दारद
(अजनबी शहर में आकर कुछ कहना चाहता है)

1904 ई. से 1907 ई. तक सज्जाद हैदर (शैख़ अब्दुल क़ादिर के कथनानुसार 'हिन्दी मुसाफिर') बग़दाद और इस्तंबोल में रहते थे। 'सरकारी नौकर होने के कारण उन्होंने अपना क़लमी नाम (पेन नेम) यलदरम रखा, जो मशहूर तुर्क सुलतान बायज़ीद (1389 ई. से 1403 ई.) की उपाधि थी क्योंकि वह अपने दुश्मनों की बेध्यानी में उनके सिरों पर बिजली की सी तेज़ी से आ गिरता था।'[1]

इस शब्द के उच्चारण पर ग़ौर करने से ख़याल होता है कि यलदरम के अर्थ गरज के होंगे, न कि केवल बिजली की चमक के। अगर इसके अर्थ गरज के लिये जाएँ तो सज्जाद के नाम के साथ यह हरगिज़ मौज़ूँ (उचित) न था। क्योंकि वे विचारों की बारिश करते रहे मगर कभी गरजे नहीं।[2]

यह बड़ा ख़ुशगवार और जोश भरा ज़माना था। उर्दू वालों को बाहर की हवा लग चुकी थी और उनका बौद्धिक संसार विशाल होता जा रहा था। शैख़ अब्दुल क़ादिर यूरोप की सैर को निकले और वहाँ से लिखा।

बख़्त आज़माने निकलो जंगल बसाने निकलो
घर से निकल के देखो हिन्दोस्तान वालो।

हिम्मत वाले पंजाबी किसान और कारोबारी अमेरिका और कैनेडा तक में जा बसे थे। 'मख़ज़न' में एक लेख किसी सैयद हाकिम शाह का कनेरी द्वीप समूह से आया। (केवल 1905 ई. और 1906 ई. में शैख़ मोहम्मद इक़बाल और सैयद अहमद बिलग्रामी कैम्ब्रिज, अलीगढ़ वाले मोहम्मद अली आक्सफोर्ड, शरफ़ुलहक़ एडनबरा सम्पादक रिसाला लंदन, लाला लाजपत राय

1. सैयद सुलेमान नदवी।, 2. मुश्ताक़ अहमद ज़ाहिदी के एक लेख से उद्धृत।

रोम और यलदरम बग़दाद से अपनी रचनाएँ वतन भेजकर 'मख़ज़न' में छपवा रहे थे। हिन्दुस्तान में इस रिसाले के निबंधकार दाग़, ख़्वाजा हसन निज़ामी, शाद अज़ीमाबादी, हसरत मोहानी, सरवर जहानाबादी, तालिब बनारसी, वहशत कलकतवी, नाज़िर काकोरवी गौहर रामपुरी,, अकबर इलाहाबादी, अज़ीज़ लखनवी, मीर ग़ुलाम भीक नेरंग, हसन लखनवी, लाला श्रीराम, मिर्ज़ा मोहम्मद सईद, मोहम्मद इकराम, राशिदुल ख़ैरी, डिप्टीलाल निगम, आग़ा शा'इर क़िज़िलबाश, आग़ा हश्र काश्मीरी आदि और एक पर्दानशीं नौजवान ख़ातून मिस नज़रुल बाक़र।

सज्जाद हैदर 'मख़ज़न' के नवरत्नों में शुमार किये जाते थे। अक्तूबर 1907 ई. के मख़ज़न में तस्वीर छपी। सैयद निज़ामुद्दीन शाह दिलगीर अकबरबादी ने एक बड़ा ही करुणामय लेख 'तस्वीरे-सज्जाद को देखकर' शीर्षक से लिखा।

'सज्जाद! सज्जाद! कौन सज्जाद? वही फ़ितरत शनास (प्रकृति को पहचानने वाला) आज़ाद सज्जाद, ज़राफ़त पसंद (हास्य को पसंद करने वाला) सज्जाद!! जिसकी तस्वीर हँसती बोलती अक्तूबर के 'मख़ज़न' में शाया (प्रकाशित) हुई है। दिलों को, मिटे हुए दिलों को बे-तरह अपनी तरफ़ खींचती है। वही रौशन ख़याल सज्जाद, जिसके मज़ामीन की निस्बत (लेखों के बारे में) बजा तौर से कहा जाता है।

अता किया तबअे नुक्तारस ने तेरे क़लम की सुख़नवरी को
ख़याल अनोखा, बयाँ अछूता, ज़मीं नई और रविश निराली

आदि इत्यादि। सच्ची बात यह है कि यह 'अदब-ए-लतीफ़' बहुत अफ़सोसनाक हो सकता था। बग़दाद में नियुक्त पोलिटिकल रेज़िडेंट फ़ॉर टर्किश, अरेबिया व हिज़ ब्रेटनिक मैजस्टीज़ कौंसिल जनरल लेफ्टिनेंट कर्नल एल.एस. न्यूमार्च की तरफ़ से :

माई डियर सज्जाद हैदर!

मैं कल हिन्दुस्तान रवाना हो रहा हूँ और चलने से पहले ज़रूरी समझता हूँ कि मेरे बग़दाद के ठहरने के ज़माने में आपने जिस तरह मुझे सहयोग दिया, उसका शुक्रिया अदा कर दूँ। मुझे अच्छी तरह याद है कि अगर कभी आपके और मेरे दरमियान कोई इख़्तिलाफ़े-राय (विचार की भिन्नता) हुआ हो तो उसे हम दोनों ने ख़ुशअस्लूबी (अच्छे ढंग) से हमवार कर लिया। आपके फ़राइज़ (दायित्वों) में मेरे हमराह उस्मानी हुकूमत के जो लम्बे चौड़े दौरे शामिल थे, वे वास्तव में बहुत सब्र आज़मा (धैर्य की परीक्षा लेने वाले) साबित हुए होंगे। मगर उनसे आपके तजुर्बों में भी इज़ाफ़ा हुआ।

मुझे उम्मीद है कि आप समय-समय पर मुझे अपनी ख़ैरियत से भी सूचित करते रहेंगे और सल्तनते-उस्मानिया के दौराने-क़याम (ठहरने के ज़माने में) में मुझे यकीन है आप और भी कुछ भाषाएँ सीख लेंगे और यह भी कल्पना करता हूँ कि आप उन्हें भी उसी रवानी और मृदुता से बोलेंगे, जिस तरह आप तुर्की और अरबी बोलते हैं।

आपका मुख़लिस
एल.एस. न्यू मार्च

'अक्तूबर 1907 ई. में वालिद साहब ने रियासत टोंक में वफ़ात पाई। हम इस सूचना पर छुट्टी लेकर नवम्बर के महीने में वतन पहुँचे। जनवरी 1908 ई. में देहरादून में नज़रबन्द काबुल के पूर्व अमीर के असिस्टेंट पोलिटिकल एजेंट नियुक्त किये गये।

रिसाला 'ओल्ड ब्वाय' में क़ारी सरफ़राज़ हुसैन अज़्मी देहलवी[1]

आ गये सज्जाद हैदर आ गये
आ गये क़न्दे मुकर्रर आ गये
छोड़ आये अपनी तुर्कन को वहाँ
रख के वह सीने पे पत्थर आ गये

---

1. 'शाहिद राना' भी रुसवा की उमराव जान अदा से पहले का लिखा नाविल है।

'बग़दाद में अपने फ़राइज़े मनसबी (अपनी ड्यूटी) बड़ी शराफ़त और तन्मयता से अदा करते रहे। शराफ़त मैंने इसलिए कहा[1] कि सियासी (राजनैतिक) कामों में बहुत कुछ लगाई बुझाई करनी पड़ती है। और अपने सहधर्मी और अपनी क़ौम के लोगों के गले काटने पड़ते हैं। मगर यह काम सज्जाद हैदर ने नहीं किया। इसका सबसे बड़ा सबूत यह हैं कि इस महत्वपूर्ण पद पर होने के बावजूद उनको कोई ख़िताब (उपाधि) नहीं मिला और न यह पद उनकी तरक़्क़ी का ज़ीना (सीढ़ी) बन सका।[2]

1. इण्डियन पोलिटिकल डिपार्टमेंट। इस विभाग में यलदरम के दोस्त बेचलर्ज़ लॉज वाले ख़ानबहादुर इनामुल हक़ देहलवी मरहूम और मिर्ज़ा सिकंदर अली बेग भी मुलाज़िम थे। मिर्ज़ा सिकन्दर अली बेग, जनरल अस्कंदर मिर्ज़ा के नाम से कुछ वर्ष पाकिस्तान के गवर्नर जनरल रहे।, 2. मुश्ताक़ अहमद ज़ाहिदी के लेख से उद्धृत।

तारीख़-ए-ख़ानी ख़ाँ
(ख़ानी ख़ाँ का इतिहास)

1908 ई. उर्दू-ए-मोअल्ला अलीगढ़ के एक संस्करण में मिस्र में ब्रिटिश पालिसी पर कड़ी नुक्ताचीनी की गई। मौलाना हसरत मोहानी पर मुक़दमा चला, जो हिन्दुस्तान का पहला राजनैतिक मुक़दमा था। दो साल क़ैद सख़्त की सज़ा हुई। यलदरम ने उनके सम्बन्ध में एक लेख लिखा।[1]

"मिर्ज़ा फोया लौहपुरुष बन चुके थे। जेलख़ाने में चक्की की मशक़्क़त (मेहनत) के साथ मश्क़े-सुख़न (शेर कहने का अभ्यास) जारी रखने में व्यस्त हुए।" सज्जाद हैदर ने, जो पूर्व अमीर काबुल की निगरानी पर देहरादून में तैनात थे और अफ़ग़ानिस्तान में बर्तानवी पालिसी के ख़िलाफ़ एक लफ़्ज़ न कह सकते थे, ख़ानी ख़ाँ के फ़र्ज़ी नाम से लिखा :

"उन्नीसवीं सदी के आख़िरी बरस और उससे एक साल पहले जो लोग अलीगढ़ में थे, उनको याद होगा कि उन दिनों के नायाब व्यक्तियों में से कोई शख़्स शक्ल व शबाहत, रंग-रूप और चाल ढाल के लिहाज़ से इस क़दर दिलचस्प न था, जिस क़दर लखनऊ के पास का एक छात्र, जिसे मोहब्बत और मज़ाक़ ने 'ख़ाला अम्मा' का नाम दिया था।

'जिस तरह साहिबे-ए-अस्रे-जदीद (नवयुग के इस मनुष्य) के वालिद मरहूम आहिस्ता ...ख़िराम (धीरे-धीरे चलने वाले) थे मगर ज़रूरत के वक़्त तेज़ भी चल सकते थे, उसी तरह फ़ज़लुल हसन हसरत आहिस्ता भी चल सकते थे और नौए-हैवानात (जानदारों की क़िस्म) की इस सामान्य विशेषता से वंचित न थे।' अलीगढ़ कालेज ने अपनी हस्ती का मक़सद पूरा किया हो या न किया हो, लेकिन इसमें शक नहीं कि वहाँ

---

1. यह लेख सितम्बर 1908 ई. में लिखा गया था। क़ाज़ी अब्दुल गफ़्फ़ार मरहूम ने अकबर अली ख़ाँ अर्शीज़ादा को दिया जो उन्होंने 'निगार' रामपुर जनवरी 1963 ई. में प्रकाशित किया।

हमेशा कुछ समझदार, हक़ीक़त को समझने वाले ऐसे पैदा होते रहे हैं कि किसी कैरेक्टर को चाहे वह कितना ही जटिल क्यों न हो एक शब्द या एक नाम से ज़ाहिर कर सकते हैं।

इन ख़ूबियों के साथ ही फ़ज़ल एक अच्छा अक़ीदा (श्रद्धा) रखने वाला मुसलमान था। रोज़े-नमाज़ की पाबन्दी, उसकी ज़िन्दगी का एक आवश्यक हिस्सा था। लोगों की मुख़ालिफ़त से उसकी तबीयत की मृदुता में विघ्न नहीं आने पाया। यह कई बार देखा गया कि बेतकल्लुफ़ी का जलसा गर्म है और नमाज़ का वक़्त बिन बुलाए मेहमान की तरह आ पहुँचा। फ़ज़ल मुस्कुराते हुए उठे। क्षमा याचना भी करते जा रहे हैं और वुज़ू भी। यहाँ तक कि नमाज़ से फ़ारिग़ होकर फिर आ बैठे।

मगर ऐसी हालतों में नमाज़ जल्दी पढ़ते थे। बल्कि उनके दोस्तों का ख़याल है कि कलाम मजीद की सूरतें पढ़ने की बजाय, उनके आदाद (गिनती) व हिसाब-ए-अबजद (वर्णमाला का हिसाब) पढ़ लिया करते थे। बुज़ुगार्न-ए-दीन के मज़ारों की उनको ऐसी जुस्तुजू रहती थी, जैसी कुछ प्राचीन काल के कवियों के काव्य संग्रहों की। दिल्ली और आगरा में कम ही मज़ार ऐसे होंगे, जिनकी जालियों में फ़ज़ल ने चिल्ले न बाँधे हों।

'ग़रज़ इन गुणों का परिणाम समझो या उनकी ख़ुशनसीबी का, कि पूरा साल भी न गुज़रने पाया था कि 'ख़ाला अम्मा' ने परलोक का रास्ता लिया। और इसके बजाय 'मौलाना' बच्चे से बूढ़े तक की ज़बान पर जारी हो गया।

'कमाल के बुद्धिमान और प्रतिभाशाली थे। शिक्षा की कोई अंग्रेज़ी किताब शायद उन्होंने दूसरी बार नहीं पढ़ी और इस बारे में अंग्रेज़ी शिक्षा का विरोध करने वालों में और उनमें बस इतना ही फ़र्क़ था कि जहाँ वे अंग्रेज़ी पढ़ने को बिल्कुल कुफ़्र समझते थे., यह किसी सहीफ़ा-ए-फ़िरंग (अंग्रेज़ी किताब) पर दूसरी बार नज़र डालना गुनाह समझते थे। इसलिए इन्हें कभी अंग्रेज़ी पढ़ना या लिखना नहीं आया।

हक़ीक़त में उनकी तबीयत का रुज्हान (झुकाव) उर्दू और फ़ारसी की तरफ़ था। साइंस आदि विषयों से भी उनकी तबीयत को बेगानगी सी थी और हालाँकि एक संयोग से मजबूर होकर उन्होंने बी.ए. में गणित पढ़ी मगर सच तो यह है हालाँकि इसका सुनना स्वच्छता प्रिय लोगों को बुरा लगे कि इस दुःखदाई और मुस्लिमकुश (मुसलमानों का नष्टीकरण करने वाले) विषय को कभी विद्यालय से बाहर अपनी मर्ज़ी व दिलचस्पी से नहीं पढ़ा, इस पर भी इसके इम्तिहान में कभी असफल नहीं हुए।

उसी ज़माने में सैयद सज्जाद हैदर ने उर्दू-ए-मोअल्ला की बुनियाद डाली। सप्ताह में एक दिन इतवार की रात को एक अलग स्थान को फ़र्श, क़ालीन आदि से सजाया जाता था। सभा के सदस्य और शेरो-शायरी के धनी साफ़ सुथरे क़रीने के अंगरखे, अचकनें, शेरवानियाँ, ऊनी टोपियाँ सिरों पर रखे हुए, क़रीने से बैठ जाते थे। शमा एक-एक के सामने आती और वह नज़्म व नस्र (पद्य व गद्य) के ताज़ा फूल नज़्र (भेंट) करता। वाह-वाह और आदाबो-तस्लीमात का अंदाज़ फ़नूने-लतीफ़ा (उच्चतम कलाओं) की सरहद तक पहुँच जाता था। ऐसी अंजुमन की तरक़्क़ी के लिए मौलाना से बढ़कर स्तम्भ और कौन हो सकता था।

मौलाना की ग़ज़लें मुशायरे की जान और उनके लेख मुशायरे की आत्मा माने जाने लगे। चुनाँचे मतरूक (परित्यक्त) शब्दों पर एक लेखों का सिलसिला, जो बहुत दिनों तक 'मख़ज़न में छपता रहा, अपने नये-पन और लेखनी के अंदाज़ की मधुरता की वजह से लोकप्रिय हुआ।

'जब हसरत का ज़माना-ए-तालीम (विद्या ग्रहण करने का काल) ख़त्म होने को आया तो सैयद सज्जाद हैदर बैचलर्स लाज में गोशानशीं (एकांतवासी) हो चुके थे। उर्दू-ए-मोअल्ला के जीवनदीप की सुबह क़रीब थी। मगर फ़ीनिक्स की तरह उर्दू-ए-मोअल्ला ने भी मरते-मरते एक ऐसी रागनी गाई, जिसकी आवाज़ अब तक कानों में गूँज रही है।

एक आलीशान मुशायरे का प्रस्ताव पारित हुआ। सारे हिन्दुस्तान के शा'इरों की ख़िदमत में शिरकत की दरख़्वास्त की गई। चुनाँचे अक्सर

असातज़ा-ए-आलीक़द्र (माननीय उस्तादों) ने दावत क़बूल फ़रमाई। और स्ट्रेची हाल में, जो एक चौथाई सदी से नस्र (गद्य) सुनते-सुनते थक गया था, शानदार मुशायरा हुआ। सिपहरे-नज़्म के ऑफ़ताबो-माहताब (काव्य गगन के सूर्य व चंद्रमा) यानी मजरूह व तसलीम साहब के अलावा बहुत से छोटे-बड़े सितारों ने अपना कमाल दिखाया मगर छोटे सितारे अपनी हरकत में कहीं-कहीं तहज़ीब या पश्चिमी संस्कृति के दायरे से भी बाहर हो गये।

अगली सुबह पाठ की समाप्ति होने पर थ्योडोर मारिसन थे और फ़ज़लुल का दामन। गरुड़ जैसे किसी कमज़ोर चिड़िया को पकड़कर एक ही उड़ान में आकाश की ऊँचाइयों में जा छुपता है, उसी तरह मारीसन साहब चेहरे पर क्रोध की (जो साफ़ तौर पर बनावटी लगता था) अनल भड़काए ग़रीब फ़ज़लुल हसन को पकड़े हुए, रवाँ-दवाँ दफ़्तर की तरफ़ ले गये।

'इतने में शेर ग़ुर्राया, तो क्या सदाचार के दो स्तर भी होते हैं?'

'सहमी हुई और लड़खड़ाई हुई आवाज़ में जवाब मिला, जी हाँ। हमलोगों का स्तर आपसे भिन्न है।'

'मिस्टर मारिसन झुँझलकार बोले, यह सरासर बकवास है। कई पुराने तलिबे-इल्म (छात्र) ख़िलाफ़े-तहज़ीब (अशिष्ट) अशआर पढ़े जाने की मुझसे शिकयत कर चुके हैं।'

थोड़ी देर में मालूम हुआ कि उर्दू-ए-मोअल्ला ने बारे-दिगर (दूसरी बार) तर्केवतन किया (वतन छोड़ा)। मौलाना को अब तक यक़ीन है कि पुराने तालिबे-इल्मों से मारिसन का तात्पर्य 'नेचरल शा'इर' थे।' मगर इस शैक्षिक जीवन के साथ-साथ हसरत की आदतों में एक ऐसा गुण उभर के आ रहा था कि जिसका आख़िरी नतीजा अलीगढ़ के सेशन जज की अदालत में नज़र आया और जिससे यह मालूम होगा कि वह शख़्स, जो धर्म और साहित्य में ऐसा दक़ियानूसी था, पालिटिक्स में कांग्रेस के फ़ौजदारी मुक़दमें में क्यों शरीक हो गया।

यह वह गुण था, जिसे अंग्रेज़ी मुहावरे के अनुसार ऊँची आवाज़ में मिल जाना कहते हैं। कई बार यह वस्फ़े-फ़ित्ना-असर (उददंडी गुण) ज़ाहिर हुआ और हर बार मौलाना को कुछ न कुछ नुक़सान अवश्य पहुँचा। शिमला में अलीगढ़ क्रिकेट टीम ने किसी अंग्रेज़ी क्लब से बाज़ी ली। अलीगढ़ के बनी, इस्राईल[1] इसी पर आपे से बाहर हो गये। एक बड़ी भीड़ सारे वाद्य यंत्र जो कालेज में उपलब्ध हो सकते थे, यानी थालियाँ, लोटे, गिलास, खाने की सीनियाँ बजा बजाकर रात के अँधेरे में शोरे-महशर (क़यामत का शोर) बरपा करती थी।

फ़ज़लुल हसन जिन्होंने अपनी उम्र में न कभी बैट छुआ था, न कभी गेंद फेंकी थी, यह शोर सुनते ही एक टूटा फूटा कनस्तर लिये हुए, कमरे से बाहर आए और उस कनस्तर के तेल को मिट्टी पर उंडेल, ख़ाली कनस्तर बजाते हुए प्रोफ़ेसरों, यहाँ तक कि नवाब मोहसिनुल मुल्क मरहूम की कोठी तक जा पहुँचे। नतीजा यह हुआ कि फ़र्दे-सियाह (काली किताब) में जो प्रिंसिपल के दफ़्तर की मेज़ की दाहिनी तरफ़ ख़ाने में बन्द रहती है, उनका नाम लिख लिया गया।

'जून की दोपहर थी और आसमान से आग बरस रही थी, मौलाना शायद बिस्तर पर लेटे आराम कर रहे थे कि ज़हूर वार्ड की तरफ़ से कुछ शोर सुनाई दिया। घबराकर नंगे सिर और नंगे पाँव कमरे से निकल आए। मालूम हुआ कि स्कूल के किसी लड़के को एक माली ने आम चुराने के संदेह में मारा है और कुछ लड़के उस ज़ालिम को सबक़ सिखाने निकले हैं। मौलाना इसी हालत में 'पकड़ो बदमाश को, मारो बदमाश को' का शोर करते हुए, उस हमले में शरीक हो गये। माली तो ख़ैर पिटा या न पिटा मगर इधर इस मुहिम का वापस आना था कि उधर उस मक्कार ने बीसियों दरख़्त लंगड़े और बम्बई के बर्बाद कर दिये और कई सौ रुपये जुर्माना बतौर हर्जाना कालेज के छात्रों पर हुआ। इस हमले का सिपहसालार बेचारे मौलाना को क़रार दिया गया। केवल इसलिए कि उनका पहचानना औरों की अपेक्षाकृत ज़्यादा आसान था।

1. यहाँ तात्पर्य छात्रों के शोर-हंगामा करने से है।

काली किताब एक बार फिर खुली और मौलाना कुछ समय के लिए आज्ञानुसार कालेज से रुख़सत कर दिये गये। दोरुख़ी बात करने वाले बुज़ुर्ग जनाब मीर अब्बास हुसैन साहब प्रोफ़ेसर ने जो बाग़ों के प्रबन्धक भी थे, बाग़ लूटने पर फ़ज़लुल हसन को 'बाग़ी' की उपाधि दी और फ़रमाया कि 'मियाँ माली के कुकृत्य पर उसके कान ऐंठने ज़ुरूरी थे मगर आर्थिक हानि तो बेचारा बर्दाश्त नहीं कर सकता।'

'शिक्षा समाप्त हुई तो क़ानून के वज़ीफ़े के लिए मौलाना ने दरख़्वास्त दी। मिस्टर मारिसन ने न दिया। बोर्डिंग हाउस में बदस्तूर रहने की इजाज़त चाही, इजाज़त न मिली।

'रिसाला उर्दू-ए-मोअल्ला' जारी हुआ, साहित्य के संसार ने हैरत और ताअज्जुब से देखा कि एक कमसिन नौजवान ने, जो अभी स्कूल से निकला था, उर्दू पत्रिकाओं के लिए कैसे नये-नये रास्ते खोल दिये हैं। अपने निजी रिसाले के ज़रीए नई शायरी और इसके क़द्रदानों को ले डालना कौन मुश्किल था। अधिकता के आधार पर पंजाब इस काल्पनिक शायरी का केन्द्र था। मौलाना हाली का वतन एक तरह से पंजाब ही था। चौधरी ख़ुशी मोहम्मद वहीं के पहाड़ों से पुरानी शायरी पर पत्थर बरसाया करते थे। चटाई, धोती, झाड़ू, टोपी और लंगोटी पर वहीं के अख़बारों में शायरी छपती थी। और सबसे बढ़कर यह कि एक नया सितारा इक़बाल के रूप में उदित हुआ था, जिसकी रौशनी में सम्मोहन जारी था।

'अलीगढ़ मंथली' में एक लेख (उर्दू ज़बान पंजाब में) का छपना मौलाना के लिए बहाना बन गया। महीनों तक कोई पर्चा न निकलता था, जिसमें 'फ़साना-ए-आज़ाद' के ख़ोजी की तरह हसरत और उनके अनुयायियों की सिरोही और कटार मौलाना हाली और इक़बाल पर न चली। इन काव्यवन के शेरों पर तो ख़ैर यह क्या असर कर सकती थी, अलबत्ता झूठे पिछलग्गुओं को ख़ौफ़ज़दा और बदहवास करने को यही काफ़ी बल्कि इससे बढ़कर थे।

'कालेज में कोई शानदार फ़ंक्शन था। नवाब मोहसिनुल मुल्क के आग्रह पर मौलाना हाली भी इसमें शिरकत के लिए तशरीफ़ लाए और यथानुसार स्व. ज़ैनुलआबिदीन के मकान में ठहरे।

एक सुबह हसरत दो दोस्तों को लिये हुए मौलाना की ख़िदमत में हाज़िर हुए। कुछ देर इधर-उधर की बातें हुईं, इतने में सैयद साहब ने भी अपने कमरे में हसरत को देखा, उन मरहूम में लड़कपन की चंचलता अब तक बाक़ी थी। अपनी लायब्रेरी में गये और उर्दू-ए-मोअल्ला की दो-तीन कापियाँ उठा लाए। हसरत और उनके दोस्तों का माथा ठनका कि अब ख़ैर नहीं और उठकर जाने पर आमादा हुए मगर ज़ैनुल आबिदीन कब जाने देने वाले थे। ख़ुद भी पास बैठ गये, एक पर्चे के पृष्ठ उलटना शुरू किये और मौलाना को सम्बोधित करके उर्दू-ए-मोअल्ला और हसरत की तारीफ़ों के पुल बाँध दिये। किसी-किसी लेख की दो चार पंक्तियाँ पढ़ते और, 'वाह, ख़ूब लिखा।' कहकर सिर धुनते।

हाली भी 'हूँ', 'हाँ' से स्वीकारोक्ति करते जाते मगर हसरत के चेहरे पर हवाइयाँ उड़ रही थीं, इतने में सैयद साहब बनावटी हैरत, बल्कि भय प्रकट करते हुए बोले, 'अरे मौलाना यह देखिए आपके बारे में क्या लिखा है! और कुछ इस तरह के शब्द कहने शुरू किए, 'सच तो यह है कि हाली से बढ़कर ख़राब ज़ुबान कोई हो नहीं सकता। और जितनी जल्दी अपने क़लम को रोकें उतना अच्छा है।' फ़रिश्तों जैसी प्रकृति के हाली ज़रा भी विचलित नहीं हुए और मुस्कुरा कर कहा कि 'नुक्ताचीनी (आलोचना) भाषा को शुद्ध करने का सबसे अच्छा तरीक़ा है और यह कुछ बुराई में शामिल नहीं।'

कई दिन बाद एक दोस्त ने हसरत से पूछा कि हाली के ख़िलाफ़ अब भी कुछ लिखोगे? जवाब दिया कि जो कुछ अब तक लिख चुका हूँ, उसी का मलाल अब तक दिल पर है। मगर अभी 'हम-आहंगीए - सदाए बुलंद तरीन' (बड़ी आवाज़ों में अपनी आवाज़ मिलाने) के लिए एक ऐसा विशाल क्षेत्र बाक़ी था, जिसके लिए हसरत के पास दिल और ज़ुबान के सिवा कोई योग्यता न थी, यह क्षेत्र राजनीति क्षेत्र था।

'हसरत ने ग़ौर से देखा तो एक तरफ़ करोड़ों मुसलमानों को आयतः अतीउल्लाहा व अतीउर्रसूलउल वल अम्र मिनकुम। (अनुवाद : अपने कामों में अल्लाह और उसके रसूल की फ़रमाँ बरदारी (आज्ञा पालन) करो।) के असर से गूँगा बहरा पाया।

वफ़ादारी की गऊशाला, जो अलीगढ़ के सामरी हाथों ने तैयार की थी, उसमें इनके ध्यान को किसी दूसरी तरफ़ जाने भी न दिया। उधर 21 करोड़ हिन्दुओं को देखा कि तूफ़ानी समुद्र के थपेड़ों में हैं और कांग्रेस के शोर के सामने, सूरे-इस्राफ़ील[1] तूती का चहचहाना मालूम होता है। इसके साथ ही काली पुस्तिका को सुरक्षित रखने वालों का व्यवहार याद आया। आव देखा न ताव अपना कनस्तर लिया और कांग्रेस के नक़्क़ारख़ाने में जाकर बजाना शुरू कर दिया। कुछ दिन हालत यह रही कि गोखले और फ़िरोज़शाह मेहता की बैंड मास्टरी से विमुखता का वहमो-गुमान भी न आता था, मगर आख़िरकार यह मालूम हुआ कि यह लोग भी अपनी आवाज़ों में कंजूसी से काम लेते हैं।

'इतना मालूम होना था कि फ़िरोज़शाह और गोखले भी देश के दुश्मन नज़र आने लगे। पाल और तिलक जैसे आज़ादी के शेरों की दहाड़ ने दिलो-दिमाग़ पर वह असर डाला कि गंगा-जमना से गुज़रकर 'नील' की घाटी भी अंग्रेज़ी हुकूमत (ब्रिटेन की सरकार) को बुरा कह उठी। ताज़ीराते-हिन्द (भारतीय दण्ड संहिता) ने उनको भी वहीं पहुँचा दिया, जहाँ नीस्तान-ए-आज़ादी के शेर को पहुँचाया था।

'कम लोग ऐसे होंगे, जो इस बुद्धिमान, प्रतिभाशाली, नेकदिल और देशप्रेमी इंसान की मौजूदा मुसीबत पर अफ़सोस न करते हों। जब तक आज़ाद था, पूरी तरह आज़ाद था। अब क़ैद में है मगर उसका दिलो-दिमाग़ और आत्मा वैसी ही आज़ाद है। ढाई बरस की सख़्त कैद से, डेढ़ बरस की सख़्त क़ैद रह गई है, यह भी बहुत है। लेकिन ख़ुदा चाहे तो यह मुसीबत भी इस पर आसान कर सकता है।'

---

1. 'सूर' जिसे प्रलय (क़यामत) में इस्राफ़ील अलैहिस्सलाम फूंकेंगे, जिसका शोर बहुत होगा।

अफ़गान बाक़ी कोहसार बाक़ी!
(अफ़गान हैं तो पर्वतमालाएँ बाक़ी हैं!)

जनवरी 1908 ई. में यलदरम ने अमीर याक़ूब ख़ाँ पूर्व बादशाह अफ़ग़ानिस्तान के असिस्टेंट, पोलिटिकल एजेंट की हैसियत से देहरादून में नजफ़[1] अली ख़ाँ से अपने पद का चार्ज लिया, पोलिटिकल एजेंट अंग्रेज़ था। उसका सम्बंध प्रत्यक्ष रूप से ब्रिटिश फ़ारेन आफ़िस से था। एंग्लो-अफ़ग़ान युद्ध और अमीर याक़ूब ख़ाँ की सत्ता छिन जाना, यलदरम के जन्म से भी पहले की घटनाएँ थीं।[2] मगर आज एक 27 वर्षीय नौजवान इन बूढ़े शेरों का इंचार्ज बनाकर, देहरादून भेजा गया था। ब्रिटेन का प्रताप अजीबो-ग़रीब करिश्मे दिखा रहा था।

गर्मियों के दिनों में यह फ़र्ज़न्दे-कोहिस्तान (पर्वतों का बेटा) कुछ महीनों के लिए परिवार सहित, देहरादून से मसूरी भेज दिया जाता।

मसूरी में असिस्टेंट पोलिटिकल एजेंट की सरकारी कोठी का नाम (Bellevue) बेलव्यू था। नियाज़ फ़तेहपुरी नौकरी के सिलसिले में मसूरी में रहते थे। इतवार का दिन अक्सर बेलव्यू में गुज़ारते। कुछ दिन के लिए क़ारी सरफ़राज़ हुसैन देहलवी मसूरी आकर इस संगति में रहे।

नियाज़ साहब : 'मेरी ख़ास साहित्यिक अभिरुचि को उभारने में यलदरम का बड़ा हाथ था। रोमांटिक कहानियाँ लिखने में उनकी हैसियत यक़ीनी तौर पर एक आविष्कारक की सी है और मेरी अनुकरण करने वाले की।

---

1. नजफ़ अली ख़ाँ जालन्धर के रहने वाले थे। उनकी नातिन रुह अफ़ज़ा सज्जाद हैदर 'इस्मत' की निबन्धकार हैं। सज्जाद हैदर साहब पाकिस्तान फ़ारेन सर्विस के सीनियर डिप्लोमेट हैं। कुछ समय नई दिल्ली में पाकिस्तान के हाईकमिश्नर रह चुके हैं।,

2. नवम्बर 1878 ई. में ब्रिटेन ने अफ़गानिस्तान पर हमला किया। अमीर शेर अली काबुल से फ़रार हुए। उनके पुत्र और उत्तराधिकारी अमीर याकूब ख़ाँ को पराजय के संधि-पत्र पर दस्तख़त करने पड़े। सितम्बर 1879 ई. में काबुल में ब्रिटिश पोलिटिकल अफ़सर और ब्रिटिश मिशन को क़त्ल कर दिया गया और अमीर याक़ूब ख़ाँ के भाई अय्यूब ख़ाँ ने क़न्धार में ब्रिटिश सेना को करारी हार दी। जवाब में जनरल राबर्ट्स ने क़न्धार मार्च करके अफ़ग़ान सेना को बुरी तरह तहस नहस किया। अमीर याक़ूब ख़ाँ और अय्यूब ख़ाँ को परिवार सहित हिन्दुस्तान भेज दिया गया।

सुलतान हैदर 'जोश' का मक़सद कुछ रहा हो, लेकिन थे वे यलदरम के अनुयायी। मैं मसूरी में था कि जोश की एक कहानी 'मख़ज़न' में प्रकाशित हुई। जब यलदरम से इसकी चर्चा हुई तो वे केवल इतना कहकर ख़ामोश हो गये, 'तारीफ़ की सबसे सच्ची शक्ल तक़लीद है।' (प्रशंसा का सबसे सच्चा रूप अनुकरण (नक़ल) है।

दफ़्तर कोठी में था, यलदरम शाही क़ैदियों के साथ समय बिताते। शेरो-शायरी पर बातें होतीं, जिसने अधिकतर इस्लामी सल्तनतों को उखाड़ दिया। बग़दाद के जानदार इंक़िलाबी माहौल के बाद, यह अजीब अवास्तविक सा समय था। काबुल के अमीर की कोठी के नीचे कोहरा नीले पहाड़ों पर फैल जाता। शहर के बल खाते रास्तों पर गैस की रौशनियाँ टिमटिमातीं। बारिश होती तो लाओंज के शीशे धुंधला जाते, आतिशदान में आग की रौशनी ज़्यादा तेज़ लगने लगती।

दोस्त मोहम्मद ख़ाँ का पोता, बहादुर और ग़ैरतमंद अमीर शेर अली का बेटा, याक़ूब ख़ाँ गद्दी पर आधा लेटा हुआ, अक्सर दिन भर चुपचाप दीवान-ए-हाफ़िज़ (हाफ़िज़ का काव्य संग्रह) पढ़ा करता, यही याक़ूब ख़ाँ अपनी जवानी में सारे मध्य एशिया में एक बाग़ी और रोमांटिक शहज़ादा मशहूर था। जिसकी दिलावरी के अफ़साने थे। मगर लार्ड लिटन, लार्ड सेल्सबरी और जनरल राबर्ट्स ज़्यादा शक्तिशाली निकले।

शाम को अँधेरा पड़े हिन्दुस्तानी नौजवान तेज़-तेज़ हलके-फुलके क़दमों से सीढ़ियाँ चढ़ता ऊपर आता। अमीर का हुक़्क़ा ताज़ा किया जाता। ख़ुश्क मेवे और ताज़ा फलों की सीनियाँ कश्मीरी तिपाइयों पर रखी होतीं। चाँदी का, पानी गर्म करने का बर्तन आतिशदान के शोलों की रोशनी में झिलमिलाता। बिना दूध की चाय और कॉफ़ी के फ़िंजानों (छोटे गिलासों) का दौर चलता।

एक सरदार पूर्व अमीर के सामने शतरंज की विसात बिछाता। हाथी दाँत के संदूकचे में से मोहरे निकाले जाते। याक़ूब ख़ाँ और हिन्दी नौजवान

अपनी-अपनी चाल सोचना शुरू कर देते। अक्सर सोचते-सोचते बूढ़ा बादशाह उक़ाबी (गरुड़ की सी) नज़रों से दरीचे से बाहर देखता। हद-ए-नज़र तक पहाड़ थे। इन पहाड़ी सिलसिलों के उस पार पश्चिम में अफ़ग़ानिस्तान था। पख़्तूनों का देस।

ख़ुशहाल ख़ाँ के शेर, इस वक़्त बहुत ठीक मालूम होते थे। जलावतनी (देशनिकासन) की इतनी बड़ी नाक़ाबिले-अबूर (जिसे पार न किया जा सके) दूरी। कोई प्रभात समीर, कोई उड़ता बादल वहाँ से दुःख भरी यादों के सिवा कोई संदेश नहीं ला सकते। जलालाबाद, काबुल, क़न्धार, अपना वतन, दादा का इलाक़ा, वह शेर का पर्याय दादा, जिसने अंग्रेज़ों को नाकों, चने चबवा दिये थे।

वह मद्धम रौशनी का महल, रौशन आँगन, मिट्टी की दीवारें, सिख और ब्रिटिश युद्धों की यादगार ढालें। ज़ंग खाई तोपें, नाकामी, मायूसी, पराजय। चिनार के दरख़्तों से घिरे उन पुश्तैनी क़िलों के नज़दीक, अब बर्तानवी फ़ौजी मैस जगमगा रहे थे। 1880 ई., आज की बात है, वह सारी कँपकँपा देने वाली ट्रेजडी, अक्सर रात को ख़्वाब में दोहरायी जाती है। जनरल राबर्ट्स का दहशत नाक आगमन, ब्रिटिश फ़ौज के हमले, घोड़ों की टापें, मैदाने-जंग में अल्लाहो अकबर के नारे।

बरतानवी कैम्प में पराजय का संधिपत्र, काग़ज़ात पर लरज़ते हाथों से दस्तख़त। अक्सर पिछले पहर को क़ैदियों का कारवाँ दर्रा-ए-ख़ैबर की ओर रवाना होता है। ऊँटों की घंटियाँ बजती हैं। आँख खुलती है तो ऐसा लगता है, जैसे मसूरी की सड़कों पर घण्टियाँ बजाती रिक्शाएँ गुज़र रही हैं।

अट्ठाईस साल गुज़र गये, जब अंग्रेज़ों ने दोस्त मोहम्मद के दूसरे पोते अब्दुर्रहमान को अपना अधीनस्थ अमीर-ए-काबुल तस्लीम कर दिया। उस वक़्त तक अमीर-ए-बुख़ारा, अमीरे-ए-ख़ेवा, अमीर-ए-ख़ोक़ंद सबकी छुट्टी रूसी जनरल काफ़मेन कर चुका था।

बिरादर अय्यूब ख़ाँ न माना, लड़ता रहा, अंग्रेज़ों के छक्के छुड़ा दिये। अपनी टूटी फूटी फ़ौज को साथ लेकर बेजिगरी से लड़ा। उसको भी जनरल राबर्टस ने धोखे से क़ैद किया।[1]

अमीर अब्दुर्रहमान ख़ान के देहान्त को भी सात दिन हो चुके। अख़बारों में छपा है कि हबीबुल्लाह ख़ाँ कुछ सुधार के कार्यक्रम लागू करने में व्यस्त हैं। 'सुधार' की हवा सारे मध्यपूर्व में चल पड़ी है। पिछले साल बरख़ुरदार हबीबुल्लाह ख़ाँ अलीगढ़ कालेज आया था। बड़ा ही शानदार स्वागत इसका किया गया।

हिन्दुस्तानी मुसलमान मध्यपूर्व पर फ़िदा हुआ जाता है। हर वक़्त अफ़ग़ानों, तुर्कों, अरबों और ईरानियों का ग़म खाता है। उनकी तरक़्क़ी से ख़ुश और उनकी नाकामियों से दुःखी होता है। उनके लिए रोता, मस्जिदों में दुआएँ माँगता और चन्दे जमा करता है। अजीब बात है, हम मध्यपूर्व के मुसलमानों ने कभी इन बेचारों के बारे में सोचा भी नहीं।

इस शुभचिंतक सैयदज़ादे ने अपना उपनाम ही तुर्की रख लिया है। जोश और ख़ुशी से तुर्क इन्क़िलाब के क़िस्से सुनाता है। कहता है, यह 1908 ई. तुर्क इन्क़िलाब का साल है। अभी 23 जुलाई ख़लीफ़तुल मुस्लिमीन

---

1. काबुल में दो भाई रहते थे, जिनका प्रभाव शाही दरबार में था। जंग जारी थी, वह दावत के बहाने अमीर याक़ूब ख़ाँ को अंग्रेज़ी कैम्प में ले आए। अमीर दोबारा अपने कैम्प में वापस न जा सके। अंग्रेज़ों ने ज़बरदस्ती संधि-पत्र पर दस्तख़त करवाए और क़ैद कर के हिन्दुस्तान भेज दिया। दूसरी बार भी उन दोनों भाइयों ने यही चालाकी सरदार अय्यूब ख़ाँ के साथ की। उसके बाद दोनों भाई अंग्रेज़ी फ़ौज के साथ हिन्दुस्तान आ गये, जहाँ ब्रिटिश गवर्नमेंट ने उनकी सेवाओं के बदले में जागीर अता की। जब उन्होंने और ज़मीन माँगी, लेफ़्टिनेंट गवर्नर पंजाब ने कहा, ग़द्दारी का इनाम यह क्या कम है, जो और माँगते हो। मीर क़ायम अली ने जो सौ मुरब्बा उनको दिये जा रहे थे, इन दोनों भाइयों को दिलवा दिए (वॉल्यूम - 2, अध्याय - 6, 'रावी') याक़ूब ख़ाँ देहरादून और अय्यूब ख़ाँ लाहौर में नज़रबन्द किये गये। जब एक बार दोनों ग़द्दार भाई उनसे मिलने गये, सरदार अय्यूब ख़ाँ ने अंदर से कहलवा दिया कि दोनों को ख़बरदार कर दो। 'आइन्दा न आएँ, न मेरी कोठी के सामने से गुज़रें, गोली मार दूँगा।'
(मेजर सैयद आले हसनैन मरहूम के एक पत्र से उद्धृत)

सुल्तानुल मोअज़्ज़म ने नौजवान तुर्कों की माँगें मान लीं। देश की जनता को संवैधानिक अधिकार दिये।

संवैधानिक अधिकार क्या चीज़ है। अजीब शब्द योजना (परिभाषा) नई पौध ने अविष्कृत की है। बहुत ख़ून-ख़राबा इसकी वजह से हो रहा है। शाह क़ाचार (ईरान) ने कुछ अधिकार अपनी जनता को दिये हैं। बिरादर ज़ादा अब्दुर्रहमान ख़ाँ काबुल में अंग्रेज़ी कालेज खोल रहा है।

शह...
कश्त...
मात...
(सब शतरंज के खेल की उक्तियाँ)

सरदार उमर ख़ाँ अर्ज़ करते हैं, खाना तैयार है। अंग्रेज़ों का पेंशन ख़्वार अमीर, अल्लाह का नाम लेकर, घुटनों पर हाथ रखकर, मसनद से उठता है। दूसरे कमरे में दस्तरख़्वान बिछा है। भाप उठती हुई क़ाबें (प्लेटें) लाकर रखी जाती हैं। अफ़ग़ान हमेशा से लोकतांत्रिक रहा है। दस्तरख़्वान पर बूढ़ा बादशाह, भाई भतीजे, रिश्तेदार और सेवक एक साथ बैठते हैं। बिसमिल्लाह कहकर, खाना शुरू करते हैं। ख़ुदावन्दतआला जिस हाल में रखे उसका शुक्र है।

अफ़ग़ान बाक़ी कोहसार बाक़ी!! अलहुक्म लिल्लाह! अल मुल्क लिल्लाह! (हुक्म अल्लाह का है, मुल्क अल्लाह का है)।

अपने वख़्त का अब्दाल

29 अक्तूबर 1907 ई., वफ़ात (देहान्त) जलाहुद्दीन हैदर। आमालनामा (कृत्यों के लेखे जोखे) में सर रज़ा अली : 'वे बड़े नामवर कोतवाल थे। मुझे पहली बार 1900 ई. में बनारस जाने का अवसर प्राप्त हुआ। उस वक़्त तक सैयद जलाल हैदर के कारनामे लोगों की ज़ुबान पर थे। निम्न वर्ग की औरतें, उनके गीत भी गाती थीं।' (1900 ई. कम्पोज़िंग की ग़लती है) सैयद साहब बनारस में 1905 ई. तक रहे। उस ज़माने में लखनऊ, बनारस, बरेली और शायद मुरादाबाद (या इलाहाबाद) जुआ खेलने के शानदार अड्डे थे। उसकी आमदनी में शहर के कोतवाल की हिस्सेदारी थी। बनारस के कोतवाल का हिस्सा सुना है कि एक लाख वार्षिक था।

रणजीत सिंह कांस्टेबल, जो मुसलमान होकर रणजीत ख़ाँ कहलाता था और ख़ानबहादुर साहब की आँखें देखे हुए था। एक बार हमारे यहाँ लखनऊ आया। बूढ़ा फूँस हो चुका था। दोपहर में नीम तले खाट पर बैठकर हुक़्क़ा गुड़गुड़ाता और हम नौनिहालाने-चमन (बच्चों) को स्वर्गीय दादा जान के अक़्ल को दंग कर देने वाले क़िस्से सुनाया करता।

'अजी वह कोई बन्दा बशर था, अपने वख़्त का अब्दाल था!'

'अब्दाल कौन होते हैं?' मैंने सवाल किया।

'वह भी होते हैं, हाँ रणजीत ख़ाँ, फिर क्या हुआ? एक क़ज़न ने उत्सुकता से पूछा

'अब्बा जान ने गेंद दूर फेंक दी।'

'फिर क्या हुआ?'

'गेंद गुम हो गई तो अब्बा जान रोने लगे।'

'फिर क्या हुआ?'

'विस लौंडे ने हाथ बढ़ाया। इतना लम्बा कि वहीं खड़े-खड़े उचककर दूसरे घाट पर से गेंद उठाली। जिन्न का लौंडा था, तुम्हारे दादा से क़ुरआन

पढ़ने आया करे था। बस उस दिन के बाद से न आया। तुम्हारे अब्बा, चच्चा, सब हैरान कि लौंडा जो रोज़ आकर उनके संग गेंद खेले था, कहाँ को ग़ायब हो गया।'

हम सब विस्मय के सागर में डुबकी लगाकर बैठ गये। रणजीत ख़ाँ ने आँखें आधी खोलकर कहना शुरू किया, 'अजी इन हाथों से अशरफ़ियों की थैलियाँ छन-छन करती हमने उठाई हैं। कोतवाल साहब के हुक्म से सब वापस। जुआघरों का एक लाख वार्षिक उनके नाम बंधा था। अगर लेते, मगर हक़ हलाल की कमाई डेढ़ सौ रु. माहाना तनख़्वाह थी। नब्बे रुपये महीना तुम सबके बाबा चचाओं की तालीम के लिए अलीगढ़ भेज देत थे। साठ रुपये में तंगी तुर्शी से बसर करते थे। कोतवाली क्या थी ख़ानक़ाह थी।

'एक लाख रुपया कितना होता है रणजीत ख़ाँ।' मैंने सवाल किया।

'ओफ़्फोह! अगर दादाजान मरहूम ले लिया करते साल के साल, तो हिसाब लगाओ, हम लोगों के हिस्से में कितनी ज़्यादा रक़में आतीं। रऊसा-ए-कराम होते सबके सब' एक कज़न ने कहा।

'तौबा करो मियाँ!' रणजीत ख़ाँ ने ग़ुस्से से कहा, 'दादा औलियाल्लाह और पोते के ख़यालातों का यह हाल। रिश्वत की कमाई का लालच!'

हम सब मुँह लटकाकर बैठ गये।

'महाराजा बनारस उन मरहूम का चेला था। हर तक़रीब (उत्सव) में उनका हाथ लगवाता। हिन्दू की बारात कोतवाली के नीचे से गुज़रती, दूल्हा घोड़े से उतरकर पैदल चलता। ताज़ीम (सम्मान) की ख़ातिर।'

दुरुस्त! मगर वह एक लाख रुपये वाली बात ज़्यादा दिलचस्प थी। जलालुद्दीन हैदर साहब 1905 ई. में बनारस से रिटायर हुए। रुख़सती जलसे में 'बनारस के पण्डितों ने संस्कृत भाषा में प्रशंसा-गीत पढ़े। जन मानस ने चाँदी और सोने की थालियाँ और महाराजा बनारस ने क़ीमती

बन्दूक़ और सोने की मूठ व जड़ाऊ मियान वाली तलवार और दूसरी बेहतरीन चीज़ें भेंट कीं।' (तज़किरा सादाते-नहटौर)

1805 ई. में जब सम्भल के सरदार अमीर ख़ाँ ने बड़ी 'ख़ूँख़्वार फ़ौज के साथ नहटौर पर हमला किया, जान बचाने के लिए आख़ोन्द सैयद इमाम बख़्श अपनी गर्भवती बीवी और बच्चों सहित मोहल्ला सादात से एक मील दूर जंगल में मक़बरा मिर्ज़ा मुबारज़ ख़ाँ में जा छुपे थे। वहीं रात के वक़्त उनके फ़रज़न्द (पुत्र) मीर बन्दे अली ने जन्म लिया। अज़ीज़ो! ज़माने के दाँव-पेंच देखो और फ़लक की हुक़्क़े बाज़ी, लार्ड लेक ने सरदार अमीर ख़ाँ को रियासत टोंक का गवर्नर बना दिया।

ठीक सौ साल बाद मीर बन्दे अली के भतीजे और दामाद जलालुद्दीन हैदर डिप्टी सुपरिंटेन्डेंट ऑफ़ पुलिस अंग्रेज़ी अमलदारी के औहदे से सेवानिवृत हुए। सरदार अमीर ख़ाँ के पड़पोते नवाब टोंक ने उनकी नेकनामी की शोहरत सुनकर फ़ौरन अपने कने (पास) बुला लिया। रियासत का आई.जी. बनाया, आम जनमानस व विशिष्ट वर्ग में लोकप्रिय हुए। साहबज़ादा अब्दुल क़य्यूम ख़ाँ सैयद साहब की कई आँखों देखी कश्फ़ो-करामात (चमत्कार) की घटनाएँ बताते हैं लेकिन उम्र ने वफ़ा न की (दीर्घ आयु न हुई)।

बयान सैयद मोहम्मद टोंकी मरहूम, बुज़ुर्ग उस्ताद मदरसा अलीगढः

'उनकी वफ़ात के वक़्त मेरी उम्र नौ या दस बरस की थी। सिर्फ़ दो बातें याद हैं। शायद शुरू सर्दियाँ थीं, किसी ने दिन छिपने के बाद दरवाज़ा खटखटाया। उनके मरने की इत्तिला दी और कहा कि मरहूम ने वसीयत की थी कि मौलवी हैदर अली के क़ब्रिस्तान में दफ़्न किया जाए, इसलिए इजाज़त चाहिए।

'ख़बर सुनकर घरवालों पर सन्नाटा छा गया। बच्चे बूढ़े सब ग़मज़दा थे, जैसे कोई अपना चला गया। शहर में सभी वर्गों के लोग मरहूम के

शिष्टाचार, नेकी और विनम्र स्वभाव की चर्चा करते और रोते। जनाज़े में हज़ारों हिन्दू व मुसलमान शरीक थे।

'1917 ई. में सैयद अल्ताफ़ हुसैन मरहूम हेडमास्टर इस्लामिया हाई स्कूल, इटावा कुछ लड़कों की हरकतों से सख़्त नाराज़ हुए। क्लास में लगभग दो घण्टे अच्छाई और बुराई पर लेक्चर दिया। नेक लोगों में जलालुद्दीन हैदर साहब मरहूम का उदाहरण दिया और फ़रमाया कि पुलिस विभाग निर्दयता और रिश्वत के लिए बदनाम है।

सुपरिंटेंडेंट पुलिस ख़ासतौर पर बेरहमी के लिए मशहूर है, लेकिन जलालुद्दीन हैदर अपनी मिसाल आप थे। सज़ा से ज़्यादा सुधार पर ध्यान देते और डंडे के बजाय विनम्र भाषा का प्रयोग करते थे। जब उनका इंतिक़ाल हुआ तो सारे शहर टोंक में कोहराम था। बेवाएँ, यतीम, ग़रीब, बूढ़े, लावारिस, इस तरह फूट-फूट कर रो रहे थे कि जैसे उनका कोई बुज़ुर्ग उठ गया। सैयद साहब मरहूम की शराफ़त मरी नहीं, ज़िन्दा है। शरीफ़ों की शराफ़त ज़िन्दा रहती है और दूसरों को शरीफ़ बनाती है।'

मुरादाबाद पुलिस ट्रेनिंग स्कूल में सैयद साहब की तस्वीर लगी थी और उनके कारनामे पाठ के रूप में पढ़ाए जाते थे। मरहूम के अंदर सम्भवतः किसी बुज़ुर्ग पीर वली की आत्मा लौट आई थी।

जैसा कि इस वृत्तांत के आरम्भ में स्पष्ट किया गया, पहले हमारे यहाँ केवल 'पीर फ़क़ीर' पैदा हुआ करते थे। आदत उनकी यह थी, झोला लट का, डंडा संभाल, खड़ाऊँ पहन, चल खड़े हुए। जहाँ मौक़ा मिला खड़े होकर आज के ईसाई पादरियों की तरह तबलीग़ (धर्म प्रचार) शुरू कर दी। और दिन-रात वज़ीफ़े पर वज़ीफ़े, चिल्ले, रोज़े।

जीविकोपार्जन के लिए 'फतूह' यानी बिन माँगी भेंट जो लोग दे दें। शाही अधिकारियों और अमीरों से परहेज़ (यानी बचना) फ़तूह में से जो बचा, उसे बाँट देना ज़रूरी।

कभी-कभी बादशाह बंजर पड़ी ज़मीनों पर काश्तकारी की इजाज़त दे देता था। पूछो बंजर ज़मीन पर खेती हो सके है? इसी क्षेत्र से हमारे पूर्वज मीर कमालुद्दीन तिरमिज़ी, तिरमिज़ के सहरवर्दी मिशनरी ट्रेनिंग सेंटर से प्रशिक्षण लेकर (यानी दरिद्रता में संयम और ईश ध्यान में तल्लीन होने का तप ग्रहण करके) हिन्दुस्तान में आए थे। उनकी औलाद में कुछ पीढ़ियों तक फ़क़ीरी चली। जब दरगाहें बनीं फ़क़ीरी सरमायेदारी में तब्दील हुई[1] या उनकी औलाद बादशाहों की ख़ुशामदी हुई, जागीरें मिलीं, गोया पीरी की बरकत से मीरी (सरदारी) पाई।

आख़िर में डिप्टी कलक्टर हुए या कम्युनिस्ट।

अगर अपने पूर्वजों की रचनाएँ 'मलफ़ूज़ाते-कमालिया'[2] और अलदुरल-मनज़ूम[3] को ग़ौर से पढ़ते तो यह नौबत न आती जो इस वक़्त है।

लेकिन जलालुद्दीन साहब अपनी नेकी और शराफ़त में एकाकी न थे; इस संस्कृति पर धर्म, आत्मीय और सदाचार के मूल्यों का गहरा प्रभाव भी शेष था। आमतौर से मुसलमान ईमानदार और हिन्दू धरमकरम के पाबन्द होते थे। चरित्र का क्राइसिस वर्तमान युग, विशेषतः आज़ादी के बाद के हालात की देन है।

मरहूम का तरका (जलालुद्दीन हैदर की मृत्यु-उपरांत छोड़ी गई संपत्ति)

नहटौर में एक दो मंज़िला मकान, ग़दर में ज़ब्त होने से बची कुछ ज़मीन, केवल पाँच सौ रुपये नक़द, और बेटों के लिए एक अदद नसीहतनामा (सदुपदेशपत्र) चारों लड़के (हमारे चार गाँव) बर-सरे-रोज़गार थे। सैयद एजाज़ हैदर बीवी बच्चोंदार थे। मियाँ नसीर

---

1. जलालुद्दीन सुर्ख़ बुख़ारी और मख़दूम जहानियान जहाँ गश्त बुख़ारी के सज्जादा नशीं (ओछ शरीफ़, बहावलपुर) पाकिस्तान के धनवान ख़ानदानों में शामिल हैं। नाम के आगे बादशाहों की तरह, प्रथम, द्वितीय, तृतीय, चतुर्थ आदि लिखते हैं।, 2. सैयद कमालुद्दीन तिरमिज़ी की प्रवचनावली।, 3. मख़दूम जहानियान जहाँ गश्त की प्रवचनावली।

का रिश्ता फूफी की लड़की वहीदा बेगम से हो गया। सबसे छोटे मियाँ वहीद का ब्याह अपने मामू सैयद इकराम हैदर तिरमिज़ी की लड़की से हो चुका था।

मियाँ सज्जाद समुन्दर पार हो आए थे और शादी को मना करें थे। अब इधर सुनने में आ रहा है कि एक अंग्रेज़ी पढ़ी लिखी लड़की जो अख़बारों तक में छपे है, लोगबाग उसके लिए कोशिश कर रहे हैं। विन का ख़ानदान है तो खरा सैयद यू.पी का, मगर हैं शिया, और रहवें हैं काले कोसों दूर सूबा-ए-सरहद में। अब पता नहीं वहाँ के नक़्शे क्या हैं। जंगल में मोर नाचा किसने देखा मियाँ।

4
अध्याय

फ़्लाइंग आफ़रीदी

नौशहरा छावनी ज़िला पेशावर में दरियाए-काबुल के किनारे है। यह ठंडा हरा-भरा मनमोहक क्षेत्र सामाजिक दृष्टिकोण से अफ़ग़ानिस्तान व तूरान से नज़दीक और गंगा-जमना की घाटी से इतनी दूर है कि उत्तर पश्चिम के चाक़ व चौबन्द (हृष्ट-पुष्ट) लम्बे-चौड़े बाशिन्दे सतलुज पार के रहने वालों को 'काले हिन्दुस्तानी' और 'पूर्विये' कहते हैं। मदमाती हवाएँ, तुर्किस्तानी ऊँटों के कारवाँ, ठंडे झरने, बर्फ़पोश पहाड़, आसमान पर उड़ते बाज़। हमें ज़रूर जानना चाहिए कि इक़बाल ने अपनी इमेजरी कहाँ से हासिल की।

हर तरफ़ वे मैदान फैले हैं, जहाँ सौ साल से शाहीन सिफ़त (गरुड़ जैसी विशेषता रखने वाले) अफ़ग़ान और पख़्तून ब्रिटिश फ़ौज का मुक़ाबला कर रहा है। मर्दान, दर्रा मलाक़न्द, अली मस्जिद, सफ़ेद कोह।

दर्रा-ए-ख़ैबर के उस पार सब्ज़वार, दश्ते-लैला, नाद अली, चहल ज़ीना, दिलाराम, शहर बहलोल, बाला मुर्ग़ाब, क़ज़ल क़िला, तख़्त ज़ाल, वादी-ए-सुर्ख़ाब, शहर-ए-ज़हाक, वादी-ए-पंजशेर, कोहे-पहलवान, शहरे-ग़लग़ला। अफ़ग़ानिस्तान के शहरों और वादियों के नाम किस क़दर अफ़सानवी हैं।

अफ़ग़ानों और अंग्रेज़ों ने ख़ून के कई दरिया-ए-सुर्ख़ाब यहाँ बहाए। मलाक़न्द चकदर्रा, अटक, क़िला जमरूद, पेशावर के बाज़ार क़िस्सा ख़्वानी में बुख़ारा और समरक़न्द और क़न्धार और जलालाबाद और क़ाश्ग़र और मशहद से कारवाँ आकर अब भी उतरते हैं। चायख़ानों में समावार[1] गर्म किये जाते हैं।

सर्दियों के मौसम में पौंदे अपने गल्ले (भेड़ आदि जानवरों के झुण्ड) लेकर पहाड़ों से उतरते हैं और सूबा-ए-सरहद की वादियों में बिखर जाते हैं। मार्च के महीने में अचानक बसंत आ जाती है।

1. ताँबे, पीतल आदि का, पानी गर्म करने वाला बर्तन।

सूबा-ए-सरहद की छावनियाँ अपनी ख़ूबसूरती व शादाबी के लिए सारी ब्रिटिश एम्पायर में मशहूर हैं। साहब अपनी जान हथेली पर लिये इन क़िलाबन्द बंगलों में बैठा है मगर बाग़बानी और पेड़ पौधों की साज सज्जा से बाज़ नहीं आता।

लेकिन नौशहरा छावनी के अंदर खपरैल की ढलवाँ छतों और नाज़ुक खम्भों वाले बंगलों में से एक के फाटक पर S.N. Bakar की जो तख़्ती चमक रही है, किसी अंग्रेज़ का नाम हरगिज़ नहीं। इमामबाड़ा लाँकड़ी ज़िला मुरादाबाद के ज़ाकिर आग़ा कर्बलाई अगर ज़िन्दा होते तो आपको बताते कि यह सैयद नज़रुल बाक़र रिज़वी का अंग्रेज़ी उच्चारण है और उन ही की पर्दानशीं साहबज़ादी 'मिस नज़रुल बाक़र' ने समकालीन उर्दू साहित्य के बाज़ार क़िस्साख़्वानी से लगा एक हंगामे का शहर आबाद किया। (यानी उर्दू साहित्य में ख्याति अर्जित की है)

चपरासी नदी पार से डाक लेकर रोज़ाना सुबह ग्यारह बजे मिस्टर बाक़र के बंगले पर पहुँचता है, नवयुवक सियालकोटी नौकर ग़ुलाम हुसैन पुलिन्दा लेकर अन्दर आ जाता है। ज़माने की मक्कारी ने नया करिश्मा दिखाया है। उस थैले में से एडिटरों के ख़त पत्र बरामद होते हैं और पत्र पत्रिकाओं के पैकेट। मख़ज़न, अलनाज़िर, अलबशीर, पैसा अख़बार, तहज़ीबे-निसवाँ, तमददुन, शरीफ़ बीबी, ख़ातून। मिस नज़रुल बाक़र जो पिछले बरामदे में बैठी यूरेशियन मेम का दिया हुआ 'होमवर्क' कर रही हैं, एक लिफ़ाफ़ा खोलती हैंः- जनाब बेगम साहेबा तस्लीम!

इस एक माह की मुद्दत में हमको 'ख़ातून' के दो-तीन पर्चे तैयार करने हैं, क्योंकि हमारा यह मक़सद है कि 'ख़ातून' अब वक़्त पर निकला करे। इसलिए आपके पास लिखते हैं कि आप कोई उम्दा और बड़ा मज़मून भेजकर इस काम में हमारी इमदाद (सहायता) फरमाएं। आपकी आँखों का लिहाज़ करते हुए यह तकलीफ़ नाज़ेबा (अशोभनीय) है। लेकिन मुझे उम्मीद है कि इस तकलीफ़ दही (कष्ट देने) को आप मुऑफ़ फ़रमाएंगी।

मोअर्रिख़ा 17 मई 7 ई. फ़क़त नियाज़ मन्द
बख़िदमत (सेवा में) शैख़ मोहम्मद अब्दुल्लाह
बिन्त-ए-नज़रुल बाक़र साहिबा एडिटर 'ख़ातून' अलीगढ़
(नज़रुल बाक़र साहब की पुत्री जी)

नौशहरा छावनी

अब हम मिस नज़रुल बाक़र की डाक यहीं छोड़कर, सिनेमा लैंटर्न के द्वारा 1875 ई. के सियालकोट का एक बेहतरीन दृश्यों वाला बाइस्कोप लेडीज़ और जेंटलमन को दिखलाते और लिंगोफ़ोन यंत्र के द्वारा गुमशुदा आवाज़ें सुनवाते हैं।

सुनिए! मिस्टर एस.एन. बेकर के परदादा और मासूम अली चकलेदार[1] अवध के बेटे ख़ानबहादुर मीर क़ायम अली सी.आई.ई. को पंजाब गवर्नमेंट की तरफ़ से[2] इजाज़त थी कि सारे सूबे में बेशक जिस जगह चाहें अपनी सभा करें। जिस समय उन्होंने गुरदासपुर में 1874 ई. में[3] इस संसार से विदाई ली, उनके बेटे मीर मज़हर अली सियालकोट में तहसीलदार थे। (तहसीलदार उस जमाने में म्यूनिस्पलिटी का चेयरमैन होता था। इनकम टैक्स लगाता था और प्रथम श्रेणी मैजिस्ट्रेट का कार्य करता था।) प्राचीन इस्लामी मदरसों और ख़ानक़ाहों का यह शहर, इस गये गुज़रे ज़माने में बुद्धिजीवियों का शहर था।

शमसुल उलमा मौलवी मीर हसन, एक और कश्मीरी मूल के सूफी बुज़ुर्ग शैख़ नूर मोहम्मद, एक चौधरी साहब[4] जिनके पूर्वज सिख से मुसलमान हुए थे और ख़्वाजा ग़ुलाम हाज़िर के बुज़ुर्ग जो चायख़ाने और सराय के मालिक थे, मीर साहब के दोस्तों में शामिल थे। शैख़ नूर मोहम्मद का बेटा मोहम्मद इक़बाल मीरसाहब के बेटे असग़र मीर ज़हूर हसनैन का हम-उम्र[5] था।

---

1. अध्याय-2, भाग 17 'गोमती'।, 2. यह आज्ञा पत्र अमरोहा में प्रोफ़ेसर सैयद मुख़तार हुसैन नक़वी के पास सुरक्षित है।, 3. अध्याय-2, भाग 19 'रावी'।, 4. चौधरी सर ज़फ़रुल्लाह ख़ाँ का कुनबा।, 5. अर्थात बराबर की आयु का था।

मीर साहब के तीनों लड़के फ़ैज़ुल अस्करी, नज़रुल बाक़र और ज़हूर हसनैन इक़बाल के साथ-साथ बस्ते उठाए रोज़ सुबह स्काच मिशन का रुख़ करते और पादरियों से अंग्रेज़ी और मीर हसन से अरबी, फ़ारसी पढ़ते। शैख़ नूर मोहम्मद, मीर मज़हर अली के यहाँ भी कपड़े सीते थे।

मीर फ़ैज़ुल अस्करी (जन्म 1858 ई.) सादात लाँकड़ी के पहले नौजवान थे, जिन्होंने इन्ट्रेंस पास किया। उसके बाद तहसीलदार लग गये। मीर नज़रुल बाक़र ने आठवीं क्लास से स्कूल छोड़ सियालकोट छावनी में सप्लाई एजेंट का काम शुरू कर दिया। 1892 ई. में मीर हसनैन इंट्रेंस के बाद मदरसतुल उलूम रवाना[1] किये गये, शैख़ मोहम्मद इक़बाल स्काच मिशन कालेज सियालकोट से एफ.ए. करके लाहौर आ गये। उसके बाद पढ़ते ही चले गये; बेहद पढ़ा।

मीर मज़हर अली के घराने वाले 'पंजाब के हिन्दुस्तानी' हैं। आज 1907 ई. में आधी सदी होने को आई, यहीं रहते हैं मगर क्या मजाल एक लफ़्ज़ पंजाबी का ज़ुबान पर आ जाए। बीबियाँ बदस्तूर घेरदार फ़र्शी पायजामे पहनती हैं। यह सूबा अभी तक 'परदेस' है। औलाद की शादियाँ कुनबे में होती हैं। और दूसरे अहम निजी समारोहों की तरह मुरादाबाद जाकर आयोजित की जाती हैं।

वहीं मीर मज़हर अली की साली अशरफ़ जहाँ बेगम की लड़कियाँ मुरतज़ाई और मुस्तफ़ाई, मीर फ़ैज़ुल अस्करी और मीर नज़रुल बाक़र से ब्याही गईं। इन लड़कियों के भाई मीर फ़ज़ल अली का निकाह मीर मज़हर अली की इकलौती बेटी कनीज़ अब्बास उर्फ़ अकबरी बेगम से हुआ।

अशरफ़जहाँ बेगम के शौहर मीर मेहदी अली 'क़सूर' ज़िला सियालकोट में थानेदार थे; बाद में कोतवाल शहर लाहौर। सियालकोट में मुस्तफ़ाई बेगम और नज़रुल बाक़र की लड़की नज़्र ज़हरा बेगम 1892 ई. में पैदा हुईं। मियाँ नज़रुल बाक़र फ़ौजी कमिश्रेट एजेंट, फ़्लाईंग ऑफ़रीदी बने। जगह-जगह उड़ते फिरते थे। मुस्तफ़ाई बेगम सियालकोट में सास ससुर

1. जो अब अलीगढ़ मुस्लिम यूनिवर्सिटी है।

के पास रहतीं। मीर मज़हर अली एक्सट्रा असिस्टेंट कमिश्नर, तीन वर्षीय लाडली पोती नज़्र ज़हरा को शैख़ नूर मोहम्मद का सिया हुआ सुर्ख़ रेशमी बुर्क़ा उढ़ाकर घोड़े पर अपने सामने बिठाते और सुबह-सुबह हवाख़ोरी के लिए हवा हो जाते, माहिर घुड़सवार थे लेकिन मौत भी घोड़े पर आई। सियालकोट से मुलतान तबादला हुआ।

1895 ई. की बात है, एक दिन तहसील लोधराँ में घोड़ा उड़ाते साँय-साँय करते जंगल से गुज़र रहे थे। एक जाट सिख ने, जो किसी मुक़दमे की वजह से दुश्मन हो गया था, दरख़्त की आड़ से बन्दूक़ चला दी। गोली सिर में लगी, ज़मीन पर गिरते ही अल्लाह को प्यारे हुए। क़स्बा लोधराँ में दफ़्न किये गये। 1838 ई. में मोहम्मद अली शाह, बादशाह के ज़माने में अवध के शहर लखनऊ में पैदा हुए थे। मिट्टी कहाँ से कहाँ खींच ले गई।

मुलतान इस उपमहाद्वीप का सबसे बड़ा क़ब्रिस्तान और क़ब्रों की पूजा करने वालों का हेडक्वार्टर है। सोयम (तृतीय) के दिन मीर साहब मरहूम की क़ब्र पर रहस्यमयी शक्लों वाले क़लन्दर चिलम पीते आ बैठे। सप्ताह भर में बक़ायदा तकिया स्थापित हो गया। स्वर्गीय शाह साहब की करामात की चर्चा शुरू हो गई। क़ब्र पर हरी झण्डियाँ लहराने लगीं। सिरहाने बेरी की टहनियों में धज्जियाँ और कलावे बंध गए।

वालिद बुज़ुर्गवार मीर क़ायम अली शाह सी.आई.ई. के मज़ार पर गुरदासपुर में वर्षों से सालाना उर्स हो रहा था। लोधराँ ज़िला मुलतान में 'मज़हर अली शाह पीर' के मज़ार पर जुमेरात की जुमेरात क़व्वालियाँ शुरू हो गईं।

वालिद साहब की वफ़ात के वक़्त मीर नज़रुल बाक़र सियालकोट छावनी में विटलिंग एजेंट थे। फ़ौजी गोदामों से रसद उपलब्ध करके सप्लाई यूनिट को भेजते थे। मिज़ाजदार नौजवान थे; बेतहाशा रुपया कमाते और उड़ाते, कुछ वर्ष बाद सियालकोट से सूबा-ए-सरहद पहुँचे। हिन्दुस्तान की

महत्वपूर्ण छावनियाँ इसी ख़तरनाक इलाक़े में थीं। ब्रिटिश हुकूमत के लिए 'सेंट्रल एशियन क्वेश्चन' का यह सबसे नाज़ुक दौर था। जेहूँ के पार रूसी रीछ ग़ुर्राता था। सरहदी पठान ऊँटों द्वारा अमीर हबीबुल्लाह अमीर काबुल की सहायता के लिए घर में बनी बन्दूक़ें स्मगल करने में व्यस्त थे।

मुल्ला सरतोड़ फ़कीर जिहाद का ऐलान कर चुके थे। छावनियों के भोजनालयों में जनरल राबर्ट के तैलीय चित्रों के नीचे खड़े होकर जाम लुँढाने के बाद अंग्रेज़ अफ़सर पख़्तूनों का मुक़ाबला करने निकलते और गिरजाघरों में लगी क़त्ल हुए लोगों के नामों की पीतल की बनी तख़्तियों में बढ़ोतरी करते। जाहिल सिरफिरे ईमानदार मुजाहिदों से मुक़ाबला था, जो मैदाने-जंग में जाते वक़्त अपने घर का सारा माल पूँजी अमानत के तौर पर किसी पीर के मज़ार पर रख जाते और उसे कोई न चुराता। हथियारों से लैस गोरों से लदी 'फ्लाईंग ऑफ़रीदी' ट्रेन जमरुद और पेशावर के बीच भक-भक धुआँ उड़ाती चलती रहती थी।

मीर नज़रुल बाक़र ख़ालसा फ़ौज वाले अपने बुज़ुर्ग कर्नल नूरुद्दीन शाह[1] की तरह एक लड़ाकू और बहादुर इंसान थे। गोरे चिट्टे, लम्बे क़द के, ख़ूबसूरत। पुरखे सौ वर्ष पूर्व नीशापुर से आए थे लेकिन मीर साहब चेहरे मोहरे से अभी तक ख़ुरासानी आग़ा मालूम होते थे। पश्तो और अफ़ग़ान फ़ारसी और पंजाबी में निपुण। बहुत अच्छी अंग्रेज़ी बोलते और लिखते थे। हिन्दू, मुसलमान, सिख और अंग्रेज़ दोस्तों की संख्या भी अच्छी-ख़ासी थी।

1898 ई. में उधर दूर-दराज़ चीन में बाक्सर का युद्ध छिड़ गया, इधर नौशहरा युद्ध का बिगुल बज गया। बीवी-बच्चों को बड़े भाई मीर फ़ैज़ुल अस्करी के पास तहसील पिण्ड दादन ख़ाँ, ज़िला जेहलम पहुँचाकर मीर साहब इमाम ज़ामिन की ज़ामिनी और गौड सेव द क्वीन की गत पर रॉयल इण्डियन सप्लाई कोर के साथ कैंटन की तरफ़ कूच कर गये। साल भर बाद बड़ी क़ीमती और नायाब चीज़ों का अम्बार साथ लेकर वापस आए।

1. अध्याय-2, 'गोमती'।

प्राचीन चीनी तस्वीरें, जेड के बर्तन, नक्शीन चोबी संदूक, क़ीमती रेशमी कपड़े, अतलस के पर्दे और लबादे और सियाह बानात की एक बड़ी स्क्रीन, जिस पर कारचोब से आदमी के क़द से भी ऊँचे चीनी कढ़े थे।

मीर साहब की दरिया दिली और शाहख़र्ची मिसाल बन चुकी थी। चीनी तोहफ़ों का बड़ा हिस्सा दोस्तों में बाँटकर कुछ समय बाद बोयर के युद्ध के लिए दक्षिण अफ़्रीका रवाना हुए। वहाँ से आकर 'लोशाई' के सिलसिले में बर्मा।

मीर साहब के दानी स्वभाव ने आफ़त मचा रखी थी। आधी शताब्दी बाद मैंने एक जान पहचान वाले के यहाँ लाहौर में एक बड़ा लम्बा-चौड़ा क़ालीन देखा, उन्होंने बातों-बातों में बताया कि उनके वालिद को कोई ख़ानबहादुर नज़रुल बाक़र साहब सूबा-ए-सरहद में थे, उन्होंने तोहफ़े में दिया था।

चीनी स्क्रीन न जाने किस तरह बच गई। अम्मा बताती थीं कि कोहाट के बंगले में ड्राइंग रूम के एक सिरे पर खड़ी रहती थी। उसके सामने आतिशदान के ऊपर मीर क़ायम अली की रंगीन तस्वीर लगी हुई थी, जिसमें वे बाक़ायदा लखनऊ के शाही ज़माने का लिबास पहने बैठे थे। लाहौर के किसी फ़िरंगी चित्रकार ने बनाई थी।

मेंटल पीस के दरमियान मीर मज़हर अली का फ़ोटोग्राफ़ था, जिसमें वे दोपल्ली टोपी, अंगरखे और बेहद चौड़े पायजामे में शोभायमान थे। दाहिनी तरफ़ उनके बड़े बेटे मीर फ़ैज़ुल अस्करी तुर्रेदार सरहदी पगड़ी, कुलाह (ऊँची टोपी) शलवार, फ़्राक कोट के साथ टाई बाँधे खड़े थे, बायीं तरफ़ मीर नज़रुल बाक़र अंग्रेज़ी फ़ौजी वर्दी में और मीर ज़हूर हसनैन एम.ए.ओ. कालेज के यूनिफ़ार्म में। यह पाँच तस्वीरें मानो तीन नस्लों के सांस्कृतिक इतिहास का छायाचित्र था।

वह नायाब चीनी स्क्रीन देहरादून तक हमारे यहाँ मौजूद थी। बानात में कीड़ों ने सूराख़ कर दिए थे लेकिन कारचोबी चीनी उसी तरह चोटियाँ लटकाए मूँछें झुकाए आस्तीनों में हाथ दिए कनफ़्यूशियस के फ़लसफ़े में

चिन्तामग्न थे। अम्मा अक्सर कहा करती थीं, 'फ़ुलाँ चीज़ जो पापा चीन से लाए थे' या 'जब पापा चीन गए थे।'

पापा जन्म ही से खुले विचारों के थे। एक अदद युरेशियन बुढ़िया मेम लड़कियों की तालीम के लिए मुलाज़िम रख ली थी। बड़ी लड़की नज़्र ज़हरा को डॉक्टरी पढ़वाने का इरादा रखते थे। बहन उनकी, अकबरी बेगम बेहद बुद्धिमान और लिखने की ख़ुदादाद योग्यता रखती थीं। मगर लिखें तो छपवाएँ कहाँ? ज़नाना लेख और नाम तक का पर्दा था। मीर साहब ने उनसे कहा, 'भैन्ना, तुम फ़िक्र न करो, उसका भी बन्दोबस्त करता हूँ।' लाहौर से अख़बार तहज़ीब-ए-निसवाँ जारी हो चुका था। उसके पब्लिशर मौलवी सैयद मुमताज़ अली को ख़त लिखकर बहन के नाम पर्चा जारी करवा लिया, अकबरी बेगम की ईद हो गई।

अकबरी बेगम के शौहर मीर फ़ज़ल अली लाहौर में सरकारी नौकर थे। देवर तफ़ज़्ज़ुल अली लाहौर मेडिकल कालेज में पढ़ रहे थे। पंजाबी जोश और लगन की वजह से लाहौर ने दिल्ली और लखनऊ की अपेक्षाकृत नयापन ज़्यादा तेज़ी से स्वीकार किया था। कालेजों, साहित्यकारों और पत्रकारों का नया केंद्र बन चुका था।

कहाँ बेचारा मुरादाबाद जो (इसकी याद की ख़ैर रहे) सूबेदार रुस्तम ख़ाँ और सैयद बड़े के दौर से कुछ साल ही आगे बढ़ा था।

1903 ई. में मीर नज़रुल बाक़र, मुस्तफ़ाई बेगम, अकबरी बेगम, मीर फ़ज़ल अली और सारा कुनबा एक बार फिर वतन पहुँचा, जहाँ अकबरी और मीर फ़ज़ल अली के पाँच वर्षीय बच्चे मीर अफ़ज़ल अली की सुन्नतों की तक़रीब मनाई जाने वाली थी।

महलसरा

मीर क़ायम अली के पड़नवासे (पड़नाती) मीर मेहदी अली के पोते, मीर फ़ज़ल अली के सपूत जाये मीर अफ़ज़ल अली की सुन्नतों की तक़रीब के लिए नाई-नायनें, मोहल्ले-मोहल्ले 'नवेल' (ख़ुशी की ख़बर) फेर आए।

सक़्क़े ने कलावे में आम के पत्ते पिरोकर क़ायम अली की 'महलसरा' के प्रमुख दरवाज़े पर बंधवार बाँधे। सामने चौक में काशीपुर के नामी भाँड और नक़्क़ाल जमा थे। ड्योढ़ी पर चौपहले, पालकियाँ और डोलियाँ ला-लाकर रखी जा रही थीं। अंदर आँगन में कलावंत बच्चियाँ[1] गला फाड़-फाड़कर गा रही थीं। लड़कियाँ बालियाँ अहली-गहली फिरती थीं। बड़े दालान में रिश्तेदार बीबियाँ पंजाब से आई हुई मेहमानों को हैरत से देखकर आपस में खुसर-फुसर करने में व्यस्त थीं।

'मुस्तफ़ाई भाभी की लौंडियों ने जो पहन रखा है, क्या कहलावे है?'
'गौन और जाकिट।'
'बाल छटकाए हबूड़नियों जैसी।'
'कुँआरी बालियाँ माँग काढ़ने लगीं।'
'बर्क़न्दाज़ों की तरह कमर कस के पेटियाँ बाँध रखी हैं।'
'परदेस में रहकर क्रिस्टान हो गये।'

बाहर कुछ फ़ासले पर सूबेदार रुस्तम ख़ाँ की मस्जिद से लगी हुई मीर क़ायम अली की कोठी में मर्दाना था, बार-बार शोर मचता। भाई फ़ुलाँ आ गये। चचा मियाँ तशरीफ़ लाइए। आख़्ख़ाह कुँअर साहब! मिज़ाज शरीफ़?

फाटक पर बग्घियों का हुजूम। एक राजा साहब बाक़ायदा हाथी पर चढ़कर आए थे।

---

1. मीरासनें, (डोमनियाँ)।

महलसरा की ड्योढ़ी पर महमूदपुर का हाथी खड़ा कान फटफटा रहा था। अफ़ज़ल मियाँ की सवारी के लिए भेजा गया था। नौकर-चाकर और मोहल्ले के फ़ालतू लौंडे-लारे शोर मचा रहे थे। ऐ मियाँ शहज़ादे, चले आते हो मुँह उठाए, देखके चलो प्यारे।

'अमाँ देख रहा हूँ क्या नक़्शे होरए हैं।'

'सैयद ख़ाँ के घर से सवारियाँ आ गईं, उतरवा लो।'

'पीरग़ैब वाले आ गए।'

'तकिया गलशहीद। क़ाज़ी के आमलीं।'

इतने में ग़ुल (शोर) मचा; 'महमूदपुर वाले आ गए।'

नवाब सैयद मोहम्मद अली ख़ाँ की बग्घी कोठी के फाटक पर रुकी। प्यादों और बल्लमबरदारों की सुरक्षा में बहलियाँ आगे बढ़कर महलसरा की ड्योढ़ी से लग गईं। बाल-बाल गजमोती पिरोये नवाब साहब की बेटियाँ विलायती बेगम, हैदरी बेगम, सद्र दालान में दाख़िल हुईं। बारह वर्षीय नज्र ज़हरा विस्मय की मूरत बनी।

उन मुग़ल चित्रों जैसी बहनों और भावजों को देखा, जिनके बाप और शौहर कुछ साल पहले अपने क्षेत्र के अपराधियों को मृत्युदंड देने का अधिकार रखते थे (हाँ, बेटा! मलिका ने हमें एक ख़ून मुऑफ़ कर रखा था। एक रोज़ हैदरी भाभी ने बन्नो बी को बताया)। शहर मुरादाबाद घिसट घिसटाकर उन्नीसवीं सदी तक आ पहुँचा था। दूसरे रजवाड़ों की तरह महमूदपुर अभी बड़े इत्मीनान से अट्ठारहवीं सदी में मौजूद था।

रात गये सैयद मोहम्मद अली ख़ाँ के दोनों फूफीज़ाद भाई डिप्टी आले नबी और नज़रुल बाक़र अन्दर आए। अपने चचाज़ाद भाई आले नबी को देखकर अकबरी बेगम को इस बनावटी माहौल में बड़ी ताक़त सी महसूस हुई। सारे ख़ानदान में सिर्फ़ वही अकबरी बेगम और नज़रुल बाक़र के समान विचार रखते थे। एक बूढ़ा फूँस अंग्रेज़ मिशनरी, ट्यूशन के लिए

मुलाज़िम रखा था, जो पर्दे के पीछे से उनकी इक्लौती बेटी आले ज़हरा को अंग्रेज़ी पढ़ाता था। आले ज़हरा का ब्याह अकबरी बेगम के अलीगढ़ वाले भाई ज़हूर हसनैन से हुआ था। बेहद हसीन और ननद से कम विवेकशील न थीं। चिकित्सा शास्त्र की भी शिक्षा ले रही थीं।

नज़्रे ज़हरा और सरवत यानी बन्नो बी पहली बार पंजाब से मुरादाबाद आई थीं। जब स्टेशन से महलसरा पहुँचीं सामने ही अंगनाई में बैठी आले ज़हरा चची बिल्कुल परी बनी हीराकनी का दुपट्टा ओढ़े, पलंगड़ी पर बैठी ब्लैकवुड़ मैग्ज़ीन पढ़ रही थीं।

समारोह में पानी की तरह रुपया बहा। अकबरी बेगम की मजाल न थी कि फ़ज़ूलख़र्ची, वाहियात रस्मों और अंधविश्वासों के ख़िलाफ़ असंतोष प्रकट करें। उनके देवर मीर तफ़ज़्ज़ुल अली का कुछ समय पहले लाहौर में स्वर्गवास हो गया था। कहा जा रहा था, बुआ बच्चे दुखिया को तो वे सत्यानाशी जिन्नात उड़ाकर ले गये। ख़ुद उन स्वर्गवासी को भी वहम हो गया था कि दो जिन्न उनके पीछे पड़ गये हैं।

मेडिकल कालेज लाहौर के अंतिम वर्ष में थे। जिन्नात गुरदासपुर में भी उतरते, जहाँ उनके वालिद मीर मेहदी अली कोतवाल थे। पिछले बड़े दिन की छुट्टियों के बाद तफ़ज़्ज़ुल मियाँ गुरदासपुर से लाहौर वापस जा रहे थे। रेलवे प्लेटफ़ार्म पर अचानक बोले; भाभीजान देखिये, दोनों आ पहुँचे। कह रहे हैं, अब हम तीन हो जाएंगे।' लाहौर कालेज में मुर्दे की चीरफाड़ कर रहे थे; नश्तर का ज़हर शरीर में चला गया, अल्लाह को प्यारे हुए।

यहाँ मोहल्ला लाँकड़ी वालान में मीर मेहदी अली के पुश्तैनी मकान की सीढ़ियों पर एक जिन्न का साया था। जब कभी मीर साहब पंजाब से आकर इस मकान में टिकते, वह नमाज़ रोज़े का पाबन्द बन्दा-ए-आतशीं (अग्नि-निर्मित, अर्थात जिन्न) फ़ज्र के वक़्त सीढ़ियों पर से ललकारता 'मेहदी अली उठो नमाज़ पढ़ो!'

अकबरी बेगम को जब यह क़िस्सा सुनाया गया, वे इसी मकान के आँगन में खाट पर बैठी थीं। झुँझला कर बोलीं, 'धरा था जिन्न।' लो बुआ फ़ौरन उनके कान का बाला किसी ने नोच लिया। क्या देखती हैं, सामने खूँटी पर लटक रहा है।

अकबरी बेगम ने अपनी ननिहाल चौकुएँ की हवेली में सबसे बड़ी ख़ाला उम्दा बेगम को देखा। उस वक़्त अस्सी बरस की उम्र थी। ग़दर से पहले निकाह हुआ था। ख़ास बारात के दिन एक जिन्न आशिक़ हो गया। रुख़सती ना होने दी, आज तक मुसल्ले पर बैठी अल्लाह-अल्लाह कर रही हैं।

मालीख़ोलिया, हिस्टीरिया, तपेदिक़, सिल, पर्दानशीं औरतों के आम रोग थे। बाहर दीवानख़ानों में चौसर और गंजफ़े की बाज़ियाँ जमती थीं। मुरादाबाद उस वक़्त हिन्दुस्तान का वियाना कहला रहा था। नामी गायक, बीनकार और रुबाबिये जलसों में बुलाए जाते थे। मुक़दमेबाज़ी लोकप्रिय कार्य था। ज़्यादातर जायदादें फ़ज़ूलख़र्च की वजह से महाजन के यहाँ गिरवी थीं।

चौक लाँकड़ी वालान में नीम के पेड़ के नीचे एक कुआँ है। उसकी करामत यह थी कि ख़ानदान के जिस नौनिहाल ने उसका पानी पिया मैट्रिक से आगे पढ़कर न दिया।

अकबरी बेगम पंजाब वापस गईं। अपने उपन्यासों 'गुलदस्ता-ए-मोहब्बत', 'शोला-ए-पिनहाँ', 'इफ़्फ़त-ए-निसवाँ' और 'गूदड़ का लाल' के लिए अच्छा ख़ासा मसाला साथ लेती गईं।

गुलदस्ता-ए-मोहब्बत उनका पहला नाविल था। औरतों के नाम तक का पर्दा था। लेखिका ने उसे 'अब्बासी', 'मुर्तज़ा' के फ़र्ज़ी मर्दाना नाम से पब्लिक प्रेस मुरादाबाद से छपवाया, अब नायाब (मिलता नहीं) है।[1]

1. एक अंक यह पंक्तियाँ लिखने वाले के पास मौजूद है।

'गूदड़ का लाल'[1] सम्भवतः 1907 ई. में पहली बार प्रकाशित हुआ। छपते ही धूम मच गई। बहुत जल्द ही इसने नई मिडिल क्लास मुसलमान औरतों की बाइबिल की हैसियत इख़्तियार कर ली। लड़कियों को दहेज़ में दिया जाने लगा। इसके पाठकों को न मालूम था कि 'वाल्दा अफ़ज़ल अली' कौन हैं और न यह कि उन्होंने इस नाविल का बैकग्राउंड और पात्र कहाँ से लिये हैं।

1. नसीम बुक डिपो लखनऊ ने कुछ साल हुए चोरी और सीनाज़ोरी से इसका ग़ैरक़ानूनी एडिशन प्रकाशित किया।

चुप की दाद

एक जुलाई 1898 ई. एक अहम तारीख़ है। उस दिन लाहौर से शमसुल उलमा मौलवी सैयद मुमताज़ अली[1] ने महिलाओं की साप्ताहिक पत्रिका 'तहज़ीब-ए-निसवाँ' जारी की। उनकी बीवी मोहम्मदी बेगम (माता सैयद इम्तियाज़ अली ताज) ने पत्रिका का सम्पादन संभाला।

बहुत जल्द 'तहज़ीब-ए-निसवाँ' सारे हिन्दुस्तान के मध्यम दर्जे के उर्दूदाँ मुस्लिम घरानों में पहुँचने लगा। उसकी वजह से साधारण शिक्षित पर्दानशीं औरतों में लेखन, संकलन आदि की दिलचस्पी पैदा हुई और देखते ही देखते उन्होंने बड़े आत्मविश्वास के साथ नाविल लिखने शुरू कर दिये, जो तकनीक और विषय के लिहाज़ से आज सत्तर वर्ष बाद लिखे जाने वाले, ज़्यादातर साधारण उपन्यासों से किसी तरह कम नहीं।

विरोधियों की आपत्ति की वजह से, नाम का पर्दा ज़रूर था, अतः 'तहज़ीब' के मुखपृष्ठ पर छपता था। "तहज़ीबे-निसवाँ जो कि एक शरीफ़ बीबी की इदारत (सम्पादन) में हर हफ़्ते शाया (प्रकाशित) होता है।" अकबरी बेगम ने 'वाल्दा अफ़ज़ल अली' और नज़्र ज़हरा ने 'बिन्ते नज़रुल बाक़र' या 'मिस नज़रुल बाक़र' के नाम से लिखा। मर्दाना अख़बारों में यह बहस भी छिड़ी कि क्या शरीफ़ मुसलमान लड़कियों का ख़ुद को अंग्रेज़ी लक़ब 'मिस' से याद करना उचित है या सख़्त बेहूदा बात है।

वस्त्रों के पहनने के स्टाइल में सुधार का आंदोलन शुरू हुआ। 1905 ई. में 'तहज़ीब' में यह सवाल उठाया गया कि हम क्या पहनें? 'खिचवाँ पायजामा, जिसकी रस्म उठती जा रही है या शलवार। सब बहनें अपने-अपने लिबास से आगाह (सूचित) करें।

---

1. मौलवी सैयद मुमताज़ अली देबबन्द, ज़िला सहारनपुर के रहने वाले थे और सर सैयद के दोस्त थे। मौलवी मोहम्मद हुसैन आज़ाद और मौलवी मोहम्मद क़ासिम नानोतवी के शागिर्द रह चुके थे। 1876 ई. में लाहौर आकर पंजाब हाईकोर्ट में अनुवादक नियुक्त हुए। 1891 ई. में रिफ़ाहे आम प्रेस स्थापित किया। 'दरबार-ए-अकबरी' अपने प्रेस से प्रकाशित की।

आबरू बेगम, मौलाना अबुल कलाम आज़ाद की बहन, बम्बई से लिखती हैं, 'मेरे वालिद चालीस साल मक्के में रहे। सोलह साल पहले कलकत्ता आए। कलकत्ता की मोअज़ज़ा (कुलीन) ख़ातूनों का लिबास साड़ी और शलोका है। मैं देहलवी लिबास के मुक़ाबले में अरबी लिबास की सिफ़ारिश करती हूँ।"

राहत ख़ातून बेगम बदरुद्दीन तैयब जी चर्चा में भाग लेती हैं और ज़हरा फ़ैज़ी की वालिदा अमीरुन्निसा लिखती हैं, 'मैं आपको अपनी छोटी लड़की अतिया ख़ानम के लिबास की तस्वीर भेजूंगी। ज़ुबैदा ख़ानम लंदन गई थीं, वहाँ उनके लिबास की बहुत तारीफ़ हुई।'

अकबरी बेगम और नज़्र ज़हरा बेगम ने घिरसवाँ भारी पायजामे और भारी ज़ेवर गहने पहनने छोड़ दिये। हल्के-फुल्के ग़रारे और 'गाओन' दुपट्टे सहित ख़ुद डिज़ाइन करके पहनने शुरू कर दिये, जो फ़ैशनेबल वर्ग में रिवाज पा गये।

नज़्र ज़हरा बेगम ने नये स्टाइल का बुर्क़ा अविष्कृत किया। इसका ज़िक्र फूफी ने उपन्यास 'गूदड़ का लाल' में किया। 1905 ई. सैयद सज्जाद हैदर, यलदरम की फूफीज़ाद बहनें, ख़ानबहादुर सग़ीर हुसैन की लड़कियाँ हमीदा बेगम, वहीदा बेगम, छोटे-छोटे लेख 'तहज़ीब-ए-निसवाँ' में लिखती हैं। यलदरम के चाचा की बेटी निसार फ़ातिमा पुत्री ख़ान बहादुर डॉक्टर कर्रार हैदर 'नसीहत-ए-मनज़ूम' में फ़रमाती हैं।

शुक्र अल्लाह का कि हम इल्म से हैं बहरामन्द[1]
इससे बढ़कर नहीं दौलत मेरी प्यारी बहनों
अच्छा करती हो मंगाती हो जो 'तहज़ीब' अख़बार
इसमें बढ़ती है लियाक़त[2] मेरी प्यारी बहनों।
न. फ. नहटौर
ज़िला बिजनौर

1. लाभान्वित।, 2. योग्यता।

पलवल से एक बीबी ने लिखा, 'तहज़ीब' से हमें बहुत फ़ायदे हो रहे हैं। इससे पहले दुनिया के हालात की ख़बर नहीं थी, अब सब ख़बरें मालूम हो रही हैं। यह मज़मून मैंने बहुत कोशिश करके लिखा है। अगर इसमें कुछ ग़लती नज़र आये तो आप और दूसरी बहनों से मुऑफ़ी माँगती हूँ।'

और इससे आगे लिखती हैं, 'यह मेरा पहला मज़मून है, जो बाद इस्लाह ब्रादरे मोअज़्ज़म के (यह मेरा पहला लेख है, जो बड़े भाई से सुधरवा कर) रवाना करती हूँ। मेरी बहनों, एक शरीफ़ बाशिन्दा भोपाल की लड़की हूँ।'

नज़रुल बाक़र की बेटी और कुछ औरतों ने महिलाओं की कॉन्फ्रेंस संगठित करने का आंदोलन आरम्भ किया। एक बीबी की आपत्ति होती है, 'कोई शख़्स सीढ़ियाँ चढ़े बग़ैर उचककर नहीं चढ़ सकता, हम औरतें पहले डोली में बैठती हैं, फिर गाड़ी में और फिर रेल में। हमारी शिक्षा अभी प्राथमिक स्थिति में है। हम अभी अपने आपको पढ़े लिखों में नहीं गिन सकते। हमारी कुछ बहनों ने ज़नाना कान्फ्रेंस के लिए मर्दाना पत्रिकाओं में लेख लिखने शुरू कर दिए हैं। क्या अच्छा हो कि हम पहले ज़नाना अंजुमनें (सभाएँ) हर शहर में बनाएँ।'

औरतों की दिलचस्पियाँ बढ़ रही हैं। एडिटर साहिबा एक नोट में लिखती हैं, 'वर्ज़िश और तफ़रीह के लिए खेलों के अन्वेषण करने की ज़रूरत रहती है। हमारी बहनों के तजुर्बों में जो खेल आ चुके हैं, उनकी तरकीबें हमें लिखें। सम्भवतः हमारी ईसाई बहनें, इस बारे में बेहतर लिख सकेंगी। एक खेल मुझे पसंद आया है, उसे पिन-पान कहते हैं। अंग्रेज़ी खेल है। 'ब्रज कुमारी नेहरू और दूसरी कश्मीरी ब्राह्मण और कायस्थ महिलाएँ भी अक्सर मज़मून लिखती हैं।

14 अप्रैल, शालीमार बाग़ लाहौर में ज़नाना जलसा हुआ, बाग़बान पुरे की बेगमें और एडिटर मोहम्मदी बेगम ने शिरकत की। दिल्ली से

सुलताना बेगम[1] आई थीं। कई यूरोपियन लेडियाँ भी थीं। एक बहन फ़ोनोग्राम लाई थीं। अक्सर लेडियों ने बेडमिंटन खेला और फ़ोनोग्राम सुना।

फ़ातिमा बेगम, आबरू बेगम की बहन इत्तिला देती हैं, 'आबरू बेगम की शादी होने वाली है और उन्होंने इशारा करके मुझे सख़्त ताकीद कर दी है कि रस्मों पर रुपया ख़र्च करने की बजाय, महिलाओं की शिक्षा पर ख़र्च किया जाय।'

1907 ई. में आल इंडिया मोहम्मडन एजुकेशनल कान्फ़्रेंस के वार्षिक अधिवेशन, अलीगढ़ में डाइस पर मौलाना अल्ताफ़ हुसैन हाली खड़े 'चुप की दाद' पढ़ रहे थे। ऐ माँओं, बहनों, बेटियों, दुनिया की ज़ीनत (साज-सज्जा) तुमसे है।

---

1. शमसुल-उलमा ज़काउल्लाह की बहू। और चर्चा आगे होगी।

चाँद रात

अकबरी बेगम और उनकी अल्पायु भतीजी, नज़्र ज़हरा धमाचौकड़ी के मातम से बचती थीं। अब उन्होंने अंधविश्वासों, धर्म में नई-नई बातों के पैदा करने, क़ब्रों को पूजने और ताज़िये पूजने के ख़िलाफ़ जिहाद का ऐलान कर दिया। 'ए बी! यह ज़ुलजिनाह[1] को जलेबी खिलाकर उसके कान में बात करना कितनी बड़ी बेवकूफ़ी है। ज़रा अक्ल से काम लो बीबियो। बेचारा घोड़ा इमाम हुसैन को तुम्हारी दरख़्वास्तें किस तरह पहुँचाएगा?' (शियों से सम्बोधन)

'एबी! यह दरियाव परी और शैख़ सददू कौन चीज़ हैं?' बी शादी, दाल चपाती, मियाँ शाह दरिया, मामू अल्लाह बख़्श, शाह सिकन्दर, पीर हठीले, पीर ग़ैब? होश की दवा करो!' (सुन्नियों से सम्बोधन)।

ख़ुशक़िस्मती से इस ख़ानदान में तबर्रे[2] का रिवाज नहीं था। और सोग, सोयम के दिन उतार दिया जाता था। नौ (9) रबी उल अव्वल (हिज्री मास) तक का सोग (शोक) बहुत बाद में लखनऊ वालों ने जारी किया।

सुधार के कार्यक्रम के साथ-साथ अकबरी बेगम और नज़्रे ज़हरा बेहद शिया और हुसैन (अलैहिस्सलाम) की आशिक़ भी थीं। पंजाब या सरहद के जिस शहर या छावनी में यह ख़ानदान रहता, घर में चेहलुम (चालीसवें) तक के लिए इमामबाड़ा सजाया जाता। चाँदी का अलम, रेशमी पटके जो शाही के लखनऊ और नगड़दादा मीर मासूम अली चकलेदार के ज़माने की यादगार थे और जिन्हें पड़दादा मीर क़ायम अली के साथ लेकर लखनऊ से निकले थे, साल भर संदूक में सुरक्षित रहते।

जहाँ-जहाँ मीर नज़रुल बाक़र का तबादला होता, वह नक़्शोनिगार से सजा हुआ चोबी संदूक़ प्राचीन इबरानियों (इस्राईलियों) के आर्क की तरह साथ-साथ चलता।

---

1. कर्बला के युद्ध में हज़रत इमाम हुसैन (रज़ी) के उस घोड़े का नाम, जिस पर वे कर्बला के युद्ध में सवार थे।, 2. बुरा कहना, नफ़रत करना।

चाँद रात से इस अस्थाई इमामबाड़े की दहलीज़ पर बैठकर अशरफ़जहाँ बेगम, मुस्तफ़ाई, मुर्तुज़ाई और अकबरी बेगम सियाह मलमली दुपट्टों में मुँह ढाँप ज़ारों क़तार रोना शेरू कर देतीं।

वा मोहम्मदा (स०) कुश्ता शुद हुसैन... (हाय मोहम्मद स०; हुसैन कत्ल हो गए)

चार सौ बरस पहले उनकी लकड़दादियाँ, नानियाँ जो सफ़वी बादशाहों के ज़माने में नीशापुर में रौज़ा-ख़्वानी और शबीह-ख़्वानी[1] करती थीं और जिन्होंने लाँकड़ी ज़िला मुरादाबाद पहुँचकर सैयद बड़े के बनवाए हुए इमामबाड़े के कच्चे फ़र्श पर बैठकर इस पहली चाँद रात को रोना शुरू किया था। उन ख़ुरासानी ख़ानमों और इन उन्नीसवीं सदी की पली हुई ठेठ हिन्दुस्तानी बेगमों के रोने धोने की आवाज़ों में रत्ती भर जो फ़र्क़ आया हो।

वा मोहम्मदा (स०) कुश्ता शुद हुसैन...

निगोड़े परदेस में मुरादाबाद से बारह पत्थर बाहर अच्छे ज़ाकिर (कर्बला की घटना का बयान करने वाले) और सोज़ ख़्वाँ (कर्बला के युद्ध की वेदना गाकर सुनाने वाले) कहाँ जुड़ते। ज़िला हज़ारा की कुछ सरहदी और पंजाबी शिया बीबियों को बग्घी और ताँगे भेजकर शहर से छावनी बुलवाया जाता। वह धोनताल पठानियाँ और क़िज़िलबाश ख़वातीन ऐसा धमाके का मातम करतीं कि दिल दहल जाते। फ़ारसी या पश्तो और पंजाबी में दिल दहला देने वाले नौहे पढ़तीं। "वीर मुसाफ़िर शाम दी वेला'' पर, जो चाँद रात को शम्ओं की रौशनी में पढ़ा जाता था, ख़ास तौर पर बड़ा दिल भर आता।

यू.पी. के शिया घरानों की औरतें मरसिया ख़्वानी, अर्थात कर्बला की घटनाओं की दुःख भरी कविताएँ पढ़ने की बदौलत आमतौर से थोड़ा बहुत लिखना पढ़ना जानती थीं और इसी वजह से काव्य रुचि भी रखती थीं। मीर अनीस[2] घुट्टी में पड़े थे। अशरफ़जहाँ मुर्तज़ाई, मुस्तफ़ाई, सब उर्दू

1. मोहर्रम में शियों द्वारा की जाने वाली रस्में।, 2. एक शा'इर जिनके मर्सिये दुनिया भर में मशहूर हैं।

दाँ थीं। मुर्तुज़ाई बेगम पत्र लेखन में निपुण थीं। मुस्तफ़ाई नौहे बहुत अच्छे पढ़ती थीं, अकबरी बेगम तो ख़ैर एक आलिम फ़ाज़िल (ज्ञानी विदुषी) बीबी थीं। उनकी हदीसख़्वानी ख़ानदान भर में मशहूर थी।

छठी तारीख़ से पर्दे के दूसरी तरफ़ कुर्सी पर बैठकर मीर नज़रुल बाक़र कर्बला की जंग की मुसीबतों का बयान पढ़ते और रुमाल आँखों पर रखकर ख़ूब रोते।

हर साल मुस्तफ़ाई बेगम यह तमन्ना करती थीं कि इस बार तो न हो सका, ज़िन्दगी बख़ैर अगले साल इंशाअल्लाह लखनऊ में मोहर्रम करूँगी और चुप ताज़िये की ज़ियारत करके ही लौटूँगी।

मीर नज़रुल बाक़र के ड्राइंग रूम में भोंपू वाला आला (यंत्र) फ़ोनोग्राम; क़व्वालियों, नातों, थियेटर की चीज़ों और ग़ज़लों के रिकार्डों सहित मौजूद था। यह 'प्लेट' जिनको साधारण 'नेटिव' 'तवा' कहता था सिर्फ़ मर्दाना दावतों के अवसरों पर बजाए जाते थे। कुआँरी बालाओं को थियेटर की चीज़ें और ग़ज़लें सुनने की मनाही थी। डिप्टी नज़ीर अहमद के नाविल पढ़ो और नातिया[1] क़व्वालियाँ सुनो। रिकार्ड अंग्रेज़ी संगीत के भी थे, जैसे 'अंग्रेज़ी बाजा' "अंग्रेज़ी नक़ल हँसी।" यह लड़कियों के लिए उचित थे क्योंकि इनको सुनने से अंग्रेज़ी में कुशलता बढ़ती थी।

एक तवे में क़व्वाल गाता था कि ऐ मुसलमानो! मोमिनो! जो मुसलमान वेनमाज़ी मरे, पढ़ना न उसके जनाज़े पर तुम नमाज़। ख़ासा दहशतनाक तवा रहा होगा। नौजवान मुस्तफ़ाई बेगम जब यह रिकार्ड सुनतीं, ख़ूब रोतीं क्योंकि अक्सर बीमारी की वजह से पाँचों वक़्त की नमाज़ न पढ़ सकती थीं। क्या भली जन्नती बीबियाँ थीं।

1. वह क़व्वाली, जो हज़रत मोहम्मद (स०) की प्रशंसा में हो।

मैजिक लैंटर्न

1907 ई. की शब-बरात; अकबरी बेगम 'क़सूर' से अपने भाई के पास नौशहरा आई हुई थीं। आते ही मनाही कर दी थी' ख़बरदार! आतिशबाज़ी पर जो रुपया बर्बाद होता था, यतीमख़ाने भेजा जाए। नवआगन्तुक मुरादाबादी मामा सूसन ने ऐसी सूनी शबबरात काहे को देखी थी। शाम ढले जब चराग़ जले, वह बावर्चीख़ाने में पीढ़ी पर बैठकर बड़बड़ाया कीं, 'पटकी पड़े, ऐसी घुप अँधेरी रात! भिन्नो मुझे तो वहम होरिया है।'

'अम्मा, यहाँ की जो रीत देखी, उल्टी!' सूसन की लड़की नस्तरन ने इक़रार किया, वह चूल्हे पास बैठी झपाझप रुमाली चपातियाँ उतार रही थी। 'न अर्फ़े का हलवा ना फ़ातेहा। मरने वालों की रूहें क्या कहती होंगी।'

सूसन ने आगे झुककर अहमियत से खुसर-फुसर की, 'वह हमारे यहाँ सहारनपुर के वहाबी ना हैं, मैं जानूँ यह सब भी वहाबी हो गये।'

नस्तरन ने आस्तीन से मुँह पोंछ, झाड़ झंकाड़ लटें माथे से हटाईं और आटे की परांत की तरफ़ तवज्जोह दी। वालिदा ने गुफ़्तगू जारी रखी, 'लो बुआ! दीन इस्लाम बिदअत है। बीबी की सहनक[1], कूँडे, नज़्र नियाज़ सबसे छुट्टी। आज मैंने गुलाम हुसैन से कहा, मैंने कहा, भैये कल फ़ज्र की नमाज़ के बाद चुपके से ताँगा लाकर मेरे साथ चले चलियो दरिया तलक। अरीज़ा[2] डाल आऊँगी।

कहने लगा, लाओ भाई, अरीज़ा मुझे दे दो। सुबह को चपरासी डाक ले जाता है, तुम क्यों तकलीफ़ करो। निगोड़ा एक तो पंजाबी ऊपर से सुन्नी। मैंने समझाया, मेरे चाँद, मैं तो बारहवें इमाम के नाम का अरीज़ा दरिया में डालने को कह रही हूँ। बोला, भाई सूसन यह तो बिदअत है। लो जी... क़ाज़ी के घर के चूहे भी स्याने! मियाँ मुस्तफ़ा बाक़र, मियाँ

1. हज़रत बीबी फातिमा की नज़्र नियाज़ का खाना।, 2. वह पत्र जो छोटे-बड़े को लिखते हैं।

अफ़ज़ल अली, अल्लाह रखे बाओडुक फिर रए हैं। शब-ए-बरात की रात, और न अनार न फुलझड़ी। और गोल कमरे में बज रिया है फ़ोनोग्राम... वह ख़िलाफ़े-शरअ ना है? शब्बरात का हलवा ख़िलाफ़े-शरअ है।

अचानक नस्तरन खिलखिलाकर हँसी, 'मुल्ला सर तोड़ फ़क़ीर।' उसने नारा लगाया।

'ऐं?' सूसन ने पूछा।

'अकबरी बेगम तो बन गईं मुल्ला सर तोड़ फ़क़ीर' नस्तरन ने जवाब दिया और ख़ूब हँसी।

बावर्चीख़ाने में तेल की डिबिया टिमटिमाती रही। यह भी यू.पी. वालों का अजीबोग़रीब बाँकपन था। हवेली के अंदर झाड़फ़ानूस रौशन, बावर्चीख़ाने में वही दीवार से टंगा तेल का चराग़। यहाँ भी अहाते के सिरे पर 'किचन' में ख़ानसामाँ जी दो टाँगों पर खड़े अंग्रेज़ी चूल्हे पर लालटेन की रौशनी में 'स्टू' पका रहे थे। अंदर देसी बावर्चीख़ाने में वही तेल की कुप्पी ऊँट की खाल वाली। यह भी शायद एक और ऐतिहासिक थ्रो बैक था।

नस्तरन चूल्हे पास से उठी। दीवार पर अपनी परछाईं देखकर माँ की परछाईं से मुख़ातिब हुई, 'अम्माँ-अम्माँ, चलो चुपके से परछाईं का टोटका ही कर लें।'

'ए तुम्हारी शामतें आई हैं, देख लिया अकबरी बेगम ने तो आग हो जाऐंगी।'

"कोई ना देखने का, सब अन्दर हैंगे। मैं लालटेन लाती हूँ। तुम चुपके से छुटवा चुनन को बुला लाओ।"

नस्तरन बाहर भागी, सूसन ने अपने दोनों लड़कों को आवाज़ दी। सबके सब चोरों की तरह दबे पाँव आँगन की बजरी पर चलते बादाम के दरख़्त के नज़दीक पहुँचे। नस्तरन ने लालटेन कुछ फ़ासले पर रखी और सब लालटेन और दीवार के बीच एक लाइन में खड़े हो गये। परछाइयों में सबके सिर पूरे। सूसन ने आसमान पर नज़र डालकर मौला का शुक्र अदा

किया। बिल्कुल उसी समय मियाँ मुस्तफ़ा बाक़र और मियाँ अफ़ज़ल अली सेलर्ज़ सूट पहने हुए ट्राइसिकिल चलाते सहन में दाख़िल हुए। उनके पीछे-पीछे ग़ुलाम हुसैन, नन्हीं बी और बन्नो थी।

'यह क्या हो रहा है सूसन बुआ?' बन्नो बी यानी सरवत आरा बेगम ने दिलचस्पी से पूछा।

'अल्लाह का शुक्र कि तुम्हारे सबके सिर भी सही हैं।'

'हमारे सिर?'

'जाके अपनी फूफी से न जड़ देना। बात यह है कि शबरात (शब-ए-बरात) की रात, सब बन्दे बशर, अहले इस्लाम (मुसलमानों) की क़िस्मत का फ़ैसला हो है। जो अगली शबरात से पहले-पहले कहने वाली बन्दी के मुँह में ख़ाक, शैतान के कान बहरे, सामने क़ुरआन दरमियान। जो अगले साल तक इस दुनिया में न रहे उसका सिर आज की रात दीवार पर नज़र ना आता। ऊपर ही ऊपर को निकल जा है।'

नन्हीं बी यानी नज्म ज़हरा बेगम खिलखिला कर हँसी, 'यह क्या बेवक़ूफ़ी की बात है।'

एकाएक सबने चुप्पी साध ली। मुस्तफ़ाई बेगम उसी लम्हे पिछले बरामदे की सीढ़ियाँ उतर, घिरसवाँ पायजामा बड़ी नज़ाकत से दाएं बाज़ू पर संभाले बावर्चीख़ाने की तरफ़ जा रही थीं। लालटेन के सामने से गुज़रीं। उम्रे-रवाँ की तरह उनका साया दीवार के ऊपर निकल गया।

मुस्तफ़ाई बेगम बादाम के दरख़्त के नीचे पहुँचकर ठिठकीं; नज़रें उठाकर सामने देखा, दीवार पर अपना सिर नज़र न आया। सहम गईं। तीनों बच्चे सामने मौजूद थे। उनकी ख़ातिर दिल कड़ा करके ज़ोर से हँसीं।

उनकी वालिदा अशरफ़ जहाँ बेगम अपने कमरे में यथानुसार चौकन्नी और चौकस बैठी थीं। अन्दर-बाहर क्या हो रहा है सब ख़बर उनको रहती थी। सहन (अंगनाई) में बेटी के क़हक़हों की आवाज़ आई तो चौंकीं। मुस्तफ़ाई

कभी इतनी ऊँची आवाज़ से और ऐसी खोखली हँसी नहीं हँसीं। गुरगाबी पाँव में डाल फ़ौरन बाहर आईं।

सामने देखा। सबके सिर अल्लाह रखे मौजूद, लौंडिया का सिर ग़ायब। चकरा कर खम्भे तक पहुँचीं; सूसन पर नज़र पड़ी, समझ गईं। यह उज़ड़ा टोटका उसी हर्राफ़ा ने किया है। बरस पड़ीं, 'ग़ारत गई, मिट गई, जनम जली, तेरी भत्ती मैंने खाई, दूर, दफ़ान, काला मुँह।

सूसन दहशतज़दा खड़ी थी, लपक कर लालटेन उठा ली, रौशनी के नए कोण में भी बीबी का सिर ग़ायब।

अशरफ़जहाँ बेगम फिर ललकारी, 'जो हमारी लौंडिया को हूँसे उस पर अलमदार का अलम टूटे।'

बीबी दोबारा खिलखिलाकर हँसी। इतने में अकबरी बेगम भावज को आवाज़ देती बरामदे में आईं। सामने देखा, चराग़पा होकर बोलीं, "शुरू हो गई ख़ुराफ़ात, अल्लाह जाने मुरादाबाद वालों को कब अक़्ल आएगी।" अचानक वह भी दमबख़ुद!

सूसन ग़रीब लालटेन उठा; चोर शक्ल, झुकी-झकी बावर्ची ख़ाने की ओर चली गई।

मुस्तफ़ाई बेगम मुस्कुराती हुई बरामदे में आईं, ननद से बोलीं, 'बाजी मैं ख़ुद इन जाहिलाना बातों को कब मानूँ हूँ। इसी तरह तो ख़्वाह मख़्वाह दिल में वहम बैठ जाते हैं।' देर तक ख़ुशी से हँसती रहीं। बड़ी बहादुर बीबी थीं।

अजीब संयोग है कि उसी साल के अंदर-अंदर यानी अगली शबबरात से बहुत पहले 2 जनवरी 1908 ई. की सर्द बर्फ़ीली रात एक ज़रा सी तबीयत ख़राब होने के बाद मुस्तफ़ाई बेगम का इन्तिक़ाल हो गया।

"बाहर पहाड़ों पर बर्फ़ पड़ रही थी। रात भर कमरे में तेज़ रौशनी जलती रही। सिरहाने मौलवी साहब क़ुरआन शरीफ़ पढ़ रहे थे। नर्स ने

पाँच वर्षीय भाई को संभाला। पापा पलंग के क़रीब गिरकर बेहोश हो गये। परदेस और आलमे-तन्हाई!'[1]

बहुत मेलोड्रमेटिक अंदोज़े-बयान है। भावुकता और ड्रामे का अहसास इस ख़ानदान की विशेषता और सम्भवतः शिया होने की देन था। लेकिन यह विक्टोरियन मेलोड्रामा इस दौर के मर्दों और औरतों के लिखे हुए उर्दू उपन्यासों में आमतौर पर मिलता है।

1908 ई. में 'इस्मत' का लोकार्पण हुआ था। उसके संस्थापक अल्लामा राशिदुल ख़ैरी ने जो 'मुसव्वरे-ग़म' कहलाए, उस रवैये को ऊँचाईयों पर पहुँचा दिया। ख़्वाजा हसन निज़ामी की 'ग़दर की मारी शहज़ादियाँ", राशिदुल ख़ैरी और महिला उपन्यासकारों की अत्याचार का शिकार होती हीरोइनें, रोमानी हीरो हर तरफ़ दहाड़ें मार-मार कर रो रहे थे। सारा हिन्दुस्तान ग़म पसन्दी में मुब्तला था। इक़बाल की घन गरज ने उर्दू शायरी की ग़मपरस्ती को ज़रा कम किया लेकिन टैगोरियत और रोमांटिक ग़म ने फिर आँसुओं, आहों और ठंडी सांसों की बारिशें कर दीं कोलोनियल समाज का साहित्यकार व शा'इर सिर्फ़ रोना ही जानता है।

मुस्तफ़ाई बेगम के असमय देहान्त के बाद घर में अंग्रेज़ी संस्कृति के उसूल से सियाह हाशिये वाले ऊँचे दर्जे के पैड और लिफ़ाफ़े आ गये।

07 जनवरी सन 08 ई.

मेरी प्यारी ग़मज़दा बहन, तस्लीम!

मुझे गुज़िश्ता शाम (पिछली शाम) आपका ख़त मिला और इस ख़त को मैं हाथ में लेते ही घबरा गई थी और मुँह से निकला ख़ुदा ख़ैर करे। मगर जब खोल कर देखा तो ऐसी वहशतनाक ख़बर पढ़ी जिसका सानो-गुमान भी न था। काश! वो कुछ दिन और बीमार रहतीं और हम 'तहज़ीबी' बहनों को यह अरमान बाक़ी न रहता कि हमको उनके लिए दुआ करने का मौक़ा न मिला।

---

1. रोज़नामचा, लेखिका नज़्र सज्जाद हैदर 'तहज़ीबे निसवाँ' 8 अगस्त 1942 ई.।

ख़ाकसार

मोहम्मदी

लाहौर, 17 जनवरी

मेरी प्यारी बहन, तस्लीम!

मैं एक ख़त इससे पहले रवाना कर चुकी हूँ। मुझे आपका ख़याल और उस मुसीबत का, जो आप पर पड़ी है और आपकी अम्मी की जवानी में मौत का ख़याल आता है तो बहुत ही रंज होता है। 32 साल की उम्र मरने की नहीं होती।

मैंने पक्का इरादा कर लिया था कि परसों सुबह की गाड़ी से रवाना होकर तुम्हारे पास पहुँचूंगी मगर आज मुझे बहुत ज़ुकाम हो गया, इस हालत में सफ़र करूँगी तो ज़्यादा बीमारी का ख़याल है क्योंकि आने-जाने के दोनों वक़्त ठंडे हैं। अल्लाह हर तरह की ख़ैर रखे तो अगले इतवार को हाज़िर हूँगी। ख़ुदा आप सबका हामी और मददगार हो और सब्रे-जमील बख़्शे।

नन्हीं बहन और भाई को दुआ कहिए।

वस्सलाम

ख़ाकसार, मोहम्मदी।

मोहम्मदी बेगम की उम्र भी मरने की नहीं थी। छोटे से इम्तियाज़ अली को तनहा छोड़कर, वह कुछ महीने बाद ही उसी साल अल्लाह को प्यारी हुईं।

मुस्तफ़ाई बेगम के इन्तिक़ाल के बाद नीम रौशन (अर्धप्रकाशमान) सहन में बादाम के दरख़्त के नीचे, उनकी क़ब्र पर, जहाँ उन्हें मुसाफ़िर बनाया गया था, चालीस रातों तक लालटेन टिमटिमाती रही। शायद वही शबबरात वाली लालटेन थी।

नानी अशरफ़जहाँ बेगम

एक समय था कि अशरफ़जहाँ बेगम चौकुएँ की हवेली में सुरक्षित, बाहर की दुनिया की ख़बर न रखती थीं। 1857 ई. में भाई के हुक्म पर पाँचों बहनें चेहरे पर तवे की स्याही मलकर, बावड़ी की सीढ़ियों पर मुसतइद बैठ गई थीं, हमलावर गोरे चुड़ैले समझकर, उल्टे पाँव वापस भाग जाएंगे। आगे बढ़े तो बावड़ी में कूदकर जान दे देंगी।

1860 ई. लाँकड़ीवालों के, देहलवी हकीमों के यहाँ, मीर मेहदी अली से ब्याह हुआ। उस वक़्त उत्तरी हिन्दुस्तान में रेल चल चुकी थी। रोज़ाना नमाज़ के बाद दुआएँ माँगतीं, या अल्लाह मुरादाबाद में धुएँ की गाड़ी आने से पहले इस बन्दी को दुनिया से उठा लीजियो।

1920 ई. तक ज़िन्दा रहीं, जब पख़तूनों पर बम गिराने वाली चील गाड़ियाँ गड़गड़ाती हुई, सूबा-ए-सरहद में, उनके सिर के ऊपर से गुज़र रही थीं।

नानी अशरफ़जहाँ बड़ी स्वाभिमानी और तनतने वाली बीबी थीं। ज़माने के बदलाव को बड़े सम्मान के साथ स्वीकार कर चुकी थीं लेकिन जवान औलाद की मौत ने उन्हें ख़ौफ़ज़दा कर दिया।

पहले कड़ियल जवान तफ़ज़्ज़ुल अली को दुश्मनों ने ख़त्म कर दिया। अल्लाह जन्नत नसीब करे, मियाँ को बहुतेरा मना किया था, बच्चे को ईसाइयों के घेरे में लाहौर मत भेजो। चूल्हे में गई डॉक्टरी, हिकमत पढ़ाओ, दिल्ली के हकीमों का पड़पोता, पड़दादा क़िले में बादशाहों के मआलिज (चिकित्सक); पोते पर यह वक़्त पड़ा कि फ़िरंगियों ने उससे लाश की चीर-फाड़ करवाई। खड़खड़ाते ढाँचे, मेरे लाल के सामने खड़े दाँत नकोसते थे। कोई बुरी आत्मा बच्चे से लिपट गई। अपनी जान से गया, इन फ़िरंगियों का हश्र अल्लाह शिम्र और यज़ीद के साथ करे। लाटसाब की भत्ती मैंने खाई, क़त्तामा मलिका की भत्ती मैंने खाई...।

दरअस्ल अशरफ़जहाँ बेगम, ग़दर से पहले की नस्ल वाले, दूसरे मुसलमानों की तरह ही अंग्रेज़ों को कभी मुआॅफ़ नहीं कर सकी थीं।

बी मुस्तफ़ाई के मरने के बाद, अशरफ़जहाँ बावली सी हो गईं। फ़ुलाँ की भत्ती मैंने खाई तकिया कलाम बन गया।

कुछ समय बाद, नानी को चुप सी लग गई। सिर झुकाए तिलेदानियाँ और बुक़चे चारों तरफ़ बिखेरे, मोहर्रम का गोटा रखने के लिए रंग बिरंगे बटुवे और अलम पटके सिया करतीं या उँगली घुमा-घुमाकर दबे होंठों से दुआएँ और वज़ीफ़े दोहरातीं। चाँद रात में इमामबाड़े की चौखट से लगकर, निश्चल और ख़ामोश बैठ जातीं।

बड़ी बेटी मुर्तज़ाई जवान मरीं, बहन के घर और बच्चों की देखभाल के लिए नौशहरा आ गईं। बी मुर्तज़ाई निःसंतान थीं। उन्होंने और उनके मियाँ, ताया फ़ैज़ुल अस्करी ने, नज़्र ज़हरा बेगम को बेटी बनाया था। ताया सूबा-ए-सरहद में और दो शादियाँ करके, औलाद वाले हो गये थे। मगर भतीजी पर पहले ही की तरह जान छिड़कते थे।

नौशहरा छावनी ख़तरनाक ऑफ़रीदी इलाक़े में थी। रातों-रात सोती हुई मेमों को पठान उठा ले जाते।

मीर नज़रुल बाक़र आमतौर से दौरे पर रहते थे। और ज़्यादा सुरक्षा के लिहाज़ से कन्टोन्मेंट का बंगला छोड़कर, लालकुर्ती बाज़ार में मकान लिया गया। रेडकोट के ज़माने में छावनियों के अंदर, यह बाज़ार आबाद किये गये थे। लाल कुर्ती नौशहरा के फ़ौजी कोतवाल मुनव्वर ख़ाँ, अम्बाला के बाशिन्दे थे।

मीर साहब के कुनबे की, उनके घराने से बहुत गहरी छनी, मीर साहब बच्चों के लाड़ प्यार में ज़्यादा तन्मयता से व्यस्त हो गए। लड़कियों की हर फ़रमाइश और अलनज़्र बेगम के शौक़ फ़ोटोग्राफी के, कि उसमें बेपर्दगी का अन्देशा था, उन्होंने पूरी की। दोनों लड़कियाँ आँगन में लेडी साइकिल चलाया करतीं।

नन्हीं बी यानी नज़्र ज़हरा बेगम की आँखें बहुत कमज़ोर थीं। डॉक्टर के हुक्म से पढ़ाई बन्द की गई। अब मज़मून निगारी (निबन्ध लेखन) और ख़तो-किताबत के लिए फ़ुर्सत बहुत थी।

मजलिसी गुफ़्तगू (सामाजिक वार्तालाप) की तरह ख़तो-किताबत एक मोहज़्ज़ब फ़न (सांस्कृतिक कला) और मशग़ला (कार्य) था। अंग्रेज़ महिलाएँ भी दिन भर एक-दूसरे को चेट्स भेजा करती थीं। ख़त लिखने के लिए अलग दिन तय होते थे।

छोटे भाई सैयद मुस्तफ़ा बाक़र के (रूख़्सार) गाल पर नासूर हुआ। आप्रेशन के लिए सारा ख़ानदान, होती मर्दान अस्पताल गया। नौशहरे से एक बीबी रोज़ाना ख़त लिखतीं। चौकीदार ताँगे पर बैठकर, रोज़ाना रात को नदी पार करके ख़त डालने जाता। मारफ़त (द्वारा) दीवान सिंह असिस्टेंट सर्जन। उन बीबी के ख़त नसीहत करने वाले और फ़ारसी शेरों से भरे होते थे। जवाब जल्दी न देने की शिकायत में, ख़त इस तरह शुरू होता है। (एक शेर का फ़ारसी अनुवाद) : तू मुझसे ख़फ़ा है, आख़िर मेरी तरफ़ से तुझे क्या तकलीफ़ पहुँची है। तूने हमेशा मेरी ग़लतियाँ मुआफ़ की हैं। तू मुझे बता, आख़िर तू मुझसे क्यों ख़फ़ा है।

शेरो शायरी हो रही थी। मौलाना सैयद मुर्तज़ा अदीब ने नज़रुल बाक़र की बेटी का एक शुरुआती शेर कहीं दर्ज किया है।

हुस्ने सूरत चंद रोज़ा हुस्ने सीरत मुस्तक़िल
उससे ख़ुश होती हैं आँखें इससे ख़ुश होता है दिल

एक बीबी सरवत आरा यानी बन्नो बी को लिखती हैं, तुमने जो शेर ज़हरा ख़ानम[1] के लिए बनाया, उससे मैं बहुत ख़ुश हुई कि ख़ुदा ने तुम्हें ख़ूब मौज़ूं तबीयत दी है। शेर बनाने की तारीफ़ ज़हरा ख़ानम करेंगी, जो बड़ी शा'इरा हैं। तुम्हारी बाजी तो मज़मून नवीसी (निबन्ध लेखन) में माहे-ताबाँ

1. ज़हरा फ़ैज़ी।

(पूर्णिमा का चाँद) हो गई हैं और तुम शेर पर मेहरे-दरख़्शाँ (चमकता सूरज) और जिस वक़्त बम्बई जाओगी मोटरकार पर; तो आपकी क़द्र शायरी पर होगी और बाजी की क़द्र मज़मून नवीसी पर।

'ख़ातून' आ गया। सब मज़मूनों में कुछ आपका मुज़मून मुझको पसन्द आया। बातें बड़े फ़ायदे की हैं, जब बच्चे को बुख़ार है तो आप्रेशन क्यों कराया जा रहा है।'

ख़त क्या है, टेलीफ़ोन पर बात की जा रही है। आजकल की लड़कियाँ सहेलियों से घण्टों इसी क़िस्म की बातें फ़ोन पर करती हैं।

उन्हीं दिनों नन्हीं बी यानी मिस नज़रुल बाक़र के एक निबन्ध का अनुवाद, टाइम्स ऑफ़ इण्डिया बम्बई की साप्ताहिक पत्रिका में, जो अब 'इलस्ट्रेटेड वीकली' कहलाता है, प्रकाशित किया गया। इस पर महारानी बड़ौदा ने सोने का तमग़ा इनाम में दिया।

आलिया हज़रत नवाब सुलतान जहाँ बेगम[1] वाली-ए-भोपाल ने (जो मुस्लिम क़ौम के पुनः प्रगति करने की दिशा में उसका नेतृत्व करती थीं और अब जिन्हें बिल्कुल भुला दिया गया है) बिन्ते नज़रुल बाक़र को अपना सेक्रेटरी बनाने की इच्छा प्रकट की, नज़रुल बाक़र ने विनम्रता के साथ इनकार कर दिया।

1909 ई. में मौलवी सैयद मुमताज़ अली ने बच्चों की साप्ताहिक पत्रिका 'फूल' जारी करके, बिन्ते नज़रुल बाक़र को इसका आनरेरी एडिटर मुक़र्रर किया। अख़बार नौशहरे में एडिट होकर 'दारुल इशाअत पंजाब' लाहौर से प्रकाशित होता था। उस ज़माने में मिस नज़रुल बाक़र ने

---

1. मौलाना हाली ने अपनी उस ज़माने की मशहूर व प्रशंसनीय नज़्म 'चुप की दाद' में फ़रमाया था—

गो है तुम्हारे हामियों को मुश्किल का सामना
पर हल हर एक मुश्किल यूँही दुनिया में होती आई है।
है जो मुहिम दरपेश अस्त ग़ैब है उसमें निहाँ
ताईदे हक़ का है निशाँ इमदादे सुलतान जहाँ।

बच्चों के लिए चित्रों वाली किताबें 'सलीम की कहानी', 'फूलों का हार', 'दुःख भरी कहानी', 'सच्ची रज़िया और उसकी बकरी' आदि लिखी, और पंजाब टेक्स्ट बुक कमेटी ने उन किताबों को स्कूलों के उर्दू पाठ्यक्रम में सम्मिलित किया।

'फूल'[1] और दारुल इशाअत पंजाब ने बच्चों के लिए उच्चकोटि का साहित्य रचित किया, मोहम्मदी बेगम मरहूमा की 'इम्तियाज़ पच्चीसी, इम्तियाज़ बत्तीसी और मिस नज़रुल बाक़र की 'सलीम की कहानी' और 'फूलों का हार' वग़ैरा घर-घर पढ़ी जाती थीं। यह सारी किताबें अब नायाब हैं।

लेखिका का पहला और सबसे लोकप्रिय उपन्यास 'अख़्तरुन्निसा बेगम' दारुल इशाअत पंजाब, लाहौर ने 1910 ई. में प्रकाशित किया। 'आह-ए-मज़लूमाँ' भी शायद उसी वर्ष छपा। उस समय उर्दू के बड़े साहित्यकार अल्लामा राशिदुल ख़ैरी डॉक्टर इक़बाल, शैख़ अब्दुल क़ादिर, सज्जाद हैदर यलदरम और बिन्ते नज़रुल बाक़र समझे जा रहे थे।[2] लेकिन एक शिष्ट आलोचक यानी लेखिका के चाचा सैयद ज़हूर हसनैन ने फ़रमाया :

कॉल्विन अस्पताल
इलाहाबाद
17 अप्रैल 11 ई.

तेरा ख़त मिला। बन्नो की तरफ़ से सख़्त फ़िक्र है, उस लाट साहब की बच्ची से कह दे कि बस अब अच्छी हो जाए। बहुत लाट साहब की बच्ची न बने। तूने अपनी किताबों के बारे में पूछा है, तो सुन! 'आह-ए-

---

1. 'फूल' एक अदीब साज़ (साहित्यकारों की रचना करने वाला) अख़बार था। कई नामी साहित्यकारों ने बचपन में इसी में लिखना शुरू किया। बाद के दौर में इम्तियाज़ अली ताज, अब्दुल मजीद सालिक, पण्डित हरचिन्द 'अख़्तर' चराग़ हसन 'हसरत', ग़ुलाम अब्बास, हफ़ीज़ जालंधरी और अहमद नदीम क़ासमी उसके सम्पादक रहे। पाकिस्तान बनने के बाद 'फूल' और 'तहज़ीब' दोनों बन्द हो गये।, 2. 'दि हैदर्ज़' लेखक ख़लील अज़ीज़ी इलस्ट्रेटेड वीकली ऑफ़ पाकिस्तान 8 अक्तूबर 1950 ई.। लेखिका ने शुरू से आख़िर तक अपनी किसी किताब का बदला या रायल्टी नहीं ली। जो एक बहुत हिमाक़त की बात थी।

मज़लूमाँ की ज़ुबान (भाषा) में पंजाबियत बहुत सराइयत (समावेश) किये हुए हैं और 'अख़्तरुन्निसा' बेगम इससे पाक नहीं हैं। अख़्तरुन्निसा का प्यार अभी मौजूदा हिन्दुस्तान के क़ाबिल नहीं है। बाज़-बाज़ जगह (कहीं-कहीं) साहबियत बहुत चढ़ी हुई है। बहरहाल दोनों किताबें अच्छी हैं और तेरी मेहनत की दाद देता हूँ।

मैं ख़ुदा के शुक्र से अच्छा हूँ मगर अभी अस्पताल से निकलने की कोई उम्मीद नज़र नहीं आती।

दुआ

तेरा चचा ज़हूर

1908 ई. में हैदराबाद दकन की मूसा नदी में भयंकर बाढ़ आई, बेगम सुग़रा हुमायूँ मिर्ज़ा, सरोजनी नायडू, लेडी अकबर हैदरी और नवाब इमादुलमुल्क की बहू मिसेज़ तैयबा ख़दीव जंग ने हैदराबाद में रिलीफ़ का काम शुरू किया। सारे हिन्दुस्तान में चन्दा जमा किया गया। पंजाब व सरहद के लिए मिस नज़रुल बाक़र को चुना गया, जो सर सैयद मेमोरियल फ़न्ड और मुस्लिम यूनिवर्सिटी फ़ंड के लिए पंजाब व सरहद के सूबों की प्राविंशियल सेक्रेटरी भी थीं।

मुरादाबाद
4 फ़रवरी 1909 ई.

बीबी, तुम्हारे सर सैयद मेमोरियल फ़ंड के काग़ज़ात तो पहुँच गये मगर मुझे उनका देखने की अभी मोहलत नहीं मिली। बहरहाल मुझे तेरी ख़ुशी मनज़ूर है, जो कुछ तू कहेगी दे दूँगा। मगर कह देना किस तरीक़े से दूँ। इसलिए कि वह तो बड़ा क़िस्सा है। जैसा बता दे वैसा करूँ। दूसरा पर्चा बन्द का बन्द, बड़ी भाबीजान (भाभी जान) को दे दो। ख़बरदार जो देखा!

दुआ
ज़हूर

बिलग्राम हाउस, हैदराबाद दकन
11 रबी उल अव्वल 1330 हिज्री

जनाब बेगम साहेबा, तस्लीम!

आपका इनायत नामा मौसूल हुआ। बीबी की सेहत[1] एक अर्से (काफ़ी समय) से नासाज़ (ख़राब) थी लेकिन एक महीना पहले बहुत बिगड़ गई। अब तक पलंग से उतरने और चलने फिरने की उन्हें इजाज़त नहीं मिली है।

मुस्लिम यूनिवर्सिटी फ़ंड किताब रसीद नम्बर 5199, जो आपने रवाना फ़रमाई थी, उसमें से जिस क़दर (?) लिये गये हैं, मज़कूरा (जिसकी बात की गई है) के मुलाहिज़े (देखने) से मालूम हो जाएगा।

रक़में जो वसूल हुईं—
बेगम साहेबा नवाब सर आसमान जाह मरहूम : एक हज़ार।
बेगम साहिबा नवाब अरस्तू यार जंग बहादुर : एक सौ।
बेगम साहेबा ख़दीव जंग बहादुर : एक सौ।
बेगम साहिबा मौलवी सैयद हुमायूँ मिर्ज़ा साहेब : एक सौ।
बेगम साहेबा मौलवी एजाज़ हुसैन साहेब वकील गुलबर्गा शरीफ : एक सौ।
बेगम साहेबा मौलवी सैयद अमीर हसन : पच्चीस।
बेगम साहेबा मिर्ज़ा मेहदी ख़ान : पच्चीस।
क़ादिर उन्निसा बेगम : पच्चीस।
बेगम साहेबा मौलवी मीर असग़र अली साहेब : दस।
बेगम साहेबा मिर्ज़ा (?) साहेब : दस।

यह जुमला रक़ूम (कुल राशि) बजरीआ-ए-बैंक ऑफ़ बंगाल शाख़ा आगरा को यूनिवर्सिटी फ़ंड में रवाना कर दी गई।

---

1. तैयबा बेगम (मिसेज़ ख़दीव जंग) हिन्दुस्तान की पहली ग्रेजुएट मुस्लिम महिला और उस समय की प्रसिद्ध उपन्यासकार थीं। उनकी औलाद में नवाब अली यावर जंग (फ्रांस और अमेरिका में भारत के पूर्व राजदूत और वर्तमान में गवर्नर महाराष्ट्र) और मासूमा बेगम ने नाम पाया।

बहुत कुछ रक़मों का वादा हुआ है लेकिन ताऊन फैलने की वजह से वसूल होना नामुमकिन है। बहरहाल चूँकि आपको किताब और हिसाब की जल्दी है अतः किताब रजिस्टरी द्वारा रवाना की जा रही है। बैंक की असली रसीदें मैंने अपने पास रख ली हैं। लेकिन आपको अगर उनकी ज़रूरत हो तो रवाना कर दूँगा। ज़्यादा क्या तकलीफ़ (कष्ट) दूँ।

ख़ाकसार
ख़दीव जंग

हैदराबाद दकन
28 अगस्त 1911 ई.

आदरणीय, कृपामयी, जनाब हमशीरा (बहन) साहेबा तस्लीम!

डॉक्टर साहब की तबीयत, अल्लाह के करम से अब बेहतर है और दौरे पर गये हैं। मैंने चन्दे की फ़हरिस्त आपकी ख़िदमत में भेज दी मगर अभी बहुत सा उसमें से वसूल होना बाक़ी है। यहाँ आसानी से रुपया जमा नहीं हो सकता। मैं तो हर सम्भव कोशिश कर रही हूँ। रुपया जो मैंने भेजा है, वह बैंक में अलीगढ़ के नाम भेज दिया। उसकी रसीद भी बाक़ायदा आ गई।

आपको मालूम होगा कि नौ बरस पहले मैंने एक एसोसियेशन क़ायम की थी और चन्दा जमा करके अलीगढ़ भेजा था। यह उस ज़माने की बात है, जब वन रुपी (One Rupee) फ़ंड क़ायम हुआ था और मैंने कहा था कि अगर सौ बीबियाँ मेम्बर होंगी तो सौ रुपया महीना।

इस तरह से अगर हिन्दुस्तान के कुल शहरों से सौ-सौ रुपया भेजा जाए तो कितने सौ हो जाएगा। इस महीने में मिसेज़ अमीर हसन साहेबा ने 25 रुपया दिया और मिसेज़ हाकिमुद्दौला साहिबा ने सौ रुपये का वादा फ़रमाया और मिसेज़ साद जंग ने 125 का वादा फ़रमाया मगर 'ज़ीक़ादा' (एक हिज्री महीने का नाम) से पहले नहीं देंगी।

'तहज़ीब' पहले मेरे पास आता था। जब इसकी एडिट्रेस (सम्पादिका) का इंतिक़ाल हो गया, वह भी बन्द हो गया। आप उसको मेरे नाम पर जारी करा दीजिए। 'अलबशीर' भिजवा दीजिएगा, जिसमें आपने मेरी कार्रवाई छपवाई है।

आपका रसीद का पैकेट मुझको मिला।

ख़ाकसार

तैयबा बेगम

1911 ई. में इटली ने तराब्लस (त्रिपोली, लीबिया) पर हमला किया। हिन्दुस्तानी मुसलमानों कि जिनका गाना बजाना, मध्य एशिया व उत्तरी अफ़्रीक़ा के गाने बजाने से हद दर्जा वाबस्ता था, आदत के मुताबिक़ दुःख और आक्रोश से बेताब हो गये। तरब्लस के घायलों के लिए चन्दे जमा किये गये। इक़बाल ने शाही मस्जिद लाहौर में हज़ारों की भीड़ के सामने :

झलकती है तेरी उम्मत की आबरू इसमें
तराबलस के शहीदों का है लहू इसमें।

वाली नज़्म पढ़ी, तहलका मच गया। सुनने वाले ख़ून के आँसू रोये। इस नज़्म का एक-एक शेर उसी वक़्त 'नीलाम' करके रुपया तराब्लस फ़ंड में भेजा गया। साल भर बाद बल्क़ान की जंग छिड़ गयी। बिन्ते नज़रुल बाक़र और दूसरी नवयुवतियों ने तराब्लस और बल्क़ान के लिए ख़ूब-ख़ूब चन्दे जमा किये। मरहम पट्टी का सामान इकट्ठा करके तुर्की भेजा। बहुत जोशो-ख़रोश और हंगामा रहा।

इन नये ज़माने की औरतों में बम्बई के तैयब जी ख़ानदान की लड़कियाँ ज़्यादा ख़ुशक़िस्मत थीं कि बेपर्दा घूमती थीं और आए दिन इंग्लिस्तान जाती रहती थीं।

जयराज बाग़, वार्डेन रोड
बम्बई। 12 दिसम्बर 1910 ई.

मेरी प्रिय और योग्य बहन, सलामत

तसलीम!

आपका ख़ैरियत नामा मिला। मेरी सेहत ने धोखा दिया और अभी तक तबीयत ठीक नहीं लेकिन कुछ बेहतर है।

हज़ार शुक्र कि आपका रिश्ता ऐसे पढ़े गुणी नौजवान से हो गया है और वह इस क़दर आज़ाद ख़याल है। ख़ुदा आपको आइन्दा ज़िन्दगी में सुख दिखाये, आमीन!

इलाहाबाद एक्ज़ीबिशन[1] पर मैं डरती हूँ कि न चल सकूँगी क्योंकि अब तक बीमार हूँ, मगर हुज़ूर नवाब जंजीरा, मेरे बहनोंई और भतीजा आसिफ़ 8 दिसम्बर को इलाहाबाद रुख़सत हो गये। वह लोग 25 दिसम्बर तक वहाँ ठहरकर बनारस चलेंगे, फिर लखनऊ।

उम्मीद है, आपकी हमशीरा (बहन) ख़ैरियत से हैं और ख़ाला साहेबा भी। आपकी शादी की तारीख़ से ज़रूर मुत्तला करें। (सारांश)

आपकी बहन

ज़हरा

जिस पढ़े 'गुणी नौजवान' से बिन्ते नज़रुल बाक़र का रिश्ता तय हो रहा था, वह भी बड़ी कहानी थी। साल भर पहले मौलवी सैयद मुमताज़ अली के ज़रीए पैग़ाम आया था। 'लड़के' की जो तस्वीर बग़दाद में रहने के ज़माने की 'मख़ज़न' में प्रकाशित हुई थी, नानी अशरफ़जहाँ बेगम को दिखलाई गई। उस वक़्त वह हुंकारा भर के आदत के मुताबिक़ चुप साधे रहीं थीं। लेकिन जब शादी की चर्चा आगे बढ़ी, नानी एकाएक दुनिया में वापस आ गईं। लोगों की भत्ती खाना ख़त्म। बेटे और बेटी की मौत का ग़म भूल, नातिन के जोड़ों की कुशलता पूर्ण, सिलाई टकाई में व्यस्त हो गईं।

1. आसिफ़ ए०ए० फ़ैज़ी नामवर इस्लामिक विद्वान व मिस्र के लिए पूर्व राजदूत, बम्बई में रहते हैं।

मीर नज़रुल बाक़र परिवार सहित, नौशहरे से ट्रांस्फर होकर सियालकोट और फिर कोहाट छावनी आ गये। नानी ने एक से एक ख़्वानपोश सी-कर घर भर दिया। मगर निगोड़ा जनबानी का सिलसिला ख़त्म होने ही में न आवे। एक रोज़ झुंझलाकर उन्होंने अपने दामाद से पूछा, 'मेरे लाल मेरे चाँद, देवबन्दी मौलवी का कोई ख़त आया?'

मीर नज़रुल बाक़र सास को, जो उनकी सगी ख़ाला भी थीं, बहुत चाहते थे और अक्सर उन्हें छेड़ा करते थे। उनके पास पलंग पर बैठते हुए बनावटी गम्भीरता से बोले, 'ख़ाला जानी, देवबन्दी मौलवी यूँ फ़रमाते हैं कि लड़के की दो शर्तें कड़ी हैं। पहली यह कि नानी अशरफ़जहाँ रईसा-ए-चौकुआँ पहले बग़दाद जावें।'

'उस बच्चे के मुँह में घी शक्कर, मुझ निर्भागी को मौला जल्द बुलावें।' "मौला नहीं ख़ाला, लड़के की शर्त है कि नानी पहले बग़दाद जाकर, बड़े पीर[1] के मज़ार पर हाज़िरी दें; उसके बाद।"

नानी का मुँह उतर गया। चुप रहीं, फिर पान बनाना शुरू किया। फिर अचानक ग़ुस्से से बोलीं, "मियाँ मुझसे आनाकानी तो करो नहीं। मैं जानूँ बुरा चेतने वालों ने भांजी मार दी। मियाँ लौण्डियों को दो चर्ख़ी चलाना तुमने सिखाया; काफ़िर कुर्ती उन्हें पहनाई। डॉक्टरी पढ़ने तुम भेजे दो थे। बाजी बेगम का ख़त आया है कि तुम्हारे दुश्मन दूर पार छाईं-फूईं यूँ तूफ़ान जोड़ते हैं कि सैयद नज़रुल बाक़र की बेटियाँ क्लब घर जाकर गोरों के साथ खाना खावें हैं। अल्लाह बुरी घड़ी से बचावे...

मीर साहब भी ज़रा चिन्तित दिखाई दे रहे थे। मगर सास का दिल रखने के लिए बैठे हँसते रहे।

"बेटा, एक से एक अच्छे पैग़ाम आए, तुमने रद्द किये। बाजी बेगम का नवासा अल्लाह रखे क्या बुरा था? तुम बाप बेटियाँ, बी अकबरी, सबके सब हँस-हँस कर बावले हो गये। ए मैं पूछूँ हूँ, उसमें ख़ामी क्या थी। ड्योढ़ी

1. शिया सम्प्रदाय सैयद अब्दुल क़ादिर जीलानी (रह०) से श्रद्धा नहीं रखता।

पर हाथी, अन्दर बाहर नौकरों, असीलों की पलटन। कहने लगे, घर में निकम्मों की भरती है। पूछो, इस गये गुज़रे वक़्त में भी उनके यहाँ हब्शी-हब्शने मुलाज़िम हैं। कहने लगे, लखनऊ का छैला है; लम्बे-लम्बे पटे रखे हैं, इन्ट्रेंस फ़ेल है, मुर्ग़ लड़ाता है। ए अल्लाह का फ़ज़्ल है, मुर्ग़ लड़ावे है, रईसज़ादा है और क्या करे। सगा रिश्तेदार देखा-भाला, चलो ख़ैर! फिर वह आगरे शाहगंज वाले आले नबी का रुक़्क़ा (ख़त) आया, पटियाले वाले वज़ीर ख़लीफ़ा का रुक़्क़ा आया। वज़ीरों का ख़ानदान, अमीर कबीर।

मगर मियाँ तुम तो उस सुन्नी लड़के पर लट्टू हो गये। कहने लगे, "नहटौरी खरे सैयद हैं।" होंगे! बहुत क़ाबिल है, बहुत अच्छे अफ़साने लिखे हैं। बेटा हमारे यहाँ तो अफ़साने दुखिया अल्लाह बख़्शे आग़ा कर्बलाई सुनाया करें थे। अब लाडो भी अफ़साने लिख रही हैं। मैना भी अल्लाह मारे नाविल लिख-लिखाकर घर भर रही हैं। हमारी तो क्या मजाल थी कि चालीस मासूमों के अलावा, किसी किताब को हाथ लगाया हो।"

अशरफ़जहाँ बेगम पर अब जलाल आ चुका था। वह पलंग से उठकर गईं, सीधी नमाज़ के तख़्त पर। मुसल्ले पर बैठकर बड़बड़ाते हुए, फ़ौरन अल्लाह मियाँ की तरफ़ ध्यानमग्न हुईं।

कुछ मिनट के अन्दर-अन्दर ग़ुलाम हुसैन कमरे में हाज़िर, हाथ में डाक का पुलिंदा। मीर साहब, जो सास की पलंगड़ी पर गाव तकिये के सहारे लेटे हुए थे, फ़ौरन उठ बैठे। डाक ग़ुलाम हुसैन के हाथ से ली। 'देवबन्दी मौलवी' का लिफ़ाफ़ा 'लड़के' के ताज़ातरीन ख़त के साथ मौजूद, जो मौलवी साहब ने मीर साहब के नाम लाहौर से रीडायरेक्ट किया था।

लेकिन मौलवी सैयद मुमताज़ अली और नये फ़ैशन के साहबज़ादे की ख़तो-किताबत शुरू से आख़िर तक बहुत दिलचस्प है। पाठक इसे पढ़ें तो हरगिज़ कोई नुकसान न होगा बल्कि फ़ायदा होगा।

मुनाज़रा माबैन मौलाना व मिस्टर
(मौलाना व मिस्टर के बीच धार्मिक बहस)

यलदरम ...बनाम शम्सुल उलमा मौलवी सैयद मुमताज़ अली साहब
देहरादून
14 अप्रैल 1909 ई.
मेरे आदरणीय व करमफ़रमा! आदाब अर्ज़ है।

मैं ओल्ड ब्वायज़ डिनर में शरीक होने की ग़रज़ से अलीगढ़ गया था। आज सुबह यहाँ वापस पहुँचा और आपका ख़त उस डाक में पाया, जो यहाँ जमा हो रही थी। वादे के मुताबिक़ ख़त में सारी बातें लिखना शुरू करता हूँ।

आपको मालूम है कि हमारे इलाक़े के ज़िले, जिनमें आपका वतन सहारनपुर भी शामिल है, किस क़दर दक़ियानूसी हैं। मेरा क़स्बा इस मामले में अपने पड़ोसी क़स्बों से बढ़ा हुआ ही है घटा नहीं और हालाँकि ख़ानदान Progressive Conservatism का दावा करता है मगर अफ़सोस है कि इस वक़्त तक Reaction Conservatism का पाबन्द है। क़िस्मत ने मुझे जो अपने ख़यालात में रेडिकल है, ऐसे माहौल में पैदा किया जहाँ मैं जैसी लड़की चाहता था, उसका मिलना मुश्किल ही नहीं एक हद तक नामुमकिन है। चुनाँचे जब मैंने कहा कि मेरा इरादा हिन्दुस्तान में शादी का नहीं है तो मैंने अपने वालिद मरहूम और वालिदा मरहूमा की नाफ़रमानी की (और अफ़सोस है) कि उन्हें रंज दिया लेकिन अपनी ज़िद पर क़ायम रहा।

जब से मैं क़ुस्तुनतुनिया[1] से वापस आया हूँ, ख़ानदान वालों का मुझपर फिर से हमला हो गया है।

लेकिन मैं जिस योग्यता को चाहता हूँ, जो जगह आपने बताई है (आपके कहने के अनुसार) वहाँ मौजूद है और यही वजह है कि मैं इस

1. तुर्की के शहर इस्तंबोल का पुराना नाम।

प्रस्ताव को मानता हूँ। लेकिन ख़ैर, जगह में सूरत शक्ल और मिज़ाज और तबीयत का हाल हमेशा, Second hand मिलता है, मुझे डर है कि यह Third hand न हो।

इसके अलावा मुझे मालूम हुआ है कि ख़लीफ़ा सैयद हामिद हुसैन[1] साहब वज़ीरे-आज़म पटियाला ने भी इस जगह अपने लिए पैग़ाम भिजवाया है। मैं अपने निजी हालात अर्ज़ किये देता हूँ।

1. मेरी उम्र इस वक़्त तीस साल है।

2. हम चार भाई हैं और एक बहन। मुझसे बड़े भाई, सैयद एजाज़ हैदर शादी शुदा हैं और बच्चों वाले भी। वे मेरे सोशल ख़यालात के मुख़ालिफ़ हैं। उन्होंने इंट्रेंस तक शिक्षा प्राप्त की है। मुझसे छोटे भाई, सैयद नसीरुद्दीन हैदर बी.ए. बाराबंकी में डिप्टी कलेक्टर हैं। 28 साल की उम्र है, वह मेरे विचारों से एक हद तक सहमत हैं लेकिन पर्दे का समर्थन करने वाले। नसीरुद्दीन हैदर से छोटे भाई, सैयद वहीदुद्दीन हैदर मेडिकल कालेज लाहौर में पढ़ते हैं। उनकी उम्र 23 साल है। यह शादी शुदा हैं, ख़यालात में ज़्यादा लिबरल हैं।

(3) मेरी नौकरी पाँच बरस की है। तरक़्क़ी की बहुत उम्मीद है, हम भाइयों को पैतृक संपत्ति में एक बड़ा मकान मिला है और कुछ पुश्तैनी ज़मीन। मेरे वालिद ख़ानबहादुर सैयद जलालुद्दीन हैदर बनारस के कोतवाल थे और बाद में सुपरिंटेंडेंट पुलिस रहे। उन्होंने बेहद ईमानदारी से काम किया और सिवाय इसके कि अपनी औलाद को अच्छी तालीम दिलाएँ, इतना न बचाया

1. ख़लीफ़ा सैयद हामिद हुसैन के वालिद मुशीरुद्दौला मुमताज़ुल मुल्क ख़ानबहादुर ख़लीफ़ा सैयद मोहम्मद हुसैन के पूर्वज पटियाला के महाराजाओं के चिकित्सक और निजी शिक्षक रहे थे। इस कारण ख़लीफ़ा कहलाते थे। ख़लीफ़ा मोहम्मद हुसैन के बड़े भाई वज़ीरुद्दौला, मुदब्बिरुल मुल्क ख़लीफ़ा मोहम्मद हसन, लेखक और 'सय्याहत नामा डॉक्टर वर्नियर' (सफ़रनामा डा. वर्नियर) के अनुवादक थे और सर सैयद के दस्त रास्त (Right Hand) रह चुके थे। आल इण्डिया मुस्लिम एजुकेशनल कॉन्फ्रेंस 1905 ई. में जो अलीगढ़ में आयोजित हुई थी, उसके अध्यक्ष रह चुके थे। उन दोनों रौशन ख़याल (उदार विचारधारा वाले) भाइयों ने अलीगढ़ कालेज में शिया और सुन्नी मस्जिदें अलग-अलग बनाने का कड़ा विरोध किया था।

कि ख़ुद जायदाद बनाते। मेरे बड़े चचा ख़ानबहादुर सैयद करार हैदर असिस्टेंट सर्जन थे, 35 वर्ष की उम्र में इंतिक़ाल किया। फूफा ख़ानबहादुर सैयद सग़ीर हुसैन डिप्टी कलेक्टर और मामू ख़ानबहादुर सैयद अबुल हसन डिप्टी कलेक्टर बहुत बड़ी ज़मींदारियों के मालिक हैं। दूसरे रिश्तेदारों के पदों, ज़मींदारियों वग़ैरह के सम्बन्ध में और ज़्यादा जानकारी अगर आप चाहें तो भेज दूँगा, हालाँकि मैं इसकी बिल्कुल ज़रूरत नहीं समझता।

(4) सेहत मेरी बहुत अच्छी नहीं और स्पोर्ट्स वग़ैरह की तरफ़ मैंने कभी ध्यान नहीं दिया। मेरा वक़्त मेज़ पर ज़्यादा गुज़रता है।

आप यहाँ तशरीफ़ लाना चाहते हैं। इसका मुझे शुक्रिया अदा करना है लेकिन आप क्यों इस क़दर दूर-दराज़ के सफ़र की तकलीफ़ गवारा फ़रमाते हैं। मैं आपके ख़तों का जवाब जल्द-जल्द दे रहा हूँ। बहरहाल अगर आप तशरीफ़ लाना चाहते हैं तो सीधे देहरादून तशरीफ़ लाइए। मैं 28/29 तक यहाँ ज़रूर हूँ। उसके बाद मालूम नहीं, शायद दौरे पर चला जाऊँ, मगर दौरे पर भी आप आसानी से मुझसे मिल सकेंगे। क्योंकि मैं जहाँ हूँगा, वहाँ के क़रीब के स्टेशन पर आप उतरें। मैं सवारी हाथी वग़ैरह का इन्तिज़ाम कर दूँगा और आप कैम्प में तशरीफ़ ले आएँ।

आख़िर में फिर बात साफ़ किये देता हूँ कि मैं आपकी इस तजवीज़ (प्रस्ताव) को मौजूदा हालत पर मनज़ूर करता हूँ।

ख़ाकसार

सैयद सज्जाद हैदर

देहरादून

22 अप्रैल 09 ई.

मेरे करमफ़रमा! आदाब अर्ज़ है। परसों मुझे आपका दूसरा ख़त मिला, और हुक्म के मुताबिक़ मैंने तीन ख़त मीर नज़रुल बाक़र साहब, मीर फ़ैज़ुल अस्करी साहब और मीर ज़हूरुल हसनैन साहब के नाम लिखे। हालाँकि

आपने फ़रमाया था कि अपने सुन्नी होने का ज़िक्र न करना मगर मैंने लिख दिया है कि हालाँकि मैं सुन्नी हूँ मगर हमारे ख़ानदान में शिया सुन्नियों में आपस में रिश्ते होते हैं, कोई फ़र्क़ नहीं किया जाता। मेरे बहुत से अज़ीज़ शिया हैं। इसके अलावा मेरे ख़ानदान का सुन्नी होना छुप तो सकता नहीं, हर शख़्स को मालूम है। रहा ख़ुद मैं तो मैं अपने निजी ख़यालात से न सुन्नी हूँ, न शिया। क्योंकि खिलाफ़त के मामले को केवल एक Academic interest की चीज़ समझता हूँ। मैं समझता हूँ (सुन्नियों के विपरीत) कि हज़रत उसमान की ख़िलाफ़त, मुसलमानों के लिए फ़ायदेमंद न थी और उनका चयन न होना चाहिए था। लेकिन साथ ही मैं हज़रत उमर का बहुत बड़ा प्रशंसक हूँ। बहैसियत एक सैयद (हज़रत अली के वंशज) के मेरा दिल यह ज़रूर चाहता है कि हज़रत अली ख़लीफ़ा होते और हमेशा ख़िलाफ़त सैयदों ही को मिलती!

नज़रुल बाक़र साहब इस क़दर लिबरल हैं कि वे इस व्यर्थ और अर्थहीन बात को कि हर आदमी को मज़हब के बारे में Catechise करते फिरें, बिल्कुल पसंद नहीं करते।

मज़हब के बारे में (या हमारे आजकल के विरोधियों की उक्ति में) यूँही समझ लीजिए कि पक्का नेचरी हूँ। आगे चलकर क़ब्रपरस्त या पीर परस्त बन जाऊँ तो ख़बर नहीं।

एक मज़हब रिवाजी होता है और एक मज़हब व श्रद्धा मन की। मैं अहले-बैत[1] के दुश्मनों को इस्लाम का दुश्मन समझता हूँ और मैं नहीं समझ सकता कि एक शख़्स जिसे रसूल (स०) की औलाद हाशमी होने का गौरव हासिल हो, इस सिलसिले में दूसरा विश्वास कैसे रख सकता है।

ऊपर के वाक्यों को पढ़कर ख़ुद मुझे हँसी आती है। मामला तो शादी का है। बजाय इसके कि यह देखा जाए कि मेरा मिज़ाज स्वभाव, मिस

---

1. परिवार जन, ख़ासतौर पर मोहम्मद साहिब (स०) के परिवार के लोग अर्थात हज़रत मोहम्मद (स०), हज़रत अली (अ०), बीबी फ़ातिमा (रज़ी०), हज़रत हसन (अ०) और हुसैन (अ०)।

बाक़र के स्वभाव से मेल खा सकेगा या नहीं और बजाय इसके कि यह छानबीन की जाए कि मिस बाक़र मुझसे नफ़रत तो नहीं करतीं (मोहब्बत का तो नाम ही लेना व्यर्थ है) बहस यह की जाती है कि तुम हज़रत अली को ख़लीफ़ा बग़ैर चूँ चरा के मानते हो या नहीं।

इन तमाम बातों का ख़्याल करके, मैं यही मुनासिब समझता हूँ कि आपको पूर्ण अधिकार दे दूँ।

सिपुर्दम बतू माया ख़्वेश रा
तू दानी हिसाब-ए-कमोबेश रा

(मैंने अपना सब कुछ तेरे हवाले कर दिया, तुझे इसके कम या ज़्यादा होने का हिसाब मालूम है।)

ख़ाकसार
सज्जाद हैदर

इसी बीच यह अफ़वाह उड़ गई कि बिन्त नज़्रुल बाक़र की आँखें इतनी कमज़ोर हो गई हैं कि अब वे लगभग ना बीना (नेत्रहीन) हैं।

मसूरी
5 मई 09 ई.

मेरे करम फ़रमा, आदाब अर्ज़ है। सामीनामों (उच्च कोटि के पत्रों) का शुक्रिया, जिस शख़्स को मैं क़ौल दे चुका हूँ कि उसका नाम ज़ाहिर न करुँगा, उसका नाम आपको किस तरह लिख सकता हूँ। शायद आप ख़ुद इसे पसंद न करेंगे, उस शख़्स ने ख़ुदा नख़्वास्ता अन्धा होना तो नहीं लिखा था, जो आप फ़रमाते हैं कि भला अंधे भी मज़मून लिखा करते हैं। मुआफ़ फ़रमाइए, इससे तो यह मालूम होता है कि आपको अपनी बात की ज़िद है। मैं अब मसूरी आ गया हूँ। अक्तूबर तक यहीं रहूँगा।

ख़ाकसार
सज्जाद हैदर

बिल व्यू
27 मई 09 ई.
मेरे करमफ़रमा और आदरणीय

सामीनामे का शुक्रिया अर्ज़ है और दूसरे सामीनामे का भी, जो अभी मिला है।

आपकी तबीयत ख़राब का हाल सुनकर दिल परेशान है। Casual leave के लिए भी मुझे दिक़्क़तें पेश आती हैं। यानी पोलिटिकल एजेंट[1] साहब यहाँ हों तो मैं जितने दिन चाहूँ छुट्टी ले लूँ लेकिन उनकी ग़ैर हाज़िरी में मैं कहीं नहीं जा सकता। एजेंट साहब आजकल डलहौज़ी गए हुए हैं। इसलिए मेरा यहाँ से टलना दुश्वार है।

आप आबोहवा बदलने के लिए ज़रूर और फ़ौरन तशरीफ़ ले आइए। मकान सरकारी है और उसमें काफ़ी जगह है। इस बुलाने में मेरी ख़ुदग़र्ज़ी भी शामिल है। इसलिए चाहता हूँ कि इस ख़त के जवाब में मुझे, आपकी रवानगी का तार मिले।

ख़ाकसार
सज्जाद हैदर

बिल व्यू मसूरी
23 जून 09 ई.
मेरे बुज़ुर्ग व आदरणीय!

आदाब अर्ज़ है। इनायत नामा पर्सों शाम को पहुँचा। मैं उसी वक़्त जवाब देना चाहता था मगर भाई वहीद की तबीयत फिर इस क़दर ख़राब हो गई है और लखनऊ से (जहाँ डॉक्टर अब्दुर्रहीम के पास उसका इलाज कराया जा रहा है।) ऐसी वहशतनाक ख़बरें आ रही हैं कि मैं सख़्त परेशानी

1. मेज़र सी.डब्लू. विंढम जो पहले सरदार मोहम्मद अय्यूब ख़ाँ के पोलिटिकल एजेंट थे, बाद में सरदार मोहम्मद याक़ूब ख़ाँ पूर्व अमीर काबुल के इंचार्ज बनाए गये। यलदरम उस समय असिस्टेंट पोलिटिकल एजेंट थे।

में हूँ और कुछ करते-धरते नहीं बन पड़ता। ख़ुदा उसे जल्द ही पूरी तरह सेहतयाब कर दे।

अगर ख़ुदा को यह मनज़ूर है कि मेरा उनका साथ हो तो मेरा इरादा है कि वह पर्दे में न रहें।[1] उस वक़्त हर शख़्स उन्हें देखेगा। मगर सितम देखिए कि मुझे फ़ोटो की तरफ़ से भी नामउम्मीदी है।

अगर नज़रुल बाक़र साहब कोहाट जाएंगे तो ज़ाहिर है कि घर के कुछ लोग कुछ दिनों के लिए मुरादाबाद आएंगे। उस वक़्त मेरा इरादा है कि मैं अपनी चाची और भाभी को मिलने के लिए भेजूँ। वहीद की बीवी बहुत समझदार और संजीदा मिज़ाज हैं, वह भी साथ होंगी।

ख़ाकसार

सज्जाद

देहरादून
27 अगस्त 09
मेरे बुज़ुर्ग गिरामी-नामों का शुक्रिया

हिज़ आनर लेफ्टिनेंट गवर्नर यहाँ आए हुए हैं। इस सिलसिले में कुछ तो अपने विभागीय कामों की वजह से व्यस्त रहा और कुछ इस वजह से कि मुझ पर मुफ़्त का काम पड़ गया है कि देहरादून म्युनिसिपलिटी का मेम्बर हूँ।[2]

आपके दोनों ख़तों का जवाब अर्ज़ करता हूँ। मैं ख़ुद को किसी भी तरह ख़लीफ़ा हामिद हुसैन के मुक़ाबले में योग्य नहीं पाता। दौलत में, इज़्ज़त में वह मुझसे बहुत बढ़कर हैं। हाँ, शायद पढ़ने-लिखने का शौक़ मुझे अधिक है, उन्हें इतना नहीं।

---

1. यह बात ध्यान देने योग्य है कि 1909 ई. में आज से 66 वर्ष पूर्व, जब मुसलमान महिलाओं की बेपर्दगी की कल्पना भी नहीं की जाती थी, यलदरम अपनी होने वाली बीवी को बेपर्दा और बेनक़ाब रखने का फ़ैसला कर चुके थे।,
2. देहरादून म्युनिस्पलिटी में प्रिंसिपल इम्पीरियल फ़ारेस्ट कालेज और असिस्टेंट पोलिटिकल एजेंट फ़ार अमीर काबुल को लेफ़्टिनेंट गवर्नर यू.पी. की ओर से नामज़द किया जाता था।

फ़ोटोग्राफ़ दिखाने का क़ायदा अब ख़ुदा का शुक्र है, हमारे यहाँ जारी हो चला है। इसी वजह से मेरा ख़याल था कि आप लोगों को तस्वीर दिखाने में आपत्ति न होगी।

ख़ाकसार

सज्जाद

रिफ़ाह-ए-आम- प्रेस, लाहौर

18 सितम्बर 09 ई.

मेरे बुज़ुर्ग, आदरणीय!

आपका ख़त बड़े इन्तिज़ार में मिला।

मैं अपनी लड़की[1] को लेकर सियालकोट पहुँचा। बहन को भी बुलवाया और हर रोज़ कई-कई पहरों तक देखा। और उसमें कोई बात वहमो-शुबह की न रहने दी। मेरी बड़ी बहन भी 'अज़ीज़ा' को देखकर बार-बार अपनी हैरत ज़ाहिर करती थीं कि, हैं! इन आँखों पर कोई एतराज़ करता था।

ज़्यादा मुश्किल यह है कि जिन लोगों ने आपके दिल में शक डाला है, कोई ख़ास एक आदमी है, जिसने 'अज़ीज़ा' को कभी नहीं देखा। आप मुख़बिर का नाम ज़ाहिर करना नहीं चाहते। यह यक़ीनन मुख़बिर की हिदायत (निर्देश) से हुआ होगा।

अब आप किसी औरत को भेज दें। वह एक दिन में आपको मुतमइन (संतुष्ट) कर देगी। अज़ीज़ वहीद[2] मेव हास्पिटल ही में हैं। विक्टर विंग में आँखों के बीमार रखे जाते हैं। वहाँ यूरोपियन नर्सें आँखों के काम पर तैनात हैं। उनको वहीद ज़रूर जानते होंगे। उनमें से किसी को भेज दें। उनसे बेहतर कौन देख सकता है। मतलब यह है कि आपको जो भी शक हुआ, मैं उसके दूर करने और पूरा इत्मीनान दिलाने को तैयार हूँ। यूरोपियन नर्स, देसी मामूली औरत, हिन्दू-मुसलमान, ईसाई, जिसे भेजें, उसके लिए वहाँ तक पहुँच पैदा कर सकता हूँ।

---

1. वहीदा बेगम (लेडी मोहम्मद याक़ूब) मरहूमा।, 2. यलदरम के छोटे भाई डॉक्टर सैयद वहीदुद्दीन हैदर।

चूँकि आपने मुझे अक्तूबर और मार्च दोनों वक़्त का इख़्तियार दे दिया था इसलिए मैंने अपनी तरफ़ से अक्तूबर का महीना तय कर दिया था। सैयद ज़हूर हसनैन को इत्तिला दे दी थी। उन्होंने छुट्टी की दरख़्वास्त कर दी, एक दोस्त दूसरे दोस्त को ख़बर करता जाता है। अब आप बराए मेहरबानी तार से इत्तिला दें और अपने बड़े भाई साहब को लिख भेजें कि मैंने इत्मीनान कर लिया है। आप तारीख़ तय कराएँ।

सैयद ज़हूर हसनैन इलाहाबाद से आते हुए, मेरे पास ठहरकर सियालकोट जाएंगे।

जवाब की प्रतीक्षा में और बहुत ही बेचैन

मुमताज़

रामबाग़

27 सितम्बर 1909 ई.

सम्माननीय मेरे बुज़ुर्ग व आदरणीय! आदाब अर्ज़ है।

पत्र मसूरी से वापस होकर मुझे आज यहाँ मिला, मैं एक बात अर्ज़ करना चाहता हूँ। शायद मैं दिसम्बर या जनवरी में नौकरी से इस्तीफ़ा देकर हिन्दुस्तान हमेशा के लिए छोड़ दूँ और मैं सोचता हूँ कि अपनी मुसीबतों में किसी दूसरे को क्यों शरीक करूँ।

ख़ाकसार

सज्जाद

मौलवी मुमताज़ अली समझ गए कि साहबज़ादे बिदक गये हैं। अब उन्होंने एक और तकनीक इस्तेमाल की। एक हमदर्द, हमदम बीवी इंसान के लिए कितनी ज़रूरी है। '...मैं 1894 ई. में सख़्त बीमार हुआ और मौत के किनारे जा लगा। मेरे वालिद बुज़ुर्गवार भी ज़िन्दा थे। कई भाई भी, बहनें भी। (पहली) बीवी भी थी, आह! मैं किस तरह उस साथी की रातों का जागना और ख़िदमतों का करना बयान करूँ। मुँह से आह निकली और

वह बिस्तर से उठी!! करवट बदली और उसने सवाल किया कि क्या बेचैनी है? अपने हाथ से खिलाना-पिलाना और दवा देना। मैं सोऊँ तो निगहबान बनकर जागना। नमाज़ पढ़कर अल्लाह से दुआएँ माँगना। डॉक्टर के लिए नोट्स लिखना, चार्ट्स तैयार करना। एक बात है, जो मैं बताऊँ?? मैं मरज़ से बच गया।

मिस्टर टामस आर्नल्ड को आप जानते हैं? मेरी उनसे बहुत दोस्ती थी। वह एक शाम मेरे पास ज़्यादा देर तक ठहरे और खाने के तयशुदा वक़्त पर कुछ मिनट गुज़र गये। मुझसे कहा कि मिसेज़ आर्नल्ड अब मुझे डाँटेंगी। आप मेरे साथ चलिए, मैं साथ गया। उन्होंने सारा क़िस्सा बयान किया कि उन्हें ट्यूबरकुलोसिस हो गया था। मिसेज़ आर्नल्ड ने किस तरह उनकी ख़िदमत और नर्सिंग करके उन्हें बचाया। मिसेज़ आर्नल्ड ने मुझसे कहा कि मैं उनकी बीवी ही नहीं दोस्त भी हूँ और साथी भी।

ख़ाकसार

मुमताज़ अली

मसूरी

10 अक्तूबर 09 ई.

मेरे बुज़ुर्ग और आदरणीय, तस्लीम!

मैंने Annfield Tea Estate से, जहाँ मैं गया हुआ था, आपको एक ख़त लिखा था। उसके दूसरे रोज़ ही आपका तार पहुँचा। मैं Annfield में एक अक्तूबर तक रहा। हिज़ आनर लेफ़्टिनेंट गवर्नर को वहाँ एक लंच दिया गया और मेरी इस लंच में शिरकत ज़रूरी थी।

मुझे इत्तिला मिली है कि ख़ानबहादुर सैयद आले नबी के साथ रिश्ता कर दिया जाएगा। और यह कि सिर्फ़ आपके आग्रह से मेरी ओर विचार किया गया था। मैं ठीक कहता हूँ कि मेरा भी ख्याल है कि मैं ख़ान बहादुर साहब के मुक़ाबले में बिल्कुल कमतर हूँ। वह माशाअल्लाह ख़ानबहादुर, नामी वकील, इज़्ज़तदार, सम्माननीय और शिया! मुझ जैसे दयनीय आदमी

के (मुझे यह अर्ज़ करने में शर्म नहीं कि ग़दर 57 ई. के बाद से हमारा ख़ानदान मज़दूरों यानी नौकरी करने वालों का ख़ानदान है) पास क्या है?

दारम दिले अम मा च दिल?
सद गूना हिरमाँ दर बग़ल

(फ़ारसी से अनुवाद : मेरे सीने में दिल है, मगर कैसा दिल है। उसके साथ सैकड़ों रंज व मुसीबतें हैं।)

ज़्यादा-ज़्यादा सलाम
बड़े आदर के साथ

ख़ाकसार
सज्जाद हैदर

रिफ़ाहे आम प्रेस, लाहौर
24 अक्तूबर 09 ई.
आदरणीय, सम्माननीय! तस्लीम!

मैं पहले अर्ज़ कर चुका हूँ कि मीर नज़रुल बाक़र के घर पूरा हिन्दुस्तानी पर्दा है और सादाते-बारहा की बच्चियों की तस्वीरें खींचना अब तक बुरा समझा जाता है। मीर नज़रुल बाक़र लड़कियों की तस्वीर उतरवाना नाजायज़ समझते हैं। तस्वीर देना तो अलग बात है, मैंने कभी सुना तक नहीं कि मिस बाक़र या उनके घर में किसी लड़की का भी फ़ोटो लिया गया हो। हाँ, कुछ बार डॉक्टरों ने, मिसाल के तौर पर डॉक्टर भगतराम सिविल सर्जन कश्मीर ने लड़कियों को बीमारी में देखा और उनसे बातें भी कीं।

अज़ीज़ा बिन्ते नज़रुल बाक़र को मैं उस वक़्त से जानता हूँ, जब उसकी उम्र ग्यारह-बारह साल की थी। और उसने बहुत शौक़ से अख़बार 'तहज़ीबे-निसवाँ' ख़रीदना शुरू किया था। उस वक़्त से मैं उस अज़ीज़ा को, अपनी सगी छोटी बहन की तरह समझता रहा। उस बेचारी का बड़ा भाई,

रज़ा बाक़र मर गया था। वह मुझे रज़ा बाक़र की तरह समझने लगी। इस दिली ताल्लुक़ की वजह से, जो मुझे इस बच्ची से है, मैंने रिश्ते की कोशिश की और अब कि सिर्फ़ तारीख़ तय होने का फ़ैसला बाक़ी रह गया था, आपकी फ़ोटो की फ़रमायश से ग़लतफ़हमियाँ पैदा हो गईं। मैं ख़ुद फ़ोटो का क़ायल नहीं। कुछ तस्वीरें ख़ूबसूरत लगती हैं लेकिन जिसकी तस्वीर है, वह बदसूरत निकलता है।

बहुत दिनों की बात है, मैंने मौलवी चराग़ अली साहब, हैदराबाद की तस्वीर देखी थी और उनको ख़ूबसूरत नौजवान समझता था। देखा, तो शक्ल उसके विपरीत निकली।

इसी बीच लोगों ने यह भी मशहूर कर दिया है कि आपका उससे रिश्ता भी तय हो चुका है। अज़ीज़ा के पास मिसेज़ इक़बाल[1], मिसेज़ अब्दुल क़ादिर[2], मिस महबूब आलम[3] आदि की तरफ़ से मुबारकबादें पहुँची हैं और यह चर्चा रोज़ बरोज़ बढ़ती जा रही है।

अगर ख़ुदा न ख़्वास्ता इन ग़लतफ़हमियों की वजह से यह रिश्ता टूट गया तो मैं मीर साहब को उम्र भर मुँह न दिखा सकूँगा और मेरी वो ज़िल्लत और रुसवाई होगी कि ख़ुदा किसी को न दे। मैं अपनी परेशानी की कोई इन्तिहा नहीं पाता हूँ। अगर ज़रूरत हो तो मैं ख़ुद आपके पास आऊँ।

जवाब तार से इनायत हो
जवाब का मुंतज़िर और बहुत बेचैन
मुमताज़ अली

मीर ज़हूर हसनैन बनाम मौलवी सैयद मुमताज़ अली साहब
बदायूँ
25 अक्तूबर 09 ई.
मेरे आदरणीय! तस्लीम!

---

1. अल्लामा इक़बाल की बेगम।, 2. शैख़ अब्दुल क़ादिर एडिटर 'मख़ज़न' की बेगम।, 3. फ़ातिमा बेगम पुत्री मौलवी महबूब आलम एडिटर 'पैसा' अख़बार।

मिस्टर ज़फ़र उमर मुझसे मालूम करते थे कि बिन्ते नज़रुल बाक़र की दृष्टि की क्या हालत है। उनकी बात से ऐसा लगता था कि इस बारे में सज्जाद हैदर साहब ने कुछ उनसे मदद चाही है, क्योंकि उन्होंने यह कहा कि मैं उसे मुरादाबाद बुलवाऊँ ताकि उनके घर में जाकर ख़ुद अपनी आँखों से देखकर इत्मीनान कर लें। मैंने साफ़-साफ़ शब्दों में उनको लिख दिया कि आँखों में किसी प्रकार का दोष नहीं है, कमज़ोर ज़रूर हैं और वह बच्ची मुरादाबाद नहीं आएगी।

मैंने ज़फ़र उमर साहब पर ज़ाहिर कर दिया कि वास्तव में ख़ानदान वाले इस रिश्ते पर आमादा न होते और ख़ान बहादुर सैयद आले नबी वकील आगरा को प्राथमिकता देते हैं, जो शिया मज़हब हैं और उनसे पारिवारिक सम्बन्ध हैं। लेकिन माननीय भाई साहब मीर नज़रुल बाक़र को यह रिश्ता पसन्द है।

आख़िर यह क्या बेहूदगी है कि मैं लड़की को मुरादाबाद बुलाकर, मिसेज़ ज़फ़र उमर को दिखाऊँ।

मैं सिर्फ़ आपके जवाब की प्रतीक्षा में हूँ। कल इलाहाबाद वापस जा रहा हूँ।

आपका नियाज़मन्द
ज़हूर हसनैन

मीर नज़रुल बाक़र बनाम सैयद सज्जाद हैदर यलदरम
सियालकोट
27 अक्तूबर 09 ई.
बिरादरे गिरामी क़द्र सल्लमहू, सलाम अलैकुम

बहुत दिनों से मुझे ख़त लिखने का अवसर नहीं मिला। आपके मोहब्बत नामे का जवाब भी न दे सका। कुछ ज़माने से बददिली, कुछ अपने स्थान से ग़ैर हाज़िरी आदि इत्यादि।

आमतौर से ज़माने में शरीफ़ों की इज़्ज़त और नामवरी एक ही होती है। चाहे वह किसी रिश्ते व क़ुर्बत से सम्बद्ध हों या आपस में कोई सम्बन्ध न हो, मगर एक ज़बरदस्त ताल्लुक़ शराफ़त मान मर्यादा की हिफ़ाज़त का रहता है।

मेरा और आपका ख़ून बुज़ुर्गों के ख़ून से मिला हुआ है, जिनकी संतान होना हमें गौरवान्वित करता है। मैंने मौलवी मुमताज़ अली साहब की ख़िदमत में लिखा था कि पुराने रिवाज़ के अनुसार आपकी तरफ़ से कोई बुज़ुर्ग ख़ातून या मर्द तशरीफ़ लावें और इस रिश्ते को तय कर जावें, जिसका मक़सद ही यह होता है कि बहुत से शक दूर हो जावें और रिश्ते से पहले दोनों ख़ानदानों में नज़दीकयाँ, मेलजोल और मोहब्बत पैदा हो जावे। मगर मौलवी मुमताज़ अली साहब ने भी उन भाई साहब के मशवरे से हमेशा यही लिखा और इस पर ज़िद करते रहे कि किसी बुज़ुर्ग ख़ातून और बुज़ुर्ग-ए-ख़ानदान का इतनी दूर आना दुश्वार है और सैयद सज्जाद हैदर साहब इन फ़ुज़ूल चीज़ों के पाबन्द भी नहीं हैं।

मौलवी साहब इस बीच सियालकोट तशरीफ़ लाए। उनकी साहबज़ादी, बन्दाज़ादी से मिलने आईं। और सिर्फ़ बुज़ुर्गाना मोहब्बत व मुरव्वत से किसी तरह का हम लोगों को शक तक न आने दिया कि क्या मक़सद आख़िर इस सफ़र का है।

उसके बाद जैसा मौलवी साहब ने फ़रमाया दिल से मनज़ूर कर लिया। इन सब मंज़िलों के तय होने के बाद, अब यह दिल को किस क़दर परेशान कर देने वाली बात है। कुछ सम्माननीय बे-लगाम औरतों ने लड़की की तस्वीर मँगाने की कोशिशें भी कीं। मैं नहीं कह सकता कि वह कौन शरीफ़ क़ुरआन मजीद पर विश्वास करने वाला होगा, जो अपनी औरतों की तस्वीर खिंचवाए। (सारी बड़ाइयाँ अल्लाह के लिए हैं।)

मैं उम्मीद करता हूँ कि मेरी टूटी-फूटी लिखावट और भाषा की गड़बड़ी का बुरा न मानेंगे। दिल को दुःख हुआ। दिल की बात कह दी और मुझे

यक़ीन है कि आपका सब्र, संयम और बड़प्पन इससे भी बुलन्द है कि मेरी यह टूटी फूटी भाषा और लिखावट आपको दुःख पहुँचाए।

दुआ गो

नज़रुल बाक़र

बनाम मौलवी सैयद मुमताज़ अली साहब

देहरादून

2 जनवरी 1910 ई.

मेरे बुज़ुर्ग और आदरणीय, तस्लीम!

मैं एक हफ़्ते की छुट्टी लेकर वतन, दिल्ली और मेरठ गया था। वापसी पर आपके ख़त मिले। यह बिल्कुल ग़लत है कि मैंने ज़फ़र उमर से कहा कि मिसेज़ ज़फ़र उमर जाकर बिन्ते नज़रुल बाक़र को देखें। यह प्रस्ताव अलीगढ़ के कुछ दोस्तों का था। मेरी समझ में नहीं आता कि ख़लीफ़ा हामिद हुसैन से सिर्फ़ इस बात पर नाराज़गी हो गई कि उन्होंने ख़ुफ़िया तौर पर एक औरत को हालात जानने के लिए भेजा था।

बहरहाल मैं विनती करता हूँ कि आनरेबल ख़ानबहादुर सैयद आले नबी की तरफ़ से, जो सिलसिला छेड़ा गया है, वह आगे बढ़ाया जाए।

ख़ाकसार

सज्जाद हैदर

ग़लाता का पुल

लाहौर

28 अप्रैल 1910 ई.

माई डियर सज्जाद हैदर

आज नये पोलिटिकल अफ़सर को चार्ज देने से पहले चाहता हूँ कि आपके सहचार और सहयोग का शुक्रिया अदा कर दूँ, जो मसूरी और देहरादून के रहने के ज़माने में, अफ़ग़ानों के परिवार के सिलसिले में मुझे हासिल हुआ। मुझे मालूम है कि आपका काम आसान न था।

क्योंकि आपने बहैसियत असिस्टेंट पोलिटिकल अफ़सर नजफ़ अली ख़ाँ से चार्ज लिया था, जो अफ़ग़ान सरदारों के साथ एक बड़े समय तक रहे थे। लेकिन आपने सारी समस्याओं और कठिनाइयों को इतने अच्छे ढंग से हल किया कि पूर्व अमीर और उनके सभी साथी, आपके बहुत आसक्त और अभिलाषी हो चुके हैं। मेरी बेहतरीन शुभकामनाएँ आपके साथ हैं।

आपका आभारी

सी.जे. विंढम

मैजर सी.जे. विंढम की ओर से एक्स पोलिटिकल आफ़िसर, फ़ार सरदार मोहम्मद अय्यूब ख़ाँ व संरक्षक सरदार मोहम्मद याक़ूब ख़ाँ पदच्युत अमीर काबुल, वर्तमान रेज़िडेंट रियासत जोधपुर

इक़बाल ने ख़यालिस्तान को पंजाब यूनिवर्सिटी के बी.ए. के उर्दू पाठ्यक्रम में शामिल करवाया, जनवरी सन 1911 ई. में हम छह महीने की छुट्टी पर फिर भ्रमण के लिए हिन्दुस्तान से निकले।

'अपने क्लास फ़ेलो डॉक्टर सैयद मोहम्मद की बनावट से पाक, सच्ची मेहमाननवाजी और शिष्टता की मूरत, हिज़ हाइनेस नवाब जंजीरा की ख़ातिर

मुदारात और मिस अतिया फ़ैज़ी और उनके ख़ानदान की मोहब्बत व मेहरबानी की छाप दिल पर लिये हुए' बम्बई से जहाज़ पर चढ़े और

'फिर वहीं ले चला मुझे देखो
दिले-ख़ाना-ख़राब की बातें'
और
'हमारा नाम भी लेकर पुकार हम भी हैं
लब्बैक! लब्बैक! लब्बैक!!'

कहते हुए दोबारा उस्मानी (ओटोमन) साम्राज्य के शहरों की ओर रुख़ किया, 'स्लो बोट टू चाइना' का अफ़सानवी दौर कि जिसमें घंटों की यात्राएँ हफ़्तों में तय होती थीं। इम्पीरियल कोलोनियल (Imperial Colonial) दौर के 'ईस्ट ऑफ़ स्वेज़' से चलने वाले पी एण्ड ओ. के धुएँ वाले जहाज़ थे या समुद्री स्वर्ग "समुन्दर और सोसायटी दोनों आनन्ददायक" रास्ते में अदन को, जो दूरबीन से देखने के बावजूद बाग़ नज़र न आया, दूर से ही सलाम किया।

फ़राअना की धरती पर पहुँचे सबसे पहले उस शख़्स को बुत ने अपनी ओर आकर्षित किया, 'जिसने हालाँकि ख़ुदाई का दावा तो नहीं किया लेकिन नेचर के कामों में शानदार तब्दीली कर दी, दो महाद्वीप अलग कर दिए, दो समुद्रों को मिला दिया।' मोसियो लेसेप! यह कामयाब फ़रहाद, स्वेज़ नहर निकालकर, आसमान तले अपना नाम कर गया।'

(लेसेप दरअस्ल बड़ा चलता पुर्ज़ा था। मिस्र वालों को बड़ी भयंकर आर्थिक चोट देकर, ब्रिटेन और फ्रांस को मालामाल कर गया। 1911 ई. से लगभग आधी सदी बाद क़ौमपरस्त मिस्री इस अज़ीमुश्शान बुत को टुकड़े-टुकड़े करने वाले लेकिन वह ज़माना अभी बहुत दूर है।)

(नहर स्वेज़ के दोनों तरफ़ तेज़ ज़र्द जंगल और खजूर के दरख़्त दिखलाई देते हैं और स्थान-स्थान पर पानी का रंग बदलता रहता है। नब्बे मील लम्बी नहर में जहाज़ जूँ की चाल चलता है। दिन भर चलता रहता

है मगर केनाल ख़त्म होने में नहीं आती और वक़्त की सुस्त रफ़तारी का अहसास गहरा होता जाता है। आज से पैंसठ साल पहले, जहाज़ की रफ़्तार और भी कम होती होगी)

'हमारा जहाज़ स्वेज़ नहर में दिन भर चलता रहा। नहर के किनारे पर रेलवे लाइन इस क़दर क़रीब है कि जहाज़ से दिखाई देती है। आपको ताज्जुब होगा, मुझे इस्लामी मुल्क में रेल देखने का शौक़ इस क़दर बढ़ा हुआ था, मैं कई घण्टे लगातार इस इन्तिज़ार में बैठा रहा कि कोई ट्रेन गुज़रे।

'यह लौहसर्प, जिसने दुनिया में ऐसी-ऐसी तब्दीलियाँ पैदा कर दीं... एक बार इसे अपनी धमाके की चाल से इस ज़मीन पर चलते हुए देख लूँ। मैंने साढ़े तीन साल बग़दाद में गुज़ारे। मगर वहाँ बग़दाद रेलवे की गूँज थी और रेलवे अभी नहीं पहुँची थी।'

(तुर्की में रेल 1856 ई. में जारी हो चुकी थी। 1866 ई. से अनातूलिया में ब्रिटेन व फ्रांस के सरमाये से रेलें चल रही थीं। 12 अगस्त 1888 ई. के दिन जब ओरियन्टल रेलवेज़ की ट्रेन (जो बाद में ओरियन्ट एक्सप्रेस कहलाई) पेरिस से रवाना होकर, वियाना और उसमानिया साम्राज्य के यूरोपियन सूबों से गुज़रती, क़ुस्तुनतुनिया[1] में 'शाख़े-ज़र' के रेलवे स्टेशन पर पहुँची, तुर्की में क़ौमी जश्न मनाया गया।)

सुल्तान अब्दुल हमीद द्वितीय ने 1902 ई. में एक जर्मन कम्पनी को बग़दाद रेलवे का ठेका दिया, जिसकी ब्रिटेन ने बहुत मुख़ालिफ़त की। ब्रिटेन और जर्मनी दोनों पतनोन्मुख उस्मानिया साम्राज्य में अपना आर्थिक और राजनैतिक प्रभाव बढ़ाने की कोशिशों में थे। तुर्की सल्तनत की ज़बरदस्त व्यापार और उस्मानी 'ख़ादरमियाना' में ताज़ा-ताज़ा खोज किये हुए, तेल पर क़ब्ज़ा दोनों बड़ी शक्तियों का मक़सद था।

फ्रांस के मोसियोलेसेप ने ख़दीव सईद पाशा को चूना लगाया था। नहर स्वेज़ की अर्थव्यवस्था के ज़रीये ब्रिटेन, मिस्र का ख़ून चूसकर, उस

1. यह शहर अब 'इस्तंबोल' कहलाता है।

पर अपना अधिकार जमा रहा था। जर्मनों की बनाई हुई बग़दाद रेलवे न केवल नहर स्वेज़ की व्यापारी प्रतिद्वंद्वी बन सकती थी बल्कि क़ैसर जर्मनी इसके द्वारा अपनी फ़ौजें हिन्दुस्तान पहुँचा सकता था। 'बर्लिन बाज़नतीम बग़दाद रेलवे' के ज़रीये तुर्की में जर्मनी का प्रभाव और बढ़ जाता। कर्प इम्पीरियल टर्किश नेवी को तारपीडो और उस्मानी फ़ौजों को हथियार बेच रहा था।

उसी ज़माने से जर्मन यहूदियों ने उसमानी फ़िलस्तीन में, छोटी-छोटी खेती से सम्बंधित नई आबादियाँ स्थापित करनी शुरू कर दीं। अतः रूस, ब्रिटेन और फ्रांस ने बग़दाद रेलवे स्कीम का कड़ा विरोध किया। क्योंकि इसकी वजह से उनके अपने हितों पर ज़बरदस्त चोट पड़ती थी लेकिन चूँकि बग़दाद रेलवे में तुर्की का राष्ट्रीय हित भी छिपा हुआ था, 'नौजवान तुर्क' इसके समर्थक थे।

जितनी देर मैं डेक पर रहा, ट्रेन न गुज़री। जैसे ही डेक से उतरकर नीचे गया, लोगों ने कहा, गुज़र गई। फिर दूसरी बार जाकर बैठा, खाने में वक़्त गुज़र गया, जब भूख ने बहुत सताया, मैं कुछ खाने के लिए नीचे उतरा और झट ट्रेन साहिबा धड़धड़ाती हुई गुज़र गईं। आख़िर तीसरी बार डेक पर जाकर बैठा। इस बार इस अभीष्ट प्रेयसी ने अपना धुआँधार हुस्न मुझे दिखाया। एक तुर्की टोपी ट्रेन को लिए जा रही थी।

नहर स्वेज़ के एक ओर बादयतश्शाम (सीरिया का मरुस्थल) है, एक ओर मिस्र का रेगिस्तान ...मिस्र इस सिरे से उस सिरे तक एक हरा-भरा खेत है और रेगिस्तान 'बुरी नज़र' से बचाने के लिए टीका ...मगर यह काजल का टीका...' (मिस्र को न बचा सका)।

आधी रात को पोर्ट सईद की ज़बर्दस्त बन्दरगाह में जहाज़, मोटर कश्तियाँ आ जा रही थीं और जहाज़ की सीटियों का तार बंधा हुआ था।

..क्या यह मिस्र का शहर था या इटली या यूनान की एक बन्दरगाह? बाज़ार, काफ़ी हाउस, रेस्टोरेंट, लोकन्ती यूरोपियनों से भरे पड़े थे। दुकान में सब माल अस्बाब यूरोप का था, बेचने वाले भी यूरोप के थे।

...पहले ही दिन मुझे सिद्ध हो गया कि इटालियन फ्रेंच और ग्रीक लोग बीसवीं सदी में मिस्रवालों से 'बनी इस्राइल' (यहूदियों) का बदला ले रहे हैं कि आईन-ए-जहाँ गाहे चुनीं, गाहे चुनाँ बाशद... (अनुवाद : दुनिया का विधान कहीं ऐसा है, कहीं वैसा।)

'...अब हम उस देश में थे, जहाँ बुर्क़ा; बाज़ार में, स्टेशन पर, सैरगाहों में और नाचों में हर जगह नज़र आता था, हिन्दुस्तान की तरह सिर्फ़ औरतों के वेटिंग रूम और स्टेशनों के प्लेटफार्म ही पर और वह भी अंतिम विकल्प और बहुत मजबूरी में, दिखाई नहीं देता...।'

पोर्ट सईद के 'मोहित्ता' (स्टेशन) पर 'शयाल' (क़ुली) ने 'अफ़्श' (बुक) क्या और 'नाज़िरुल मोहित्ता लिल सितात अल तख़लीस' (स्टेशन मास्टर फ़ार लेडिज़ बुकिंग) वग़ैरा शब्दों ने वह फ़रहत (ख़ुशी) बख़्शी, जो मिस्र के रेगिस्तान और सूडान के रेगज़ारों में एक साँडनी (ऊँटनी) सवार को हरा-भरा क्षेत्र नज़र आने पर होती है। ट्रेन नज़र आई तो उस पर लिखा था 'लिलहरीम' हिन्दुस्तान में "सिर्फ़ औरतों के लिए" 'देखते-देखते तबीयत इस क़दर उकता गई थी कि 'लिल हरीम' बहुत भला मालूम हुआ।

सुबह की ट्रेन पर सवार होकर, दिन के तीन बजे क़ाहिरा, कहना चाहिए, मिस्र पहुँचे। क्योंकि मिस्र वाले क़ाहिरा को मिस्र कहते हैं। मिस्र क्या अजीब शहर है ...तेज़ रफ़्तार बिजली की ट्रामवे, घोड़ा गाड़ियों और ओमनी बसों और ट्रैफ़िक की रेल पेल से तबीयत परेशान हुई। क्योंकि "बड़े शहरों की शानो-शौकत और अमीरी-ग़रीबी के समावेश से हमेशा घबराया।"[1]

---

1. 'ज़ियारत-ए-क़ाहिरा' तमददुन, दिल्ली, जुलाई, 1911 ई.।

एक वतन से दूर-दराज़ जगह में यानी क़ुस्तुनतुनिया में जहाँ यह तो नहीं कह सकता कि वतन याद नहीं आता, मगर जहाँ मैं दिन-रात वतन की याद में आँसू नहीं बहाता और मैं क्या कोई भी न करेगा।

कल मार्च का 'ओल्ड ब्वाय' मिला। सैर सपाटा छोड़-छाड़ कर उसे शुरू से आख़िर तक ख़त्म किया। यहाँ एक यूनिवर्सिटी स्थापित हुई है, उसका नाम दारुल फ़नून है। उसे यूँ भी देखने जाता, मगर उसमें मेरे, बग़दाद के एक दोस्त फ़हमी बेक प्रोफ़ेसर हैं, उनकी वजह से अक्सर जाना होता है। कल जो गया तो ओल्ड ब्वाय को भी लेता गया और वहाँ प्रोफ़ेसरों को दिखाया। क़ुदरती तौर पर उन सबने बड़े शौक़ से देखा और ख़ुशी ज़ाहिर की।

'मगर ज़रा पूछिए तो कि एतराज किस बारे में किया। दो एतराज़ थे और दोनों मेरी राय में सही। पहला एतराज़ यह था कि कालेज को शानदार बनाने के लिए कम से कम दो मंज़िला होना चाहिए, लम्बाई चौड़ाई की ही नहीं ऊँचाई की भी ज़रूरत होती है।

दूसरा एतराज़ आपके ओल्ड ब्वाय पर था। और यह एतराज़ आमतौर पर उर्दू पर होता है। मुझसे कहा कि आप अभी तक पत्थर के छापे से आगे नहीं बढ़े और यह बड़ा चुभता हुआ रिमार्क था, तो संयम! अगर हमारा यह दावा है कि हम तरक़्क़ी कर रहे हैं तो हमें लेथो को अलविदा कह देना चाहिए। वर्ना आपकी किताबें देखकर, अहले-इस्लाम (मुस्लिम) दबी मुस्कुराहट से आपकी तरफ़ देखेंगे।

क़ुस्तुनतुनिया में प्राचीन शैली की अरबी के अक्षरों का टाइप, ऐसा पूर्ण और ऐसा सुलिखित ढाला जाता है कि उसे देखकर आँखों को नूर और दिल को सुरूर हासिल होता है। आँखों को नूर तो शायद शायरी समझी जाए और है भी लेकिन जब 'दिल को सुरूर हासिल होता है' कहता हूँ तो मैं अपने दिल की हालत बयान करता हूँ।

यह वह टाइप नहीं है, जिसमें अलीगढ़ इंस्टीटयूट गज़ट छपता है, मगर अलीगढ़ इंस्टीट्यूट गज़ट को टाइप में छपने की वजह से तारीफ़ के लायक़ समझता हूँ। काश! हमारी प्रेसें इस तरफ़ ध्यान दें। मैं राय पेश करता हूँ कि 'ओल्ड ब्वाय' टाइप में छपे लेकिन वह 'इस्तंबोली' टाइप हो।

खाक़सार

सैयद सज्जाद हैदर, क़ुस्तनतुनिया से।[1]

हमने इस्तंबुल में एक मज़मून 'बाक़ी जब मैं जागूँ' शीर्षक से लिखा। अर्धमुक्त बुर्क़ापोश तुर्क महिलाओं में से ज़्यादातर ने चेहरों से नक़ाब उलट रखी थी। रोज़मर्रा की तरह मज़े से सड़कों और बाज़ारों में घूमती नज़र आईं।

एक सुबह राजधानी के यूरोपियन हिस्से से सकूतरी जाने वाले, धुएँ वाले जहाज़ में सामने की सीट पर एक अलबानवी मौलाना तसबीह झुलाते आन बैठे। यूरोपियन मौलवी से बातें करते-करते, अचानक मौलवी मुमताज़ अली याद आ गये। ग़लाता के पुल से गुज़रकर हम एक दुकान पर पहुँचे और बुर्क़ा ख़रीदा। मई के महीने में हिन्दुस्तान लौटकर वह बुर्क़ा दिल्ली में मुश्ताक़ अहमद ज़ाहिदी के पास रखवा दिया।

बेल व्यू, मसूरी। मेज़ पर मौलवी मुमताज़ अली के ख़त लाहौर से आए रखे हैं। फ़रमाते हैं, मीर नज़रुल बाक़र तस्वीर भेजने पर क़तई आमादा नहीं हैं। अगर आप अपनी हठ पर क़ायम हैं तो मजबूरी है; वर्ना मैं आपको कोहाट तशरीफ़ ले जाने का मशवरा दूँगा ताकि मीर साहब और उनके दोनों भाई आपसे मुलाक़ात कर सकें।

अतः कुछ दिन बाद हम कोहाट रवाना होते हैं। कोहाट में मीर ज़हूर हसनैन ने, जो इसी ग़रज़ से इलाहाबाद से वहाँ गए थे, एक

1. 'ओल्ड ब्वाय' अलीगढ़, जुलाई, 1911 ई.।

दिन शाम के वक़्त अंदर जाकर नानी अशरफ़जहाँ से कहा, 'ख़ाला, वह हज़रत तस्वीर की शर्त तो छोड़ रहे हैं मगर अब अल्टीमेटम दिया है कि शादी के बाद लौंडिया से पर्दा न करवाने के। बाहर घुमाएंगे, आज़ादाना मेमों की तरह खुले मुँह।'

रात के खाने के बाद बाहर मर्दाने में दोबारा सलाह मशवरे के लिए बैठक जमी। रात गये अन्दर जाकर मीर ज़हूर हसनैन ने कहा, 'ख़ाला! अब इस बात पर राज़ी हुए हैं कि लौंडिया तुर्की बुर्क़ा ओढ़कर बाहर निकलेगी।"

'निगोड़ी तुर्की टोपी तो जानूँ, तुर्की बुर्क़ा कैसा होवे है?' 'उसमें मुँह खुला रहता है, वक़्ते ज़रूरत काली जार्जट की नक़ाब चेहरे पर डाल ली जाती है। चलो शुक्र करो ख़ाला बात तो किसी तरह तय हुई।'

मई 1912 ई. में एक रोज़ मसूरी से मुश्ताक़ अहमद ज़ाहिदी के पास तार पहुँचा।' बुर्क़ा फ़ौरन पार्सल कर दो।'

दरबार शाह विलायत

सारा क़स्बा अमरोहा एक विशाल झील पर प्रतिबिम्बित है, मौसमे-बहार (बसंत) की शफ़्फ़ाफ़ धूप में क़स्बे की प्राचीन मस्जिदें व मक़बरे और दो मंज़िला मकानों के गुम्बद, मीनारें और कंगूरे नीलाहट लिये पानी की सतह पर मुग़ल शैली के किसी मनमोहक दृश्य की तरह झलकते हैं। जाड़ों के कोहरे और गर्मियों के गर्दो ग़ुबार में, झील के उस पार से शहर का यही दृश्य विक्टोरियन इंडिया का एक मटियाला लेथोग्राफ़ मालूम होता है, जो किसी सुनसान सर्किट हाउस के बरामदे में धूल से अटा लगा हुआ हो।

अमरोहा जो पहले अपने बुद्धिजीवियों और विद्वानों की वजह से मशहूर था, अब लोग उसे कुछ नामवर फ़िल्मी हस्तियों की वजह से जानते हैं। उसी तरह कि भोपाल की नवाब स्वर्गीय सुलतान जहाँ बेगम का नाम अब किसी को याद नहीं। हाँ, शर्मीला टैगोर जो बहैसियत आयशा सुलतान मौजूदा बेगम भोपाल की बहू हैं।

झील के सामने वह राजमार्ग है, जो दिल्ली से निकलकर नहटौर और अमरोहे से गुज़रता मुरादाबाद जाता है। इस प्राचीन सड़क के किनारे, जो अब नेशनल हाइवे नं. 12 है, सैयद शरफ़ुद्दीन नक़वी शाह विलायत (रह०) की सफ़ेद दरगाह आम के घने बाग़ों में पोशीदा है। अंदर परिसर में श्रद्धालुओं की भीड़ जमा रहती है, जो 1973 ई. की समस्याओं के समाधान की आशा में शाह विलायत (रह.) के उन मटियाले करामाती बिच्छुओं को बड़े ध्यान से देखते हैं, जो मुजाविर नज़्राने वसूल करने के बाद, एक चबूतरे पर रेंगने के लिए छोड़ देते हैं।

सम्भवतः मौलाना अबुल कलाम आज़ाद ने कहीं ज़िक्र किया है कि जब बुख़ारा शहर की फ़सीलों (चारदीवारियों) पर हमला करके, ज़ार रूस की फ़ौजें जीत अर्जित कर रही थीं, अमीर-ए-बुख़ारा जामा मस्जिद में ख़त्म-ए-ख़्वाजगान कराने में मशग़ूल थे ताकि इसकी करामात (चमत्कार) से रूसी तुरन्त वापस भाग जाएँ।

शाह विलायत (रह०) के मज़ार के सिरहाने एक जालीदार सफ़ेद कमरा है। उसके अंदर 'आसेब ज़दा (जिन भूत ग्रस्त) लड़कियों पर 'हाल' (आत्माएँ आती हैं) आता है तो वह अपने लम्बे-लम्बे बाल संगे-मूसा के फ़र्श पर पटकती हैं। हुज्रे (कमरे) के सियाह ताक़ में पंजे के सिन्दूरी निशान के सामने घी का चराग़ जलता है। कैसा निशान है और चराग़ क्यों जलता है और मौत व ज़िन्दगी के भेद को खोजने वालों को कौन जानेगा!

मज़ार की पाँयती, एक घना बरगद का वृक्ष, सदियों से इसी तरह खड़ा जनमानस के विश्वासों के गोरखधंधों और आंतरिक परिस्थितियों की भूल-भूलैयां का संरक्षण कर रहा है। इस बूढ़े और बुद्धिमान बरगद की जटिल जड़ों के नीचे बी नजोई की क़ब्र है। बी नजोई शाह विलायत (रह०) की साहबज़ादी ने उस समय के बादशाह का पैग़ाम नामंज़ूर कर दिया था। और आंतरिक परिस्थितियों की भूल-भूलैयों में मग्न रहती थीं। सुबह से शाम तक इन पहुँची हुई बीबी के मज़ार पर मन्नत मानने वाली बुर्क़ापोश औरतों के साये डोलते रहते हैं।

साये के ऊपर साये।

हलाकू के हमले से तबाहशुदा बग़दाद के रिफ़्यूजी सैयद शरफ़ुद्दीन नक़वी, हिन्दुस्तान पहुँचकर टिके तो कहाँ टिके। पश्चिमी दो आबे के इस सर सब्ज़ गाँव में, जिसके बाग़ों के आम और उस झील की रोहू मछलियाँ बेहद पसंद आईं। (अमरोहा नाम पड़ने का कारण) शाह विलायत (उन पर अल्लाह की रहमत हो) की औलाद जहाँ आबाद हुई, वह दरबार शाह विलायत और आम बोलचाल में लकड़ा मोहल्ला कहलाता है।

लाँकड़ी वाले, लकड़ा मोहल्ले वालों के क़रीबी रिश्तेदार हैं। 1973 ई., मोहल्ले से लगे हुए क़ब्रिस्तान में कासनी और सफ़ेद ख़ुदरौ (स्वयं उगने वाले) फूलों और झाड़ियों के बीच बकरियाँ चरती हैं। पगडंडी पर से साइकिल रिक्शाएँ आ रही हैं, जिन पर सवार बेल बाटम पायजामे पहने बुर्क़ापोश लड़कियाँ कालेजों की ओर रवाँ हैं। गलियों में सफ़ेदपोश

नक़वी अपने उच्च कुलीन होने और ग़रीबी का बोझ काँधों पर उठाए और सिर झुकाए जर्जर छतों और फाटकों के नीचे से गुज़र रहे हैं। ज़मीन और आसमान ज़िन्दा रहते-रहते थक गये।

मई 1912 ई. सैयद ज़हूर हसनैन रिज़वी एक नामी हकीम से इलाज करवाने के मकसद से अमरोहे में ठहरे हुए हैं। कई साल से बीमार चल रहे हैं। इस वक़्त दरबार शाह विलायत के एक खण्डहर मकान में थके और बोझल, पलंग पर लेटे न जाने क्या सोच रहे हैं। हर इंसान का दिमाग़ इसका अपना दरबार शाह विलायत है, जिसके अंदर चमत्कारी बिच्छू रेंगते हैं। फ़रिश्ते उतरते हैं। अँधेरा छा जाता है। नूर (प्रकाश) की बारिश होती है और इंसान के सिर पर मौत के बूढ़े बरगद का साया सवार है। जो क्या जाने किस पल उसकी ज़िन्दगी को अपनी डरावनी जटिल जड़ों के अंदर खींच ले।

और हर इंसान के दिल में एक अंदरुनी महलसरा है, जिसकी ड्योढ़ी के बाहर दुनिया का शोर-शराबा जारी रहता है। लेकिन इस महलसरा के अंदर कोई दाख़िल नहीं हो सकता। उसके रौनक़ से भरे विशाल और तंग आँगन में चिंताओं, आशाओं, इच्छाओं, भविष्य के अंदेशों, ख़ुशियों, दुःखों, विश्वासों, संदेहों, डर और नये सिरे से आशाओं की रेल पेल रहती है। आने वाले कल की चिंता, अतीत की यादें। लेकिन अतीत ही कितना लम्बा चौड़ा है? उम्र उंतालीस साल। अभी सारी ज़िंदगी सामने पड़ी है। रोग चिंताजनक और दुःखदायी है। मगर मुमकिन है, अल्लाह बचा ले।

पलंग के सिरहाने मेज़ पर दवाओं की शीशियाँ, किताबें, कामरेड के पर्चे, लड़के जो एक साथ खेलकूद कर बड़े हुए, अचानक उनके रास्ते संसार में अलग-अलग हो जाते हैं। वह सियालकोट वाला सहपाठी लंगोटिया यार कश्मीरी मूल का पंजाबी लड़का इक़बाल, आज ज़मीन आसमान के क़ुलाबें मिला रहा है। सुनसुनकर जी ख़ुश होता है। अलीगढ़ के क्लास फ़ेलो दोनों रामपुरिये भाई लीडरी पर उतर आए हैं।

लेकिन इस समय कामरेड में मौलाना मोहम्मद अली का ताज़ा एडीटोरियल पढ़ने की बजाय मीर ज़हूर हसनैन डाकिये की प्रतीक्षा में हैं। अलीगढ़ के साथी सज्जाद हैदर का शादी का पैग़ाम, जो लाडली भतीजी के लिए आया, उसके झगड़े बहुत परेशान कर देने वाले सिद्ध हुए।

इस सिलसिले में अपने पुलिस विभाग और अलीगढ़ के साथी ज़फ़र उमर से बदायूँ में गर्मा-गर्मी हुई। लाहौर में मौलवी मुमताज़ अली से बहसा-बहसी रही। बड़े भाई फ़ौजी हैं मगर किसी को रंजीदा नहीं कर सकते। मीर ज़हूर हसनैन पुलिस के आदमी हैं और बेहद दबंग। मजाल है कोई बेजा बात कहे और वे उसकी तबीयत साफ़ न कर दें लेकिन इस बीमारी ने लाचार कर दिया।

करवट बदल कर ताज़ा 'कामरेड' उठाया फिर रख दिया, अख़बार के नीचे सहीफ़ा-ए-कामिला (मज़हबी किताब) नज़र आई, अदब से हाथ में ली। अस्ल कामरेड आबिदे-बीमार ज़ैनुल आबिदीन (इमाम हुसैन के पुत्र, जो बीमार थे) थे। सद्र दरवाज़े की तरफ़ देखने लगे, डाक का समय है। क्या ख़बर, कोहाट से भाईजान महोदय का ख़त, नज़्र के ब्याह की तारीख़ के सम्बन्ध में आया हो।

अगस्त 1973 ई., शाह विलायत (रह.) की औलाद प्रोफ़ेसर सैयद मुख़तार हुसैन नक़वी लकड़ा, मोहल्ले के अंदर अपनी पुश्तैनी हवेली में रहते हैं। आँखों में रौशनी ख़त्म हो चुकी है। उनकी पहली बीवी मंज़ूर ज़हरा बेगम पुत्री सैयद ज़हूर हसनैन रिज़वी की जवान मौत को भी बयालीस साल गुज़र गये। मुख़तार ख़ालू के मकान की एक कोठरी में तारीख़ सादात-ए-अमरोहा की पुस्तकों के ऊपर, एक अच्छी भारी एलबम सुनहरे बुक कवर पर 1869 ई. सुसज्जित। प्राचीन पोशाकें पहने बुज़ुर्गों के अलावा, इस एलबम में पचपन-छप्पन तस्वीरें ब्रिटिश लार्ड और लेडी लोगों की हैं। और फ़िरंगी स्कालर, जज, बैरिस्टर, हसीनाएँ, टोप हैट वाले नौजवान, क्लाक और तलवार वाले फ़ौजी अफ़सर। इम्पीरियल ब्रिटेन

और आस्कर वाइल्ड का लंदन! कुछ तस्वीरें दस्तख़त शुदा और आम तौर पर 1870 ई. से 1875 ई. तक की तारीखें। स्टीफ़र्डेक लेन, मेरी वेब, एनी हालैंड, एडिला हालैंड (बेहद हसीन), ए.जी. हालैण्ड (आस्कर वाइल्ड की ससुराल), आस्कर वाइल्ड, एच.एम. मेग्रिज (बिल्कुल मैलकम मेग्रिज के हमशक्ल, शायद दादा), मिसेज़ और मिस मेग्रिज मेरी मेड, सूज़नटेरी (एलेन की रिश्तेदार?) राइडिंग के लिबास में इडा सिम्पसन, जिन तस्वीरों पर दस्तख़त नहीं, जाने वह हसीन और बाँके लोग कौन थे?

Where are the snows of yesteryear? और सैयद अहमद अली (पुत्र नहटौर जंग पुत्र दिलावर जंग पुत्र नवाब सैयद मोहम्मद रज़ा ख़ान मुज़फ्फ़र जंग नायब दीवान व नायब नाज़िम, बंगाल, बिहार व उड़ीसा और उनकी बीवी मारग्रेट अशरफुन्निसा बेगम, फ़ील्ड मार्शल ओवल राबर्ट्स की बहन और उनकी औलाद अहमदी बेगम (जो एक मिस्री पाशा से ब्याही गईं) और सैयद यूसुफ़ अली।

और नवाब यूसुफ़ अली की बेटी सुलताना आरा बेगम (सैयद मुख़्तार हुसैन नक़वी की दूसरी बीवी) वह सामने सहनची (अंगनाई) में नमाज़ अदा कर रही हैं। 1772 ई. में लार्ड क्लाइव ने नवाब मुज़फ्फ़र जंग को माज़ूल (पदच्युत) किया था। 1792 ई. में वारेन हेस्टिंग्स ने मुज़फ्फ़रपुर की जागीर ज़ब्त करके, दिलावर जंग के लिए डेढ़ लाख रुपया सालाना पेंशन मुक़र्रर की। गवर्नमेंट हर मरने वाले के बाद, उसके उत्तराधिकारियों की पेंशन आधी करती गई। सुलतान आरा बेगम को 25 रुपया माहवार वसीक़ा[1] मिलता है।

कि आईने जहाँ...

सुलतान आरा बेगम को अपनी अंग्रेज़ दादी के कुनबे से क़तई दिलचस्पी नहीं। 'ए रहें होंगे कोई, हमसे मतलब?' वह लापरवाही से कहती हैं। अस्र की नमाज़ के बाद उठकर रात के खाने का इन्तिज़ाम शुरू कर देंगी। दृष्टिहीन

1. प्रामिसरी नोट।

पति की देखभाल और नाती पोतों के लाड़ प्यार में व्यस्त रहेंगी और चराग़ जले पड़ोस के क़ब्रिस्तान में जाकर, ज़हरा बेगम और सैयद ज़हूर हसनैन रिज़वी के मज़ार पर फ़ातिहा पढ़ेंगी।

मुख़्तार हुसैन ख़ालू की उम्र अब माशाल्लाह अस्सी बरस की है। सन् 708 ई. (यहाँ सन् लिखने में कुछ भूल हुई है) की गर्मियों की एक शाम जब लू चल रही थी, मुख़्तार ख़ालू ने मुझे बताया, 1912 ई. की गर्मियों की एक तीसरे पहर, उसी गली में एकाएक शोर मचा, एक अंग्रेज़ आया है। कोर्ट साहब का मकान ढूँढ़ता फिर रहा है। हम सारे लड़के-बाले बाहर भागे। फाटक पर एक लम्बा-तड़ंगा, नुकीली मूँछों वाला अंग्रेज़ ताँगे से उतर रहा था। फिर वह इधर-उधर देखता, लम्बे-लम्बे डग भरता, कोर्ट साहब की ड्योढ़ी की ओर चला गया।

लड़कों का झुण्ड उसके पीछे-पीछे दौड़ा। 'साहब' मर्दाने में दाख़िल हुआ। दालान में सामने ही कोर्ट साहब बिस्तर पर लेटे अख़बार पढ़ रहे थे। 'अंग्रेज़ साहब' लपककर आगे बढ़ा और पलंग पर झुककर कोर्ट साहब से लिपट गया। यह तो चचा नज़रुल बाक़र थे, जो नज़्र बाजी के रिश्ते के सम्बन्ध में, अपने छोटे भाई ज़हूर हसनैन से सलाह मशवरा करने कोहाट से आए थे।

तीन चार रोज़ बाद मीर नज़रुल बाक़र छोटे भाई को अल्लाह हाफ़िज़ कहकर, ड्योढ़ी से बाहर आए। मीर ज़हूर हसनैन का पलंग सद्र दरवाज़े के सामने बिछा था, वहाँ से गली नज़र आती थी। उनके इकलौते बेटे ग्यारह साल के सैयद आले हसनैन, बड़े अब्बा को स्टेशन पहुँचाने के लिए ताँगे पर बैठे, देखते ही देखते ताँगा दरबार शाह विलायत की गली से निकल गया।

कुछ दिन के बाद कोहाट से ख़त आया। मीर ज़हूर हसनैन ने गाँव तकिये के सहारे बैठकर इसका जवाब लिखा।

अमरोहा

9 जून 1912 ई.

जनाब भाई साहब मेरे बुज़ुर्ग व आदरणीय!

दस्तबस्ता आदाब व तस्लीमात के बाद, अर्ज़ यह है कि मेरी बीमारी को देखते हुए अगर नज़्र की रुख़सती, कुछ दिनों के लिए मुल्तवी (स्थगित) हो जाए और अगर यह मुमकिन न हो तो बराए मेहरबानी मुझे फ़ौरन इत्तिला दीजिए। आप अपनी जान को हरगिज़ फ़िक्र और तरद्दुद (असमंजस) में न डालें। बड़ा लम्बा चक्कर पड़ेगा, वह दहेज़ का सामान लादकर नहटौर या मसूरी लाएँ। लड़की का असल घर मुरादाबाद है और दहेज़ उसको यहाँ से दिया जा सकता है और इसमें दोनों परिवारों की आसानी है।

भाभी साहिबा[1] से मेरी तरफ़ से दस्तबस्ता (हाथ जोड़कर) अर्ज़ कर दीजिए कि वह सारा सामान जो देना है, एक लिस्ट बनाकर मुझे भेज दें। मैं यहाँ पड़ा-पड़ा ही इन्शाअल्लाह जैसे मुमकिन होगा सब इंतिज़ाम कर लूँगा। मैं नहीं अर्ज़ कर सकता कि इस मौक़े पर बीमार होने और आप की ख़िदमत न कर सकने और आपका हाथ न बटा सकने का मुझे किस क़दर सदमा है। मगर अल्लाह के हुक्म के आगे कुछ नहीं चलता। ज़्यादा हद्दे अदब।

ख़ादिम (सेवक)

ज़हूर हसनैन

1. मुर्तज़ाई बेगम, मीर फ़ैज़ुल अस्करी की पत्नी।

दिल इंग्लिश रुख़ तुर्काना दारी
(दिल इंग्लिश चेहरा तुर्क जैसा)

लो बीबी! यह भी सुन लो, नहटौरी साहब क्या लाए हैं। एक अदद काला बुर्क़ा और अल्लाह रक्खे नौशा मियाँ की किताबों का सुनहरी जिल्दें चढ़ा हुआ सेट। आगे आयत[1]। साढ़े चार अदद बाराती। अल्लाह रक्खे नौशा के बड़े भाई, बहनोई, एक वही देवबन्दी मौलवी साहब[2] और एक मौलवी साहब का छोटा बच्चा।[3]

ख़ाक पड़ी इस्लाहे मआशरत (समाज सुधार) न हुई अज़ाबे-जान हो गई। तलवाँ जोड़े दोनों लौंडियों की पैदाइश के वक़्त से तैयार किये जा रहे थे। सब ताला मार के अलग रख दिये गये। दुल्हन बेगम ने सफ़ेद चाइना सिल्क का ग़रारा पहना है। जाकिट और गुलाबी दुपट्टा, ड्राइंग रूम में सोफ़े पर चढ़ी बैठी हैं। मौलवी मुजतहिद क्यों आए हैं, किसी चमरेशियन ख़च्चर पादरी को बुलवा लिया होता।

दहेज़ दिखाने की भी मनाही है, ए बीबी यूँ भी मुरादाबाद में कहने वाले कह रहे हैं, मीर नज़रुल बाक़र ने परदेस में लौंडिया की शादी रचाई, जंगल में मोर नाचा किसने देखा। लेकिन एक बार फिर नानी अशरफ़ जहाँ बेगम ने हालात से समझौता कर लिया। जितनी देर अंदर-बाहर ज़नाना मर्दाना डिनर हुए, वह मुसल्ले पर बैठी दुआ दुरुद में मशग़ूल रहीं। उसी वक़्त दूल्हा का नाम ऑफ़ताब नौशा तजवीज़ किया।[4]

बाहर लान में लोगों की भीड़ जमा थी। कोहाट वाले यलदरम को देखने के बेचैनी से मुश्ताक़ (उत्सुक) थे। उन लोगों के अलावा, जो शादी के खाने पर निमंत्रित किये गये थे, बहुत से लोग बिन बुलाए आ गये। जिस वक़्त वह

---

1. यहाँ तात्पर्य है कि बस बात ख़त्म।, 2. शम्सुल उलमा मौलवी सैयद मुमताज़ अली।, 3. सैयद इम्तियाज़ अली ताज।, 4. 'सैयद सज्जाद हैदर यलदरम' लेखिका नज़्र सज्जाद हैदर, प्रकाशित मासिक 'माह-ए-नौ' कराची।

लोग पहुँचे खाना हो रहा था। वह लोग ख़ामोशी से बाग़ीचे में टहलते रहे। पापा मेहमानों की आव भगत में व्यस्त थे इसलिए उनकी नज़र उस भीड़ की तरफ़ न गई। जब खाना ख़त्म हुआ और सब लोग बाग़ में आकर बैठे तो पापा देखकर हैरान रह गये। वहाँ साठ सत्तर साहिबान मौजूद थे, जिनमें पापा किसी को पहचानते भी नहीं थे। उनमें से एक साहब ने (जो यलदरम के ज़माने के अलीग[1] और बैरिस्टर थे) यलदरम से कहा, 'ज़हे-नसीब! कि आप कोहाट तशरीफ़ लाएँ, जिस तरह आपको क़ाहिरा देखने की कशिश मिस्र ले गई थी, हमको ज़ियारते-यलदरम (यलदरम को देखने) की कशिश, बन्नूँ से हंगू से कोहाट ले आई।'

'फिर उन नौवारिद साहिबान (नवआगन्तुकों) की क़तार ने आगे बढ़कर, यलदरम को अपने घेरे में ले लिया। उस वक़्त ज़रा अँधेरा हो चुका था और उन लोगों को यलदरम की शक्ल अच्छी तरह दिखाई न दे रही थी। बैरिस्टर साहब ने क़रीब से एक गैस की लालटेन उठाकर चेहरे के बराबर कर दी और ऊँची आवाज़ में कहा, 'ऐ मुश्ताक़ाने-दीदारे-यलदरम, (ऐ यलदरम के दर्शन करने की इच्छा रखने वालो) देखिए दिल इंगलिश और चेहरा तुर्कों जैसा!'

यह सुनते ही सब एक-एक करके सज्जाद साहब के सामने आते गये और ज़ियारत (दर्शन) करते गये। बैरिस्टर साहब भारी लालटेन हाथ में लिये खड़े रहे। बादामी रंग के चाइना सिल्क सूट में सुशोभित, बे सेहरे के दूल्हा का एक तमाशा बन रहा था। पापा दामाद की ऐसी शानदार क़द्रदानी से ख़ुश होकर क़रीब खड़े मुस्कुराते रहे। भाई मुमताज़ अली भी वहीं मौजूद थे।

इस नाटकीय घटना के बाद पापा ने उन तमाम मेहमानों को खाना खिलवाया।

मोहतरमा बिन्ते नज़रुल बाक़र साहिबा की शादी ख़ाना आबादी सैयद सज्जाद हैदर साहब बी.ए. (अलीगढ़), असिस्टेंट पोलिटिकल अफ़सर (मसूरी

1. अलीगढ़ मुस्लिम युनिवर्सिटी में पढ़े हुए।

पहाड़) से हो गई और इस माह की 18 तारीख़ को वे कोहाट से रुख़सत होकर मसूली चली गईं।

यह समारोह पूरी मज़हबी सादगी (धार्मिक सरलता) और बहुत संजीदगी से हुआ। कोई गाना बजाना आतिशबाज़ी या बेहूदा रस्मों रिवाजों का नाम तक न था। मौलवी सैयद मोहसिन अली साहब लाहौरी ने निकाह पढ़ाया, ख़ुत्बा-ए-निकाह (निकाह का अभिभाषण) इस क़दर लतीफ़ (आनन्द प्रद) था कि हमारा दिल उसे अख़बार में छापने को चाहता था मगर अफ़सोस हम उसे लिख न सके।

हालाँकि आजकल सख़्त गर्मी का मौसम है मगर संयोग से निकाह के दिन, सारे समय घटाए, छायी रहीं। शाम को निकाह के समय बड़ा आनन्ददायक बादल था। ठंडी-ठंडी हवा चल रही थी। कोहाट के पहाड़ों पर बिजली चमक-चमक कर बारिश के आने की ख़बर दे रही थी।

मग़रिब की नमाज़ के बाद, निकाह होने के बाद बड़ी शिष्टता से रात के खाने का कार्यक्रम हुआ। मीर नज़रुल बाक़र साहब के मित्रों की तादाद अच्छी ख़ासी है और वह बड़े सदाचारी बुज़ुर्ग हैं। लाहौर, गुजरात, रावलपिण्डी, नौशहरा, पेशावर आदि की ओर से बहुत से हिन्दू व मुसलमान यार दोस्त आए थे। ख़ाकसार राक़िम (मैं लिखने वाला), लाहौर से सज्जाद हैदर साहब के साथ हो लिया था। डिनर बड़ा ही पुर-लुत्फ़ (आनन्द दायक) था। हिन्दू दोस्तों का अलग प्रबन्ध किया गया था और बहुत प्रशंसनीय था।

एक बुज़ुर्ग सफ़ेद बालों वाले, क़िज़िलबाश अच्छी बड़ी उम्र के मिस्टर सज्जाद से मिलकर बहुत ख़ुश हुए। और उनसे सरदार मोहम्मद याक़ूब ख़ाँ (पूर्व अमीर काबुल वर्तमान निवासी, मसूरी) के हालात पूछते रहे और रुख़सत के वक़्त, हमारे दोस्त नौशा को सूरा-ए-इख़लास की यह दुआइया रुबाई पढ़कर सुनाई।

ऐ बहर कारे-रफ़ीक़त क़ुलहुवल्लाहो अहद
वाए निगहबाने-तनो-जाँ तू अल्लाहो समद
लमयलिद यारत वलम यूलद बहर जा दस्तगीर
लम यकुन नासिर तुरा बर सर लहु कुफ़ुअन अहद

फ़ारसी और अरबी से अनुवाद : (ऐ इंसान, तेरे हर काम में वह एक अल्लाह साथ है और तेरी जान और तन की रखवाली करने वाली बस वही एक पाक ज़ात है, अल्लाह! जिससे कोई पैदा नहीं हुआ, वह तेरा दोस्त है। जो किसी से पैदा नहीं हुआ, वह हर जगह तेरा मददगार है। वही ज़ात तेरी मददगार है और तेरे सिर पर वही ज़ात (अल्लाह) निगहबान है।)

एक नौजवान मिस्टर अहमदजान हंगू जिला कोहाट से ख़ासतौर पर मिस्टर सज्जाद से मिलने आए थे। नई उम्र के आदमी हैं और कुछ दिनों तुर्की व ईरान की सरहद पर रह चुके हैं। कभी अंग्रेज़ी बोलते, कभी फ़ारसी, कभी पश्तो, कभी पंजाबी। वह इस क़दर दिलचस्प आदमी थे कि मिस्टर सज्जाद उनका ध्यान अपनी तरफ़ दिलाना चाहते थे और मैं अपनी तरफ़।

रात को सोते वक़्त उनकी चारपाई के पास, एक तरफ़ मिस्टर सज्जाद का पलंग बिछा, एक तरफ़ मेरा। अब यह मुश्किल कि मेरी तरफ़ करवट लेकर मुझसे बातें करें या मिस्टर नौशा से। आख़िर मैंने यह तरकीब निकाली कि मिस्टर सज्जाद के किसी और दोस्त को समझा दिया कि वह मिस्टर सज्जाद को अपनी बातों में लगा लें। मैं मिस्टर अहमद जान से अहवाज़ की महिलाओं की शिक्षा और सामाजिक विषयों आदि के बारे में पूछता रहा।

अगले दिन मैं और मिस्टर सज्जाद हैदर और उनके बहनोंई सैयद बुरहान हैदर कोहाट के बाग़ों और पानी के स्रोतों की सैर को निकले और उस पहाड़ के आँचल में पहुँचे, जिसके दूसरी ओर दाग़िस्तान है। यहाँ अंग्रेज़ी सरकार का मुल्क ख़त्म हो जाता है। हममें इतनी हिम्मत न थी, न इतना समय था कि ऊपर चढ़कर स्वतंत्र धरती का नज़ारा करते लेकिन मैंने और मिस्टर सज्जाद ने पानी के एक स्रोत के किनारे बैठकर, स्वतंत्र धरती से आता हुआ पानी पिया।

शाम को सात आठ बजे के दरमियान हम सवार हुए और रेल पर पहुँचे। वहाँ बहुत सी 'तहज़ीबी' बहनें वेटिंग रूम में इकट्ठी थीं, जो बिन्ते नज़रुल बाक़र साहब को रुख़सत करने रेल पर आई थीं। नौ बजे बाद हमारी गाड़ी रवाना हुई। रास्ते में रावलपिण्डी, गुजरात, लाहौर, अमृतसर वग़ैरह में भी कई तहज़ीबी बहनें स्टेशन पर मिलने आईं। कई ने खाना भेजा कई ने चाय। कई तोहफ़े भी लाईं।

लतीफ़ा :- रास्ते में खाना खाते वक़्त एक मज़ेदार लतीफ़ा हुआ। किसी स्टेशन पर नौकर आकर हमें खाना दे गया और पानी की सुराही रख गया। हमने खाना तो शुरू कर दिया मगर बर्फ़ लेने का ख़्याल न रहा। ट्रेन में बर्फ़ तो मौजूद न थी, स्टेशन दूर था। मेरा लड़का[1] 'खाने' में शरीक था। उसने कहा, पचास रुपये दो आने में, एक सेर बर्फ़ अभी इसी वक़्त मिल सकती है। मैं इसका मतलब न समझा मगर मिस्टर सज्जाद फ़ौरन समझ गये और बच्चे को फ़ौरन शाबाशी दी। मैं इसको पहेली क़रार देकर, तहज़ीबी बहनों से इसकी बूझ पूछता हूँ। अता-पता यह है कि जिस डिब्बे में हम सवार थे, वह सेकेण्ड क्लास का डिब्बा था।

आख़िर में मैं अपने प्यारे दोस्त मिस्टर सज्जाद हैदर और अपनी प्यारी बहन नज़्र ज़हरा के हक़ में अल्लाह तआला से दुआ करता हूँ। मैं इस बंधन को न केवल दो मुबारक सितारों का एक बुर्ज में जमा होना क़रार देता हूँ बल्कि क़ौम के लिए मुबारक शगून समझता हूँ। मुझे उम्मीद है कि यह बंधन सांस्कृतिक वर्ग की शक्ति, सहायता और तरक़्क़ी का कारण बनेगा और वह महिलाओं की शिक्षा के उत्थान के लिए सेवा में चाँद सूरज की तरह चमकेंगे।

ख़ाकसार

सैयद मुमताज़ अली

तहज़ीबे निसवाँ, लाहौर, 22 जून 1912 ई.

1. सैयद इम्तियाज़ अली ताज।

कोहाट
18 जून 1912 ई.
आदरणीय, बड़ी बहन!

आदाब अर्ज़ है। अगरचे (यद्यपि) मुसाफ़िर के पीछे सफ़र ख़त्म होने से पहले ख़त लिखना, हिन्दुस्तानी विचारधारा के अनुसार ठीक नहीं समझा जाता लेकिन इस ख़याल से कि मसूरी पहुँचते ही आपको दूसरे दिन यहाँ की ख़ैरियत मिल जाए, यह ख़त सेवा में भेजा जा रहा है।

अभी तक आप रावलपिण्डी से तो न गुज़री होंगी। वहाँ भाई बेलीराम आपको हर तरह से मदद देंगे।

बेजा परेशान बाजी का परेशान अफ़ज़ल[1]
रावलपिण्डी

20 जून, 1912 ई.
मेरी प्यारी बहन!

ख़ुदा आपको हमेशा ख़ुश रखे। दुआ देता हूँ। उम्मीद है आप इस दूर दराज़ सफ़र को तय करके बख़ैरियत तमाम मसूरी पहुँची होंगी। अफ़सोस यह है मेरी बहन मेरे स्टेशन से गुज़रे और मैं उसकी कोई ख़िदमत न कर सकूँ। लेकिन यह बड़ी मज़बूरी थी। अगर मैं पहले से मौज़ूद होता तो तिल-फल से आपकी सेवा का गौरव प्राप्त करता। बुढ़िया ने मुझे ख़त देने के बजाय, लाला बृजलाल थापर के हवाले किया। जिसने पढ़कर मुझे वापस किया। मैं आपके सामान की बिल्टी करने, टिकट लेने वग़ैरा में व्यस्त रहा। एक शब्द भी लिखकर आपकी सेवा में पेश न कर सका। उम्मीद है मुआफ़ फ़रमाओगी।

बहन! रुख़सत के वक़्त कोहाट में आप रो रही थीं। इधर मेरा कलेजा भी पाश-पाश था और आँसू बराबर जारी थे क्योंकि इस सेवक को आपके

1. अकबरी बेगम, लेखिका 'गूदड़ का लाल' के पुत्र (लेखक, तख़य्युलात) पंद्रह वर्ष की आयु में।

कुनबे के साथ असाधारण मोहब्बत है। मैं मीर साहब को अपना भी पापा समझता हूँ और आप मेरी दो बहनें हैं और छोटे मियाँ ख़ुदा सलामत रखे मेरा छोटा भाई है। भाभीजी स्वर्गवासी हो चुकी हैं।

वे मेरी माता थीं, जो मुझे हर समय याद आती हैं और मैं सच्चे दिल से प्रार्थना करता रहता हूँ कि उस देवी को ख़ुदा स्वर्ग नसीब करे। मेरा सहारा या तो ख़ुदा पर या मेरे पापा मीर साहब पर है। इस दुनिया में मैं अकेला सिर्फ़ आप लोगों के भरोसे पर जी रहा हूँ। आप मेहरबानी फ़रमाकर भाई सज्जाद हैदर से अर्ज़ करें कि वह भी इस धर्म के रिश्ते को निभाएँ। मैं आप लोगों का तमाम उम्र सेवक हूँ।

आगामी मार्च को मेरा इरादा हरिद्वार आने का है। अगर हालात ने इजाज़त दी तो आपके दर्शनों को अपनी पत्नी सहित सेवा में हाज़िर हूँगा। बहन जी अगर किसी चीज़ की ज़रूरत हुआ करे तो बिला तकल्लुफ़ (निःसंकोच) मुझे लिख दें, मैं अपनी स्नेहशक्ति के अनुसार उसकी तामील करूँगा। मैं दुआगो हूँ कि आपकी तमाम ज़िन्दगी हमेशा ख़ुशी में गुज़रे, जिसकी ठंडी हवा मुझे भी आती रहे।

बहन जी, अगर आप बुरा न मानें तो एक अर्ज़ करता हूँ, वह यह कि हर रोज़ शाम को भाई सज्जाद हैदर के साथ हवाख़ोरी के लिए ज़रूर तशरीफ़ ले जाया करना। आपकी तबीयत चूँकि कमज़ोर है इसलिए मैं चाहता हूँ कि चलने फिरने से अच्छी सेहत होगी। वैसे आपके पर्दा सिस्टम में दख़ल देना नहीं चाहता। मेरी नाक़िस अक़्ल ने यह महसूस किया है।

भाई सज्जाद हैदर साहब को दस्तबस्ता (हाथ जोड़ कर) आदाब अर्ज़ करें।

आपका नाचीज़ भाई

बेली राम[1]

---

1. यह साहबज़ादे आगे चलकर पंजाब के प्रसिद्ध व्यापारी रायबहादुर बेलीराम बने। बेलीराम बिल्डिंग, माल रोड लाहौर पर सम्भवतः अब तक है।

लकड़ा मोहल्ला
अमरोहा, ज़िला मुरादाबाद
23 जून 1912 ई.
मेरी प्यारी बेटी!

तुम्हारे पापा के ख़तूत (पत्र) क़रीब-क़रीब हर दूसरे तीसरे रोज़ इस अर्से में आते रहे। ख़ुदा की शान है कि इस मौक़े पर और में अलील (बीमार)। बहरहाल उसका शुक्र है कि तू बख़ैरो-आफ़ियत (सुरक्षित) अपने घर पहुँच गई। बेटी दुनिया का यही क़ायदा है। कौन कब तक माँ-बाप के साथ रहा है, जो तू रहती।

तेरी चची मुरादाबाद ही में हैं। उनकी वालिदा और मुसहफ़ी बीबी वग़ैरह जोगीपुरे[1] जाकर चादरें चढ़ाएंगी और मुनिया बुआ को उसकी लौंडिया का पुर्सा देंगी।

तूने अपने नये घर का हाल तो कुछ लिखा ही नहीं मुफ़स्सल (विस्तार से) लिख कैसा मकान है और तूने अपनी तक़सीमे-औक़ात क्या कर रखी है (यानी समय कैसे व्यतीत करती है)?

हाँ, तुझसे मैंने मकान को पूछा और अपने मकान का कुछ हाल नहीं लिखा। सुनो! मेरा मकान कोई दो सौ बरस का बना हुआ है। मकान के पच्छिम (पश्चिम) की तरफ़ खेत ही खेत हैं। सहन (आँगन) बहुत बड़ा, हमारी मुरादाबाद की महल सराय से बहुत चौड़ा। मकान की छत में कोई तख़्ता सलामत नहीं। मगर अल्लाह की शान है कि बरसात के ज़माने में एक क़तरा भी नहीं टपकता। किवाड़ों का नाम नहीं इसलिए हवादार ख़ूब है। मैं दिन भर अकेला पड़ा कड़ियाँ गिनता रहता हूँ। कामरेड या कोई और अख़बार आया तो देख लिया। बीमारी की वजह से अब नज़र भी कमज़ोर हो गयी है।

1. एक शिया ज़ियारतगाह (Shrine) ज़िला बिजनौर उत्तर प्रदेश।

आले हसनैन सल्लमहू मेरे साथ है। उसे कल ही मालूम हुआ कि तेरी शादी हो गई। भाईजान को उसने बड़ा लम्बा चौड़ा ख़त शिकायत का लिखा है और कहता था कि मैं बाजी को लिखूँगा। उन्होंने बिला मेरे कैसे शादी कर ली। जब उससे कहा, बेटियाँ कहीं कहा करती हैं, तो बोला कि बीबी के ब्याह के रुक़्क़े (पत्र) तो बाजी ने लिखे थे।

वल दुआ

तेरा चचा ज़हूर हसनैन

16 मार्च 1913 ई.

लाहौर से मुरादाबाद जाने वाली ट्रेन के प्लेटफार्म पर वर्दीपोश मीर नज़रुल बाक़र और बुर्क़ापोश बहन अकबरी बेगम हैरान भौंचक्के खड़े हैं। एंग्लो-इण्डियन गार्ड झण्डी दिखाता है। अकबरी बेगम ज़नाना दर्जे में सवार हो जाती हैं। इतने में रोता हुआ लाला, बेलीराम मुसाफ़िरों की भीड़ चीरते दौड़ते हुए आकर 'पापा' से लिपट जाता है। परसों उनके प्यारे 'चाचा ज़हूर' भी स्वर्गवासी हुए।

अमरोहे की हड़वाड़ (क़ब्रिस्तान) में एक नया कतबा (शिलालेख)
सैयद ज़हूर हसनैन रिज़वी

पैदाइश 1873 ई.

वफ़ात : 13 मार्च 1913 ई.

18 मार्च 1913 ई.

डाकिया दरबार शाह विलायत उर्फ़ लकड़ा मोहल्ले के एक सुंसान मकान के शहदरवाज़े की ज़ंजीर खटखटाता है। गली में ख़ुश्क पत्ते और बगूले उड़ रहे हैं। कुछ मिनट बाद एक उदास सूरत कमसिन लड़का नेकर और चप्पल पहने अंदर से दरवाज़ा खोलता है।

'लो भैये! तुम्हारे नाम ख़त!' डाकिया रंजीदा आवाज़ में कहता है। रसीद पर दस्तख़त करने के लिए कान के पीछे से छोटी सी मटियाली पेंसिल निकालता है।

बच्चा बड़ी एहतियात और ज़िम्मेदारी के अहसास के साथ दस्तख़त करने के बाद, ज़रा हैरत से अपने नाम का लिफ़ाफ़ा खोलता है, जिस पर गवर्नमेंट हाउस इलाहाबाद का निशान बना है। अंदर हिज़ आनर लेफ्टिनेंट गवर्नर यू.पी. का ताज़ियत नामा (शोक पत्र) सैयद आले हसनैन के नाम।

"अज़ीज़ बेटे! तुम्हारे प्यारे वालिद की बेवक़्त मौत की वजह से गोया ब्रिटिश गवर्नमेंट का एक सुतून गिर गया।"

"15 सितम्बर 1973 ई. मोहतरमा इन्दिरा गाँधी को अपना क़ीमती वोट दीजिए!"

अमरोहे के दरोदीवार पर चिपके इन्दिरा कांग्रेस, ओल्ड काँग्रेस, बी.के. डी., आल इण्डिया मुस्लिम मजलिस, आल इण्डिया मुस्लिम लीग, भारतीय जनसंघ, कम्युनिस्ट पार्टी ऑफ़ इण्डिया, कम्युनिस्ट पार्टी ऑफ़ इण्डिया (मार्कसिस्ट) के पोस्टरों, मुशा'इरों, उर्सों, क़व्वालियों, फ़िल्मों और शिया-सुन्नी, अहले हदीस, मुक़ल्लद, ग़ैर मुक़ल्लद, बरेलवी, ग़ैर बरेलवी के द्वेषपूर्ण जलसों के इश्तहारों के सामने से दिल्ली और नहटौर से आने वाले राजमार्ग पर यूपी रोडवेज़ की बसें लगातार गुज़र रही हैं।

झील, क़ब्रिस्तान और दरगाह शाह विलायत साहब के सामने से गुज़रती इन बसों में, अमरोहे के क़ालीनों और मुरादाबादी बर्तनों के नये मालदार मुसलमान एक्सपोर्टर और कारीगर खचाखच भरे हैं। आँखों में सुर्मा मख़मली टोपियाँ, मख़मली वास्कटें, अंदाज़ में पारम्परिक टें और बाँकपन। जिस शुस्ता और शगुफ़्ता टकसाली उर्दू में ज़िला जगत और हँसी मज़ाक़ में या बहस व तकरार में, आपस में मशग़ूल (व्यस्त) हैं, वह आज सिर्फ़ इन ज़िलों ही में सुनी जा सकती है।

राजमार्ग पर से इक्का-दुक्का फ़ौजी गाड़ी ज़न्न से गुज़र जाती है। जनरल लार्ड राबर्ट का पड़नाती जम्हूरिया-ए-हिन्द (भारत गणतंत्र) की फ़ौज का मेजर बांग्लादेश के मोर्चे से दरबार शाह विलायत वापस आकर, वालिदैन

(माँ-बाप) से मिलने के बाद, अपनी छावनी पर जा चुका है। अमाँ जनरल राबर्ट को तो रखो ताक़ पे! उनके बनाए हुए नक़्शे तो कब के तलपट हुए। मगर सिर्फ़ पच्चीस साल उधर, जनरल माउंटबेटन ने जो नई लकीरें खींचीं थीं, वे भी तो मलियामेट हो गईं।

शाम होती है, मग़रिब की नमाज़ के बाद मुख़तार मामू अंदाज़े से चलते, मर्दाने सैहन में बिछी आराम कुर्सी पर आन बैठते हैं और पेचवान गुड़गुड़ाने लगते हैं। दुनिया अब इन्हें नज़र नहीं आती लेकिन ख़ूब नज़र आती है।

नज़दीक की तारीख़ी (ऐतिहासिक) मस्जिद से इशा की अज़ान की आवाज़ बुलन्द होती है। सुलतान आरा मुमानी खाने की सीनी, मामू के सामने लाकर रखती हैं और कहती हैं, 'नोशजान कीजिए (खाइए)।' रात गहरी होती है, पड़ोस के मकान में छपाई के कारख़ाने का मालिक पाकिस्तानी क़व्वाली का रिकॉर्ड, जो वह कुवैत से लाया है, बार-बार बजा रहा है। सरे लामकाँ से तलब हुई ...कोई हद है उनके उरूज की ...कोई हद है ...बलाग़ुल उला बिकमालेही ...सल्लू अलैहि व आलेही ...सूए मुंतहा वह चले नबी (स.)।

दूर पुलिस लाइंस में बिगुल बजता है।

सैयद ज़हूर हसनैन रिज़वी मशहदी मुरादाबादी अलीग कलफ़दार कड़कड़ाती वर्दी पर जगमगाते किंग्ज़ पुलिस मेडल और नेलसन मेडल और क़ैसर विलियम मेडल (जो उन्हें एक जर्मन शहज़ादे ने इनायत किया था) लगाकर बंगाली डाके से वायसराय हिन्द को सुरक्षित रखने के लिए, कलकत्ता में बड़े लाट साहब के साथ चला करते थे। उनकी टूटी क़ब्र पर और उनकी जवान बेटी मनज़ूर ज़हरा की क़ब्र पर, जिसके कतबे पर नज़्र ज़हरा बेगम के लिखे हुए दर्दनाक शेर खुदे हुए हैं, झाड़ झंकाड़ उग आए हैं।

क़ब्रों से लगी हुई, सत्रहवीं सदी के किसी मुग़ल सेनापति की बनवाई हुई मस्जिद में से कुछ देर बाद फ़ज्र की अज़ान की आवाज़ बुलन्द होगी।

क्योंकि वह रब्बे ज़ुल जलाल हय्यु क़य्यूम (अल्लाह सबको पालने वाला, दबदबे वाला, ज़िन्दा और क़ायम रहने वाला) है।

'दिल इंग्लिश रुख़ तुर्काना' वाला नौजवान अदीब, (साहित्यकार) नन्हीं बेगम, फ़िरंगी जैसी नज़्रुल बाक़र, नौउम्र (अल्पायु) मीर अफ़ज़ल अली, ख़िज्र सूरत सैयद मुमताज़ अली, होनहार इम्तियाज़ अली ताज, दूर-दराज़ क़ब्रिस्तानों में झाड़ झंकाड़ बेरी के दरख़्तों, सफ़ेद कासनी जंगली फूलों की ख़ामोशी में कबके ख़ाँ गए। और अल्लाह रे सन्नाटा! आवाज़ नहीं आती।

दरगाह शाह विलायत के मरमरीं (सफ़ेद) हुजरे में आसेब ज़दा लड़कियों पर बदस्तूर हाल आ रहा है। ताक़ में पंजे के सिन्दूरी निशान के नीचे घी का चराग़ जलता है।

पंजाब के सूफ़ी शाह हुसैन रहमतुल्लाह अलैह ने कहा था, '...ख़ामोश रहो, दुनिया क़ाबिले-ज़िक्र (चर्चा योग्य) जगह नहीं।'

❑❑